古典小說的人物形象

張火慶—————著

五南圖書出版公司 印行

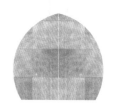

自　序

　　此書收錄的九篇論文，研究的對象有志怪、傳奇、演義（通俗小說）等類型，就其發表日期的前後跨度約40年，其中多篇曾於2006/12由里仁書局出版；至今過了十餘年，我已逾花甲，學術研究的眼界與體會，不同於往昔，對之前發表或出版的各種著作已不滿意。今年二月，五南圖書出版公司黃副總編來函詢問該書是否有意重編出版？我一則年歲漸老，個性疏懶，二則心智成熟，悔其少作，因而答以「錯誤頗多，不想再版」；而五南副總編又問「是否考量修訂增補內文，……讓《古典小說的人物形象》重燃生命」，我於是轉思，或許藉此因緣重讀，並盡可能的刪修、增註，為以往思想的過失及言詞的輕率，略作修潤補說，聊表懺謝之意。

　　舊版序文：「我嗜讀中國小說，尤其歷史演義與人物傳記，從人事的興衰流轉中，每有很多感動、安慰與啟發；因此，對小說的研究，也偏重於人情事理的觀察、體會，盡可能深入作者安排的腳色性格中，悠游涵泳、同情共感。三十年來，讀過的小說甚多，經歷的人事也不少，就這樣邊閱讀、邊思考，建立了對中國小說的整體認識與個人觀點。本書從中國小說史各階段、各類型的作品中，選取不同典型而有代表性的人物，或虛或實，深入探討，概括了所謂三教九流各種角色……。人物的形象與性格，是小說的主體，也是最吸引讀者、

最煥發精采的部分。而不同的小說與人物，在本書中也有不同角度的觀察、不同方式的論述。由人物事件的演出，也必然涉及某些特殊的情感表現、思想觀念、生活習俗與信仰趨向，如忠孝節義、神仙道化、善惡報應，或道德倫理、天命氣數、因緣果報，在本書中都有個別或交錯的申論；在這些芸芸眾生熱鬧繁華的表象下，蘊藏了深刻的（民間）智慧與感慨，……中國傳統小說所關懷的是普遍的人間，而個別人物所涉及的倫理背景、人際關係，都是豐富而完整的，在自我定位中敦倫盡分，這可說是中國小說人物的共相，也是本書各篇嘗試去描述、揭示的。」這段話雖是當年的心情，至今仍然有效。

　　本書收錄的文章曾分別刊載於各種學術期刊，我雖不能一一收回修改，但盼讀者及學界若欲閱讀或引用，請以此書再版修訂的內容為準，而捨棄舊版文義，是為銘謝。也要特別感謝五南圖書出版公司黃文瓊副總編，因為她的建議與協助，才有這本書的重訂出版。

目　次

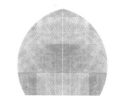

六道眾生①：重讀細論《冥報記》

一、前言

《冥報記》被歸類為「唐代早期的小說集」，收錄在中國小說史的「志怪」類，或稱為「釋氏輔教之書」②或「佛教小說」③。《舊唐書·經籍志》、《新唐書·藝文志》都曾著錄，且不久之後就有郎餘令的《冥報拾遺》，中唐顧況也曾提及；這說明了此書在當時是頗受重視的，並已作為小說看待。

對此專著討論的有片谷景子的碩士論文：《冥報記研究》④，至今已過二十幾年，這段期間學術界對於本書在資料與觀點各方面，都

---

① 【輾轉在欲界、色界、無色界三界的天、人、阿修羅、畜生、餓鬼、地獄六道——也就是六趣——中輪迴，而受眾多生死無有止息的，就是眾生。】——詳細內容請參閱：〈學佛釋疑（二）第119集：植物是有情眾生嗎？〉http://www.enlighten.org.tw/dharma/9/119

② 魯迅《中國小說史略》第六篇：六朝之鬼神志怪書（下）云：「大抵記經像之顯效，明應驗之實有，以震聳世俗，使生敬信之心，顧後世則或視為小說。」

③ 杜晨貴，〈論隋唐佛教小說〉，雲南《曲靖師專學報》第一期，1988。

④ 片谷景子，《冥報記研究》，臺大中研所碩論，1981——以下簡稱：片谷《研究》。

有持續的發現與增進，較值得一提的是：

　　1. 版本校勘：方詩銘《冥報記輯校》、王國良《冥祥記研究》、董志翹《觀世音應驗記三種譯注》等書⑤的整理出版，對於本書文字及相關古籍的引證，提供可靠的文獻根據。

　　2. 傳記資料：戶崎哲彥〈唐臨事跡考——兩唐書‧唐臨傳補正〉⑥，重新考辨《新、舊唐書》中有關唐臨的記載，有助於了解《冥報記》的成書背景。

　　3. 內容評論：對隋唐五代的「志怪」及「釋氏輔教之書」之文體、思想、功能各方面，更廣泛而嚴謹的討論。⑦

由這些資料所提供的成果，對於《冥報記》似有重新解讀的必要。歷

---

⑤　方詩銘輯校《冥報記、廣異記》，北京中華書局（古小說叢刊）1992。按此書為目前所見《冥報記》最完整可信的輯校本。程毅中云：《涵芬樓秘笈》本《冥報記》，乃據「日本高山寺抄本」重印的，篇幅較多，共存五十三篇，楊守敬、岑仲勉曾為之輯補；最近方詩銘輯校的本子，最完備可靠。——《唐代小說史話》（北京文化藝術出版社1990.18）頁42~46。王國良《冥祥記研究》，臺北文史哲出版社1988.11。董志翹譯注《觀世音應驗記三種》，江蘇古籍出版社2002.8——此書另有孫昌武編校《觀世音應驗記三種》，北京中華書局1994；但《董注》後出轉精，對《孫校》有許多修訂之處。

⑥　戶崎哲彥，〈唐臨事跡考——兩唐書‧唐臨傳補正〉，北京《唐研究》第八卷，2002。另，小南一郎，〈唐臨的佛教信仰和他的冥報記〉，收於《唐代文學與宗教》頁59~72（香港中華書局2004.5）詳論此書取材的三個來源。

⑦　張瑞芬，〈《觀世音應驗記》與《冥祥記》諸書——論六朝釋氏輔教書與志怪之關係〉，臺中逢甲大學《中文學報》第四期，1996.9。張瑞芬，〈從《冥報記》到〈劉薩訶和尚因緣記〉看唐代釋氏輔教書的幾個特色〉，臺中中興大學《第二屆通俗與雅正文學論文集》，2000.3。樓宇烈，〈東晉南北朝「志怪小說」中的觀世音靈驗故事雜談〉，《中原文物》特刊1986年。http://www.guoxue.com/discord/louyl/015.htm。王青，〈《冥祥記》研究〉，《魏晉南北朝時期佛教與神話》，頁175~207，北京中國社會科學出版社，2001.8。張躍生，〈佛教文化與唐前小說〉，佛教在線〈電子雜誌〉總第2期2003/04/01。http://zz.fjnet.com/002/content%5Clw.htm

來小說學界對此書的評價似不甚高，如張瑞芬云：《冥報記》之所以被小說史家屏棄不論，乃因它並未隨著時代和小說意識，進化到唐人小說的一般水準。作者為崇敬教法，故以「實錄」為標榜；採「志怪」體寫作，文字簡單、旨意明顯。也由於在技巧上無可觀者，很少被列入唐代小說中討論。[8]方詩銘則說：

> 在中國古小說的發展史上，《冥報記》是一部不能忽視的作品。……《冥報記》的文辭是簡古的，與六朝小說近似；但有的篇章如〈唐眭仁蒨〉等則頗長，記敘也較委曲，與當時王度的《古鏡記》、《補江總白猿傳》相同。……從思想到文字，此書都是（六朝小說到唐傳奇）過渡性的作品。[9]

也有與此不同的看法，如韓雲波大篇幅深入的評論了《冥報記》的傳承與創新，略云：此時期的佛教小說是由「輔教之書」向「世俗趣味」的轉移；唐臨編集《冥報記》乃為了教育民眾，其動機是世俗化的；他在長期的「司法」業務中，目睹了無數「罪與罰」的現報，也養成了悲憫之心。因此，在他書中結合了傳統的命運觀、道德觀，及佛教「報應記」的大眾形式，而得到了良好的傳播效果與社會效益。至於寫作形式的演進，體制上如：篇幅加長，且以「時間、地點」開場、直接切入「事件」的模式，使故事更細節化、曲折化。內容上：

---

[8] 見前註7，張著〈從《冥報記》到〈劉薩訶和尚因緣記〉看唐代釋氏輔教書的幾個特色〉，頁109。

[9] 見前註5，方著之「輯校說明」頁11。

以「僧尼」為主的篇目減少，情節更豐富多樣；報應的過程與因果，直接在情節中呈現，較少插入說教的議論；故事的多重轉換複雜化，冥界遊歷著重於人情世故的演繹，敘事語調充滿了揶揄與幽默……。總之，把世俗人文的情趣，與佛教小說的形式結合，所要表達的是他「對人生的思考」，而不再是「佛教經論的簡單注腳」，甚至偶爾「與佛理相左」。從佛教經像的另類認識、到人間情感的強烈發露、到人生真意的「非宗教、非彼岸」的熱烈追求，《冥報記》雖仍是所謂的「佛教小說」，卻不僅在佛教裡轉圈子作注腳，也表現了小說創作的主體性。⑩

此書雖然在小說界的評價不一也不高，但在廣大佛教徒心中有其特殊的地位；除了文學成分的考量之外，仍可從宗教信仰的層面去研究──作者的信仰背景與寫作動機、作品的宗教意義與實質功能。

張瑞芬曾試著釐清「志怪」與「釋氏輔教書」的差異，如：後者乃蒐集「向佛菩薩祈禱、懺悔，或念佛、誦經、造像，而有感通靈異之事蹟」的作品，多以「記」、「傳」為名，為了宣揚佛教的教義與靈驗，令人起信入教。又其撰作心態乃「勸信」，多有「自神其教」之靈跡，使讀者「發生」並「保持」對佛教之感情與認識。若「依其與宗教的遠近成分，細別為四等」：則《冥報記》與《徵應傳》、《感應傳》、《冥祥記》同列在第二等，其特色是：述經像靈異、因果報應；乃得自家族、私交之親見或傳聞的「佛教證驗」集，目的是

---

⑩ 韓雲波，《唐代小說觀念與小說興起研究》（四川民族出版社，2002.7）第十一章、第三節：高宗、武后時期的佛教小說與唐臨的《冥報記》（頁209~224）。

爲了確立自信，亦勸人信。[11]又說：唐代以下這些佛教敘事文學（釋氏輔教書），雖已不是小說主流，卻因其信仰觀念之流布，而發展了民俗性的「勸善書」系統。

從這個角度看《冥報記》及同類的輔教小說，可以說他們所傳錄的，多爲個人或集體「經驗的事實」，縱或有主觀信仰的特質，卻非如文人逞才、作意好奇的虛構，傳聞的內容是具體活現的，有當事人身歷其境的感動、震撼，也有對他人好言相勸的熱誠、悲憫，宗教情感在這些簡單的敘述（見證）中流動，提供了共同需要（渴求）的資訊，可說是教衆同修的內部教材，因彼此信心的充實、及經驗的印證，而肯定其價值。如就第一類《觀世音應驗記三種》[12]的序文看，傅亮：「以所憶者，更爲此記，以悅同信之士云。」張演：「即撰所聞，繼其篇末，傳諸同好云。」陸杲：「益悟聖靈極近，但自感激。信人人心有能感之誠，聖理謂有必起之力。以能感而求必起，且何緣不如影響也。善男善女人，可不勗哉！」其寫作（傳述、記錄）來自於信仰者的感恩與眞誠，乃教徒之間，信仰的交流、互助，關乎心靈的安頓與生命的救濟，是現實而嚴肅的。與文人以「虛構幻設」爲美感的「遊戲」之作有別，也就是「實錄徵驗」與「作意好奇」不同科，故研究這類作品，或可從宗教心理與信仰傳播的立場，審視其內容與功效。雖然，從文學的角度看，這類作品的文筆質樸、敘事簡

---

⑪ 見前註7，張著，〈論六朝釋氏輔教書與志怪之關係〉頁89。四等的分類是：1.傅亮、張演、陸杲《觀音應驗記》三種。2.朱君台《徵應傳》、王延秀《感應傳》、王琰《冥祥記》、唐臨《冥報記》。3.劉義慶《宣驗記》、蕭子良《宣明驗》、侯白《旌異記》。4.干寶《搜神記》、陶潛《搜神後記》、劉敬叔《異苑》、劉義慶《幽明錄》、祖台之《述異記》、顏之推《冤魂志》、《集靈記》、許善心《靈異記》。

⑫ 同前註，頁90云：此三書爲釋氏輔教書最原始的型態，在文學與記錄心態上，純爲了宣揚「經像靈驗」及「果報思想」，並以親身證驗及勸人起信爲特色。

短，似非佳構；且宣教事跡多誇張、重複。若從宗教之立場，則可理解為：一、為了啓信民眾而寫，而非取悅於文人。二、以「傳述事實」為心，不及文飾。三、直陳「見、聞」，皆有憑據，不敢「妄語」虛構也。

俞汝捷云：從魏晉至唐，「因果報應」是熱門的話題。這類故事的數量頗多，但內容單調、雷同，缺乏藝術的創造性與想像力。「善惡有報」每被等同於「對佛教經像的崇奉」與否，這是一種消極而荒謬的說教、枯燥而乏味的敘述；但也是那個時代普遍存在的社會現象。[13]傅亮、張演、陸杲等人，對「觀世音應驗」故事的繼承、蒐集、記錄，是由「信仰心」發動的宗教行為，而非以追求「有趣的情節」為目的。

二、作者身世與寫作動機

唐臨（601~660？）為唐初名臣、法官、文學家，《舊唐書》卷85本傳，提及他的祖父唐瑾，部分事跡有可對照之處，如《周書》卷32唐瑾傳，說他「性溫恭，有器量，博涉經史，雅好屬文。身長八尺二寸，容貌甚偉。」當時的燕公于謹向周文帝說：「（唐）瑾學行兼修，願與之同姓，結為兄弟，庶子孫承其餘論，有益義方。」後來于謹南伐江陵，以他為元帥府長史：「軍中謀略，多出瑾焉。」而「江陵既平，衣冠仕伍，並沒為僕隸。瑾察其才行，有片善者，輒議免之，賴瑾獲濟者甚眾。」又「及軍還，諸將多因虜掠，大獲財物。瑾一無所取，唯得書兩車，載之以歸。」此外，關於他的個性與

---

[13] 俞汝捷，《幻想和寄託的國度》，臺北淑馨，1991.4，頁81。

德行：「性方重，有風格。退朝休暇，恒著衣冠以對妻子。遇迅雷風烈，雖閒夜宴寢，必起，冠帶端笏危坐。又好施與，家無餘財，所得祿賜，常散之宗族。其尤貧者，又割膏腴田宇以賑之。」由這些文字看，唐瑾可謂：才學兼備、智德雙全，在當時已可說是朝野所欽敬、公私皆圓滿云：「其為朝望所宗如此」、「時論多焉」、「搢紳以為榮」、「朝野以此稱之」。

　　這樣的人格與家教，多少也影響及於隔代的唐臨，如《舊唐書》唐臨本傳，稱其謀略：「武德初，隱太子總兵東征，臨詣軍獻平王世充之策。」又讚其儉恕：「儉薄寡欲，不治第宅，服用簡素，寬於待物。嘗欲弔喪，令家童自歸家取白衫，家僮誤將餘衣，懼未敢進。臨察知之，使召謂曰：今日氣逆，不宜哀泣，向取白衫，且止之也。又嘗令人煮藥，失制。潛知其故，謂曰：陰暗不宜服藥，宜即棄之。竟不揚言其過，其寬恕如此。」《新唐書》本傳亦云：「性旁通，專務掩人過。見妻子，必正衣冠。」而最為人稱道的是，他在萬泉丞任內「縱囚自歸」，及遷大理卿「治獄廉明」的種種佳話。刑法「得其實情」的重要性，正如《舊唐書》本傳後「史臣曰」：「文法，理具之大者，故舜命皋陶為士，昌言誡敕，勤亦至焉。蓋人命所懸，一失其平，冤不可復，聖王所以疚心也。」又贊曰：「聽訟惟明，持法惟平。二者或爽，人何以生？」事關人命，不可輕率，若誤傷無辜者，既亂國法、又失陰德。而唐臨這些人格修養是全然出自儒家之教，或有其他宗教思想的薰陶？

　　戶崎哲彥，〈唐臨事跡考〉[14]云：唐臨的外祖父高熲，據韋述《兩京新記》卷3云：「開皇三年，(高熲) 捨宅，奏立為 (真寂) 寺。

---

[14] 戶崎哲彥，〈唐臨事跡考——兩唐書‧唐臨傳補正〉，《唐研究》第八卷（2002年）。

時有沙門信行，自山東來，頲立院以處之。乃撰《三階集》卅餘卷，……言人有三等：賢、愚、中庸，今並教之，故以三階為名。其化頗行，故（武德二年改名）為化度寺。」案：隋文帝開皇九年平江南，召信行入京，在「眞寂寺」撰《對根起行三階集錄》等書。據此，高熲在589年之前已捨宅為寺，《續高僧傳》卷16，釋道正：「開皇七年齎來調帝，意以東夏釋種，多沉名教，歸宗罕附，流滯忘返；普欲捨筌檢理，抱一知宗，守道行禪，通濟神爽。具狀奏聞，左僕射高熲，素承道訓，乃於禪林寺大集名德，述上所奏。」

　　唐臨小時常訪（長安）母家，因而接觸佛教，《冥報記》序有「上智、下愚、中品」之說，即出自「眞寂寺」信行。而唐臨於三階教之外，是否另有皈信？《續高僧傳》卷20，「釋僧徹」提及：「（臨）昔任萬泉，贊承俗務，性行專信，素奉皈依；後任華省，常修供養。」就是說，唐臨在武德九年（626）因玄武門之變而貶為「萬泉縣丞」，這期間皈依了僧徹。之後才有貞觀元年（627）三月的「縱囚」逸事，25歲自發的慈濟心，以及對童僕的「寬於待物」、「務掩人過」，或許來自佛教的薰習。

　　《舊唐書》本傳云：「所撰《冥報記》二卷，大行於世。」關於此書撰作的年代、卷數、條目、版本，方詩銘的〈冥報記輯校說明〉已有詳細的辨證，大致成書於高宗永徽四年（653）十一月以前，分三卷，53條；龍朔年間（661~663）有郎餘令的續作《冥報拾遺》；總章元年（668）道世編《法苑珠林》，收錄了該書大部分內容；而慧詳《弘贊法華傳》、僧詳《法華傳記》也曾徵引；顧況〈廣異記序〉則以此書與《梁四公記》、《古鏡記》、《神怪志》、《定

命錄》並提。⑮至於唐臨爲什麼撰述《冥報記》？書前自序云：

> 夫含氣有生，無不有識；有識而有行，隨行善惡而受
> 其報，如農夫之播植，隨所植而收之。此蓋物之常
> 理，固無所可疑也。
>
> 上智達其本源，知而無見；下愚闇其蹤跡，迷而不
> 返；皆絕言也。中品之人，未能自達，隨緣動見，逐
> 見生疑；疑見多端，各懷異執；釋典論其分別，凡有
> 六十二見，邪倒於是乎生者也。……
>
> 釋氏說教，無非因果；……然其說報，亦有三種：一
> 者、現報：謂於此身中作善惡業，即於此身而受報
> 者，皆名現報。二者、生報：謂此身作業，不即受
> 之；隨業善惡，生於諸道，皆名生報。三者、後報：
> 謂過去身作善惡業，能得果報，應多身受；是以現在
> 作業，未便受報，或於後生受、或五生十生，方始受
> 之，是皆名後報。……
>
> 然今俗士，尚有惑之，多習因而忘果、疑耳而信目。
> 是以聞說後報，則若存若亡；見有效驗，則驚嗟
> 信服。

---

⑮ 林辰，《神怪小說史》（浙江古籍，1998.12）頁167：「由筆記體向傳奇體的過渡——輯錄
　加工——由粗陳梗概而敘事宛轉」，舉了《梁四公記》、《古鏡記》為例；程毅中，《唐代
　小說史話》（北京文化藝術1990.12）則以《梁四公記》、《古鏡記》為「傳奇的先聲」，
　《冥報記》、《定命錄》為「唐前小說輯集」；這是從文體的發展上區分的，就內容性質上
　說，只有《冥報記》是專弘佛教的「輔教之書」。

　　　昔晉高士謝敷、宋尚書令傅亮、太子中書舍人張演、
　　齊司徒事中郎陸杲，或一時令望、或當代名家，並
　　錄《觀世音應驗記》；及齊竟陵王蕭子良（劉義慶）作
　　《宣驗記》、王琰作《冥祥記》，皆所以徵明善惡、
　　勸戒將來，實使聞者，深心感悟。臨既慕其風恉，亦
　　思藉以勸人，輒錄所聞，集爲此記。仍具陳所受，及
　　聞見由緣；言不飾文，事專揚榷。庶後人見者，能留
　　意焉。

張瑞芬認爲這段序文值得注意的有三，頗可參考。[16]文中多有混合佛
道的觀念與詞語：「含氣」有生，生而有「識」，有了六根六塵六
識[17]，才能發爲「善惡」之行，隨其行之善惡而受「苦樂」之報。他
所要宣說的重點是「善惡（因果）之報」，以此建立知見，並依此
而生活、行爲；這樣，也可說是一種宗教的「信仰」與「修行」。
世人多因無知或邪見，而縱欲爲惡、或胡作非爲，雖逞一時之快，
終受無窮之殃；這是很可怕的！一般人之所以不信因果業報，多半不
出於「理性、眞相」的動機，而是貪著「現世欲樂」、偏執「感官經

---

[16] 大略是說一、全書採「平視」角度，蒐集「民間流傳的靈驗事蹟」，教化對象為「庶民」；
　　或乃當時僧侶「唱導」所用的綱要，經口述講說而流傳；唐臨是「述而不作」的記錄者，其
　　風格平易近人。二、是繼承謝敷、傅亮諸人之作，「崇經像之顯效、明應驗之實有」的釋氏
　　輔教之書；共錄報應故事53則，依「僧侶－居士－俗人」的順序，由聖而俗。三、為宗教的
　　勸信，故以「實錄」為重，粗陳梗概，不於措意於技巧。——見註6，張瑞芬，〈從《冥報
　　記》到〈劉薩訶和尚因緣記〉看唐代釋氏輔教書的幾個特色〉頁112~114。

[17] 詳細內容請參閱〈阿含正義（一）第86集：名色以第八識為根本（三）〉http://video.en-
　　lighten.org.tw/zh-TW/a/a16/3949-a16_086

驗」，卻不能深入觀察而轉心向道也！

　　唐臨身爲朝廷法官，卻有悲天憫人之懷，不僅治獄要得其實，定罪也要求其寬，他認爲：犯罪之人多由於不明因果、不修道德，以致隨業妄爲，枉受惡報。所以，問題在於「知見的正邪」而非「心性的善惡」──上智、下愚之區分，「達、闇」、「知、迷」之對照，以及中品的「隨緣動見，逐見生疑；疑見多端，各懷異執」，「凡六十二見」[18]、「邪、倒於是乎生」，這也是唐臨錄集此書的原因。

　　唐臨自稱「在中人之後，幸而悟其萬一。」在儒學教養之外，能信解奉行這樣的常理，而不陷於某種理性、人文的獨斷與排斥，確實是「幸」！爲了糾正這些邪見異執，唐臨說：「竊謂儒書論善惡之報甚多：近者報於當時，中者報於累年之外，遠者報於子孫之後。」並列舉了古（儒）書中許多「論善惡之報」的事證，這算是一般人的通例；另如「虞舜、周文，桀紂、幽厲，三代、秦皇」的事蹟，雖也通於「善惡之驗」，但秉著儒教尊君的觀念又說：「事涉王道、理關天命，常談之際，非所宜言。」就本分上可言的，是那些微細瑣碎，易於觀察、足可徵驗的事件：「今之所錄，蓋直取其微細證驗，冀以發起同類、貽告子孫，徵於人鬼之間，若斯而已也。」且其宣說的對象亦如前（《觀世音應驗記》三種）述：「以悅同信之士」、「傳諸同好」，不是炫奇好怪的娛樂，而是爲了「實使聞者，深心感悟。」、「後人見者，能留意焉。」其心態是嚴肅的，其目的是現實的。

---

[18] 【有人誤認爲五陰中的任何一法、誤認爲十八界中的任何一法爲常，都是墮於常見外道的知見當中，不出外道的六十二種邪見。】──詳細內容請參閱：〈阿含正義（二）第02集：二乘所斷無明與外道常見（二）〉http://video.enlighten.org.tw/zh-TW/a/a18/4139-a18_002

　　佛說「報應」有三種，或乃據慧遠〈三報論〉[19]而鋪陳，且與前述的「近中遠」三報相應，又說：「釋氏說教，無非因果；因即是作，果即是報；無一法而非因，無一因而不報。……於此三報，攝一切法，無所不盡。足令諸見，渙然大悟！」這就是釋氏輔教之書的效用。

　　唐臨又從世俗的觀察中得出一個結論：「聞說後報，則若存若亡；見有效驗，則驚嗟信服。」後報遙遠而無憑，現報當前而可驗，因此對專注於現實利害的民眾而言，三報中仍以「現世、立即」的報應，最直接令人信服，故此書所錄多是這類事蹟。

　　序言之最後提及《觀世音應驗記》、《宣驗記》、《冥祥記》等書：「皆所以徵明善惡、勸戒將來。」這幾部小說的撰者皆南朝文人，出於各自的佛教信仰而編述；其內容多為了現世利益，因此，較多宣揚「觀世音菩薩」各種救苦救難的事蹟；唐臨受其感發而仿作，然而，唐臨生於政局大致穩定、佛教頗為興盛（宗派成立）的時代，故其記中多以「自作自受」、「改惡修善」的業報為重。韓雲波亦云：唐臨不同於其前輩作家蕭瑀（般若經靈驗）、王琰（冥祥記）

---

[19] 該文見於《弘明集》卷第五：「經說業有三報：一曰現報，二曰生報，三曰後報。現報者，善惡始於此身，即此身受；生報者，來生便受；後報者，或經二生、三生、百生、千生，然後乃受。受之無主，必由於心；心無定司，感事而應；應有遲速，故報有先後；先後雖異，咸隨所遇而為對；對有強弱，故輕重不同。斯乃自然之賞罰，三報之大略也。」又，請參閱：〈三乘菩提之菩薩正行（二）第112集：業的報償與轉變（下）〉云：【在《優婆塞戒經》中，釋迦世尊開示：「是業四種：一者現報、二者生報、三者後報、四者無報。」就是依著所造業受報的時間來區分業有四種。在部派佛教的《成實論》中說：「若此身造業即此身受，是名現報；此世造業，次來世受，是名生報；此世造業，過次世受，是名後報，以過次世故名為後。」就是區分業為三種：一是這一生造業，現生就感招果報的現報業；二是要等此身死後的下一生，就會受報的生報業；三是造業以後，要隔一生、兩生乃至千百生後，才受報的後報業。】http://video.enlighten.org.tw/zh-TW/a/a10/2274-a10_112

對佛教的虔誠迷狂，兩《唐書》都沒他「奉佛」的記載，他創作的動因並非親歷了「經、像」的應驗而不吐不快，而是旁觀者清的冷靜與理性；他認為中國文化早就有以「王道」、「天命」為歸宿的報應之談，可與佛教的「因緣果報」相認同與溝通；一般人多半是平時「不信」因果而敢於作惡，受報應了才「驚嗟信服」。

　　至於此書題為「冥報」的詞意，片谷《研究》引陶潛〈乞食詩〉：「銜戢知何謝？冥報以相貽。」是死者對其生前恩人的回報，但綜觀此書大部分故事，其報應乃通於「現、生、後」三世（頁124）；因此或可解釋為「陰譴」——《冥報記》與《冥祥記》的名義或有關聯，後者偏於「誦經念佛」之祥瑞，前者重在「失德作惡」之報罰。

　　至於其寫作態度是：「具陳所受，及聞見由緣；言不飾文，事專揚榷。」也即是在每一條故事之末，註明其來源（傳承經緯），多為當事人、或傳承者之口述，而其注文懇切周到，乃為了使故事客觀化、真實性，而令人「信服」果報之說。

　　片谷《研究》總結唐臨的寫作背景，約有數端[20]；並對此書的思想根據，提出兩點看法：1.唐臨於〈序文〉中，以佛教「因果、三報」之談，解釋一切的變化現象，這相對於「六朝志怪」的思想根

---

[20] 見該論文頁197~201。略云：一、家庭信仰（外祖父、其他親屬）之影響；二、交遊（官吏）者於佛教之敬信、談論；三、六朝以來佛教之普化，輔教之書的流行；四、隋唐之際，佛教宗派之成立，與道教的爭執，為預防第三次法難而撰述，以託「護法」之意。又，所謂「護法」，片谷《研究》舉兩事為證，頁199云：（唐）傅奕詆佛，高祖下詔沙汰僧尼；又道士（李仲卿、劉進喜）氣焰高張，猜忌佛法；太宗即位之初，禁令仍嚴，時有檢校、清肅。又，頁200云：《觀音應驗記》、《冥祥記》、《冥報記》皆有同性質的續書，亦皆出於佛教信仰（見證、護持、傳弘）的自發意識。

據，頗有不同；引《法苑珠林》卷三十一「妖怪篇」，釋道世對干寶的批判云：「此是俗情之近見，未達大聖（佛教）之因果。考微斯變，乃是眾生宿業之雜，因感現報之緣發，因緣相會，物理必然，故有斯徵，未足可怪也。」（頁200）2.六朝以來的「因果報應」論，漸與本土的儒道思想及民間迷信混合，而趨於複雜化、通俗化，以祈求「福祿壽」之類的現世利益為主。《冥報記》中所宣揚的即是這種中國化的報應觀（頁201）。所言大致無差，可於下文作品析論中印證。

三、內容的重新分類

片谷《研究》對《冥報記》所收故事依主題分為「善因善報」、「惡因惡報」二類[21]，這樣的區分及舉例，略為雜亂，且敘述的體例不一致，前者分六節討論「善果」，後者則分五節解析「惡因」。其次，理論上的引證與解析，也不夠深入。因此，筆者不擬沿用，而根據68則[22]的內容，依「信仰的深淺」另做分類、討論如下：

---

[21] 善因：誦經、寫經、念菩薩、修行、念佛、齋、追福、造像、造塼浮圖、懺悔、放生、受五戒、修福、畫佛像、施物、稱南無佛、孝──善果：延年益壽、除災害、癒疾病、致富貴、（淨土）往生、（觀音）靈驗。惡因：殺生、對三寶的惡業、偷盜、不孝、其他──惡報：病、死、墮地獄、轉畜生。

[22] 片谷《研究》頁223「註一」，於版本考據之後，暫定《冥報記》為62條：1~53據「校本」冥報記，54、55據「長治本」，56~62據《法苑珠林》──這個數目不被後來的研究者所認同。本文仍依方詩銘《輯校》的舊說53則，及〈補遺〉15則，共68則為準，直接引用其題目、文字，並註明頁數。

```
(一)報應論
    1. 善惡業報
    2. 冥界經歷
(二)修行觀
    1. 一般的「經、像」靈驗，及持戒、齋僧、造塔等
    2. 特定法門
        (1)《法華經》與觀世音菩薩
        (2)金剛經
        (3)三階教
        (4)淨土教
    3. 出家典範
    4. 滅佛謗法之惡報
```

（一）報應論

這類故事的數量較多，所涉及的是屬於一般性的善惡心行，所強調的是「業報不失」的理論與事證，勸勉大眾慎勿作惡，免致惡果；或已造惡因，則多修福業。

對因果業報的「不信」，一般人多由於無知，少數人或出於傲慢，也有因其難以徵驗而存疑的。如元大寶與同僚相約：「若先死者，當來報因果之有無也。」他死後，即託夢相告：「今乃知（善惡之報）定有不虛，故來報君，其勉修福業。」問其狀，則云：「冥報固不可說，他亦不可道。」（唐·元大寶，頁39）生前不信，死後乃知，可向世人現身作證，強化其行善止惡的信念。但所謂「冥報」的詳細內容，之所以「不可說」，或因時候未到、或因複雜難言，但多半是有徵可信的。其次，就倫理功能而言，以正面的心態「信」其有，必可端正身口意三業，於自於他皆受其利。

又孫寶死後，問冥官：「未審生時罪福，定有報否？」官曰：

「定報。」又問：「兼作罪福，得相屏除否？」官曰：「得。」㉓ （隋‧孫寶，頁23）按，罪福必有報──生前若無現報，死後必有冥報： 「人死，各從本業受報」（同上）。

《冥報記》中「懺悔滅罪」最典型的例子是楊師操，於唐初任官，退休後躬耕爲業，「然操立性，毒惡暴口，一生已來，喜見人過，……無問大小，常生恐嚇；於自村社之內，無事橫生整理，大小譏訶，是非浪作。」這樣的性行，漸至「惡心日盛，人皆不喜見。」他亦自知性惡，曾向人說：「吾性多急暴口，從武德已來，四度受戒，持行禮拜，日誦經論，化人爲善，然有大小侵己，操不能忍！」某日，有人來告云：「東陽大監，故遣我追儞，爲儞自生已來，毒心纏縛，不能忍捨，逢人即說勸善，己身持戒不全；慳貪不施，自道我有善心，供養三寶，然未曾布施片財；雖口云慙愧，心中即生別計，惑亂凡俗，爲此喚汝。」隨即暴斃，而魂神入冥，遊到「猛火地獄」，據說此獄是爲「持戒不全、修善中休、知而故犯」者準備的，而「楊師操，一生喜論人過，……今欲遣入此處。」師操聽了，惶恐叩謝，且問：「若爲得脫？」答云：「儞但至心禮十方佛，殷心懺悔，改卻毒心，即隨往生，不來此處。雖懷惡意，一期能悔，如菩薩行，不惜身命，得生淨土。」師操便依教發露，殷勤懺悔，遂放還家，經三日得活。便向惠靖禪師處，改過懺悔；並從此「每一食長齋，六時禮懺。」後於夢中有人來云：「儞既止惡，更不追儞，但儞勤誠修善，不須憂之。」（唐‧楊師操，頁88）另：張法義於華山遇僧，爲說：「俗人多罪累，死皆入惡道；誠心懺悔，可滅之。」即爲他行懺滅罪。法義死後，於冥間受審，該僧也入冥求情，閻王爲此「特放

㉓ 請參閱：〈三乘菩提之佛典故事第49集：瞋恚對治鬼〉http://video.enlighten.org.tw/zh-TW/a/a13/2755-a13_049

七日，還家修福」（唐‧張法義，頁74）又，孔恪本應受罪，冥官放他七日，歸家追福，他還陽後：「大集僧尼，行道懺悔，精勤苦行。」（唐‧孔恪，頁66）這兩例都說明了：本罪所應受之惡報，仍有轉化的可能；而轉業滅罪的方法，最直接有效是「如法懺悔」。[24]

1. 善惡業報

《冥報記》中惡業惡報的事例甚多，尤其惡業之首的「殺生」最嚴重[25]，如：「竇軌，性好殺戮，……多殺將士。」後來病篤，見許多人頭來索命，言畢而薨。（唐‧竇軌，頁69）又韋姓男與某婦人誓不相負：「累年，失寵愛，婦人怨恨；韋懼其及己，因縊殺之。數日，韋身遍癢，因發癩而死。」（唐，臨邛人韋，頁63）又如康抱坐其兄叛亂，當死，而自匿於京師十年；後被曾姓舊識出賣而伏法，死前曰：「我誠負官，死自我分；然無負於卿，卿與我故知，不能相濟，曷反如此？若死者有知，必當相報！」果於數日後，取其頭去。（隋‧康抱，頁61）以上三則殘殺、謀殺、陷殺的例子，也許可追溯到前世的殺報因緣；如戴天胄曰：「吾生時，誤奏殺一人；吾死後，他人殺一羊祭我。由此二事，辯答辛苦，不可具言。」（唐‧戴胄，頁32）「人命關天」——人與人相殺，可依法量刑，或私下報復，表面上似是公平的。但若以人類而殺害畜生，則只有「冥報」償還了，如：姜畧少好畋獵，後遇病，見數千無頭鳥繞床鳴叫：「還我頭來！」於是頭痛

[24] 請參閱：〈學佛釋疑（二）第58集：應該如何懺悔業障呢？〉http://www.enlighten.org.tw/dharma/9/58

[25] 【一切有情眾生莫不愛惜自己的生命，乃至螻蟻也不例外，所以我們如果去斷除有情眾生的生命，則不僅有違菩薩的大悲心，也會與這些眾生結下無比的怨仇，生生世世互相殺戮、互相欺凌，無有了期。】——詳細內容請參閱：〈學佛之正知見（第二篇）第20集：行十善業道（上集）〉http://www.enlighten.org.tw/dharma/4/20

氣絕，許久乃蘇。（隋‧姜畧，頁53）又，潘果於塚間見一走失之羊，乃捉以歸家；其羊中路而鳴，果乃拔去其舌，於是夜烹食之：「後一年，果舌漸小，遂銷盡。」（唐‧潘果，頁59）又，趙文若病重，見有眾多豬、羊、雞、魚、鵝、鴨之屬，競來責命；死後下地獄：「見受罪處訖，（冥）王付一盌釘，令文若食之；并用五釘，釘文若頭、項，及以手足，然後放過。」復活後，頭、手足常痛。（唐‧趙文若，頁92）又，李壽性好畋獵，長殺狗餧鷹；既而生病，見五犬來責命：「既無罪殺我，又未死間，汝以生割我肉，臠臠苦痛，吾思此毒，何有放汝耶？」有人為他請命曰：「殺彼，於汝無益，放令為汝追福，不亦善乎！」犬乃許之。李壽還陽後，遂患偏風，肢體不隨。（唐‧李壽，頁87）這幾則都是殺畜之報，己身承受，雖許諾為之修福以抵死，但活罪難逃；可見殺生所致之怨氣難解也。

　　也有個人殺生而殃及眷屬的，如：李寬好田獵，常養鷹數十：「後生一男，口為鷹嘴，遂不舉之。」（隋‧李寬，頁52）王將軍好獵，所殺無數。生女七歲，忽爾走失；後於三十餘外里棘中尋得之，口作聲似兔鳴。抱歸家，月餘不食而死。（隋‧王將軍，頁47）這或是受了傳統「家族承負」說[26]的影響，或因其子女為了償宿業而託胎於此以承其父所造殺業也。總之，業報說既涉及「三世」以上，則眾多因緣的錯綜複雜，並非凡夫所能知曉。

---

[26] 謝世維，〈首過與懺悔：中古時期罪感文化之探討〉（清華學報新40卷第4期，2010.12頁735～764）【在天師道的制度中，家長的罪會上延祖先，下流子孫，這是直系血親的罪業承負觀念。……（佛教）罪感依循著業力果報的原理，只及於己身以及自己的宿世與來世，並不涉及先祖子孫。……西元三、四世紀以後人們的罪感意識呈現多元而複雜的情況，這種罪感可能是承負式的、可能是集體式的、也可能是輪迴式的，可能是這三者的交會，或遊走在這三者之中，並適時地選取能因應其處境的模式。】http://thjcs.web.nthu.edu.tw/ez-files/662/1662/img/1303/THJCS404-3.pdf

　　又由於凡人不能測知「業報」的實情；而認為冥界的審問、取證，或可彌補這方面的缺失，讓人們於因果報應更確定，如孔恪與冥官的問答，乃論心（動機）不論事（行為），且令犯者自知罪過所在：

> （冥）官曰：「汝殺牛會獠，欲以招慰為功，用求官賞，以為己利；何云國事耶？……客自有食料，無鴨。汝殺供之，以求美譽，非罪如何？又復殺雞卵六枚。」、「汝殺他命，當自受之。」（唐・孔恪，頁66）

除了殺牛殺鴨之外，較奇特的是「吃雞卵」的事例：如周武帝「好食雞卵，一食數枚。」死後被獄卒用鐵梁押之剖脅：「雞子全出，可十餘斛。」（周武帝，頁49）又有十三歲小兒，常盜隣家雞卵食之。某日，被引至城北門內：「地皆熱灰碎火，深才沒踝，兒忽呼叫，走赴南門，垂至而閉；又走東西北門，亦皆如是。」村人皆見此兒在田中啼叫馳走；其父大聲呼其名，城灰忽不見：「視之，其足半脛已上，血肉燋乾；其膝以下，洪爛如炙。抱歸養療，髀肉如故，膝下遂為枯骨。」（隋・冀州小兒，頁53）雞卵似是一般食物，為何報罰如此慘酷，

且不分帝王、小兒㉗？

　　總之，殺生乃極重之罪，以同理心而言，萬物莫不貪生怕死，是以佛教制戒，於重要經論中，對「慈心不殺」及「殺生惡報」多方勸戒㉘，小說如《冥祥記》亦云：「如今所見，善惡大科，略不異也；然殺生故最為重，禁慎不可犯也。」（宋·袁炳）又：「宜勤精進，不可殺生；若不能都斷，可勿宰牛，食肉之時，無噉物心。」（晉·庾紹之）

㉗ 雞卵似是一般食物，為何報罰如此慘酷，且不分帝王、小兒？或有引梁·真諦譯《顯識論》云：「一切出卵不可食，皆有子也」。唐·懷信《釋門自鏡錄》卷下「害物傷慈錄」八：「（支遁）以為：雞卵受氣未足，謂非有命，言食之無罪。其師戒素之僧，恒常誨勵，遁快辯直言，師莫能屈。師既亡後，忽復見形，取雞卵，對遁擲地，乃有雞雛從卵而出，飛翔飲啄；遁意稍疑，未能全革。後復欲食之，遂夢有夫婦二人，胡跪……銜雞子，從遁前扣破，皆有白衣兒，從內而出。覺已，深自悔責，蔬食終身。」一生多食，累積殺業，生前即受「焦熱地獄」之苦。除了食用之外，其他用途也是殺生，如《顏氏家訓》歸心第十六云：「梁世有人，常以雞卵白和沐，云使髮光，每沐輒二三十枚。臨死，髮中但聞啾啾數千雞雛聲。」

㉘ 如《大智度論》釋初品中·尸羅波羅蜜義云：「殺生有十罪，何等為十：一者、心常懷毒，世世不絕。二者、眾生憎惡，眼不喜見。三者、常懷惡念，思惟惡事。四者、眾生畏之，如見蛇虎。五者、睡時心怖，覺亦不安。六者、常有惡夢。七者、命終之時，狂怖惡死。八者、種短命業因緣。九者、身壞命終，墮泥犁中。十者、若出為人，常當短命。復次，行者心念：一切有命，乃至昆虫，皆自惜身，云何以衣服飲食，自為身故，而殺眾生？」《法苑珠林》卷第七十，受報篇·惡報部，引《地持論》云：「殺生之罪，能令眾生墮三惡道；若生人中，得二種果報：一者短命，二者多病。如是十惡，一一皆備五種果報，一者、以其殺生苦眾生故，所以身壞命終，地獄眾苦，皆來切己。二者、以殺生無有慈惻，行乖人倫，故地獄罪畢，受畜生身。三者、以其殺生，必緣慳心，貪著滋味，復為餓鬼。四者、以其殺生，殘害物命，故得短壽。五者、以殺生違遁，眾患競集，故得多病。當知，殺生是大苦也。」

相對於「殺生」的惡報，書中也有兩則關於「放生」⑳的善報，如嚴恭偶然以經商錢買黿放生，而當天黃昏：「有烏衣客五十人」，到他父母家寄宿，「并送錢五萬付恭父曰：君兒在楊州市，附此錢歸，願依數受也。」其父受之，「記是本錢，而皆水溼。」（陳‧嚴恭，頁14）除了「錢歸原主」之外，似無其他善報；但嚴家經歷了這般神異之後：「共往楊州起精舍，專寫《法華經》。遂徙家楊州，家轉富，大起房廊爲寫經之室，莊嚴清淨，供給豐厚，書生常數十人。」歸信了佛教，廣作佛事，從此神靈護法，成了三寶吉祥之家。就宗教的立場，由俗入信，是娑婆眾生最大的福報：「佛法難聞今已聞」，正是善根成熟、功德發用的機緣。又如：「蜀人將決池取魚，嘉運時爲人講書，得絹數十匹，因買池魚放之。」由於這件善行，得免於被東海公勾攝入冥爲官。（唐‧張公謹，頁64）另一則說趙文若曾入地獄，受「吃肉殺生」之報；還陽後，夢見青衣婦女來乞命，文若得知屬下將爲他殺一小羊；乃報云：「汝急放卻，吾與價值，贖取放之。」贖羊放生，是爲己免罪也。（唐‧趙文若，頁92）

其次，有幾則關於「偷盜」的，其罪行似小，報應卻很重，如：某人母生前私取其子五升米送給女兒，死後「坐此得罪報，受驢身」，在其子家勞役五年以爲償，卻被其子「以非理相苦」，乃向其女投訴：「涕淚交流，不食水草。」（隋‧洛陽人，頁60）又筆工趙士之女：「往年未死時，盜父母錢一百，欲買脂粉，未及而死。」錢雖未

⑳【看到有畜生道的眾生即將被殺害、獵捕、囚禁、煮食等等，有些還因爲過度驚恐而撞得渾身是傷甚至頭破血流，也有可能即將造成還在巢穴內的小生命因爲失去父母的照料而死亡；當我們看到這種情況的時候，大多會很自然的生起了慈悲之心，不忍看到這些畜生道的眾生面臨被殺害的恐懼以及痛苦；就出手相救，讓牠們回歸到本來生存的地方，或者放到適當的處所，希望牠們繼續過著原本自由自在的生活。】──詳細內容請參閱：〈三乘菩提學佛釋疑第116集：放生應有的正確觀念及做法〉http://www.enlighten.org.tw/dharma/7/116

用，而「盜行」已成，死受「青羊」身，該被殺傳食以償父母，乃向來客求援而得免。（唐・長安市里，頁58）與此類似而更悽慘的，有韋慶植之女：「嘗私用物，不語父母，坐此業報，今受羊身，來償父母命；明日，當見殺。」乃託夢其母以乞命，又現形來客以求情，其父皆不信，仍殺之。（唐・韋慶植，頁73）這三則都是自家內偷竊，且錢物甚少、動機單純，當事人是親子關係，按家法亦情有可原；只因生前隱瞞，死後受「驢、羊」身以償；但故事卻讓牠們有機會（現形、託夢）向旁人（妹、客）自訴、求情；結局則有好有壞：或信其言而送佛寺安養、或不信而仍以畜生殺之。

　　以上為十惡業的「殺、盜」兩項；此外，有三則關於「不孝」的故事：河南人婦，養姑不孝；姑兩目盲，婦切蚯蚓為羹以食之；姑竊藏一臠，留以示兒；兒還見之，欲送婦詣縣：「未及，而雷震，失其婦；俄從空落，身衣如故，而易其頭為白狗頭，言語不異。」後來乞食於市，不知所終。（隋・河南人婦，頁56）此婦之心行，人神共忿，未及送官，先受天罰──人身狗頭，以示其為「衣冠之禽獸」也。其次：謝弘敞妻生前，曾以不淨盂，盛食與親；於地獄中：「以銅汁灌口，非常苦毒。」後雖還陽，而口內皆爛。（唐・謝弘敞妻，頁93）所犯過失，是疏忽、或惡意？此處並未辨明，但依其行為之性質，而受同類的果報。又，張法義曾「張目私罵」其父，冥司判他「杖八十」（唐・張法義，頁74），所罰似輕，或因此人「年少貧野，不修禮度」，情有可原也。㉚

────────────────

㉚ 【佛弟子會想盡辦法，讓父母尊親能夠和佛法結緣，能夠得到未來生的大利益，這才是佛法中的孝順。也就是，不但要救護父母的色身，還要能夠救護父母的法身慧命，這才稱之為大孝。】──詳細內容請參閱：〈學佛釋疑（二）第20集：什麼是佛法中的孝道？〉http://www.enlighten.org.tw/dharma/9/20

　　最後，有一則「虛應虛受」的例子，從反面說明「業感報應」的嚴謹：梁武帝微時，識一寒士；即位後，偶於苑中見其牽舟，乃答應他：「明日可上謁，吾當與汝縣令。」此人幾次奉勑而往，皆有事而不得通，乃問沙門寶誌，寶誌告之曰：「終不得矣，但受虛恩耳。過去，帝為齋主，君具疏，許施錢五百，而竟不與。是故今日，但蒙許官，終不得也。」（梁武帝，頁13）

2. 冥界經歷

　　佛教小說宣揚「善惡業報」的故事中，最聳動的模式是：「死而復甦，自說見聞」。這其中包括了暴死（或受聘）、入冥、審判（受刑）、游觀、還陽、述說、補過等內容。[31]《冥報記》這類故事也較多，如〈唐・眭仁蒨〉先說仁蒨「少有經學，不信鬼神，常欲試其有無。就人學之十餘年，不能得見。」後以殊緣，認識了「臨胡（鬼）國長史成景」，且結為至友：「經十年，凡數十相見。後忽駐馬，呼蒨曰：比頻見君，情相眷慕，願與君交遊。」接下去有兩個重點：一是情誼的發展，二是果報的說明：

> （仁蒨）問：「佛法說有三世因果，此為虛實？」（成景）
> 答曰：「實。」蒨曰：「即如是，人死，當分入六
> 道，那得盡為鬼？」……景曰：「其得天道，萬無一

---

[31] 王青，〈西域冥府遊歷故事對中土的影響〉，《新疆大學學報》2004第1期，提出了幾個可參考的觀點，整理如下：「暫死──入冥──冥官斷案──遊歷地獄──闡釋因果──復生」的情節模式，結合了中土、印度及西域有關幽冥世界的想像。由此模式而有幾個不可缺的情節：1.鬼吏枉索人命，由府君改正。2.死後審判，不論生前的社會地位、與冥官的個人關係，只看對「佛教的崇信」程度。3.並不是算總帳，而是分段計算的。4.對地獄中受苦人群的描繪。

人，如君縣內無一五品官；得人道者有數人，如君九
品；入地獄者亦數十，如君獄內囚；唯鬼及畜生，最
爲多也，如君縣內課役戶。」蒨曰：「鬼有死乎？」
曰：「然。」蒨曰：「死入何道？」答曰：「不知。
如人知死，而不知死後之事。」

蒨問曰：「道家章醮，爲有益否？」景曰：「道者，
天帝總統六道，是謂天曹；閻羅王者，如人間天子；
太山府君如尚書令，錄五道神如諸尚書。若我輩國，
如大州郡。每斷人間事，道上章請福，天曹受之，下
閻羅王云：『某月日，得某甲訴云云，宜盡理，勿令
枉濫。』閻羅敬受而奉行之，如人之奉詔也。無理不
可求免，有枉必當得申。」

蒨又問：「佛家修福何如？」景曰：「佛是大聖，無
文書行下。其修福者，天神敬奉，多得寬宥。若福厚
者，雖有惡道文簿，不得追攝。此非吾所識，亦莫知
其所以然。」

這篇文字可視爲《冥報記》中「三界」觀的完整說明；其審斷人事的
組織，是佛、道混合而重新安排——天帝、太（泰）山府君是本土的
信仰，佛、閻羅王、六道是外來的觀念；這裡卻將「閻王」③插置於

---

③ 請參閱：〈三乘菩提學佛釋疑第32集：佛教相信閻羅王嗎？〉http://www.enlighten.org.tw/
dharma/7/32

「天帝」與「太山」之間，成了嚴密統署的體系③；而佛陀的地位、及（信佛）修福者的功德，被提高、超越於「天曹、惡道」的管攝之外；全書大部分的故事在演述這樣的觀念——雖然善惡各有報，分毫不差；而信佛者，或先做福業而減夙罪、或已造惡業而後追福，皆因佛（菩薩）之大悲願力而得寬宥；為何如此，書中云：非一般人所能知也。

　　雖如此說，但《冥報記》中有關「冥司地府」的描述，似乎仍是閻王與太山各行其是，很少同時提及，且表現了不同的風格；例如書中幾則對「閻羅王」的形容：「至一官曹，廳事甚宏然，其庭亦廣大，……一大官坐高床座，侍衛如王者。」（唐·李山龍，頁43）又：「見宮門，引入庭，見（武帝）共一人同坐，而有加敬之容。」（周武帝，頁49）又：「（王）宮在東，殿宇宏壯，侍衛數千人。」（唐·張法義，頁74）排場與權位似乎很大，但或因閻羅王傳入中國後，雖納入「天帝」的統轄，主斷亡魂業報之事；但似乎多以「冥王」的尊貴身分，處理佛教相關的案例，如：「（釋慧如）被閻羅王請，行道七日。」（唐·釋慧如，頁5）「王指座謂山龍曰：可升此座誦經。……升座訖，王乃向之而坐。」（唐·李山龍，頁43）「王起迎僧曰：師當值來耶？……

---

③　「泰山治鬼」與「閻王地獄」的源流關係，詳見前註；又，蕭登福，《漢魏六朝佛道兩教之天堂地獄說》，臺北學生書局1989.11。

　　【一般人所認知的地獄就是陰間、陰曹地府，認為人死後就會到陰曹地府來接受閻羅王的審判，如果審判的結果是好的，就可以當人或升天；如果審判的結果是不好、有罪的，就要到陰曹地府來受罪。像這樣的說法，與佛教的說法是有相當的出入，因為這樣的緣故，所以我們要將地獄的內容來詳細地說明，才不會積非成是。】——詳細內容請參閱：〈三乘菩提之學佛釋疑（一）第120集：「地獄門前僧道多」是真的嗎？〉http://video.enlighten.org.tw/zh-TW/a/a07/1806-a07_120b又，〈三乘菩提學佛釋疑第102集：真的有天堂與地獄嗎？〉https://www.enlighten.org.tw/dharma/7/102

然師爲來，請可特放七日。」（唐・張法義，頁74）

至於其他的冥判事件，則多由太山府君及其他冥官處理，如：「僧問曰：聞世人傳說，泰山治鬼，寧有之也？神曰：⋯⋯有之。」（隋大業客僧，頁18）又：「我今任太山主簿，已請天曹報殺卿！」（隋・康抱，頁61）而本書中太山府君的轄屬州縣與官吏名目較複雜㉞，形象也較人間化：有家室兒女，須睡眠、可欺瞞；其職司系統也有循私貪汙、錯拘暴虐等缺失。由於這些近似於「人道」的特色，發展出一種人鬼（神）的情誼，如前例成景對睽仁蒨說：「與君相遇也；吾乃能有相益，令君預知禍難而先避之，可免橫害。唯死生之命，與大禍福之報，不能移動耳。」又以其從騎掌事贈之，遣隨蒨行：「有事令先報之，有爾所不知，當來告我。」後來，仁蒨曾具饌饎、金帛以贈成景：「鬼神道中亦有食，然不能飽，苦飢；若得人食，便得一年飽。⋯⋯鬼所用物，皆與人異；唯黃金及絹，爲得通用。然亦不如假者，以黃色塗大錫作金，以紙爲絹帛，最爲貴上。」人鬼之交愈深切。數年後，仁蒨遇病，成景告以：「太山主簿闕一員，薦君爲此官；案成者，當死。」又百般爲他設法，終得免死。後因本縣爲賊所陷，死亡略盡；仁蒨爲掌事所導，竟以獲全。

另一則〈唐・兗州人〉與此類似：兗州張某，因詣京赴選，經太山而謁廟祈福，見府君第四子之儀容秀美，心生愛慕，乃祝曰：「但得四郎交游，詩賦舉酒，一生分畢，何用仕宦！」果然感得四郎現身

㉞ 如：「黃河以北，總爲臨胡國；⋯⋯是故趙武靈王，今統此國，總受太山控攝，每月各使上相朝拜於太山。」（唐・睽仁蒨，頁26）此外，有東海公：「見一人（東海公）在廳上坐，肥短黑色。」（唐・張公謹，頁64）「見有廳上西間，有一官人坐，形容肥黑。」（唐・王璹，頁69）有魏（徵）太師：「已死矣！今爲太陽都錄大監。」（唐・孫迴璞，頁30）或許都是另一些如「大州郡」的轄區。

來告云：「今歲不合得官，復恐前途，將有災難，不復須去也。」張不從，與同伴夜行，被賊劫掠，幸得四郎搭救。後來，張無官而歸，四郎帶到府中作客，歌舞飲宴，同室而寢。這裡寫泰山府君也有家庭子女，其居處：「有飛樓綺觀，架迥陵虛，雉堞參差，非常壯麗，侍衛嚴峻，有同王者所居。」而人神交往，並無任何隔礙；且府君亦嘉許張某：「汝乃能與我兒交游，深爲善道，宜停一二日醼聚。」類似的世間情誼，淡化了「太山治鬼」的森嚴性；後段又說：張某偶然在府中見其妻「於眾官人前，著枷而立。」乃告知四郎，遂召冥官設法：「司法乃斷云：此婦女勘別案內，嘗有寫經、持齋功德，不合即死。」張某夫妻乃辭別四郎，借馬同歸，而「妻雖精魂，事同平素，行欲至家，去舍可百步許，忽不見。」張某趕回，開棺，其妻起坐笑曰：「爲憶男女，勿怪先行！」這段寫陰間斷案的徇私，及世間眷屬的貪戀，並無批判之意，而是凸顯「人道」情感的珍貴；這或許是《冥報記》所呈現的，唐代佛教小說「世情化」的傾向。若再細分，「入冥遊觀，還陽自說」的故事可有兩類：

(1) 應訊或錯勾

以下數則，本因「罪業」成熟而入冥受訊，後經對質無過而釋放、或得僧人救護而免死，暫回陽間，懺悔行道以贖前愆。其進行式大致如此：「暴病死，……經××日而蘇，自言：初死時，被鎖官數人收錄，至一官曹（府）。」接著便是地獄的經歷見聞。如：「王璹，暴病死，經二日而蘇，自言：初死時，見四人來至其所云：追汝！璹隨行，入一大門，見有廳上西間，有一官人坐，形容肥黑；廳東間，有一僧坐，與官人相當，面向北。各有床褥几案，侍童子二百許人，或冠或否，皆美容貌。階下有官吏文案……。」王璹是被拘來與某亡者對質，經查「無罪」，而放他還陽。較奇特的是：主事者除

了廳西的「官人」之外，廳東另有一「僧」，王璹獲釋：「至東階下拜僧，僧以印印璹臂曰：好去！」須其印乃可通行；而此僧之來歷與職位，並無說明。更不可解的是，出獄途中受了諸般刁難：又被某官怒斥「搭耳」，幸得門吏以手挑之，才免於耳聾。出門後，又有吏來討人情，索取三千白紙錢，十五日內準付；王璹許諾了，才為他指路返家；璹復甦後，忘不與錢，隔天又病，冥吏親自來討，幾經波折、兩度挑剔，才給付了事。（唐·王璹，頁69）這段經歷中，有私刑的、有暗助的、也有索賄的，不異於人間的官僚行徑。

　　類似的例子，另有李山龍：「暴病亡，……七日而蘇，自說云：當死時，被鎖官收錄，至一官曹，廳事甚宏然，其庭亦廣大。庭內有囚數千人，或枷鎖、或杻械，皆北面立，滿庭中。」閻王問他做過什麼福善業？山龍說：「誦《法華經》兩卷。」王稱此大善，請他升座誦經，並讓他歷觀諸獄，並放他還陽；卻有三人來討索賄，據說是「前收錄君使人，一是繩主，當以赤繩縛君者；一是棒主，擊君頭者；一是袋主，吸君氣者。見君得還，故乞物耳。」山龍復甦返家後：「剪紙作錢帛，并酒食，自送於水邊燒之。」（唐·李山龍，頁43）這裡的重點在於稱說「誦經之福」可免地獄之罪；而讓此善人參觀各獄，證明「此諸人者，各隨本業，赴獄受罪」，給亡魂「悔過、補救」的機會；更可強化他（讀者、信眾）對學佛作善的信心──這類情節正是「輔教小說」的套式。而後半段卻暴露了地獄的某些問題：1.冥王雖「特赦」誦經人，但其夙罪並未銷案，因此會有「他官不知，復追錄君」的可能，須「謁王請抄」、「為取五道等署」，乃得順利通行。2.冥吏私向還陽的人乞物，所謂「閻王好見，小鬼難纏」也！

　　其次兩則，都是罪（業）死入冥，卻被高僧所救的例子；如張法

義曾於華山巖穴中遇僧，為他「懺悔滅罪」；後來法義病死又蘇，自說：「初死，有兩人來取，乘空南行，至官府，入大門，又巡巷，左右皆是官曹，門閣相對，不可勝數。」冥官將法義過錄事：「始錄一條，即見巖穴中僧來……曰：張法義是貧道弟子，其罪並懺悔滅除，天曹案中已勾畢；今枉追來，不合死。」閻王說：其他罪案已滅除，只有「張目罵父」一項，「在懺悔後，不合免。」、「然師為來，請可特放七日。」僧請閻王印之，曰：「可急去！還家修福。若後來不見我，宜以印呈王，王自當放汝也。」（唐・張法義，頁74）僧人在地獄中似有威權，甚至「當值」，冥王雖依犯者之業而行罰，也須給僧面子，特放七日以「修福」補救。又如鄭師辯：「暴病死；三日而蘇，自言：初有數人見收，將行入官府大門，見有囚百餘人，皆重行北面立，凡為六行。」辯憂懼，念佛，忽見生平相識僧來，曰：「吾今救汝得出，可持戒也。」乃代向冥官說其福業，官曰：「放之。」僧領他出門，為授五戒，又以瓶水灌其額、給黃帔㉟一枚說：「日西當活。」並示其歸家之路。（唐・鄭師辯，頁40）這是生前不修福，下地獄還有救的特例。兩則又都提及「時間」的差異性：「七日，七年也」，「死生，反晝夜也」。冥界七日等於陽間七年，且彼此之晝夜顛倒。

　　其次，錯追而入冥的：孫寶少時「死而身暖，經四十餘日乃蘇，自說：初被收，詣官曹內。」忽見其母言：「從死以來，久禁無進止，無由自訴。」隔日，冥官判寶無罪，放出；寶代其母陳情：

㉟ 黃帔，似為道教服飾；如《洞玄靈寶三洞奉道科戒營私》卷五「法服圖儀」，列舉各類道士的法服：「高玄法師……黃帔二十八條；洞神法師……黃帔三十二條。」又，《廣弘明集》卷十二〈辯惑篇〉第二之八，決對傅奕廢佛法僧事：「張陵、張魯……遂與鉅鹿張角，遠為外應，造黃布巾、披黃帔，聚合徒眾，誑誘愚民。」

「寶母福多罪少，乃被久留。若有定報，何爲如此？」官吏勘別簿，果如所言，因命釋放，配生「樂堂」，彼處「如好宮殿，有大堂閣，眾人男女，受樂其中。」寶在彼歷觀遊戲月餘，而無還意；被伯父責曰：「汝未合死，何不早還？」因以瓶水，遍淋其體，遣之還陽。（唐・孫寶，頁23）孫寶「無罪而被收」、其母「福多罪少而久留」，連續兩次差錯，只爲了借孫寶之口，說明「生時罪福定有報」、「兼作罪福得相折除」之理；並介紹所謂的「樂堂」——此爲「福多」者的配生處，孫寶「業惡，不得生樂堂；但以未合死，故得客遊其中。」片谷《研究》頁154云：樂堂是位於「冥界」某區之宮殿，或與《幽冥錄・康阿得》的「福舍」、《冥祥記・孫雅》的「福堂」相同：「男女異處，有誦經者、唄偈者，自然飲食，快樂不可言。」、「學成，皆當上升第六天上。」因此，是天堂與地獄之間的（暫時）處所[36]，雖不如淨土，但男女可受樂於此。

另一則也是錯勾，但半途放回；其精彩處，在於「還魂」的描寫：孫迴璞於半夜，被兩人帶到至苜蓿谷，遙見另兩人說：「汝等錯！宜放彼人。」璞循路而還家：「見婢當戶眠，喚之不應。」、「入戶，見其身與婦並眠，欲就之而不得，但著南壁立，大聲喚婦，

---

[36] 佛光大辭典「福舍」條：爲印度供應旅人及貧者所使用之宿舍。如《大唐西域記》卷四「磔迦國」條：此國已往，多設有福舍，以供給貧匱者，或施藥品、或施食物等，令行旅無虞匱乏。又同卷「秣底補羅國・恆河門」條：常有遠方數百千人集於此地澡濯，樂善諸王遂建立福舍，以供大眾之需。印度境外之「劫盤陀國」亦有此類設置。此外，於《雜阿含經》卷三十六、《十誦律卷》十二等，則稱此類宿舍爲「福德舍」。又如《華嚴經・賢行願品》：「城邑聚落，四衢道側，相次陳列，福舍、義堂，滿二十億。」另如《道藏》洞神部二，《太上妙始經》一卷：「謂人生時能奉道守戒，死後皆生諸天中福舍安穩之處，長在道氣之中，無復謫罰，福流子孫，來世轉生豪貴。」《太眞玉帝四極明科經》：「善惡因緣，莫不有報；生世施功布德，救度一切，身後化生福堂，超過八難，受人之慶，天報自然。」

終不應。」、「屋內極明，見壁角中有蜘蛛網，……並見梁上所著藥物，無不分明；唯不得就床，知是死，甚憂悶，恨不得共妻別。倚立南壁，久之微睡，忽驚覺，覺身已臥床上。」（唐·孫迴璞，頁30）死而復生，恍如隔世，這樣的經驗，似乎有助於對人生意義的省思與重估。

又，張瑞芬云：《冥報記》中遊歷地獄者，多以傷痕為證，增添了平實的生活性[37]，如，張法義：「掌中所印之處，文可不識，皆為瘡，終莫能癒。」釋慧如：「其腳燒瘡，大如錢，百餘日乃愈。」孫寶：「其灌水不遍之處，肉遂糜爛墮落，至今見骨。」冀州小兒：「其足半脛巳上，血肉燋乾；其膝以下，洪爛如炙。抱歸養療，髀肉如故，膝下遂為枯骨。」

(2) 行道或判事

因借重某人之德行或才學，以協助冥官度化亡魂、或處理案件，而順便遊觀了獄諸相。這樣的故事，在古今傳聞與小說中甚多，也是很有效的宗教宣傳。

沙門慧如坐禪修定，七日不動；既而開目，曰：「被閻羅王請，行道七日滿。」王特許他會見獄中故人：「即遣喚一人，唯見龜來，舐慧如足，目中淚出而去。」另一人「罪重不可喚，令就見之」；使者引至獄前，門開而大火流出：「舉目視門，門已閉訖，竟不得相見。」（唐·釋慧如，頁5）所欲見的兩人，罪輕者轉身為龜；罪重者火獄受刑，此景此情，令人心生警惕而不敢為惡也！同類的例子如：某僧願見兩位先死的同學，泰山神告曰：「一人巳生人間」；

---

[37] 見註7，〈唐代釋式輔教書的幾個特色〉，頁117。

「一人在獄，罪重不可見」，乃往就之：「遙見一人在火中，號呼不
能言，形變不可復識，而血肉焦臭。」（隋大業客僧，頁18）

　　被強徵入冥判事的，多為「主簿」、「記室」、「錄事」之類
的下級事務官，當事人有藉口求免的，亦有不得已赴任的，如：眭仁
蒨遇病，據說是「太山主簿一員闕，薦君為此官。」、「案成者，當
死。」後經鬼友（成景）指點：「文書欲成，君（向泰山府君陳）訴，懼不
可免，急作一佛像，彼文書自消。」（唐·眭仁蒨，頁26）又如孫迴璞：
「魏太師（微）有文書，追君為記室。」璞乃與家人訣別，又請僧行
道，造像寫經；幾日後，被引入山中宮殿，眾迎曰：「此人修福，不
得留之，可放去。」（唐·孫迴璞，頁30）又，馬嘉運：「此府記室闕，
東海公聞君才學，欲屈為此官耳。」幸遇同事霍璋與他串供：「鄙
人野，頗以經業教授後生，不足以尚管記之任。」於是放回。（唐·
張公謹，頁64）又，柳智感為冥官所追：「今有一員官闕，故枉君來任
之。」智感辭以親老，且自陳福業；王勘之信然，乃曰：「可權判錄
事。」智感許諾拜謝，從此：「夜判冥事，晝臨縣職，遂以為常。」
而「每於冥簿見其親識名狀、及時月日，報之，教令修福，多得免
者。」三年後，因該職另得人選而除役。⑱（唐·柳智感，頁77）

---

⑱ 唐代有關「生人判冥事」的故事，如張鷟《朝野僉載》〔5〕云：【太宗至夜半奄然入定，
見一人云：陛下暫合來，還即去也。帝問：君是何人？對曰：臣是生人判冥事。又孟獻忠
《金剛般若經集驗記》云：禽昌公於昶，昔任荊府錄事，每至一更已後，即喘息微憊，舉身
汗流，至雞鳴時即愈，亦更無所苦。但覺形體羸弱，心神憂悴。……云：「更無他疾，但苦
晝決曹務，夜判冥事耳。」……每有未萌事，咸預知之，即陰為之備，終不曉說。雖兄弟
妻子，不之告也。凡五六歲，甚覺勞苦。其後丁龍城夫人憂，即誦《金剛般若》，由是不
復更為冥吏。】（見楊寶玉，〈P.2094《持誦金剛經靈驗功德記》校考〉轉引，《周紹良先
生欣開九秩慶壽文集》，中華書局1997年3月。）http://www.tanghistory.net/data/articles/
d02/188.html

　　前三例都是被追攝入冥，而因舊識（鬼）暗助、或行道修福而得倖免的[39]；當事人之所以避不受命，乃陰陽不同界，若任彼職則必減壽而死，故不願以死換取冥職，如韓雲波所說：「生在人間是快樂的，死在冥間是有罪的、也是痛苦的；死成了最簡單的懲罰惡的手段與因果報應的結局。」[40]

　　總之，此書中入冥者經歷的自述，偏於生前「罪、福」的審理對質，以證明「善惡必有報」，大部分報應在現世的人間；因此關於「地獄酷刑」的恐怖描寫也相對的簡略，卻多令彼還陽「修福」或請親友「追福」。其勸人知罪能懺、練行補過，可說是儒學存養與佛教信仰的結合；這與唐臨表現在處事、治獄（具如前述）上的寬恕成全之心，可說是始終一貫的。

（二）修行觀

　　前節所述善惡報應，雖以佛教所謂的十善（惡）業為準，所作福業皆泛稱，而無特定的修法，甚至可通於儒道之修心養性，並未佛教專門化。

　　下一節所論列的才是「釋氏輔教之書」的本題，但仍可分為幾個單元來談。

---

[39] 類似的例子，如（唐‧謝弘敞妻，頁93）被拘入冥，只因「（閻）王欲令汝，作其女伎」；幸遇其姑夫，教以串供應對之言：「儻引見汝，不須道『解絃管』，如其不為所悉，可引吾為證也。」閻王果然被瞞，而放他還陽。

[40] 見韓雲波，《唐代小說觀念與小說興起研究》頁240，四川民族出版社，2002.7。

1. 一般的「經、像」靈驗，及持戒、齋僧、造塔等

所謂「一般」，乃不特指某經某論、或某宗某派的行法，但因其行道造福而有某些感應，及時解除各種災厄、滿足所有善願，或進而啓發其信仰、改變生命方向。如：張亮因供養寺中佛像，後因雷震，迸中其額；既而詣寺，見佛像額後「有大痕如物擊者」，亮及眾驚嗟歎息。（唐，張亮，頁24）又，李大安宿於逆旅，被其奴以劍刺其項，遂氣絕；恍惚中見庭前池水西岸，有五寸金佛像，漸大而化爲僧，手摩其項瘡而去。大安誌其形狀，見「僧背有紅繒補袈裟，可方寸許。」復甦後求證，乃其妻於他外出時，出資造佛像，以綵畫衣，「有一點朱汙背上」，與大安所見相似。（唐·李大安，頁33）這兩則是小說中常見的，「敬造、供養」佛像而得護佑的故事。相反的例子，如薛孤訓剝佛面取金，貪財利而損佛像，「旬日之間，眉毛總落。」後因怵於現報之迅速，「乃於佛前悔過，所得金皆迴造功德；未幾，眉毛復生。」（唐·薛孤訓，頁93）

其次，是對佛經的敬惜、造寫、保存，如：釋智苑發心「造石經藏之，以備法滅。」於幽州北山鑿石室，磨壁以寫經；又磨寫方石，藏諸室內；「朝野聞之，爭共捨施」，故得遂其功。又欲於巖前，造木佛堂，并食堂、寢屋，而念木瓦難辨，故未起作；「一夜，暴雨，雷電震山；明旦既晴，乃見山下有大松柏數千株，爲水所漂流，積道次。」推尋其跡，遠自西山漂送來此，於是「遠近歎服，謂爲神助。」（隋·釋智苑，頁10）因發心造石經而得人神相助，在當時或許很普遍的。

以下兩則爲宣揚「供養僧」之功德：鄴下人某於西山採銀沙，穴崩，被石塞門而不得出；自念必死，乃一心念佛。其父貧寠，無以追福，乃持粗飯一鉢，往僧寺請齋；一僧愍之，受請，爲呪願。是

日，其子在穴中，忽見沙門持一缽飯以授之，食訖，便不復飢。經十餘年，因皇帝於此造涼殿，「除此崩石，乃見穴中人尚活。」（東魏·鄴下人，頁11）又，有冀州軍人某，戰敗被俘；其父母為造浮圖、設齋會；見一僧來，乞黍糜及鞋一雙。是日，其子在江南澤中牧牛，忽見一僧，給他糜與鞋，又敷袈裟於地，令坐其上，「僧取袈裟四角，總把擎舉而揮之，可移二丈許著地」，某開目而身已到家。（北齊·冀州人，頁12）僧乃三寶之一，虔敬供養之，可獲不思議之福報。

另，三學的「戒」，也是被極力推廣的，但戒有大小寬嚴，一般信眾所受持的，多為基本的「五戒」或「八關齋戒」。[41]此書提到一個持戒受福的人物：「洛陽人姓王，持五戒，時言未然之事，閭里敬信之。」（隋·洛陽人，頁60）「王五戒者，死為天主。」（唐·張公謹，頁64）此人是因持戒而致福報，或本乃異人而示現「持戒」行，書中並無說明；而此處所說「天主」，或乃忉利天之帝釋，或其他天界之主，總之是有權威的，故能於地獄中救人。與此相反的是破戒之例：鄭師辯死入地獄，某僧曰：「吾今救汝得出，可持戒也。」辯許諾，復活後戒心不堅，被人唆勸而食一臠：「是夜，夢已化為羅剎，爪齒各長數尺，捉生豬食之。既曉，滿口中盡是凝血。」於是不敢再吃；後被其妻逼而食肉，卻無報應，唯「六年來，鼻常有大瘡，潰爛，然自不能癒；或恐以破戒之故也。」（唐·鄭師辯，頁40）鄭師辯的持戒、破戒，都不是自發的，但隨人言而變，故其冥報也輕。

以上數則可總括為「三歸、五戒」，是信佛者重要的福業，可獲致種種相應的善報；而目睹這些神蹟的親友，也因此「驚駭，競為

篤信」、「歎異，遂崇信佛法」、「驚喜，遂闔家練行」、「傾家追福，闔門練行」，說明了這類事蹟對初機起信的效用──具體的「事證」比抽象的「教理」有更直接而廣泛的說服力。

2. 特定法門

除了接受佛教一般性的勸善，而隨喜參與某些普及性的活動之外；若有更深的宗教信仰、或特定的宗教需求，則可進一步選擇相應的法門，並根據所提供的教理行儀而修持。《冥報記》中明顯可見的法門，約有下列幾種：

(1)《法華經》與觀世音菩薩

這部分是延續六朝佛教信仰之大宗，也是唐臨受《觀世音應驗記》等啓發，而編撰《冥報記》的因緣。首先，有關《法華經》的信仰及其靈驗如：釋僧徹曾於山間遇一癩病人，乃帶他回精舍，造土穴居之，並給衣食，教誦《法華經》；但此人不識字，性又頑鄙，徹逐句教授，不辭辛勞。半部之後，「夢中有人教之」；到了五、六卷，「漸覺瘡癒」；整本誦完，「鬚眉復生，肥體如常，而能為療疾。」（唐·釋僧徹，頁6）這是宣揚「誦經」功德。[42]又，蘇長乘船赴任，中流遇風而船沒，男女六十餘人溺死；唯有一妾，常讀《法華經》：「船中水入，妾頭載經函，誓與俱沒；既船沒，妾獨不沉，隨波汎濫，頃之著岸。逐載經函，而開視其經，了無溼汙。」（唐·蘇長，頁35）又，韋仲珪父卒，乃遣妻妾而守於墓左三年；晝則負土成墳，夜專誦《法華經》。有虎至牆前，蹲踞聽經，久而不去；又墓生芝草七十二莖，

---

[42] 參閱藍吉富，〈諷誦在大乘佛教中的意義〉，《印順導師九秩華誕祝壽文集》，1995.4，頁445～454及釋聖嚴〈中國佛教以《法華經》為基礎的修行方法〉，中華佛學學報第七期1994.7，頁2~14。

皆朱莖紫蓋，光色異常。（唐·韋仲珪，頁21）又，蕭璟崇佛法，依《法華經》作「多寶佛」塔及像；後於宅院草中拾得檀木浮圖蓋及鍮石佛像，而與佛塔相稱；璟喜，自以為精誠所感，從此日誦《法華經》一遍。病中，仍燃香誦經，謂其女曰：「我欲去，普賢菩薩來迎！」乃長跪合掌，正向西方而絕。（隋·蕭璟，頁20）按，蕭璟、蕭瑀、隋后蕭氏都是梁武帝蕭衍的孫輩，家世奉佛，誦經、造像之類的修行，既勤又切，「精誠所感」故多靈應，可為佛法的效驗作證。

誦經之功德，也可澤及死後與來生，如：閻王請李山龍誦《法華經》：「誦經之福，非唯自利，乃令庭內眾囚，皆以聞經獲免，豈不善哉！」（唐·李山龍，頁43）又，崔彥武因行部至某邑，愕然驚喜曰：「吾昔嘗在此邑中為人婦，今知家處。」乃迴馬至一家，謂主人曰：「吾昔所讀《法華經》，并金釵五隻，藏此壁中高處是也。經第七卷尾後紙，火燒失文字。吾至今，每誦此經至第七卷尾，恒忘失，不能記。」（隋·崔彥武，頁17）前世為人妻，因誦經而轉男身；這種情節極為纏綿感人，頗為後代小說所繼承，開擴了讀者的眼界。今生的人際與倫理，可能延至來世而有變化：或男女交換、或父子顛倒，或愛盡成仇、或冤解分飛；看似造化弄人，其實業報不爽。

其次，抄寫《法華經》的事例及其報應。張國剛云：北朝隋唐，信佛者以抄寫佛經為消災祈福的途徑，須請專業抄經手；民間或有以此為業的經坊與寫經人。抄經的目的，據《冥報記》所收諸例，多因生前作孽害生，或詆毀佛法，被拘至陰司拷問，後因寫經念

佛而得免。而更多的寫經者是爲了廣種福田。[43]如：練行尼常誦《法華經》，訪工書者寫經，酬直數倍，特爲淨室，起浴必燃香。更於寫經之室，鑿壁通外，令寫經人每欲出息，含竹筒吐於外。八年而寫七卷，供養嚴敬。僧法端遣人強請其經，尼不得已而送付之；及開讀，了無文字，即送還；尼「以香水洗函，沐浴頂戴，遶佛行道，於七日七夜，不暫休息；既而開視，文字如故。」[44]（唐・尼法信，頁7）此尼發心之虔誠、態度之恭慎、供養之嚴重，持續八年，淳厚的宗教情操，顯示了「佛法從敬中求」的警惕。又，頓丘李氏付錢一千文，請隱禪師代作《法華經》；死後冥王語云：「放汝七日去，經了當來，得生善處！」李氏乃雇衆經生寫經，七日而畢；自云：「使人已來，並皆好住！」乃絕。上兩則是自付高酬，請工寫經的例子，也有以寫經爲家族事業的，如嚴恭：「徙家楊州，家轉富，大起房廊爲寫經之室，莊嚴清淨，供給豐厚，書生常數十人；楊州道俗，共相崇敬，號曰嚴法華。」恭死，「子孫傳其業」、「其家至今寫經不已」（陳・嚴恭，頁14）本來是嚴恭發願寫經，而天從其願，不只財力越來越雄厚，且有神明陰助其功、盜賊不侵其里的感應。又：仕人梁，死後傳語其妻曰：「賴汝等追福，得免大苦，然猶未脫；能更寫《法華經》、造像，以相救濟，冀固得免。」（北齊・仕人梁・頁51）這是代寫《法華經》，得脫地獄之苦的例子。另一則功效更速：「師爲寫經，始盡題

---

[43] 見張國剛，〈佛教的世俗化與民間佛教結社〉，收入《中國中古史論集》，天津古籍出版社，2003年。該文引用了《太平廣記》卷109疊韻禪師、尼法信爲例，說明其態度的莊嚴與敬慎。按此兩則故事分別初自釋道宣《集神州三寶感通錄》卷3瑞經錄，及唐臨《冥報記》
http://ccsh.nankai.edu.cn/xslt/zhanggg/wenxia/02.doc

[44] 見前註引「疊韻禪師」寫經的過程，可爲參考：【於即清旦，食訖，入浴著淨衣，受八戒，入淨室，口含檀香，燒香懸幡，寂然抄寫。至暮方出，明又如先，曾不告倦。及經寫了，……乃至裝黃，一如正法韻受持讀之：七重裹結，一重懸一度，香水洗手，初無暫廢。】

目，彼已脫免，今久出生。」（隋・大業客僧，頁18）

　　東晉末，〈普門品〉中觀世音菩薩救苦救難的信仰日漸盛行，《冥報記》亦有誦此得救的事例，如：盧文勵病篤，自謂必死，乃專念觀世音菩薩，某日一沙門來，以木把捋其腹，出穢物三升餘，其病即瘥。（唐・盧文勵，頁25）另，岑文本常誦《普門品》，某次於吳江中，船壞落水，聞有人言：「但念佛，必不死也。」既而隨波涌出，遂免。（唐・岑文本，頁39）又，董雄被囚獄中，專念《普門品》三千遍，鎖忽自解。同獄者忻玄本不信佛，及見此事，歎曰：「吾乃今知，佛之大聖，無有倫匹，誠不可思議也。」（唐・董雄，頁36）疾病得瘥、落水獲救、枷鎖自解，在觀世音應驗故事中是常見的項目。[45]類似的例子太多，或許讓人覺得重複、呆板；但就信眾的心理，這類事件的反覆出現，強化了其聞聲救苦的普遍性，似不可因量化而忽視。

(2) 金剛經

　　韓雲波云：《冥報記》在佛教的信仰上，由觀世音、《法華經》的經像崇拜，到《金剛經》的意義加持，經歷了一個變遷，使佛教小說的敘事更開闊、自由、生動、活潑，多了文學的審美趣味。[46]此書中關於此經的紀錄共七則，多在「滅罪增福」的利益上較量；如：隋鄜州寶室寺沙門法藏：「大業五年，奉勅融併寺塔送州大

---

[45]　詳前註40，樓宇烈論文列舉的實例。文中云：解救現世生活中的苦難，乃最切實的恩惠，世人之所以熱誠地信仰觀世音，因為他是近在身旁、隨時回應的大慈大悲救苦救難的活菩薩。死後往生淨土的阿彌陀佛信仰、生前救苦救難的觀世音菩薩信仰，構成了大乘佛教他力易行道不可或缺的兩個組成部分。

[46]　見註38，頁219；又頁208提及：蕭瑀得罪唐太宗而被置於法，但「八日內唸《金剛經》七百遍」而桎梏自脫，因此撰集《般若經靈驗》18條。而唐臨於（隋・蕭璟，頁20）、（隋・釋智苑，頁10）兩則與蕭氏兄弟有關的故事中，都不曾提及《金剛經》，令人不解。

寺，……兼造一切經。」武德二年，患病，見一人手把經卷，告云：
「汝立身已來，雖大造功德，悉皆精妙，唯有少分互用三寶物，得罪
無量；我今把者，即是《金剛般若》，汝能自造一卷，令汝所用三寶
之物，得罪悉滅。」藏師乃盡捨身外之物，造《般若》一百卷；未經
三五日，臨命終時：「見阿彌陀佛來迎，由經威力，得生西方，不入
三塗。」（隋‧寶室寺，頁82）按，此僧事蹟又見於唐‧《持誦金剛經靈
驗功德記》，內容文字幾乎全同，唯結局云：「《金剛般若》，最為
第一大乘經典，汝自造一卷，所有諸罪，悉得除滅。……威力最大，
不可思議；奇情有緣，遞相勸率，持《金剛般若經》者，見獲果報，
功德無量。」[47]稱讚此經的威力功德，最為殊勝；類似的宣稱，還
有：趙文若死後，閻羅王問：「汝生存之時，作何福業？」曰：「受
持《金剛般若經》。」王歎云：「善哉！此福第一。」（唐‧趙文若，頁
92）更生動的是：

> （閻羅王）問云：「師一生已來，修何功德？」師答
> 云：「貧道，從生已來，唯誦《金剛般若》。」王聞
> 此語，忽即驚起，合掌讚言：「善哉！善哉！師審誦
> 《般若》，當得昇天出世，何因錯來至此？」王言未
> 訖，忽有天衣來，下引師上天去。（唐‧趙文信，頁83）

這兩則都是借閻王的驚嘆，以顯《金剛經》的殊勝第一，雖從有相
之福利（除罪、昇天）鉤牽，亦足以引人信受。又如劉弼，欲修功

---

[47] 詳見楊寶玉，〈《持誦金剛經靈驗功德記》校考P.2094〉，《周紹良先生欣開九秩慶壽文
集》，中華書局1997.3。http://www.tanghistory.net/data/articles/d02/188.html

德以禳惡鳥之煞，夜夢一僧，偏讚《金剛般若經》，乃依命誦滿百遍：「忽有大風，從東北而來，拔此鳥樹，隔舍遙擲巷裡，……故知經力不可思議！」（唐·劉弼，頁84）另：豆盧氏常誦《金剛般若經》，唯剩一紙許，久而不徹。某夜，欲起誦之，而堂燭已滅，忽見庭中有火燭，直至床前：「去地三尺許，而無人執，光明若晝。」夫人驚喜，取經誦之而竟。從此，每日五遍，以此功德而「壽百歲[48]，好處生」。（唐·豆盧氏，頁42）類似的例子：柳儉常誦《金剛般若經》，下有兩紙未徧，後因事被囚大理寺；夢一僧云：「宜早誦經徧，即應得出。」儉乃勤誦不懈，二日後，奉勅放免。（唐·柳儉，頁83）從這兩則看，佛經須整部誦竟（徹）才有效；而《金剛經》比《法華》、《涅槃》等，篇幅較短，小說卻有兩次「久誦未徧」的情況，須神人助成之，爲什麼？

又，經乃法寶，常得龍天護持，非世間諸緣所能壞，如：陸懷素家失火，屋宇總焚，家中一函《金剛般若波羅蜜經》之經函及褾軸並盡，「唯有經字，竟不被燒。」（唐·陸懷素，頁85）同類的故事前已有之[49]，且不限於《金剛經》，而記錄並傳播這類事蹟，乃爲了啓人敬信也！

---

[48] 片谷《研究》頁138云：因誦經而延年益壽的，以《金剛經》為代表。引《廣異記》張御史條云：「識續命經否？……鬼云：即人間《金剛經》也。」

[49] 如《高僧傳》卷四，朱士行：遣弟子送經梵本還歸洛陽，受于闐小乘衆及國王的留難，乃求燒經為證：「投經火中，火即為滅，不損一字。皮牒如本，大衆駭服，咸稱其神感。」此事與《冥祥記》「晉沙門仕行」條所載類似；而同書「晉謝敷」條云：白馬寺為災火所延，其手寫之（首楞嚴）經只燒紙頭界外：「文字悉存，無所毀失。」又蒲板城大火：「里中小屋有經像者，亦多不燒；或屋雖焚毀，而於煨爐中，時得全經，紙素如故。」《冥報記》如（唐·尼法信，頁7）（唐·蘇長，頁35）中（法華）經文的隱沒再現、入水不溼，性質與此類似。

(3) 三階教

前曾提及，唐臨因外祖父的關係而接觸了三階教，片谷《研究》論及此事云：1.《冥報記》以信行爲第一條；2.另記三階教徒慧如（唐・釋慧如，頁5）、蕭瑀[50]（隋・釋智苑，頁10）、高熲（隋・釋信行，頁3）（唐・釋慧如，頁5）；3.眞寂寺（隋・釋信行，頁3）（唐・釋慧如，頁5）、慈門寺（唐・殷安仁，頁57），爲三階「五寺」之二；4.戴冑（唐・戴冑，頁32）「夢其身行於京師義寧里南街」，按此街乃化度寺所在。據此資料，片谷假設唐臨是想「爲屢次受禁之三階教存留史跡？」（頁43）

張瑞芬也說：三階教取法「常不輕菩薩」，對一切路人作禮；死後置屍林中，布施鳥獸；反對淨土的稱念阿彌陀佛；這些宗旨與當時的佛教界多有違背。隋開皇九年，信行奉召入長安，高熲爲立眞寂寺居之；二十年，有敕禁斷，而其徒既眾，同習相黨，有持續擴大之勢。入唐以後，屢經查禁，又被《十疑論》、《西方要訣》、《開元釋教錄》、《釋淨土群疑論》、《念佛三昧寶王論》、《念佛鏡》、《釋門自鏡錄》等抨擊；而唐臨或因家族信仰之故，在《冥報記》中保存了部分資料：如信行「本相州法藏寺僧」，起初，有沙門勸其母念觀世音菩薩，母日夜祈念而生信行。幼而聰慧，博學識達；以爲：「佛所說經，務於濟度：或隨根性，指人示道；或逐時宜，因事判法。今去聖久遠，根時亦異。若以下人修行上法，法不當根，容能錯倒？」乃鈔集經論爲三十六卷，名曰《人集錄》。開皇初，齊公高熲聞其名，奏文帝，徵詣京師，住「眞寂寺」。信行又據經律，錄出《三階法》四卷，其大旨：「勸人普敬，認惡本、觀佛性，當病授

[50] 蕭瑀之爲三階信徒，見矢吹慶輝，《三階教之研究》，東京岩波書店，1973年二刷，頁52~54。又見劉淑芬，〈林葬——中古佛教露屍葬研究之一（三）〉，大陸雜誌第96卷第3期。http://ccbs.ntu.edu.tw/FULLTEXT/JR-MAG/nx88444.htm

藥，頓教一乘。」自宏天下，勇猛精進之士皆宗之。信行「常頭陀乞食，六時禮拜，勞力定心、空形實智而已。」以下記載了兩件感應：「每坐禪說法，常見青衣童子四人，持花立侍。」、「嘗與徒眾，在堂中坐禪，眾人忽聞奇香，光照堂內；……（弟子僧邕）曰：驫見化佛從空中來，至禪師前，摩頂授記。」又信行臨終，僧邕親見其瑞相曰：「在山遙見多人，持香花幡蓋，從西來入開遠門，向眞寂寺；……見禪師導從西去。」又說：京城諸師有懷疑信行的，相議曰：「據《付法藏經》，若人通耳，過去聞正法故。」於是共觀「信行頭骨，兩耳正通」；乃皆慚悔信服。（隋‧釋信行，頁3）

　　關於信行的誕生因緣，《續高僧傳》卷十六本傳云：「姓王氏，魏郡人，其母久而無子，就佛祈誠，夢神擎兒告云：我今持以相與。」並未明示彼神名號，《冥報記》說是向「觀世音菩薩」祈念，與六朝以來的主流信仰結合。而所述信行依「末法」意識而生的普度之悲心，乃三階教法的根源；由「認惡本、觀佛性」兩極性內省所發的普敬心，則是其修行的內容。至於信行的主要著作，據學者的考證，是《對根起行雜錄》三十六卷、《三階位別錄集》四卷，而「人集錄」乃是抄集教籍者所加的註腳字樣。[51]其次，信行坐禪說法而「青衣立侍、化佛摩頂」的傳說，不知何據？而信行命終的瑞應，看

---

[51] 案，費長房《歷代三寶記》卷十二所錄為：《對根起行雜錄》三十二卷、《三階位別集錄》三卷；釋道宣《大唐內典錄》卷五則分別錄為三十六卷、四卷，與《冥報記》符合。又《開元釋教錄》卷第十八（別錄之八）云：「已上三階法等於中多題『人集錄』字其廣題目具如註腳。」楊曾文據此推論云：以上三階教書目中，常有「人集錄」字樣，在敦煌文書中發現的三階教籍目錄，題為《人集錄都目》，可證當初三階教徒曾把教籍全部抄錄，單獨流行。──詳見楊氏，〈信行與三階教典籍考略〉，《世界宗教研究》1995年第3期頁34~41。

似往生西方；就史實而言，三階與淨土曾是互相爭勝的法門[52]，但因屢受禁斷，乃兼採他宗異派的教理行儀，以求存續。如劉長東云：初唐的三階教與淨土教之間，有觀點的對立，也有教理的融通；尤其是透過地藏經系的思想，三階教人在終極信仰上，也承認了彌陀淨土；這趨勢到了中唐，有更進一步的發展。[53]而就《冥報記》全書故事，於佛教修行的「最後指歸」而言，三階教主的結局「導從西去」。重點是唐臨借這些感應與異相，為釋信行的來歷與歸處做了宗教性的詮釋，以證明其修行與學說的可信性。

又，此處提及信行的兩個弟子，都是深造於禪定而有某種通力的。僧邕於《續高僧傳》卷第十九有傳：十三歲，依止僧稠而出家，稠公授以禪法，數日便詣：「稠撫邕謂諸門人曰：五停四念，將盡此生矣。」隨後即遁跡山林，深修禪定。有魏州信行禪師：「深明佛法，命世異人，以道隱之辰，習當根之業。」遣人轉告僧邕曰：「修道立行，宜以濟度為先。」乃出山，同修正節。開皇九年，與信行入京，止帝城，頗受道俗的遵奉。信行歿後：「綱總徒眾，甚有住持之功。」而李百藥撰文，歐陽詢書字，貞觀五年（631）立的〈化度寺故僧邕禪師舍利塔銘〉，更是傳世久遠的書法名帖。

---

[52] 詳見陳揚炯，《中國淨土宗通史》，江蘇古籍2002.11，頁374~378。又顧偉康，《禪淨合一流略》（臺北東大出版社1997.11）第三章「開宗立派」云：三階者，認為當世的解脫之道不是念佛往生，而是不墮愛憎，普施法雨。同樣以「時教相應」為出發點，同樣的通俗、面向大眾，而對講究實惠的窮苦百姓而言，三階教施衣施財的無盡藏，比之於淨土的「往生西方極樂」更有吸引力；這是一個嚴重的挑戰，所以懷感於《釋淨土群疑論》中，辯斥三階教，為重大課題。雖然懷感對三階教義作了全面的駁斥，例如對眾生根機的「三階說」，他引經據典，貶斥說「失經宗旨」；意猶未足，還舉「十難」以難之，頗有斬草除根之氣勢。http://www.baus-ebs.org/sutra/fan-read/003/06-004.htm

[53] 劉長東，《晉唐彌陀淨土信仰研究》，成都巴蜀書社，2000.5，頁336~342。

釋慧如，據《冥報記》云：「師事信行，奉遵其法。」隋大業中，因坐禪修定，「被閻羅王請，行道七日。」併入冥遊歷、獄火傷腳，及閻王施絹之事。（唐・釋慧如，頁5）《法華經傳記》卷三，〈講解感應〉七之二亦載錄此事，情節與《冥報記》同，但改了一段文字：「坐禪之際，修行《妙法》。」以此因緣，閻羅王致書云：「師戒珠清高，捨信禪師三階邪說，依歸《法華》，開講演說，渡苦海舟楫，願垂哀愍。」乃入冥七日：「講《法華》，無數罪人，種佛道因緣。」這可說是時勢的發展，經過朝廷多次的禁斷，三階教到了唐末就絕跡了。

(4) 淨土教

中國淨土教的源流，從東晉慧遠的結社念佛，歷經曇鸞、道綽的抉擇，及地論慧遠、天臺智者、三論吉藏、法相窺基的異說，到唐代善導的專弘，確立了宗派的地位，而信仰極盛。[54]片谷《研究》云：《冥報記》故事中，願生淨土之祈求，極為少見，唯「隋・釋信行」、「唐・釋僧徹」、「唐・釋道縣」、「隋・蕭璟」四條；得以往生的，僅限於少數之虔敬修行者（僧人、仕族）。然勸人往生之書，如《往生西方淨土瑞應傳》、《龍舒淨土文》、《往生集》等，多載高僧以外的俗人、惡人、畜生，得也可生。至於淨土的景況如何，並無任何敘述，唯「唐・孫寶」談及「樂堂」。（頁150）

案，片谷所列四條中，信行的「導從西去」，已如前述；而釋僧徹：「既而，端坐繩床，閉目不動；其時天氣晴朗，雨花如雪，香而不消。方二里許，樹葉上皆有白色，如輕粉者。」釋道縣：「時十一月，土地冰凍，下屍於地，地即生花，如蓮而小。」且都自知（死）

---

[54] 見註48，陳揚炯《中國淨土宗通史》第四章、第三節。

時至，「端坐而逝」、「無疾而卒」；而蕭璟臨終云：「我欲去，普賢菩薩來迎！……長跪合掌，正向西方；頃之，倒臥遂絕。」

上舉四例之外，其他散見的資料如：「池西岸上，有金佛像，可高五寸，須臾漸大，而化爲僧，被綠袈裟。」（唐·李大安，頁33）、「文本在水中，聞有人言：但念佛，必不死也。」（唐·岑文本，頁39）、「辯憂懼，專心念佛。」（唐·鄭師辯，頁40）、「安仁不應，而念佛誦經愈精。」（唐·殷安仁，頁57）雖有部分相似，仍須存疑。在文字上明確提及「見佛來迎」、「得生淨土」的，如法藏：「臨欲捨命，具見阿彌陀佛來迎，由經威力，得生西方，不入三塗。」（隋·寶室寺，頁82）楊師操：「雖懷惡意，一期能悔，如菩薩行，不惜身命，得生淨土。」（唐·楊師操，頁88）兩則。

這些人物雖大略說是往生西方淨土，但他們生前所學的經論、所修的法門，似乎與「阿彌陀佛」無直接的關係，如信行：「頭陀乞食，六時禮拜，勞力定心、空形實智而已。」僧徹（法華經）：「專以勸善爲務，而自修禪業。」道懸：「講《涅槃》八十餘遍，號爲精熟。……但以信心歸向，自當識悟。」蕭璟：「日誦《法華經》一遍，以至於身終。」岑文本：「常念誦《法華經·普門品》。」法藏：「戒行清淳、造寺一所、兼造《一切經》數百卷及《金剛經》一百卷。」楊師操是：「一食長齋，六時禮懺」而李大安是「其妻爲造佛像」，鄭師辯、殷安仁則是「持五戒」；而較近似的行爲「念佛」，卻未指名何尊？

然就淨土經論而言，阿彌陀佛因地所發四十八願，乃爲了攝受十方眾生，是釋迦宣說、諸佛共讚，修一切法之功德，皆可迴向願生。上引資料中如持誦《法華經》、《觀音經》（普門品）、《涅槃經》，及持戒、造像等行爲，都可歸於往生彌陀淨土。

3. 出家典範

　　佛教三寶中，僧寶⑤以實證之智德而住持佛法，爲人天景仰；因此，佛教文獻中特立一類「僧傳」，傳述其事蹟、頌讚其心行，所及的項目極多，如譯經、義解、神異、習禪、明律、亡身、誦經等。而流傳於在家信衆之間的輔教之書，除了「經（法）、像（佛）靈驗」之外，當然也收納了這類有特殊成就，堪爲修行表率的人物；有些與（僧人所立）「僧傳」前後傳抄或互相增删，可對照研究。《冥報記》中也有幾篇高僧、神僧、名僧的故事，如前文論及的：絳州大德沙門釋僧徹，因教癩病人誦《法華經》而感「夢授、療疾」之異；又該處本無水，「一朝，忽有陷，陷處泉出，故因以名陷泉寺也。」（唐·釋僧徹，頁6）案，《續高僧傳》卷20「習禪」五「唐蒲州孤介山陷泉寺釋僧徹」，記其於孤山結業：「地本高險，古絕源泉，……晨行巖險，見如潤溼，以刃導之，應手泉涌。」行跡相同，但無「癩病」人及《法華經》之事。臨終自知，跏趺而逝：「遷靈山窟，還依坐之；……是日，風清景亮，降以白花，六出淨榮，如雪如冰；衣以承之，不久便散。三載之後，猶存初坐，門人爲之易簣，而衣服一無霑汙，乃就加漆布。」種種瑞相異徵，令觀者起信。

　　另，蒲州仁壽寺僧釋道懸，講《涅槃》八十餘遍，號爲精熟。貞觀二年，應邀講經，初發題，泣謂眾人曰：「去聖遙遠，微言隱絕，庸愚所傳，不足師範；但以信心歸向，自當識悟。」既而講至〈師

---

⑤ 請參閱：〈學佛之正知見（第二篇）第39集：表相僧寶與真實義僧寶（上集）〉https://www.enlighten.org.tw/dharma/4/39

　　〈學佛釋疑（二）第81集：居士可不可以歸依三寶？〉http://www.enlighten.org.tw/dharma/9/81

　　〈宗通與說通第13集：法師與僧寶〉http://www.enlighten.org.tw/dharma/5/13

子〉章，無疾而卒。（唐‧釋道縣，頁8）此僧於《涅槃經》別有會心，非
一般人能曉；乃勉歡而入滅，而有「周身生蓮」之瑞應。其事蹟又見
於釋道宣《集神州三寶感通錄》卷3，瑞經錄、感應名錄，題爲「道
遜」。

　　其次，行事風格較近於「神異僧」的有：河東沙門釋道英，
「少修禪行，以練心爲本，不慎威儀。然而經律奧義，莫不一聞懸
解。」遠近僧尼爭來請教，英每謂曰：「汝尚未疑，宜且思疑，疑成
然後來問。」、「問者退而思疑，多因思自解而去。有思而不悟，重
來問者，英爲說其機要，皆喜悟而還。」這是敬惜佛法，不輕傳授
的風格。以此定慧等持的道力，展現了某些異能與奇行：「嘗與眾
人乘船黃河，中流船沒，眾人皆死；……英乃水中出行至岸，穿冰而
去；……徐出而歸，了無寒色；視其身體，如火炙處，其識者以爲
入定故也。」、「或時爲人牧牛駕車，食蒜噉飯，或著俗衣，髮長數
寸。」、「嘗至仁壽寺，道懸敬安處之，日晚求食，懸謂曰：上德
雖無食相，豈不爲息識嫌。英笑答曰：懸公心方馳驚，不暫休息，而
空飢餓，何自苦也。」（唐‧釋道英，頁9）按，《續高僧傳》卷25，有
「唐蒲州普濟寺釋道英」傳，敘其逃妻出家，聽《花嚴》等經，而自
修止觀，「忽然大解」！從此，在僧團中借事練心、長養悟境：「營
理僧役，以事考心」；且經常打坐、深入禪定：「動逾信宿，初無頓
睫」；卻示現這樣的形象：「自爾儀服飲噉，未守篇章，頗爲時目作
達者也！」小說傳述了他「指點經義」的方便、及「沒水穿冰」的異

跡，與《續高僧傳》雖略有出入，而大體相似。⑯

　　除上三位史傳有名的高僧之外，其他故事中順帶提及、而以「神異」現身的僧人，還有前述張法義華山遇見的「隱居僧」（唐・張法義，頁74）、鄴下人壙穴獲救的「呪願僧」（東魏・鄴下人，頁11）、及冀州人俘虜得歸的「應供僧」（北齊・冀州人，頁12），小說要傳達的或許是：高僧之所以為世俗所敬仰，多因其德行與悲心，由此衍生的神蹟異行，只是度世啓信的手段而已。

4. 滅佛謗法之惡報

　　印度佛教在中國的弘傳過程是很艱辛的，從南北朝的夷夏之爭，到唐初的反佛之論，佛教在思想、行為、習俗、經濟各方面都受到強烈的質疑，且難免於政治權力的介入與管理，嚴重者有所謂「三武一宗」法難；而佛教徒為了維護佛法的尊貴及信仰的自由，也挺身以言論及行動來抗爭或調和。從情感上說，皈依三寶的信眾最不能容忍的，就是借國家之權以毀佛、謗法、破僧，因此小說傳聞中，多有這類惡人（生前）死後受惡報的故事。《冥報記》傳錄了四篇：

　　　　（後魏司徒崔浩）師事道士寇謙之，尤不信佛，常虛誕為

　　　　百姓所費；見其妻讀經，奪而投於井中。從太武至長

⑯　《續高僧傳》記錄了三段異行：「嘗任直歲，與俗爭地，遘鬥不息。便語彼云：吾其死矣。忽然倒仆，如死之僵。……傍有智者，令其歸命，誓不敢諍，願還生也；尋言起坐，語笑如常。」、「又行龍臺澤池側，見魚之遊，乃曰：吾與汝共諍，何者為勝？汝不及我，我可不及汝耶？即脫衣入水，弟子持衣守之。經于六宿，比出，告曰：雖在水中，惟弊士坌我耳。」、「又屬嚴冬，冰厚雪壯，乃曰：如此平淨之處，何得不眠？遂脫衣仰臥，經于三宿乃起，而曰：幾被火炙殺我。如是隨事，以法對之，縱任自在，誠難偶者。」其精彩不遜於小說。

安，入寺，見有弓矢刀矛，帝怒誅寺僧。浩因進說，
盡殺沙門、焚經像，勒留臺下，四方依長安行事。寇
謙之與浩爭，浩不從，謙之謂浩曰：「卿從今受戮，
滅門戶矣！」後四年，浩果無罪而族誅；將刑，載於
露車，官使十人，在車上更尿其口，行數里，不堪困
苦，號叫求哀，竟備五刑。自古戮辱，未之前有。帝
亦枉誅太子，又尋為閹人宗愛所殺。時人以為毀佛法
之報驗。（後魏·崔浩，頁48）

北魏太武帝廢佛的原因，依《魏書·釋老志》所說：帝雖敬重佛教，
但自幼諷誦老莊；又信向寇謙之的清靜仙化之術，惑於崔浩的讒言，
以佛教為虛誕之說；更於長安寺發現沙門專橫於酒，寄藏弓矢。綜上
諸事，乃於（438、444、445年）三次下廢佛詔：「諸有佛圖、形像
及胡經，盡皆擊破、焚毀；沙門無少長，悉坑之。」手段極其激烈，
使佛教受了沉重的打擊。片谷《研究》云：關於魏太武帝及崔浩，
《魏書釋老志》、《廣弘明集》卷二、卷八，《佛祖統紀》卷三八，
載其廢佛之詳情，與《冥報記》大致相同。唯太武帝之死因，有所
出入，或說「因瘧而崩」，或云「常侍宗愛，弑帝于永安宮」；但無
《冥報記》所謂「時人以為毀法之報應」的聯想。

　　百年之後，北周武帝的廢佛，似與佛道二教的爭權有關，武帝
「通道輕佛」，而衛元嵩、張賓唇齒相扇，惑動帝情，於是三人聯
手排佛。起初，也只是釐定三教的先後，未斷然反佛。建德三年五
月，下詔「斷佛、道二教，經像悉毀，罷沙門、道士，並令還俗。」
（《周書》卷五、武帝紀上）而為了毀滅佛教，曾召開了幾次御前會議，反

覆討論。建德六年滅齊後，下令盡毀齊地佛教：「數百年來官私佛寺，掃地並盡！融刮聖容，橫燒經典。……三方釋子，減三百萬，皆復爲民，還爲編戶。」（《續僧傳》卷二三、靜藹傳）這個歷史大事，所涉及的人物甚多而複雜；從佛教的立場，引人聯想的是《廣弘明集》卷十「周祖平齊，召僧敘廢立抗詔事」中，（淨影寺）慧遠的抗議：「陛下今恃王力自在，破滅三寶，是邪見人。阿鼻地獄，不簡貴賤，陛下何得不怖！」帝勃然作色，直視於遠曰：「但令百姓得樂，朕亦不辭地獄諸苦。」這樣的對話，被情節化於佛教小說中，如《冥報記》所云：

> 又見武帝出來，語（拔虎）儀同云：「爲聞大隋天子，昔曾與我共事，倉庫玉帛，亦我儲之。我今身爲滅佛法，極受大苦，可爲吾作功德也。」於是，文帝勅天下，人出一錢，爲追福焉。（周武帝，頁49）

類似的傳說又見於《持誦金剛經靈驗功德記》云：開皇十一年，太府寺丞趙文昌身死，因生前誦持《金剛經》之功德，而得閻王赦免還陽，卻見周武帝被禁在門東房內，對他說：「汝可還家，爲我向今帝論說，我諸罪並了，唯有滅佛法事未了。當時爲衛元嵩讒言，不得。久禁在此，未知了期。」又說：「衛元嵩是三界外人，非閻羅王所管攝，爲此不能追得。汝還家，爲我從今帝乞少許功德，救拔苦難，始敢望了。」文昌還家，以此事奏聞，文帝出敕：「國內諸寺師僧，爲

周武帝三日持齋行道，轉誦《金剛般若經》，亦錄入史記。」⑤⑦這似有為衛元嵩開脫而獨罪周武帝之意；至於隋文帝令天下人各出一錢之事，乃因周滅法時，上下之人多有得罪三寶者，故普為懺悔自身罪過，而非專為周武追福也。⑤⑧

　　其次，是個人毀佛之言論及不敬的行為，唯自受惡報，而未釀成法難者，如：唐太史令傅奕：「不信佛法，每輕僧尼，至以石像為墁瓦之用。」貞觀中，暴病卒。有少府監馮長命，夢入冥界，聞說：「傅奕已被配越州，為泥犁人矣！」（唐・傅奕，頁90）按《舊唐書》卷七九傅奕傳：唐高祖時，傅奕七次上疏請求廢佛，武德九年五月下詔：沙汰僧尼，並及道士。但因六月高祖退位，事竟不行；太宗臨朝，奕又曰：「佛是胡中桀黠，欺誑夷狄，初止西域，漸流中國。遵尚其教，皆是邪僻小人，模寫莊、老玄言，文飾妖幻之教耳。於百姓無補，於國家有害。」太宗頗然之。《廣弘明集》卷第六、辯惑篇，「列代王臣滯惑解」上：「傅奕者，本宗李老，猜忌釋門，潛圖芟剪，用達其鄙；……乃引古來王臣訕謗佛法者二十五人，撰次品目，名為《高識傳》，一帙十卷，抄於市賣，欲廣其塵，又加潤飾增其罪狀。」從上資料可知，傅奕曾於高、太兩朝極力詆佛，且至死不渝；蕭瑀云：「佛，聖人也；非聖人者，無法，請誅之。……地獄正為是人設矣！」（《新唐書》卷120傅奕傳）⑤⑨然而，傅奕享年八十五：「奕病，未嘗問醫，忽酣臥，蹶然悟曰：吾死矣乎！即自志曰：傅奕，青山白

⑤⑦ 引自楊寶玉，〈P.2094《持誦金剛經靈驗功德記》校考〉，《周紹良先生欣開九秩慶壽文集》，中華書局1997.3。

⑤⑧ 詳見余嘉錫，〈北周毀佛主謀者衛元嵩〉，《現代佛教學術叢刊》第5冊，大乘文化基金會，1980.10，頁245～276。http://ccbs.ntu.edu.tw/FULLTEXT/JR-AN/an160511.htm

⑤⑨ 關於傅奕反佛的詳情，可參閱李斌誠，〈唐前期道儒釋三教在朝廷的鬥爭〉，收錄於楊曾文、方廣錩編《佛教與歷史文化》頁123～149；北京宗教文化出版社2001.1。

雲人也。以醉死，嗚乎！遺言戒子：《六經》名教言，若可習也；妖
胡之法，慎勿爲。」唐臨卻根據薛頤、馮長命兩人的夢境而說傳奕暴
病卒，且配入地獄。

情節報應較輕的如庾信，於地獄中自云：「爲生時，好作文
章，妄引佛經，雜糅俗書，誹謗佛法，謂言：不及孔老之教。今受罪
報龜身，苦也！」（唐·趙文信，頁83）此則故事又見於《持誦金剛經靈
驗功德記》「遂州人」，文字幾乎全同；楊寶玉云：庾信與周武帝
一樣，也常以箭垛式人物出現於靈驗記中，如《金剛感應事蹟》所收
〈姜學生〉云：「昔有進士庾信，殺牛食肉，恃文章聰明，譏謗三
寶。自死之後，受諸地獄，今變爲烏龜。王敕鬼吏牽烏龜至殿下，令
姜學生看，其龜有九頭，頭目並皆流血，苦痛不已，此即庾信也。」

上述由「入冥」或「夢中」所見的謗（毀）佛惡報之故事，或可
依個人「信」與「不信」而分別取其借鑒。唐·善導大師《法事讚》
提醒大眾：

> 五濁增時多疑謗，道俗相嫌不用聞。
> 見有修行起瞋毒，方便破壞競生怨；
> 如此生盲闡提輩，毀滅頓教永沉淪。
> 超過大地微塵劫，未可得離三途身；
> 大眾同心皆懺悔，所有破法罪因緣。

四、小結

　　從以上的論述，可發現《冥報記》的內容，在以文輔教或藉教勸世之間，仍有許多可重讀、再議之處。片谷《研究》云：《冥報記》並未給後代文學很大影響，其原因是：隨著思潮之變遷，唐宋以來儒者闢佛之風潮，佛教雖於民間仍廣泛、持續的發展，但士宦階層的喜好、熱忱似已淡化，其（撰述動機、弘護功能）漸被忽略；而其寫作技巧、故事內容上，也被漸具專業化的唐傳奇、話本、章回小說取代了。（頁202）

　　這種看法雖有其小說史發展演化的根據，但並不表示此書的內涵價值也可被忽略了。前所引述的學者中，韓雲波對《冥報記》的研究最深、評價也最高，有許多論點是超越前人，頗可參考的。[60]如云：從六朝至唐初，佛教小說的題材主要是兩大類：受報、入冥，都為了發明教理；「敘事」只是手段，背後還是宗教的議論。而《冥報記》的情節模式，比前代更豐富多樣，除了已有的僧尼靈異、崇經像、果報、轉生、入冥等外，如《唐五代志怪傳奇敘錄》所說：「眭仁蒨之交鬼、兗州人之友神、柳智感之判冥、皇甫遷之化豬，皆前所未見，較之呼佛免難、誦經消災、入冥證罪、復生修福之類，殊稱新異也。」這是題材的擴大、變化，較不受「經、像」信仰的限制。（頁218）而即使是傳統的情節，如「遊觀地獄」的模式很簡單，即羅列所見以證佛經，但這類題材在《冥報記》，卻加了許多其他情節因素，其魅力不在於地獄幻想的奇異，而是人情世故的演繹了，如〈李山

---

[60] 以下文字節錄自韓雲波，《唐代小說觀念與小說興起研究》，文後標明頁數。

龍〉、〈王璹〉、〈孫寶〉等篇所反映「冥界官場」的錯案索賄、貪
贓枉法的等醜惡，乃唐臨一生於司法職務中所見，貪官汙吏的縮影，
讓人於佛法的「報應不爽」之外，另尋人生的意義，也就是說，後人
從宗教中借鑒的不再是「天理昭然」的信仰，而是看穿了「美醜皆皮
相」，並因此破除世俗生活的部分執著。（頁221）又〈兗州人〉張生
與四郎訂交、宴聚，是人間的兄弟之情；並藉故求放其妻還陽，而其
妻所流露的也是人情之欣悅。（頁242）總之，唐初由於人間化情景的
引入，（神話的）虛幻發展成（小說的）虛構，如〈孫迴璞〉的三次
入冥：被鬼使誤召、放回；追為冥官、暫回辦事；奉佛功德，免於早
死等描寫，加入了細節的真實性及合乎現實生活的邏輯的因素。

　　據本論文的研究分析並參考近人的評論，可見有關佛教小說——
釋氏輔教之書的內涵與價值，並未得到如實而充分的詮釋，或許因為
研究者的專長與興趣，各有所見、也各有所偏，每篇論文、每個階
段，都提供了有一些新的發現或看法，雖未必令人完全信服，卻也說
明了學術研究是與時俱進而永無結論的，因此，只要它仍有吸引學者
之處，就可能不斷的被重讀、被認識，而延續原作者的心血慧命。

夢幻人生：
〈枕中記〉、〈杜子春〉、〈南柯傳〉

　　前人對這三篇小說的研究，已有相當的成績、但無確定的結論；單篇個別的考證與解析，固然有其精彩處；但是把它們相提並論或合而觀之，也別有發人深省、引人興趣之處。如王夢鷗先生對〈枕中記〉與〈南柯太守傳〉的同異作了詳細的考證比較，提出許多精闢的看法[1]；張漢良先生把〈楊林〉、〈枕中記〉、〈南柯太守傳〉、〈櫻桃青衣〉視爲「同一深層結構和母題的不同處理，分別依附於其時代的宗教、政治思想格局上，其演化過程標示出一個原始題材和結構的美學價值與道德價值的轉換。」[2]並歸納這四篇的共同內涵：「受壓抑或挫折的欲望，在夢中獲得滿足，正合佛洛伊德所謂遂願說……出身貧寒，缺乏政治背景的青年，希望科舉進士，搏取功名；或娶妻顯達，夤緣附會，以躍身龍門。這種夢想實際上是唐代社會某種階層的共同意識，是他們的集體認同感……一個部族的神

---

[1] 王夢鷗：《唐人小說校釋・下》（臺北：正中書局，1985年1月臺初版），頁188~198。

[2] 張漢良：〈「楊林」故事系列的原形結構〉（臺北：《中外文學》卷3第11期，1975年4月），頁166。

話。」③、「經歷一番追求和洗禮，重新回到現實世界，變得成熟睿智，認識了人生的真相。」④盧惠淑先生也根據佛洛伊德的「遂願說」理論對〈枕中記〉與〈南柯太守傳〉作了深入的分析，以求尋得「在特殊社會環境下，作者如何經由傳奇、小說（夢的同一體），在一種無意識的過程中間接的表現其內心諸種被壓抑的欲望。」⑤

　　王拓先生則比較〈枕中記〉與〈杜子春〉所表現的兩種人生態度，認為前者「使人的生命變成貧乏，使心靈變得枯槁……毀滅而不是再生」；後者則是一篇「充滿人性的、真實的小說」。⑥稍後，梅家玲先生也就這兩篇作比較分析，並對王拓的觀點有所補正，說：「這兩篇作品都與當代盛行的佛道思想有密切的關係，而且同樣精心構設出一套『幻設技巧』以利於主題的表達——枕中記透過一個繁複多姿的夢境以凸顯『人生如夢』的主題；杜子春則以道士求仙作法時所製造出來的幻境，表露因『愛生於心』而致仙道難成的意念。」⑦

　　上引幾篇論文都各具卓見，但也各有偏失；筆者承此餘緒而別開生面，將〈枕中記〉、〈杜子春〉、〈南柯太守傳〉三篇作品並提，試從另類的角度分析其人物角色、主題內涵的異同，並對上述論文的

---

③　張漢良：〈「楊林」故事系列的原形結構〉（臺北：《中外文學》卷3第11期，1975年4月），頁171。

④　張漢良：〈「楊林」故事系列的原形結構〉（臺北：《中外文學》卷3第11期，1975年4月），頁177。

⑤　盧惠淑：《枕中記、南柯太守傳與邯鄲記、南柯記之比較研究》（臺北：臺灣師範大學國文研究所博士論文，1987年6月），「摘要」。

⑥　王拓：〈枕中記與杜子春——唐代神異小說所表現的兩種人生態度〉（臺北：《幼獅月刊》卷40第2期，1974年8月），頁15~20。

⑦　梅家玲：〈論「杜子春」與「枕中記」的人生態度——從「幻設技巧」的運用談起〉（臺北：《中外文學》第180期，1987年5月），頁123。

某些觀點提出質疑與評論。

一、小說中非現實三態：夢境、幻境、妖境

　　這三篇小說的主角都在某種特殊（類似催眠的）狀況下經歷了一段非現實的人生，外在的時間雖短暫，內容卻很豐富；但同樣是在非預期狀態下發生的境遇，其展現的形式卻是全然不同的：〈枕中記〉是盧生在呂翁所給的青磁枕上入睡，度過了一生的榮華富貴，而後醒來，了知其夢；從其描述與主題可確定盧生所進出的是「夢境」，歷來的讀者與研究者於此都無異議。〈杜子春〉在華山頂看守丹爐時所經驗的牛鬼蛇神、地獄輪迴等，則是「幻境」，這在前引梅家玲的論文也證明了。較難判定的是〈南柯太守傳〉，學界幾乎都認為它是延續〈枕中記〉而複雜化的同類型的夢境故事，但若詳細考察其內容與用語，更精確的說應該是所謂的「妖境」；以下將詳論之。

　　夢境：由於每個人每天都有慣性的睡眠（作夢），眠夢幾乎占了大半的人生，成為不可忽視的生活內容；而多數人關注的是它的性質（活動現象的真假）、來源（意識層次的深淺）、作用（心理影響的大小），這些都是與醒覺狀態對比而來的；一般人多半把「睡」與「醒」視為兩個世界，稱為「夢境」與「現實」，形式相連而內容各異，但感覺上夢境似不由我做主且雜亂無章，卻不乏各種源遠流長的「夢的解析」史，以「意識」解讀「潛意識」之活動，於是夢境乃與現實牽合為一；有人說，夢是「睡眠狀態下的心智活動，是一種內在經驗的象徵語言」[8]，或「生活的縮影、現實的虛擬，在虛幻與真實

---

[8]　鄭志明：〈唐傳奇的夢〉（臺北：《鵝湖月刊》第190期，1991年7月），頁8。

之間有著若即若離的關係」⑨；關於〈枕中記〉以夢境爲主體的複式結構，黃景進先生說：

> 由於夢境的無限包含的能力，無形中延伸了現實人生的長度，也豐富了現實人生的內容；有了夢，人似乎多活了好幾次，人生也顯得更多采多姿。更有趣的是，「夢」與「現實」的分別，有時是相對的……〈枕中記〉中，夢與現實的眞假屬性，有時候可以倒過來看。⑩

由於作夢乃一般人生活之常態⑪，夢境又多半與現實經驗、個人情欲有關，是可分析、可理解、可感受的，所以常被文學用來譬喻或對比現實的人生，達到「遂願」或「啓悟」的效果。

幻境：清醒狀態下之偶發的錯覺，突如其來、忽爾消失，無跡可尋、似眞而虛；雖不能改變物理界的現實，但可以擾亂人的感覺與判斷。由於是人爲的虛構或感官的失常，暫時讓人迷惑，但時限到了，

---

⑨　林淑貞：〈唐傳奇「夢境結構」形式美感與義蘊〉（臺北：《中國古典文學研究》第4期，2001年12月），頁71。

⑩　黃景進：〈枕中記的結構分析〉（《中國古典小說研究專集（四）》，臺北：聯經出版社，1982年4月），頁100~124。

⑪　【夢境又有個名稱叫作獨影境，也就是說，它只是影像而已，所以它不是眞正外面的色法。】──詳細內容請參閱：〈三乘菩提概說第24集：略說十八界（上）〉http://www.enlighten.org.tw/dharma/6/24又，《正覺電子報》30期「般若信箱」：【夢中的事有許多種狀況，一般而言，有人是因爲感應到業報的成熟而夢見，有人是因爲識藏中的種子流注而看見往世事、未來事，或者因爲日有所思而夜有所夢，……等等。】http://www.a202.idv.tw/a202-big5/Book5001/5001-30-R.htm

則此境消失，一切又恢復正常。類似的狀態如魔（法）術、電影、虛擬實境，或海市蜃樓、精神症狀。〈杜子春〉被帶往華山雲臺峰看守藥爐時，老道士「持白石三丸，酒一卮，遺子春，令速食之」，又告誡他：「慎勿語，雖尊神、惡鬼、夜叉、猛獸地獄、及君之親屬……皆非真實；但當不動不語，宜安心莫懼，終無所苦。」這段話已說明了隨後所出現的一切人物境相，全是幻化——或許是道士施作的法術、或是子春吃了藥、酒之後的幻覺；何況「幻境」中的事相幾乎不可能發生於現實界。子春雖身在幻境，而神智清醒——起初，了知其幻而不為所動（神色不動、端坐不顧）；久之，漸失把持而被牽制（亦似可忍，竟不呻吟）；最後終於忍不住，一念當真而「不覺失聲」。這過程指出幻境雖假，卻有作用，人的心智若未訓練，很難長時間的收攝專一而不受外（幻）境撓亂。而一但被亂（驚嚇、痴迷……），即使幻境消失了，其效用仍可能延續到日常生活而改變原來的作息習慣與精神狀況。

妖境：〈南柯太守傳〉表面上看似與〈枕中記〉同類型的夢境故事，其實不然，王夢鷗先生說：

> 〈枕中記〉中盧生之枕，既取材於《幽明錄·楊林》故事，因疑〈南柯太守傳〉亦取材於六朝志怪之書。今本《搜神記》卷十有〈盧汾夢入蟻穴〉一則……從而渲染成篇……二者俱為沿襲六朝志怪之作，以抒所感，事本無稽。
>
> 盧生之夢，與淳于生之夢，二者同是夢也，何由一則稱之為良史，一則斥之為文妖，豈其中亦別有故歟？茲比較二文，疑李肇視沈（既濟）氏之說夢，

明示其爲寓言戲墨；不似李公佐之說夢且自謂「事皆
摭實」；前者但以文滑稽，而後者則有類乎妖言惑
眾矣。

〈櫻桃青衣〉故事，固可謂其模仿〈枕中記〉；而本
篇（南柯太守傳）之託意則別有所指，如河東記之
〈李知微〉篇，言槐根群鼠之異，實乃承本篇之餘緒
而製爲諧隱之文。倘以〈櫻桃青衣〉與〈李知微〉媲
而觀之，則二者作始之用意相異，當自明矣。[12]

這段考述提及：李公佐自謂所說「事皆摭實」，且此篇小說前承〈盧
汾夢入蟻穴〉，後啟〈李知微〉，取材、作意、題旨都不同於〈枕中
記〉；又證之李氏其他作品如〈盧江馮媼傳〉寫亡魂之念舊、〈古嶽
瀆經〉寫水怪無支祁，皆是鬼怪傳說，而信其實有，非取象徵也。此
外，本文的遣詞造句也刻意區別於夢境，如：「生解巾就枕，昏然忽
忽，彷彿若夢」、「生意頗甚異之，不敢致問」、「揖讓升降，一如
人間」、「王笑曰：『卿本人間，家非在此。』生忽若昏睡，蔧然久
之，方乃發悟前事，遂流涕請還」、「入其門，升自階，己身臥於堂
東廡之下，生甚驚畏，不敢前近；二使因大呼生之姓名數聲，生遂發
悟如初」；這些關鍵性的語句，總在說明淳于生並非睡著作夢，而是
醉後被勾魂，進入蟻精變化的妖境；起初，他也感到怪異，但不敢
問，而蟻王又安排了他父親的親筆信、及兩個酒友，來取信於他；

---

[12] 王夢鷗：《唐人小說校釋·下》（臺北：正中書局，1985年1月臺初版），頁188~198。
又汪辟疆：《唐人傳奇小說》（臺北：文史哲出版社，1988年4月再版）於〈南柯太守傳〉
文後附錄《酉陽雜俎》「守宮」一則，也是說明此乃「怪魅」故事也。

漸漸的他也就習以為常而在其中安居了；後來被逐出蟻國，回到人間，對離魂期間經歷的一切風土草木，皆於現實世界有跡可尋、絲毫不差：「追想前事，感歎於懷，批閱窮跡，皆符所夢。」而妖境中三人都是已死或沉疾昏迷中，同樣被勾魂來作陪的，而他朋友的反應：「二客將謂狐狸木媚之所為祟。」以及文後的感慨：「嗟乎！蟻之靈異，猶不可窮；況山藏木伏之大者所變化乎！」也指明了作者是相信有人類之外的妖精世界，且與人界可互相重疊與涵攝，但多數時候是彼此同步而隔絕的，唯某些人或因特異功能（修道作法）或特殊狀況（離魂意外）也可能暫時進入妖境中，而此境中的見聞遭遇，似真非假，卻又不可證明，因而傳統讀書人寧以理性的「視之若夢」，免於迷信之譏。關於「妖境」的定義與特色，可參考郭玉雯先生的論文：

> 「妖境」他界觀可溯源至古代人與動植物平等互變的宇宙觀……時代愈後，人的意識高張崛起，再加上道教精怪修仙的教義……認為人的精神發展層面較高，動植物的精怪變形為人的目的是吸取人類的精氣，以加速本身承仙之道……但另一方面人類又保留了對動植物一種親切平等的原始情感，在這種情感中，人的心靈是開展的，向天地間一切「有情」綻放的……。不論「妖境」的造型對人有害或有利，其背後的信念仍是生命相通流貫，其架設的基礎仍是人類對動植物一種又懼又親的情感。
> 比起「冥界」、「仙鄉」，「妖境」的型態最接近人類，不論是動植物所存在的地方或是其中的情景布

置，徹底的說，妖境和現實界是疊合的，人在期間出
入可以混無間隙，然二者之時空的確不同；就如夢境
一樣，雖說夢如人生，但夢依然具有夢的性質，夢對
於現實界來說，仍是非真的。……（南柯太守傳）淳
于所遭遇之人即蟻所變形，所經歷之國即蟻國，但作
者將此「妖境」推入夢中，顯然是一種理性化的處理
方式。且作者有意藉此故事來寄託「富貴如浮雲」的
人生觀，所以此處「妖境」之造型就是人生的縮影。[13]

淳于棼的魂（識神）出入兩界，始終保有適度的知覺，從蟻國回來
後：「夢中倏忽，若度一世矣；生感念嗟嘆，遂呼二客而語之。驚
駭，因與生出外尋槐下穴……。」以說故事、找證據的方式宣揚「精
怪變化」之實有。

二、小說中社會角色三型：文士、刺客、游俠

　　除了境界型態的差異之外，這三篇小說主角不同的社會屬性與
人格特徵也是有代表性而可比較的；更有趣的是，三種「角色」配合
三種「境界」，各得其所而不可錯置，也就是：文士──夢境、刺
客──幻境、游俠──妖境。

　　〈枕中記〉的盧生是唐代典型的科舉文人：飽讀詩書、蓄勢待

---

[13] 郭玉雯：《聊齋誌異的幻夢世界》（臺北：學生書局，1985年7月初版）第二章──他界之
定義、觀念與類型，頁33~37。

發，想透過「國家考試」與「世族婚姻」換取後半生的榮華富貴；他們大致上屬於有學識、有修養，理性、清醒，高瞻遠矚、能言善思的層級；為了獲取利益或完成理想，他們能適當的扭曲（調整）自己以服從（依附）制度；其宇宙人生觀較有整體性、秩序性而按部就班、積極進取。但由於體制內的競爭激烈，成者傲慢、敗者哀怨，得失心強而屢有黨同伐異的、朝秦暮楚的情況，所謂宦海浮沉，欠缺安全感。其性陰貪，處世圓滑，深謀遠慮，及貪圖名利，所以較會做（白日）夢，而夢的內容不離現實之欲望與挫折，真可說是一場充滿了貪瞋得失，辛苦荒唐的敗秀。

相對於盧生的文士典型，杜子春與淳于棼可歸為武士類，但前者是刺客、後者是游俠。〈杜子春〉云：「少落拓，不事家產；然以志氣閒曠，縱酒閒遊，資產蕩盡；投于親故，皆以不事事見棄。」這種形跡乃所謂敗家子、紈褲子，只會吃喝玩樂且視為當然，卻不知賺錢謀生；自己的家產花完了，便想用親戚故舊的錢，得不到資助，就只會「憤其親戚之疏薄也」而「徬徨不知所往……飢寒之色可掬，仰天長吁」，真是可憐又可笑的廢物、寄生蟲！整體而言，他拙於自謀而只能仰人接濟，有錢則擺闊、沒錢就等死，這種人活著，既無個人目標、也無社會用處，唯是放任身心、得過且過；他的生命似乎只有「飲酒作樂」唯一大事，誰能滿他此願，就是他畢生的恩人；雖淡泊於世俗之名利，但並未忘情於倫常名教（責任義務），只是積習難改，欲振無力：「子春既富，蕩心復熾，……乘肥衣輕，會酒徒、徵絲管，歌舞於娼樓，不復以治生為意。」、「……未受之初，憤發，以為從此謀身治生，石季倫、猗頓，小豎耳。錢既入手，心又翻然；縱適之情，又卻如故。」策杖老人正是看中了他這種矛盾自棄的性格，既驚訝他的「拙謀」、「貧在膏肓」，卻也讚嘆他無用之用的

「仙才」，因此，三次無條件的濟給子春，以觀察他的心性。子春也不是無知無情的人，他想：「吾落拓邪遊，生涯罄盡，親戚豪族無相顧者；獨此叟三給我，我何以當之？」感激于心而無以回報，別無長物，只有爛命一條：「唯叟所使」，赴湯蹈火，在所不惜。平時既可毫不節制的縱酒以傷身，有事也就能義無反顧的報恩而捨命！這不就是《史記‧刺客列傳》的寫照？只顧眼前的沉醉，不管明日的結局，這種昏醉頹廢的生活型態，有其不可預期的冒險性與適應力，所以比一般人更能面對偶發、荒謬、非常態的幻境，也許就如醉鄉的風光吧！

淳于棼：「吳楚游俠之士，嗜酒使氣，不守細行；累巨產，養豪客。曾以武藝補淮南軍裨將，因使酒忤帥，斥逐落魄，縱誕飲酒為事。」這種人的生命內容不外乎酒色財氣，全然順從生理性的本能，很難依人文常軌行事；雖有資產而無心經營，養豪客只為了熱鬧，這兩項總結出一種性格，就是不耐煩循序漸進、也不甘願屈居下僚，所以，頂撞上司而被解聘，乃意料中事也。游俠的志大才疏，若欲有所作為，須具備兩個條件：一者乘勢而崛起，二者豪傑（賓客）之扶助；前者乃可遇而不可求之機緣（成之者天），後者須日積而月累之施恩（為之在人）；若養精蓄銳多年而未得風雲際會之天命，游俠也只能終身埋跡鄉里，與賓客共靡醉、與草木同腐朽也，這是中國文人最不忍見的悲劇，所以作者突發奇想，讓現實上不得志的淳于棼，被蟻精勾魂進入妖境，在其中替天補恨，完成了游俠兒應得的際遇與應有的成就。而游俠與妖境的關聯是在於：他自甘沉淪、「嗜酒使氣」所展現的直覺而強烈的原始生命力，吸引了粗具人性的較低物種（蟻精），在「沉醉致疾」而半睡半醒似夢非夢的情況下，人之魂與蟻之精相會於另一個時空，並透過人蟻結婚而實現了異類相通與各取所需

的理想。總之，此乃酒徒而豪俠者，故能遇此妖異之事，醉鄉、夢境、妖界，三者若一也。又此生放蕩，不習政事，曾忤官長而於仕途受挫，今乃藉由婚姻關係而飛黃騰達，真是「夢話」也。淳于生自槐安國還魂後，亦宣揚精怪變化之可信，而開啟後世小說「男人與異類往來通婚」之模式。

三、三篇小說的主題寓意：人生觀的轉向

題目訂為「人生的衝擊與轉向」，重點不在於文學形式與技巧的分析，而是於所謂「人生」的內容、意義、理想之反省。每個人的生存模式差異不大，起初，可能是在一種隨順本能欲望或依附社會價值的情況下，盲目的追求、前進，以此作為整個人生的內容與成就；這兩種都是約定俗成、集體催眠的，較少個人醒覺成分，也就是真正的「自我」並不清晰明確，而是在隨波逐流之中，被捲入「群體」的意識形態，競逐有限的社會資源，以肯定自己在群體中的身分、地位與成就，這其中難免有順有逆、有得意有挫折，但很難自覺的突破或忘情於這種團體遊戲的依附性、安全感，除非在人生的某階段有一次或多次關鍵性的遭遇，對個人視為當然卻不知所云的價值觀，造成全面性的質疑與致命性的摧毀，也就是這裡所說的「衝擊」，以及隨之而來的後續發展，大幅度的「轉向」：從積極而盲目的「追求」，轉為消極但清醒的「捨離」，一種宗教學所謂看破、放下，某種新眼界於焉展開；原來的那個人死了，而目前這人是誰，無以名之。

盧生與淳于棼都曾在類似的夢境中經歷了人世所規劃的理想生涯，認真的參與遊戲，完整的嘗過功成名就、富貴逼人及其負面的遭遇，而最後都有一場大醒（死亡、還陽），發現這一切經歷對照於現

實世界，全是假的！這讓猶自餘香在衣、餘音繞梁的當事人，不免有點尷尬、迷惑與依戀，而又不得不承認夢中的激情，真是一場虛妄顛倒的兒戲！但由此對照現實界的努力奮鬥，悲歡離合、生老病死，終究也如夢的重演，可以預知其結局，就像倒回再看一次錄影帶，索然無味；因而屬於人世的激情纏綿，大部分頓然止息，而轉向一個可能是清淡無聊，無所用心的餘生——也就是盧生所說的「苟生」。而杜子春前半生順乎本能、毫無目標的縱酒閒遊，對人世並未有正確的認識；最後也因「愛」根未斷而壞了「上仙」的可能——整體而言，他活在一種昏沉迷茫中，既無在人間建功立業的企圖，也無離紅塵修道成仙的觀念，他的人生意義與生命方向並不明確，只是愛恨交加——嗜酒而見棄於親故、落魄而受惠於老叟，為了還債而捨身守丹爐、忘了約定而失聲壞大事——經此「愧其忘誓，自劾以謝其過，歎恨而歸」的衝擊，他的餘生大約是在虛無、遺憾中度過，因為對他而言，「名教復圓」於人道倫常無虧欠，而「丹爐已壞」於仙途修煉也沒希望；刺客報恩（唯叟所使）不成，這條已無利用之價值、我又不能回收的爛命似乎是多餘的！只能百無聊賴的等它衰亡吧！

（一）人生如夢〈枕中記〉

　　呂翁與盧生最初的對話，已經在切磋所謂人生的意義，或幸福（適）的內容，雖然表面上有點雞同鴨講，但其實是一個深知世味的「過來人」在指點一個年輕人有關生命最後的結局；不可否認的，呂翁也曾年輕過，而在同樣的文化環境及養成經歷下，也必然與眼前的盧生一樣情欲熾盛且對世界充滿了需索，想憑個人的才學意氣，博得社會的肯定以獲取豐富的財色名位之資源，這些都是無可厚非的，因

爲是共同的意識型態，而年輕人此刻除了與生俱來充沛的活力以及原始的貪欲之外，可說是一無所有，也只能順從本能的驅使，去追求社會所認可、所提供的價值與幸福；他的眼光是前瞻的、飢渴的、焦躁的，不能老實安分的活在「當下的情境」而別無所求——這其實是人生之最後（年紀老衰者）僅剩的滿足：「（形體）無苦無恙、談諧方適」，生理上沒有急症、或慢性病沒發作的短暫的空檔，又有人陪著談天而不寂寞；這雖只是眼前片刻的享受，但也是老人家的全部了，因爲下一刻會怎樣，誰也沒把握；更何況五年十年遙遠的未來！呂翁深知這樣的結局必然也是盧生（每個人）最終的結局，但曾經滄海的老者是沒辦法、也不應該禁止（阻擋）年輕人帶著懷疑與憧憬去過他自己的人生，所以，只得善用一種「非常」手段了——呂翁的「神仙術」——類似催眠術，雖然方便於製造一個依「盧生的欲望，及世事發展的常態」而編導的夢境，讓盧生在濃縮的時間中快速經歷一生；但這不是重點，呂翁所要傳達讓盧生醒悟的「世間無常、人生虛幻」感，才是本文的主題。夢醒了的盧生直接了悟這個眞相，就不必浪費後半生於所謂的「現實世界」去重蹈覆轍，這也是呂翁的悲心，是過來人呂翁的體會，而反問：「此不謂適，而何謂適？」盧生就依別人灌輸給他的觀念，列舉了一大串未來式的欲望，也難怪他不能安於現在的每一刻、每一個境遇，正如盧生所說：「吾此苟生耳，何適之謂？」因爲他還年輕，對世間、對群體的認識還不深，也還不死心。而這就是呂翁的任務——讓他快速（如願）經歷、而提前（心智）老化！夢中所經歷的就如王夢鷗先生的考證，多有當代之事實依據，且

影射建中宰相楊炎之事蹟⑭；而這種寫法的文學效果是：

> 正因為夢中的人生是如此的反映現實，才能使盧生了
> 解到「人生如夢」的道理。……故事中的「夢境」，
> 約占全文三分之二……就所占篇幅來說，這一段似乎
> 是故事的主體，作者有意借這夢境，反應唐代的社會
> 風氣及當時士人的理想……夢中的經歷雖然寫得很複
> 雜，……在小說中的作用，只是使夢境更具真實感而
> 已。⑮

這種夢境的「完全模擬」現實，正是前引多數論文所採用的佛洛伊德
「遂願」理論之根據，但他們忽略了「讀者最感興趣的，還是夢前與
夢後的故事」，也就是說：

> 夢是被利用來否定客觀的現實人生，故事的結尾並未
> 提供什麼可以奮鬥追求目標，而是帶著濃厚的「消極
> 悲愴」意味，絲毫沒有「再生」所具有的樂觀積極

---

⑭ 王夢鷗：《唐人小說校釋‧上》（臺北：正中書局，1983年3月臺初版），頁35~37：「德
　宗李适繼位，拜楊炎為相，引（沈）既濟入中樞省……不及二年，楊炎得罪，賜死南荒，既
　濟亦受株連……則此適意之時日，前後不及兩年，可謂短暫之至；再以楊炎宦途發跡之事觀
　之，其飛黃騰達，至建中元年，臻於極點，而殺身之禍亦隨與俱來。即使既濟不自覺人生適
　意之事難求而易逝，然以其久居京華而熟知當代史料，則其看人富貴，亦當深感其如夢幻泡
　影；何況生平知己如楊炎者，其影事歷歷，悉在眉睫之前乎？是故本篇中之盧生，實似為楊
　炎寫照；至於追求『人生之適』以至於幻滅，則是作者親聞目擊而得之心證也。」
⑮ 黃景進：〈枕中記的結構分析〉（《中國古典小說研究專集（四）》，臺北：聯經出版社，
　1982年4月），頁100~124。

性。⑯

這樣的結局，似乎令現代大部分讀者感到不解與不滿，黃景進先生對此也有獨到的看法，替小說作者回答：

> 爲什麼盧生作夢之後，變得消極？……不管夢境如何繁華，夢醒之後都會成空，這種「如夢」的幻滅感，才是消極悲觀的來源，而且夢境越是繁華，醒後的悲哀越重。因此最重要的是追究人生是否如夢？如果人生可以比成夢境，則必然是可悲的。⑰

看來如此具體、眞實的人生，爲什麼如夢？一般而言，人們對於未來，每因「貪欲」而想像其美好，且很認眞，總要等到事過、滿足之後，才明白：太陽底下沒什麼新鮮事！就如同每夜作夢又醒來，人生只是不斷的重複各種相同的刺激與厭倦而已。其次，年紀老邁或遭逢巨變者，對「人生如夢」的事實，較有親切的感受，在「希望」破滅時才發現：過去的理想、目標與堅持，就似一場春夢。但還有一個最快速、直接讓人看破的「未來」景象：「因爲了解到『人必有死』的事實……由於『死』這不可逃避的鐵律，人的一生（寵辱、窮達、得喪、死生）就顯得虛浮不實，有如夢境一般。」⑱這個結論才觸及了本篇小說（及〈南柯太守傳〉）的深度。死亡是「一切生存之上的意

---

⑯　黃景進：〈枕中記的結構分析〉，頁100~124。
⑰　黃景進：〈枕中記的結構分析〉，頁100~124。
⑱　黃景進：〈枕中記的結構分析〉，頁100~124。

義、價值、理想」的終結者，是每個人或早或晚的命運，雖然人們在有生之年故意忽視它，但它就像一片與生俱來、覆在頭頂的陰影，所有的生存活動都因它而黯然失色、心灰意冷。

　　讀者或許會問：經歷這樣的衝擊與看破之後，他的餘生要怎麼過？似乎有一種覺醒與轉向，也就是充分了解情欲的滿足及空虛，而活在沒有激情與憧憬的心境，對他而言，世界不再如所想像的美好或可欲，再也不可能回頭去過原來的生活了。心已死而身仍活著，也許只能隨緣度日，沒什麼特別想做（要）、或非做（要）不可的事物。汪辟疆先生說：「唐時佛道思想遍播士流故文學受其感化，篇什尤多。本文於短夢中忽歷一生，其間榮悴悲歡，剎那而盡，轉念塵世實境，等類齊觀。出世之想，不覺自生。影響所及，逾於莊列矣。」[19]人生最大的痛苦是「需求」不滿足，但滿足之後短暫的「無事」狀態，又讓人反思這一切活動的意義，智慧高者能於其中發現某種反覆循環的慣性，它讓人陷於盲目與束縛，至死方休；這樣的人生，很難歸結出什麼高尚的意義，但多數人又不知該如何突破這種困局，而佛道二教所提供的啟悟性思想就是：世態無常、人生如夢，萬事不可執以為真。因為：紅塵夢，再美也是空。

　　其次，這篇小說似乎沒有一般所謂的「積極」的主題與明顯的「結局」？其實，〈枕中記〉的作意是經由現實與夢境（真假、生死）對比所致的衝突、省思，而逐漸調和、消解了分別。這過程是在內心進行、完成的，因此，表現於外的行為也就點到為止。生命的本質似乎是灰色的，每個人的終點是死亡、別離；盧生的結論是：「生憮然良久，謝曰：『夫寵辱之道、窮達之運、得喪之理、死生之情，

---

[19] 汪辟疆：《唐人傳奇小說》，頁39。

盡知之矣。此先生所以窒吾欲也，敢不受教！』稽首再拜而去。」他
所領會感悟的，類似於〈櫻桃青衣〉的：「盧子罔然嘆曰：『人世榮
華窮困、富貴貧賤，亦當然也。而今而後，不更求官達矣。』遂尋仙
訪道，絕跡人世云。」[20]

（二）情愛亦幻〈杜子春〉

　　如前所述，杜子春的社會形象是酒徒，人格特色則是刺客，而
整篇小說的主題卻是「成仙之條件」；策杖老人如何獨具慧眼（或純
屬猜測）看出杜子春有「仙才」，且願意三次接濟他——滿足他的個
人情欲、助成他的世俗責任——並以此換取他「以身相許」的承諾，
邀他看守丹爐、共煉仙藥？這其中的詳情，作者沒說明；但故事的重
點是杜子春前後「判若兩人」的轉變，及幻境考驗的失敗所引生的問
題：刺客「守信重諾」的人文教養，卻敵不過「愛生於心」的生物本
能。仙才之所以難得，就在於人性深處幽暗隱微的貪著（渴愛），久
已根深柢固，既不易察覺、更難以扭轉，它主宰、控制個人的心念與
行為，在順境中還可能受人文的制約，若遇緊急危難之境，它就如火
山爆發，瞬間摧毀了表面的太平。這種狀況總是令人錯愕，又無可
奈何，因為人們平時既不曾發現它、也無力淨化它。杜子春之看似有
「仙才」，或因為他有刺客之「但為酬恩身可死」的氣概，於世間
之利害、得失、榮辱，似較淡薄，（此乃〈枕中記〉之盧生所貪取

---

[20] 請參閱：《正覺電子報》第5期〈畢業感言〉http://books.enlighten.org.tw/images/down-
load/pdf/20090729154504.pdf〈三乘菩提之入不二法門第087集，佛道品（上）〉http://
video.enlighten.org.tw/zh-TW/a/a19/4486-a19_087

者）；但既生於人間，於六情五欲㉑有所執取，須經由各種生命情境的試煉，找出破綻以對治之，這就是本篇故事中「幻境」的作用；此幻境乃刻意制造的，只爲了考驗杜子春（自願受催眠而進入其中）能否捨離各種境界，包括被殺、下地獄、轉世爲女身。於幻境過程中，喜怒哀懼惡欲，他皆無所滯著、動搖，唯於「子女之愛」不能忍，此可說是本能之反應，與刺客的縱欲使氣同類的；這使他既不得爲全人，亦不堪更成仙也。中國傳統的道德，重在逆向的自覺，孟子云：「人之異於禽獸者，幾希！君子存之、小人去之。」人禽有別，故爲人修養應致力於遠離（淨化）物性，而純乎人性；例如：父母對兒女之「慈愛」，乃動物之通性（種族的延續），是順其自然的行爲，不必強調；反之，兒女對父母之「孝順」，似乃人類的特性（生命的溯源），是逆乎本能的覺知，須人教導。又如：夫妻之情是建立在共同生活的默契與恩義，是「五倫」中唯一涉及異性關係的，是社會契約與家族血親之統合，有其倫理上的殊勝與莊嚴，所謂「君子之道，造端乎夫婦。」比起母子之愛，是更具人性與文明，層級較高。所以，小說中描寫杜子春目睹其妻被凌辱、殺害及哀號、咒罵之時，仍然「竟不顧之」，這是男性的絕情堅忍，但轉世爲女人之後，不能抑制其「母性」，而在親生子被摔之瞬間，「噫」出一聲，幻境破滅而身心復原。他敗在轉世之後錯執自身爲女人，而於兒子起眷屬（我所）愛：或許，「母性」乃女人的盲點，整個懷孕、生養的過程，男人多

㉑【一般人所稱的七情六欲，正確地說應該是六情五欲。六情是指眼、耳、鼻、舌、身、意六識領納色、聲、香、味、觸、法六塵，而生的六種情境——六種心境；五欲則是指的欲界眾生對於色聲香味觸，或者是財色名食睡的五種欲望、欲求。】——詳細內容請參閱：〈菩薩正行第18集：淺談因果（三）〉http://www.enlighten.org.tw/dharma/8/18〈學佛釋疑（三）第85集：何謂「七情六慾」？爲何要戒「七情六慾」？〉http://www.enlighten.org.tw/dharma/11/85

半是旁觀者，故而父子間較少「生命共同體」的親密感。也就是說，杜子春最後是敗在母性的本能，對他而言，這是很遺憾的結局：不僅「成仙」無望，且「報恩」不成；原就是世間無用之人，而今更無顏以見天下君子：「子春既歸，愧其忘誓，復自劾以謝其過；行至雲臺峰，絕無人跡，歎恨而歸。」這樣的衝擊之後，他的後半（餘）生是不會有什麼積極的意義了——幻境中所執著的子女之愛在恢復男身之後，似乎有些荒謬；而前半生的「縱酒閒遊」想必也索然無味了吧。

（三）名位似戲〈南柯太守傳〉

至於妖境中淳于棼所經歷的人生類似〈枕中記〉，乃唐代理想的仕宦歷程的縮影，唯淳于始終處於被動：醉夢中被勾魂、迷惑中被招親，然後惶恐中出任南柯太守，全靠兩位昔日酒友代理政務，倒也平安順遂、功成名就的混了後半生；這一切幾乎都在糊裡糊塗、半推半就：「心甚迷惑，不知其由」、「心意恍惚，甚不自安」中進行，雖然他從不曾積極的表達自己的欲望，但降臨在他身上的榮華富貴卻又理所當然得有點荒謬！只能說他是個幸運兒——得來全不費工夫。他生平除了喝酒鬧事之外，對結好婚、做好官、辦好事、立好功，以及進德修業之類嚴肅的士人行徑，很沒自信、也不妄想（生少遊俠，曾不敢有望），甚至早已自暴自棄的沉湎於醉鄉，久矣不知人生的意義為何了；這種消極的心態，應不會發生如盧生那種主動進取、生氣勃發（遂其夙願）的夢；除非經由他力的逼使就範，也就是被螞蟻妖綁架——至於綁架的原因是宿世姻緣或陰陽採補之流的異類交涉，則未說明——而蟻妖仿造整套人間的政府組織及仕宦過程，讓淳于棼的靈魂在妖境中賓至如歸，減少其環境適應的困難；也可以說，這些舉

措是爲了淳于而量身訂作的，雖然違背他的習性（嗜酒使氣、放蕩不經），卻也適度的滿足了他的虛榮。故事的結局說：「生感南柯之虛浮、悟人世之倏忽，遂棲心道門，絕棄酒色。」所謂「虛浮」，是說淳于棼所經歷的榮華富貴，乃蟻妖爲了滿足（欺騙）他而模仿人間所變現之兒戲，當淳于棼在妖境中被點醒：「卿本人間，家非在此」時，已了知這宛然似真的宦海浮沉，只是一場荒謬可笑的「蟻戲」而已，逢場作戲之後，隨即放下。王夢鷗先生云：

> 房千里作「骰子選格序」有言「……彼皆異類微物，且猶竊爵位以加人，或一瞬爲數十歲。」……大意謂凡爵位之得失，既出於偶然，殊無足以介意，恰與之結語「後之君子，幸以南柯爲偶然，無以名位驕於天壤間云」如出一氣。[22]

偶然兒戲之名位，得之不足驕，失之又何憾？作者的筆調是輕鬆、調侃的：「雖稽神語怪，事涉非經，而竊位著生，冀將爲戒。」比之於〈枕中記〉似較灑脫：

> 故其託辭雖異，而大旨則同感人生之虛幻；唯〈南柯太守傳〉特著意於名位之不足驕，與〈枕中記〉之全出於幻滅之感者，相去稍有間矣。從而可測知〈南柯太守傳〉似出於名位低微者之感喟，非如〈枕中記〉

---

[22] 王夢鷗：《唐人小說校釋‧下》（臺北：正中書局，1985年1月臺初版），頁188~198。

之以人生大限證明功名富貴之爲夢幻也。㉓

人生如戲大半虛：場面雖熱鬧，生旦淨丑，各施手段；散場則無事，悲歡離合，一片清寂。人只是錯覺與妄想的傀儡，一切看似多采多姿的活動之背後，其實是充滿了憂怖、疑惑、無奈、寂寞，而不得不逢場作戲！久而久之，乃至於弄假成眞，迷途忘返；這就是淳于棼入蟻國數十年，樂不思人間的寓言！

四、結語

本論文對這三篇廣爲近代學者所討論的小說，重新做了解析，並提出不同於前人的看法，目的在於說明：中國文化融（揉）合了儒釋道三教的思想，表現在文學創作上的視角、場景與作意是複雜而多變化的——特別是唐代，由於東西文明的交流，物質享受與與心靈探索，都臻於極致；當時文人的生活習氣、精神內涵、宗教傾向、寫作動機……或許非今日之學者所能備知；研究者若只是借用近代西方文學批評（如神話學、心理學、結構主義……）的單一觀點來論析這類作品，不僅易於曲解原意，且有窄化、淺化、機械化的危機，殊爲可惜。例如本文區分夢境、幻境、妖境的不同特徵，及所對應的文士、刺客、游俠之人格典型，影響唐以後類似小說的分流與發展，可說是差以毫釐，失之千里，不可不辨明之。又中國儒道釋三教融合之後形成的世界觀與人生態度，其立體多向與變化多端，也不是簡單的二元對立之概念所能論定的。

㉓ 王夢鷗：《唐人小說校釋‧下》（臺北：正中書局，1985年1月臺初版），頁188~198。

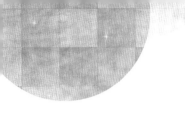

〈虬髯客傳〉的人物關係論

一、前言

　　本篇在唐人小說中可歸為「歷史豪俠類」，其敘事結構的精緻、人物關係的緊密、性格氣氛的親切，已到了不可增減的地步。歷代學者對此作了許多研究，並發表論文、相互切磋，某些問題已獲得初步的結論，也有部分細節仍有爭議；而隨著文獻資料的更新、觀察角度的轉變、思維方式的多元，及讀者對這篇小說的興致，都刺激了學界繼續思考、研究，或許能不斷的提出新的看法、引發新的討論，讓它的價值不至於長久封存於歷史檔案中。

　　本論文也是站在前人的成果上，特顯這篇小說中「人物關係」的靈活互動、微妙相成，並由此展示了情節的精彩及主題的嚴肅。

二、出場順序與人物主從

　　〈虬髯客傳〉是以人物的關係來推動情節並呈現主題，其出場順

序是：

隋煬帝 —— 楊素 —— 李靖 —— 紅拂 —— 虬髯客 —— 劉
文靜 —— 李世民 —— 道士

這個順序極有深意，且不可錯亂或闕漏；可從順逆、生剋雙向理解：

一、相生：前浪引後浪，逐一牽出，如魚貫而行。

二、相剋：後浪覆前浪，後出轉精，如踏肩而上。

先出場的，創造了一種機緣（情境）給後來者，第二位又成全了第三位，……就這樣，先後因果鉤連而出，共八位，一個也不能少。而後出者之氣度與潛力，又勝過前行者，甚至是後者「取代、消除」前者。這八位又可據其在小說中的分量與作用，類別為主要與次要：

主要人物：李靖、紅拂、虬髯客三人依序出場之後，便交互影響（對話、行動）演出大部分情節，直到結束。作者亦著重描寫他們的身心特徵與關係變化，後世民間習稱他們是「風塵三俠」。[1]

次要人物：隋煬帝、楊素、劉文靜、道士，在小說中只有陪襯、助成的作用，而無獨立的人格描寫。總是在完成既定的任務之後，便消失了。他們是依附於主要人物，作為過渡性的媒介。

此外，最特別的是李世民，表面看似無關緊要的人物 —— 既沒臺詞、也沒動作；而事實上，他是真正、唯一的主角，也是情節、主題、作意的歸宿。

---

[1] 高陽，《風塵三俠》，臺北・皇冠，1966.5.1。http://www.crown.com.tw/index.htm
北京・華夏，2004.3.第1版。http://www.99read.com/shopstreet/product.asp?gdsid=114798

三、次要人物的作用──登岸捨筏

（一）隋煬帝、楊素

　　起首兩句，以兩個人名帶出故事發生的時間與地點：「隋煬帝之幸江都也，命司空楊素守西京。」這是人文性的提法，也就是由人事活動展開「時空」座標。我們須從「隋煬帝」與「江都」的聯繫中，確定可能的年代；這就要回溯相關的歷史，據《隋書》帝紀第三、四，隋煬帝即位後，曾三幸江都，分別是：

　　大業元年（605）：「八月壬寅，上御龍舟，幸江都。……舳艫相接，二百餘里。」二年「三月庚午，車駕發江都。」

　　大業六年（610）：「三月癸亥，幸江都宮。……甲寅，制江都太守秩同京尹。」七年（611）「二月己未，上升釣臺，臨揚子津，大宴百僚，頒賜各有差。……乙亥，上自江都御龍舟，入通濟渠，遂幸於涿郡。」

　　大業十二年（616）：「甲子，幸江都宮。」十三年（617）「十一月丙辰，唐公入京師。辛酉，遙尊帝為太上皇，立代王侑為帝，改元義寧。」

　　依後文看，大業十二年最後一次「幸江都」較符合故事的內容，那已經是變亂蜂起、隋朝將亡的時候了，面對這天災人禍、難以整治的局勢，煬帝只想逃離京師，去他一生鍾愛的揚州，安享餘年。雖大臣進諫，亦不聽：「奉信郎崔民象，以盜賊充斥，於建國門上表，諫不宜巡幸。上大怒，先解其頤，乃斬之。」、「車駕次汜水，

奉信郎王愛仁以盜賊日盛，諫上請還西京。上怒，斬之而行。」而這次南下，有去無回：「（義寧）二年（618）三月，右屯衛將軍宇文化及……等，以驍果作亂，入犯宮闈，上崩于溫室，時年五十。」在小說中，由隋煬帝所提示的時代背景是混亂、悲慘，或荒唐的。②

　　其次，故事發生在西京（長安），而煬帝不在場，因此推出「楊素」。若求證於歷史，大業二年（606）楊素病死於家③；九年（613），子玄感叛變被誅，兄弟坐死。④小說讓「屍骨成灰、宗族誅夷」的楊

---

② 《隋書》煬帝紀，「史臣曰」的總評：「（煬帝）驕怒之兵屢動，土木之功不息。頻出朔方，三駕遼左，旌旗萬里，徵稅百端，猾吏侵漁，人不堪命。乃急令暴條以擾之，嚴刑峻法以臨之，甲兵威武以董之，自是海內騷然，無聊生矣。俄而玄感肇黎陽之亂，匈奴有雁門之圍，天子方棄中土，遠之揚越。……猶謂鼠竊狗盜，不足為虞，上下相蒙，莫肯念亂，振蜉蝣之羽，窮長夜之樂。土崩魚爛，貫盈惡稔，普天之下，莫匪仇讎，左右之人，皆為敵國。終然不悟，同彼望夷，遂以萬乘之尊，死於一夫之手。」

③ 《隋書》列傳第十三：「大業二年，（楊素）拜司徒，改封楚公，卒官。……素雖有建立之策及平楊諒功，然特為帝所猜忌，外示殊禮，內情甚薄。太史言隋分野有大喪，因改封于楚。楚與隋同分，欲以此厭當之。素寢疾之日，帝每令名醫診候，賜以上藥。然密問醫人，恆恐不死。素又自知名位已極，不肯服藥，亦不將慎，每語弟約曰：『我豈須更活耶？』……史臣曰：楊素少而輕俠，傲僻不羈，兼文武之資，包英奇之略，志懷遠大，以功名自許。……然專以智詐自立，不由仁義之道，阿諛時主，高下其心。營構離宮，陷君於奢侈；謀廢塚嫡，致國于傾危。終使宗廟丘墟，市朝霜露，究其禍敗之源，實乃素之由也。幸而得死，子為亂階，墳土未乾，闔門俎戮，丘隴發掘，宗族誅夷。」

④ 《隋書》煬帝紀：「（大業）九年六月乙巳，禮部尚書楊玄感反于黎陽。丙辰，玄感逼東都。……八月壬寅，左翊衛大將軍宇文述等，破楊玄感於閿鄉，斬之，餘黨悉平。……十二月甲申，車裂玄感弟朝請大夫積善，及黨羽十餘人，仍焚而揚之。」又《隋書》列傳第三十五：「玄感，宰相之子，荷國重恩，君之失德，當竭股肱。未議致身，先圖問鼎，遂假伊、霍之事，將肆莽、卓之心。人神同疾，敗不旋踵，兄弟就葅醢之誅，先人受焚如之酷，不亦甚乎！」

素受命留守⑤，眞是諷刺！這個場景既然是假的，從此以下相關的事件也都虛構化、偏離史實了。所以他的官職錯爲「司空」，而李靖以布衣來見、家妓於半夜私奔……。

從作意上說，由隋煬帝與楊素所提供的時空內涵，是歷史人事「小說化」的關鍵，意在呈現一個「君不君、臣不臣」，倫常失序的環境：「素驕貴，又以時亂，天下之權重望崇者，莫我若也，奢貴自奉，禮異人臣。每公卿入言，賓客上謁，未嘗不踞床而見，令美人捧出，侍婢羅列，頗僭於上⑥，末年愈甚，無復知所負荷、有扶危持顚之心。」當權者不負責任，百姓只能自力救濟；而到處是漏洞的時代，給了有志青年許多可乘之機；於是李靖破浪而出，獨闖越（楚）王府，獻策騁辯。小說以整個時代的衰敗腐朽，反襯了李靖的雄姿英發，楊素從此引退，只成了李靖叛逃的陰影（權重京師，如何？）及紅拂嘲弄的對象（屍居餘氣，不足畏也！）

（二）劉文靜、道士

同樣是次要人物，劉文靜與道士分別代表了李世民與虬髯客的政治發言人，他們既是引介者也是支持者，對自己認定的主子，有充分的信心。

---

⑤ 案，《隋書》煬帝紀，大業十二年，帝幸江都宮，奉命留守西京的是：「越王侗、光祿大夫段達、太府卿元文都、檢校民部尚書韋津、右武衛將軍皇甫無逸、右司郎盧楚等，總留後事。」

⑥ 「禮異人臣」、「頗僭於上」──楊素早就有僭位稱帝之心，《隋書》楊素傳：「高祖受禪，加上柱國。開皇四年，拜御史大夫。其妻鄭氏性悍，素忿御史大夫。其妻鄭氏性悍，素忿之曰：我若作天子，卿定不堪爲皇后。鄭氏奏之，由是坐免。」

　　劉文靜幾乎是依附於李世民而存在，全生命投資在他身上；且積極的暗示、推銷，讓李靖相信李世民是傳說中的真命天子：「愚謂之真人也！」這多少促成了李靖的叛離隋朝而「歸太原」；也引起虯髯客兩次親往太原會晤（查證）李世民的舉動。而這兩場決定性的會面都由劉文靜安排：「因文靜見之可也」、「遽致使迎之」、「飛書迎文皇」，劉文靜在小說中的角色作用，既是李世民的私人祕書、又是交心知己，在當代群雄輩出之際，只他慧眼獨具，預見這位「州將之子」的潛力：「素奇其人」，並主動「與之狎」；也因此有資格代表李世民與道士對奕，而他在棋局上的「全贏」也象徵了李世民角逐天下的最終勝利。

　　又，道士（望氣者）[7]所扮演的則是虯髯客的知音與參謀，認為他有天子之分，乃慫恿他暗中布置，靜候時機；後又發現「太原有奇氣」，乃轉告虯髯前往查訪；而虯髯初會李世民之後，確認了八、九成，保留一分由道士鑑定；因此第二次會晤，道士同行，並代表虯髯下棋，當面證實了中原已有真主乃借棋說事云：「此局全輸矣！於此失卻局哉！救無路矣！復奚言！」又反過來勸虯髯：「此世界非公世界。他方可也。勉之，勿以為念。」兼顧現實與理想，創造「雙贏」的局面——既不全然否定虯髯另謀出路、異地稱王的可能，也明勸虯髯見機而退，不失磊落的英雄氣概！

---

⑦ 據《資治通鑑》卷第184〈隋紀八〉恭皇帝下義寧元年：河南、山東大水，餓殍滿野，煬帝詔開黎陽倉賑之，吏不時給，死者日數萬人。……密遣世績帥麾下五千人自原武濟河，……襲破黎陽倉，據之，開倉恣民就食，浹旬間，得勝兵二十餘萬。……泰山道士徐洪客，獻書於密，以為：「大眾久聚，恐米盡人散，師老厭戰，難可成功。」勸密「乘進取之機，因士馬之銳，沿流東指，直向江都，執取獨夫，號令天下。」密壯其言，以書招之，洪客竟不出，莫知所之。

四、主要人物的特色 —— 相知相惜

前述三位主要人物中，只有李靖（571~649）是「史有其人」，列名於貞觀十七年「凌煙閣廿四位開國功臣」⑧中，生封衛公，死賜司徒；其言行事蹟，史冊可考⑨，小說則據民間傳聞而另撰其「歸唐」之前的經歷，多與史實不合；且人格氣象相較於虬髯客與李世民，頗亦卑瑣柔弱，似乎降為配角以映襯虬、李的崇高偉大。

（一）李靖

李靖是在前述「煬帝」與「楊素」鋪設的時空背景下，以虛構的方式出場：「一日，衛公李靖以布衣上謁，獻奇策。」案《舊唐書》本傳，李靖出身仕宦之家，曾「仕隋為長安縣功曹，後歷駕部員外郎。」且「其舅韓擒虎，號為名將」；又「姿貌瑰偉，少有文武材

---

⑧ 《舊唐書》（臺北・鼎文書局，1977）本紀第三〈太宗下〉：「十七年春正月戊申，詔圖畫司徒、趙國公無忌等勳臣二十四人于凌煙閣。」又，〈唐朝二十四功臣畫像創作始末〉：唐貞觀十七年二月二十八日（643年3月23日）皇帝下詔，命閻立本在長安北面的太極宮「凌煙閣」繪製24位功臣之像。他們是：長孫無忌、李孝恭、杜如晦、魏徵、房玄齡、高士廉、尉遲敬德、李靖、蕭瑀、段志玄、長孫順德、劉弘基、屈突通、殷開山、柴紹、張亮、侯君集、張公謹、程知節、虞世南、劉政會、唐儉、李世勣、秦叔寶。凌煙閣在皇宮西南三清殿側，閣分三層：前層畫的是功勳最高的宰輔大臣；中層是功高的侯王；後層是其他功臣。按「君南臣北」的古禮，畫像全部面北，且依真人尺寸。這是繼漢代「麒麟閣」、「南宮雲臺」畫功臣像之後，又一次的大型政治性肖像畫。（法制晚報2005-03-25）http://news.china.com/zh_cn/history/all/11025807/20050325/12193697.html
⑨ 《舊唐書》卷67，列傳17；《新唐書》卷116，列傳18。

略」：這麼優秀的條件，頗得當權者重視，左僕射楊素「嘗捫其床謂靖曰：卿終當坐此。」就是說，李靖在隋朝官場上久爲知名人物，不是布衣；且隋末，楊素已死，不可能在西京接見李靖。因此：「素亦踞見，公前揖曰：天下方亂，英雄競起。公爲帝室重臣，須以收羅豪傑爲心，不宜踞見賓客。素斂容而起，謝公，與語，大悅，收其策而退。」這段情節乃杜撰也，但從側面展現了李靖的尊嚴與膽識。且類似的情景似有所本，《史記》列傳37，酈生：「酈生至，入謁，沛公方倨牀使兩女子洗足，而見酈生。酈生入，則長揖不拜，……（酈生）曰：必聚徒合義兵，誅無道秦，不宜倨見長者。於是沛公輟洗，起攝衣，延酈生上坐，謝之。酈生因言六國從橫時。沛公喜，賜酈生食。」小說情節或從此處變化而來，李靖的義正辭嚴，於瞬間驚動了楊素；而後續的行爲，表演成分居多，雖然相談甚歡、收策而退，卻從此無下文。若依「人物生剋」的原則，楊素引出李靖之後，小說中的任務完成，即可退場了。

（二）紅拂

在兩個政治男人對話（交手）的同時，舞臺角落有個人物——紅拂，蓄勢待發。她是小說中唯一的女性[10]，介乎多重的「兩端」之間：英雄（果斷）與美女（柔情）、抉擇（私奔）與託付（絲蘿）、棄舊（楊素）與趨新（李靖）、虬髯（兄長）與李靖（夫君）……。類型上，大部分「男性創業」小說，重點在群雄之間的恩怨情仇、強

---

[10] 雖有另一位虬髯客的「新婦」，卻無面目，有如道具，只爲了襯托虬髯（英雄）之豪、輝映紅拂（巾幗）之美：「催其妻出拜，蓋亦天人耳！」、「言訖，與其妻從一奴，乘馬而去。」

弱成敗，女性的角色功能有限或不顯，而本篇的「紅拂」卻簡筆描寫、形象鮮明，是不可或缺的人物，後世多有以她為題的戲曲。[11]

> 當公之騁辯也，一妓有殊色，執紅拂，立於前，獨目
> 公。公既去，而執拂者臨軒，指吏曰：「問去者處士
> 第幾？住何處？」公具以答；妓誦而去。

這段文字是關於「紅拂之身世」僅有的介紹，可能是楊府「家妓」的領班，手中持的「紅拂」乃身分象徵，明清戲曲小說多釋為「拂塵」[12]，並因此為她取名「張出塵」，如明‧張鳳翼《紅拂記》云：

---

[11] 明‧馮夢龍《女丈夫》，凌濛初《北紅拂》（另有《虬髯翁》），張鳳翼《紅拂記》（張太和有同名劇作，今佚）。

[12] 拂塵，又稱拂子、塵拂。乃紮「獸毛、麻纖」等，加柄，以拂除蚊蟲。其用途約有幾項：
一、侍候：印度氣候炎熱，婆羅門與貴族出門，有僕從在為其撐傘、執拂。佛經中多有這類執拂的侍者，《中阿含》卷35，梵志品雨勢經〈T01, p0648c〉：「是時尊者阿難執拂侍佛。」《增壹阿含》卷22須陀品〈T02, p0841b〉：「爾時阿難，承佛威神，在如來後，而手執拂。……釋提桓因在如來左，手執拂；密跡金剛力士在如來後，手執金剛杵；毘沙門天王手執七寶之蓋。」《佛說摩利支天經》卷1（T21, p0261b）：「刻作摩利支菩薩像……有二天女，各執白拂，侍立左右。」隋之敦煌壁畫有「執拂天女」http://www.jcedu.org/art/index11.htm二、法器：《文殊師利菩薩六字咒功能法經》卷1（T20,p0778c）：「聖觀自在菩薩，坐蓮華座手執拂。」禪宗則以拂子為莊嚴具，住持手執拂子上堂，為大眾說法，即所謂「秉拂」。三、飾物：清談之士執塵尾以指劃，成為風尚；塵為麋屬，尾能生風，除蠅蚋。因此，盛飾塵尾，成為談士的象徵。《晉書‧王衍傳》：「衍既有盛才美德，明悟若神，妙善玄言，唯談老莊為事，每提玉柄塵尾，與手同色。」《南史‧顯達》傳：「塵尾蠅拂是王、謝家物，汝不須捉此自逐。」盧照鄰〈雜曲歌辭‧行路難〉《全唐詩》卷25-49：「金貂有時換美酒，玉塵但搖莫計錢。」關於「塵尾」的源流，可參閱范子燁，《中古文人生活研究》（山東教育出版社2001.7第1版），第四章之四、塵尾：清談家的風流雅器。四、舞具：《舊唐書》志第八〈音樂一〉：「功成慶善之樂，皆著履執拂，依舊服袴褶、童子冠。」

「欲待拂除煙霧、拭卻塵埃、打滅蜉蝣，春絲未許障紅樓，簾櫳淨掃窺星斗。」看似一種清潔用具（雞毛撢子）及類似的意義；但〈虬髯客傳〉是隋唐的故事，或許上承六朝名士執塵尾以助談興之餘習，或兼有「侍候」主人、「指揮」歌舞之作用，這才能配合她「立於前」的領隊身分；清・褚人獲《隋唐演義》16回云：「越公驀轉頭來，只見還有兩個美人：一個捧劍的樂昌公主，陳後主之妹；一個是執拂美人，是姓張名出塵。」捧劍與執拂對比，頗可玩味。

言歸正傳，當李靖對楊素懸河而談之時，兩旁「侍婢羅列」中，唯有紅拂慧眼獨具，以「閱天下之人多矣」的經驗，專注於觀察、並確定李靖是「可託付終身」的喬木，私心相許，立即付諸行動，當夜私奔：

> 公歸逆旅。其夜五更初，忽聞叩門而聲低者，公起問焉。乃紫衣戴帽人，杖揭一囊。公問誰？曰：「妾，楊家之紅拂妓也。」公遽延入。脫衣去帽，乃十八九佳麗人也。素面畫衣而拜。公驚答拜。曰：「妾侍楊司空久，閱天下之人多矣，無如公者。絲蘿非獨生，願托喬木，故來奔耳。」公曰：「楊司空權重京師，如何？」曰：「彼屍居餘氣，不足畏也。諸妓知其無成，去者眾矣。彼亦不甚逐也。計之詳矣。幸無疑焉。」

這是李靖與紅拂的正式見面，寫的很細膩，隱含了複雜的肢體動作與多重的心理轉折：李靖似乎很得意的回旅社等消息，整夜興奮不眠；

相對的，紅拂按計劃從「卸妝、和衣」而伴睡，半夜起床「紫衣以隱形（畫衣）、戴帽以覆臉（素面）、執杖揭囊似行人」，這些裝束只為了逃出楊府、躲過宵禁、潛入旅社；「五更熟睡」的時刻，她輕聲叩門而李靖起問延入，這過程雙方似有默契，也沒驚動他人。進了房間，紅拂迅速的脫衣、去帽、對拜，並直言不諱的說明來意。初次見面的應對中，紅拂的果決（來奔）與委屈（絲蘿），李靖的謹慎（如何）與被動（無疑），都為了各自的私情利害，倉卒之間，很難據以評論彼此人格的高下。只能說，紅拂蓄意已久且觀察入微，故見機而作，看似積極而強勢；李靖則意不在此，故視而不見，然不請自來，難免遲疑而多心──這都是人之常情，恰如其分而已。倉卒晤談，只是簡要的交換了訊息，故事的重點在後面：

> 問其姓，曰：「張。」問其伯仲之次。曰：「最長。」觀其肌膚儀狀、言詞氣性，真天人也。公不自意獲之，愈喜愈懼，瞬息萬慮不安，而窺戶者無停屨。數日，亦聞追討之聲，意亦非峻。乃雄服乘馬，排闥而去。將歸太原。

因為紅拂辭色的堅定（計之詳矣，幸無疑焉），李靖也就擱下思慮而接受現狀，從容的詢問其姓次、鑑賞其形儀，而歎為天人[13]；但隨之而來

---

[13] 按「天人」之意有多項：一、洞悉宇宙人生之理者，如《莊子・天下篇》：「不離於宗，謂之天人。」二、佛教名相：欲色諸天之有情，或天界人界之眾生。三、才能過人者，如《三國志・魏書王粲傳》裴注：「及暮，（邯鄲）淳歸，對其所知歎（曹）植之材，謂之天人。」杜甫〈贈太子太師汝陽郡王璡〉：「汝陽讓帝子，眉宇真天人。」此處所說，或兼含才情與姿色，而以佛教之「天界有情」稱之也。本篇多用類似的形容，如：「非人間之物」、「若從天降，非人間之曲」。

是「既得之，患失之」的坐立不安；直到風聲漸緩，他們才逃離京城；從此改變了李靖的命運。這裡，「將歸太原」是關鍵語——李靖乃（陝西）三原人，若從西京去（山西）太原，並不是「返鄉」，為什麼說「歸」？必然另有所指——當時，李淵父子「留守」太原，因此李靖的行為方向，政治上是「歸順」、「歸降」、「歸附」、「歸命」之意，是棄暗（楊）投明（李）、良臣擇主而事；迷信上是「歸還」、「歸位」、「歸隊」，李靖在歷史上的功業與聲名，都建立於叛隋降唐之後，天命註定他屬於李唐，雖曾誤投楊素，終究被「紅拂」扭轉，而「物歸原主」。

（三）虯髯客

紅拂以身作證，斷絕了李靖報效隋楊家的幻想，乃轉而投奔太原李氏——看來是「非楊即李」二選一，半路卻殺出個來歷不明的虯髯客。對李靖而言，是增加了選擇性，或擾亂了忠誠度？更精確的說，是「李靖歸唐」過程的一項考驗吧！

虯髯客第一次出場在「靈石旅舍」，這是三俠聚會的重要場景之一，充滿了戲劇性張力與關鍵性情節：與紅拂、道士類似，虯髯客也是「虛構」人物，因此小說中沒給他們名字，只取局部特徵為稱

呼。而學術界對「虬髯」於歷史人物的的取樣，多指向唐太宗[14]，而此「髯」或應作「鬚」。[15]他是本篇的傳主，以靖、拂爲先導，適時托出，雖沒有誇張的排場，卻相應於他獨特的身分，舉止詭異、行蹤飄忽：

> 行次靈石旅舍，既設床，爐中烹肉且熟。張氏以髮長委地，立梳床前。公方刷馬，忽有一人，中形，赤髯如虬，乘蹇驢而來。投革囊於爐前，取枕欹臥，看張梳頭。

---

[14] 唐、宋文人多有此說，如：唐·段成式《酉陽雜俎》：「太宗虬鬚，嘗戲張弓矢。」杜甫〈贈太子太師汝陽郡王璡〉：「虬鬚似太宗，色映塞外春。」又〈送重表侄王砅〉：「向竊窺數公，經綸亦俱有。次問最少年，虬髯十八九。子等成大名，皆因此人手。……秦王時在坐，眞氣驚戶牖。」宋·錢易《南部新書》：「太宗文皇帝，虬鬚上可掛一弓。」程大昌《考古編》（九）〈虬鬚傳〉云：「李靖在隋，常言高祖終不爲人臣。故高祖入京師，收靖，欲殺之。太宗救解，得不死。……小說亦辨人言：太宗虬鬚，鬚可掛角弓。是虬鬚乃太宗矣。而謂虬鬚授靖以資，使佐太宗，可見其爲戲語也。」陶穀，《清異錄》卷3〈髭聖〉：「唐文皇虬鬚，壯冠，人號髭聖。」張耒〈馬周〉：「馬周未遇虬鬚公，布衣落魄來新豐。」——以上資料轉引自：汪辟彊《唐人小說》（粹文堂1974.10再版），及王夢鷗：《唐人小說校釋》上集（臺北·正中書局1996）——故學界亦多主張虬髯（鬚）即太宗之分身。雖也有不同看法如王夢鷗、許建崑；然太多的資料可證明「虬髯即太宗」，縱有不甚細密處，亦不足以取代此說也。

[15] 口上曰「髭」、頤下曰「鬚」、上連髮曰「鬢」、在耳頰旁曰「髯」；而習慣上「髭鬚」、「鬢髯」、「鬚髯」、「髭鬢」、「鬚鬢」、「髭髯」皆可連用。相關的版本或曰〈虬鬚〉、〈黃鬚〉，而唐宋筆記多寫爲「鬚」，唯杜甫〈送王砅〉詩作「髯」，蘇鶚《演義》亦云：「近代學者〈張虬髯傳〉……。」；而前引程大昌《考古編》亦云：「鬚皆作鬚，今爲虬髯者，蓋後來（杜甫？）所改。」——詳見王國良，〈虬髯客傳新探〉附註1，引用了多位前賢的考證，說明「題作『虬鬚客傳』是正確的。」（臺北·幼獅月刊48卷3期，頁26~28）

李靖、紅拂奔逃到此，稍可喘息；乃從容的鋪床、烹肉、梳髮、刷馬。就在此時，來了這位不速之客。若據當時的場景，可想像他或許只是路過此地，卻於門外先嗅到「且熟」的肉香，繼而屋內看到「立梳」的美女，這就勾引了他「食、色」的本性，毫無顧忌的閃進來，以「投革囊、看梳頭」的動作，表達了他的必須滿足的情欲──如此直接、赤裸、野蠻的展現，似不同於李、紅的教養，而突出了隨心所欲、唯我獨尊的氣勢！這卻激怒了李靖，因為闖入者無視於他的存在、侵犯了他的主權（羊肉、床鋪、女人）！但此客倏忽而至，且來意不明（比紅拂夜奔更神祕而霸氣）；面對這種突發狀況，謹慎多慮的李靖雖「怒甚」而「未決」；相對的，果敢知機的紅拂，則迅即掌握了全場，這可說是長期在楊府待客所養成的膽識吧！斡旋於劍拔弩張的兩雄之間，她以委婉詢問、歡喜認親的誠意，流暢的轉化了局面：化敵為友、化疏為親、化本能（食色之性）為倫理（兄妹之義）、化衝突為和諧；在父權社會下，紅拂的女性功能，發揮得善巧、有效率──幾乎是相同的模式，在「西京」與「靈石」兩處旅社，她兩次先發制人的「拜」，為孤苦卑賤的命運贏得了丈夫、兄長，以及後半生的榮貴。

　　情勢逆轉，三人「環坐」。兩雄之間仍有「較勁」之意，須待進一步的溝通調和。事實上，他們所欲求的內容相同（財富、名望、女色、權力），唯多少有差：「靖雖貧，亦有心者。」⑯、「此盡寶貨泉貝之數，吾之所有。……欲於此世界求事。」因此，要憑實力以分「高下」、定「主從」；而過程中他們持續發展的關係是由虯髯操作的──他被紅拂吸引而捲入一個新的情境中，卻以「客」之身分取得

────────────

⑯《舊唐書・李靖傳》云：「每謂所親曰：大丈夫若遇主逢時，必當立功立事，以取富貴。」

主導權，並強勢的推動後續情節。

　　美色既無可貪，羊肉猶有可食。客曰「饑」而李靖「市胡餅」，客問「酒」而李靖「取一斗」，反客為主、不令自行的威嚴，無可商量；而「切肉共食」、「剩肉餵驢」的當家氣派，也毫不推讓。較之李靖，他不僅氣勢略勝一籌，眼光也高一等：李靖所見的紅拂是「儀狀氣性，真天人也」，且「不自意獲之，萬慮不安」；而虯髯則深入她的內蘊而歎為「異人⑰」、「以天人之姿，蘊不世之藝」，且鄙疑李靖「何以致斯？」、「吾故謂非君所致也！」也就是說，自始至終他瞧不上李靖，且為紅拂叫屈：「李郎相從一妹，懸然如磬」；雖然李靖極力為己辯護且刻意巴結云：「他人見問，故不言；兄之問，則不隱耳。」虯髯卻不領情，仍然蔑視之：「觀李郎之行，貧士也。」後來雖改口說：「觀李郎儀形器宇，真丈夫也。」這裡的轉折，或因李靖敢吃下酒菜（某人心肝），或因虯有所求於他（打聽消息）。但接著幾次來往「太原、長安」之間，卻只相約會面而不肯同行。直到最後，當虯髯決定退出戰場以全大局時，才勉強稱讚說：「李郎以奇特之才，輔清平之主，竭心盡善，必極人臣。一妹……從夫之貴，以盛軒裳。非一妹不能識李郎，非李郎不能榮一妹。」這種三角關係的因緣變化與心理平衡，極其微妙。

　　三俠聚會認親之後，由「男女情緣」轉向「政治關懷」，這才是本傳的主題，也是男性創業小說的精彩處。先是「（煮）羊肉，計已熟矣」、「避地太原」的諧音與暗示，宣告了他叛離楊家、投靠李氏

---

⑰ 此辭也用於「李世民」，乃指：有特殊本領或行跡的人。《牟子理惑論》：「靈帝崩後，天下擾亂，獨交州差安，北方異人咸來在焉，多為神仙辟穀長生之術。」《太平廣記》卷81~86〈異人〉，列舉了：「韓稚、趙逸、梁四公、陸法和、王梵志、呂翁、張佐、陸鴻漸、茅山道士、王處回」等數十位，成了儒家的倫常社會之外的特殊人類。

的意向。這就引起了虯髯的興趣，而有一段問答：

> 又曰：「亦聞太原有異人乎？」曰：「嘗識一人，
> 愚謂之真人也。……因（劉）文靜見之可也。然兄何
> 為？」曰：「望氣者言太原有奇氣，使吾訪之。」

虯髯問「異人」，李靖答「真人」，兩個名詞的內容，或同或異；
但「異人」較屬一般用法（有特殊才藝之人），之前也曾以之讚美紅
拂；而「真人」只用於李世民，並呼應後文的「天子」、「英主」、
「清平之主」、「真主」、「真人之興」，其含義較豐富，且具有所
謂「天命所歸」、「真命天子」的信仰意義。但，問答中李靖提供的
資訊（州將之子），並不足以證明李世民是「真人」；因此，這其中
頗有誇張他對李世民的認識，而事實上相關的資訊與判定，多半是劉
文靜向他轉述稱揚的[18]，他在「知人者智」這方面似不擅長，故之前
先是誤判楊素、紅拂與虯髯，至今對李世民「人格才性」的了解更是
有限；幸而虯髯從望氣者（道士）處早有所聞，只待親訪查證而已。
因此，不計較李靖的誇大其詞，只在乎他能輾轉引見。

---

[18] 《舊唐書‧劉文靜傳》：又竊觀太宗，謂（裴）寂曰：「非常人也。大度類于漢高，神武
同于魏祖，其年雖少，乃天縱矣。」……後文靜坐與李密連婚，煬帝令繫於郡獄。太宗以
文靜可與謀議，入禁所視之。文靜大喜曰：「今李密長圍洛邑，主上流播淮南，大賊連州
郡，小盜阻澤山者，萬數矣，但須真主驅駕取之。誠能應天順人，舉旗大呼，則四海不足定
也。」……文靜因謂裴寂曰：「唐公名應圖讖，聞于天下，……宜早勸唐公，以時舉義。」
案，文中以「劉邦」及「曹操」比擬之，乃開國建朝、創業垂統之英君，亦陰謀狡詐、狼毒
殘忍之梟雄也。劉文靜識鑒玄達而志氣高尚，因此私交李世民，勸彼圖謀大舉；又色惑李
淵，逼使起兵叛隋；晉陽起，他又自負重任，出使突厥借兵，以壯軍威，終於入據長安，奠
定基礎。若論李唐開國第一功，文靜當之無愧。

　　李靖幾乎是被迫接受了太原的約會，而虯髯「言訖，乘驢而去，其行若飛，回顧已失。」很久之後，李靖、紅拂才回過神來，互相安慰的說：「烈士不欺人，固無畏。」忠貞義烈之士，寧死不欺（騙、負）。

　　這段情節凝聚了三俠的共同焦點，並預告了後文的三個人物。

（四）李世民

　　場景轉到太原劉府（當時文靜爲晉陽令），三俠求見，並伴說「有善相者思見郎君，請迎之。」文靜也樂於藉機證明自己的眼光，因此，「遽致使迎之」；這是李世民第一次出場，雖然情況倉卒、場面簡略：

> 不衫不履，裼裘而來，神氣揚揚，貌與常異。虯髯默然居末坐，見之心死，飲數杯，招靖曰：「眞天子也！」

然而，作者簡筆素描了這位「眞人」的形象：衣著不整、客套不行，卻精神煥發、自得自在；遊於人群中，脫然無掛礙；這種渾然天成的風姿，非人智人力所能及。因此，他雖言笑如常，卻散發出雍容而清新的氣氛，攝受了在場所有人；志高氣盛的虯髯，「默居末座，見之心死」，還沒出手較量就自動繳械了。這其中的強弱高下，唯當事人自知；而虯髯果然是英雄磊落、願睹服輸，由衷的向李靖讚嘆說：「眞天子也！」李靖又轉告劉文靜，更確定了李世民的地位。

　　然而，虯髯的認輸，乃出於高手的直覺，難免留一分僥倖，有待更專業、更客觀的第三者驗證。因此，他說：「吾得十（之）八、九矣，然須道兄見之。」於是，再約下次會面。這期間插敘一段情節：請李靖帶紅拂先回西京，到某處酒樓相見，並給他錢租房子，安頓（隱藏）紅拂；然後，隻身回太原等候。為何要他們如此奔波？從下文乃知虯髯深謀遠慮，已想妥了完整的後路：若道士證實了李世民的天命，他將完全退出賭局，並由李靖承繼他在西京的產業，轉贈李世民，一者助成新朝帝業，二者作為進身之階。這些心事，並未預先告知李靖，或因時機還不成熟，或順便考驗他的膽識。

　　李靖半推半就、且走且瞧的依虯髯之教而行，彼此配合，建立了起碼的信賴。第二次太原會晤，藉口「請文皇看棋」，而由道士詳細品鑒，其結論與虯髯相同。而「被觀者」李世民並不知情，或說是「仁者無敵」，因此，他只自然展現其生俱的條件，在大眾中：「精彩驚人，長揖而坐。神氣清朗，滿坐風生，顧盼煒如也。」帶有強烈的震撼性與感染力，精純出色、清爽開朗，如風輕拂、如光普照，在座者無不融化。這是內在的渾樸純一、天真活潑，如專氣致柔的嬰兒、或涵虛默化的至人，看似深不可測，卻機械全無；雖寄跡人間而本籍天界，以身心為道具，受命而來；以紅塵為道場，應運而生；其存在的意義是為百姓解倒懸、代蒼天靖海宇，作太平天子、成千古英名。而對手的反應則是「見之心死」、「一見慘然」，彷彿日出而燭無光，主現而客退位。虯髯這才全然死心，另求發展；他對李世民無怨妒，對自己也不喪志，「世界」何其大！此處雖無我份，「他方，可也」。英雄相惜，不爭無謂之意氣；四海為家，何須植根於中原？虯髯乃提得起、放得下的烈士，甚至是與人為善、成人之美的君子，這正是讓讀者欽服的心行；方向既定，他要李靖回西京，帶紅拂來

家裡相見：「欲令新婦祗謁，兼議從容」兩件心事，須靖、拂成全，「無前卻也」。英雄不求人，但須人共事。「言畢，吁噓而去」；所嘆息的，必非「英雄失路、托足無門」之悲，而是「既生瑜，何生亮」之疑也。

（五）盡人事、聽天命——英雄與真人

虬髯客是何來歷？前後出場三次，只知他姓張、行三，奔走江湖，行蹤詭祕；此外，缺少其他背景資料。而情節已近尾聲，謎底或將揭曉。

李靖帶著紅拂造訪虬髯（西京）的家，其房舍的豪壯、陳設的珍異、排場的貴盛，主人的氣派、新婦的姿色：「雖王公家不侔也。」看似獨行俠，竟有如此雄厚的資產！據虬髯自云，累積這些財富，目的是「欲以此世界求事，當或龍戰三、二（十）載，建少功業。」其野心之大、才識之高、籌備之全，或足以睥睨當代群雄，所不及者唯李世民而已！而他雖坦然認輸，卻不委身稱臣；雖私下贊助，卻不公開支持；而這些助彼成大業的舉措，也須借第三者以成事，順便造福其人——李靖命定的成了亂世豪情的見證者。虬髯對他說：

> 吾之所有，悉以充贈。何者？今既有主，住亦何為？太原李氏，真英主也。三、五年內，即當太平。……起陸之漸，際會如期，虎嘯風生，龍騰雲萃，固非偶然也。持餘之贈，以佐真主，贊功業也，勉之哉！

轉贈家產、退出戰場的同時，對李世民的肯定、稱譽、期許，極為誠至懇切；對天命所定（非偶然）的君臣遇合、風雲際會、天下太平，也充滿了虔信敬順。虯髯確有過人之德與智，雖然忍不住秀出「紗帽裼裘而來，亦有龍虎之狀」，儀容氣象略似於李世民，但自我展現之後就滿足了，既不悲劇式的頑抗而拖累百姓，亦不投機性的依附而坐地分贓。若不論形而上的「天命」，純就「人格」而言，虯髯客心胸之開闊、智慮之周詳，凡事總能在「利人不違己」的顧全下婉轉行之；其「英雄」之名，當之無愧

> 此後十年，當東南數千里外有異事，是吾得事之秋
> 也。一妹與李郎可瀝酒東南相賀。

真英雄不愁無「出身立足」處——虯髯自知命相是「龍、虎」並存，若留在中國，只能（虎）屈位「臣下」；若捨此另求，必可（龍）高居「君上」，以他的自尊自負作抉擇，當然是「寧為雞首，不為牛後」！龍行天下，與李世民兩峯相望，誰曰不可！而他對中土親友「一妹、李郎」的要求很簡單：不忘舊情，瀝酒相賀而已！他就是這樣「若無其事」的成全他人，卻不讓人有「承恩難報」的壓力，真是豪爽、自在！

> 乃知真人之興也，非英雄所冀，況非英雄者乎？人臣
> 之謬思亂者，乃螳臂之拒走輪耳。我皇家垂福萬葉，
> 豈虛然哉。

這段議論，是此小說的主題，通篇的情節設計，都為了導向這個結

論。學界的研究，多同意本傳是晚唐的作品，藩鎮作亂、互相攻伐，甚至覬覦神器，李唐政權危而未亡，作者重演國初軼事，以證明李唐乃天命所歸，不可逆犯。⑲這裡提出三個人物層次：眞人、英雄、非英雄，且顯然對應於故事中的李世民、虬髯客、楊素及其他「謬思亂者」；至於李靖，只可說是「有心」擇主而事、依人成功之「將帥」而已，不在摧舊立新、據地稱王的群雄之列。

　　所謂「眞人」，乃上應天命、下順人心，爲了特定任務而降生的半神，他必將從衆聲喧嘩的人傑中脫穎而出，以天賦的人格魅力及才德實力，爲亂世定方向、作萬姓之歸宿；不受任何人類的智能所阻撓，終必如期完成。智者知天命而順從眞人，愚者昧此而頑抗，順者成、逆者敗，古今皆然。縱使「英雄」如虬髯者，初見（李世民）「死心」、再見「絕望」，不戰而屈、無爲而成，豈可「偶然」、「僥倖」以得之乎！等而下之，既「非英雄」、且無勇略者，若不知及早回頭，稱臣效命，必干天忌而身死名滅、惹世戮笑！這種觀念，可與班彪〈王命論〉參證發明：

　　　　帝王之祚，必有明聖顯懿之德、豐功厚利積累之業，
　　　　然後精誠通於神明、流澤加於生民，故能爲鬼神所福
　　　　饗、天下所歸往。……神器有命，不可以智力求。悲
　　　　夫，此世之所以多亂臣賊子者也！若然者，豈徒闇於

⑲　王夢鷗云：晚唐自「黃巢」亂後，新起的有力軍人是朱全忠、李克用及其子李存勗；尤其李存勗，相貌特異，頗有野心。動亂的時代，出了這虬髯人，可能使效忠唐室的文人，想借用《神告錄》的傳說，加以渲染，構造這動人的故事，希望虬髯客回「西北」去，以武力統治天下。——見《唐人小說校釋》上集（臺北・正中書局1996），頁334。

天道哉？又不睹之於人事矣。⑳

除了說「神器有命」之外，也分三層人物：

> 貧窮亦有命也，況乎天子之貴、四海之富、神明之
> 祚，可得而妄處哉？故雖遭罹厄會，竊其權柄，勇如
> 信布，強如梁籍，成如王莽，然卒潤鑊伏鑕，烹醢分
> 裂；又況么麼不及數子，而欲闚干天位者乎？
> 是故駑蹇之乘，不騁千里之塗；燕雀之儔，不奮六翮
> 之用；窠桷之材，不荷棟梁之任；斗筲之子，不執帝
> 王之重；易曰：「鼎折足，覆公餗」，不勝其任也！

又如學界每引與本傳對照的〈丹丘子〉亦云：

> 隋氏將絕，李氏將興，天之所命，其在君 <small>（唐高祖）</small>
> 乎？……公積德入門，又負至貴之相，若應天受命，
> 當不勞而定。……<small>（丹丘）</small>先生曰：昔陶朱以會稽五千
> 之餘眾，卒殄強吳；後去越相齊，于齊不足稱者，
> 豈智於越而愚于齊？蓋功業隨時，不可妄致。廢興既
> 自有數，時之善否，豈人力所為？且非吾之 <small>（所）</small>知
> 也。——《太平廣記》卷297，神七，出：陸用《神
> 告錄》

---

⑳《昭明文選》卷52。

歷代與此相關的思想甚多，這篇小說取以撰構情節，因而有了虯髯與李世民的（始）衝突與（終）和諧。雖然，部分學者認為本小說的主題是「擇明主、識時務」，如紅拂棄楊素而奔李靖，李靖則棄虯髯客而投李世民。

晚唐，又到了群雄逐鹿的亂世，作者與百姓們盼望另一位天命所歸的「真英主」出世濟民；而如李靖這樣的英雄，也盼望其他野心家能學虯髯客的「識時務」退出戰場，使天下如當年李氏的「三、五年內致太平」。至於「我皇家垂福萬葉」云云，只是政治八股，不必當真。㉑案，此說甚有見地，但未全然如此，李靖是否曾想跟隨虯髯，後來被勸而改投李世民？此事在小說中不明顯，且在遇虯髯之前，已選擇了「將歸」（避地）太原；又，如前文所說，虯髯是李世民的影身，經歷了這段插曲，讓李靖更確定太原李氏乃「天命所在、無可選擇」的真主！

於此，回顧幾篇學界常引用的故事，略論其與〈虯髯客傳〉的異同：

唐·陸用〈丹丘子〉，以「唐高祖神堯帝」為主角，其中的「老翁」則似道士，能望氣、前知，據他預告，當今「神器所屬，唯此二人」，而「丹丘子」乃第一順位（真人），卻無心於世間：「凝情物外，恐不復以世網累心。」唐高祖排名第二，似虯髯客（亦有龍、虎之狀）：「公若不相持于中原，當為其佐。」且他說：「夫兩不相下，必將決雄雌於鋒刃，衒智力于權詐，苟修德不競，僕懼中原久罹劉、項之患。是來也，實有心焉，欲濟斯人於塗炭耳。」也頗似虯髯客悲憫百姓之心情。而兩位候選人相見，優劣自知：「帝之來，

㉑ 樸月，〈虯髯客傳的隱喻主題〉，臺北《歷史月刊》第124期（1998.5），頁105~110。

雖將不利於丹丘，然而（先生）道德玄遠，貌若冰壺，帝睹其儀而心駭神聳；至則伏謁於苫宇之下，先生隱几持頤，塊然自處。」最後的結局是，丹丘（第一）自動讓天下於李淵（第二）：「先生遽言曰：吾久厭濁世，汝韙于時者，顯晦既殊，幸無見忌！帝愕而謝之。」所說確實，並無其他陰謀：「武德初，密遣太宗至鄠、杜訪焉，則其室已墟矣。」本篇除了強化「天之所命、廢興有數」的信仰之外，以唐高祖的「人格氣象」相較於丹丘子，不無輕貶之意──因其心「膻于時」，故雖功業顯赫，而性溺於濁流也。文中但以「天命」為重點，似無「李唐萬葉，不可變置」的宣傳。

唐‧杜光庭〈虯髯客〉，稱虯髯客為「道兄」；李靖「擔簦（貧賤）」謁楊素，而紅拂「知素危亡不久，棄素而奔靖」，靖乃攜之，將「適」太原；於西京張家相見時，但曰虯髯「紗巾裼裘，挾彈而至」，而不言「亦有龍虎之狀」；結論云：「乃知其人之興，乃天授也！豈庸庸之徒，可以造次思亂者哉！」雖說「君權天授」，非庸碌之徒可妄想也；但天命未必永眷一家一姓，又豈可獨厚於李唐乎？

宋‧〈黃須傳〉云：「李靖微時甚窮，寓於北郡某富家；一日，竊其家女而遁。」（可與李復言〈李衛公靖〉參看）而黃須翁兼具「虯髯客」與「道士」兩角功能，預言李靖：「今天下大亂，汝當平天下；然有一人在汝之上，若其人亡，則汝當為主。」這原是「虯髯客」的形象，誤植於李靖身上，頗不相應；又兩人至「汴州」訪求（此乃北宋都城）；於觀奕時，見「太宗」而驚，翁對李靖曰：「即此人當之，汝善佐其事。」作者於後文註云：「此即唐人所傳虯髯公事，而情節小異；今世人皆知有虯髯公，莫知有黃須翁矣！」這是必然的，因為〈黃須翁〉的故事寫得不如〈虯髯客〉。

依部分學者的考證，今傳題為〈虯髯客傳〉的定本，若說是源於

杜光庭之作，又經五代、宋初文人之潤飾[22]，則其結尾一段：「我皇家垂福萬葉，豈虛然哉。或曰：衛公之兵法，半乃虯髯所傳耳。」為其他文本（丹丘子、虯鬚客、黃須傳）所無，乃唐朝滅後之作者所加，則未必與「效忠李唐」、警告軍閥（朱全忠、李存勗）有關也！姑存一說，以待明證。

樸月云：「唐代創業之初，並不怎樣光明正大，時時仰仗僧侶道士、符命圖讖，以裝飾其取得政權的必然性；但其中漏洞，仍不免流傳民間。……虯髯客的故事，不是突然發生的……而是前有所本（丹丘子），隨其本據，又跟著時事的發展，而逐漸變形，然後完成的。」[23]若真如此，則有相對兩極的看法：一、接受了李家持續進行的政治宣導而徹底擁護唐室，強調其「應天受命」而不可亂；二、看透了唐初合理化其「奪權」鬥爭而借用的天命信仰，諷貶其「悖義亂倫」而不足法。從〈丹丘子〉到〈虯髯客傳〉，這兩種寓意或同時存在吧！

五、誰是領銜主角？

總結前述的人物關係，對風塵三俠與李世民在小說中的表現，可各用幾句話形容、比較之：

李靖：膽識過人──懷才擇主，成就功業

紅拂：果敢知人──見機行事，託付終身

虯髯客：氣勢懾人──英雄豪傑，悲天憫人

---

[22] 楊昌年，《唐傳奇名篇析評》（臺北・里仁書局2003.9）伍、虯髯客傳，頁141~159。

[23] 樸月，〈虯髯客傳的隱喻主題〉，頁108。

李世民：平易近人——眞命天子，定亂安民

扣除紅拂（這可說是男性創業小說，講的是群雄之間的權力角逐與情義交流；女性角色多半是點綴陪襯或媒介調和），這三個人物，誰才是第一男主角？

（一）李靖？

《舊唐書》李靖傳：

> （靖）每謂所親曰：「大丈夫若遇主逢時，必當立功立事，以取富貴。」……靖察高祖，知有四方之志，因自鎖上變，將詣江都，至長安，道塞不通而止。高祖克京城，執靖將斬之，靖大呼曰：「公起義兵，本爲天下除暴亂，不欲就大事，而以私怨斬壯士乎！」高祖壯其言，太宗又固請，遂捨之。太宗尋召入幕府。

《本傳》之言若屬實，則李靖自視爲「大丈夫、壯士」，志在「立功事、取富貴」，而效命的對象可因「遇主逢時」而轉移。亂世難爲臣，他曾爲了告發李淵而被捕將斬，算是對隋帝盡「前半生」之忠了。而俊傑「識時務」以應變局，留有用之身以成千秋之業；不自拘於愚小之節，亦難免被新朝之猜；能在夾縫中求生存，且助李唐開疆土，老壽榮貴以終，眞是才、智兼備！故《本傳》末，史臣曰：「衛公將家子，綽有渭陽之風。臨戎出師，凜然威斷；位重能避，功成益謙。銘之鼎鐘，何慚耿、鄧。美哉！」又贊曰：「功以懋賞，震主則

危；辭祿避位，除猜破疑。功定華夷，志懷忠義。白首平戎，賢哉英、衛。」這樣的人物，在民間傳聞及小說中卻多少走了樣，《太平廣記》卷418，（續玄怪錄）「李靖」條，說「李靖微時，嘗射獵霍山中」，因「遇群鹿，乃逐之」；而誤入龍宮，代龍行雨；龍母為了報答他而以「二奴奉贈」，李靖只取西廊「憤氣勃然」者，以致於後半生「竟以兵權靜寇難，功蓋天下，而終不及於相。」作者歎曰：「向使二奴皆取，即極將相矣。」這是可惜李靖功高位極，卻只「出將」而不「入相」，但事實並非如此。[24]又說：「所以言奴者，亦下之象」，暗示李靖只可為人「臣下」。類似這樣的傳說，已偏離史實而另塑對李靖的形象，且傾向於非人文的詮釋。

〈虯髯客傳〉中李靖的事蹟，亦另有所本而大半虛構；最引起讀者興趣與學界爭議的是：李靖是「英雄」[25]嗎？他的性格是「猶豫懦

---

[24] 《新唐書》卷46「百官志」云：唐以三省首長「品位既崇，不欲輕以授人，故常以他官居宰相職，而假以他名。」主要有「平章事」和「同中書門下三品」等。貞觀八年，僕射李靖因病辭宰相，太宗要他「疾小瘳，三兩日一至中書門下平章事。」〈虯髯客傳〉也提及「貞觀十年，公以左僕射平章事。」

[25] 論「英雄」或可參考劉劭《人物志》，英雄第八：「聰明秀出謂之英，膽力過人謂之雄，此其大體之別名也。若校其分數，則互相須，……然後乃成。何以論其然？夫聰明者，英之分也，不得雄之膽，則說不行。膽力者，雄之分也，不得英之智，則事不立。」、「必聰能謀始，明能見機，膽能決之，然後可以為英，張良是也；氣力過人，勇能行之，智足斷事，乃可以為雄，韓信是也。體分不同，以多為目，故英雄異名，然皆偏至之材，人臣之任也。故英可以為相，雄可以為將，若一人之身兼有英雄，則能長世，高祖、項羽是也。」劉邦、項羽兼具英、雄之分，為創業皇帝，而二人之所以有成有敗，就在「英」與「雄」的偏重。項羽「英」分少，故留不住英才；而劉邦二者兼備，既有張良、陳平等謀士，亦能使韓信為之征戰，「英」之重要性可見。凡為人臣、或君主，欲成功立業者，「智謀」、「膽識」乃不可或缺少的條件。

弱」或「忍辱負重」㉖？對楊家、李氏的態度如何？對這些問題的正
反看法，只能說是見仁見智，各有所見、也有所蔽。若就主題「眞人
天命所歸」、副題「英雄擇主而事」論之，李靖的認知與動向並非一
貫而明確。起初，以布衣之身求見楊素，「獻策」、「直諫」──這
不能說是「貪利祿而不知人」或「爲蒼生而不顧己」，而是「爲公」
也「利己」、「全忠」亦「安心」；當時的局勢，「天下方亂」而未
亡，「英雄競起」而無主，身爲隋民，爲「顛危」的政府盡最後一分
努力，乃顯人格的「忠厚」而非見風轉舵、投機取巧之輩；楊素若有
「負荷扶持」、「收羅豪傑」之心，大事未必不可爲；而後，若非紅
拂強勢的介入，斷了他的後路，李靖也不至於完全死心。

　　改投「太原」，本不在李靖考慮之內、或不是第一優先，故不
可說是「明知富貴榮華將在太原眞人麾下，卻選擇了另一條路」㉗；
其轉換的過程是漸進式的：由於親見楊素的腐敗，加上紅拂的旁證，
李靖才問心無愧的放棄了原本的希望，但也不是立即「入主出奴」、
「反目成仇」的奔向太原李氏，一者、他對李世民的認知並不很深
刻，二者、他與李世民的交情也不很深重；這都有待虬髯客的進一步
引導、確定、助成。我們可以說，小說中的李靖，是「德行憨厚、

㉖　對李靖的「評價」，葉慶炳、許建崑、鹿憶鹿較屬於負面；王夢鷗、簡繡鈺、蔡妙眞則於向
　　於正面；詳見：葉慶炳：〈虬髯客傳的寫作技巧〉，《中國古典文學研究叢刊──小說之
　　部》（臺北・巨流1977），頁167~179。許建崑：〈虬髯客傳肌理結構新探〉，臺中《東海
　　中文學報》第11期（1994.12），頁61~72。鹿憶鹿：〈豪俠傳奇──虬髯客傳新探〉，臺
　　北《東吳大學中文系刊》12期（1986.6），頁32。王夢鷗：《唐人小說校釋》上集（臺北・
　　正中書局1996），頁334。簡繡鈺：〈我看李靖〉，臺北《國文天地》16卷1期，頁52~53。
　　蔡妙眞：〈衝突與抉擇──虬髯客傳的人物性格塑造及其意涵〉，臺中《興大人文學報》第
　　34期（2004.6），頁153~180。
㉗　蔡妙眞：〈虬髯客傳的人物性格塑造及其意涵〉，頁158。

性格持重」的樣子，雖聰明不及（女俠）紅拂、勇氣不如（英雄）虬髯、膽識略遜於（謀士）劉文靜、命運遠下於（天子）李世民，但若不與這些（各有偏至的）絕頂高手相比，他也可說是一位兼備眾長、具體而微的儒將；而他這樣的人是無法獨立成事，所以一生須有紅拂、虬髯、劉文靜、李世民等貴人的支持、協助，乃能盡其才、成其功，而富貴壽考。

（二）虬髯客？

如前所述，他偶然路過「靈石旅社」，先被紅拂吸引而認親，繼因李靖推介而起意，場面上是他主導；隨後，兩次同訪李世民，而確定了退路；乃約見於西京，贈家產以助大業。這些行動的過程與結論，也是虬髯私下決定，李靖在被動的順從中，成了法定的委託者與受益人。若就他贈產後十年內，能於海外動員「海船千艘、甲兵十萬」據地自王，則他的財富與事業，或不限於中國；小說雖未交代他的身分來歷及資產來源，但他的「實力」超乎想像。這樣的人物，深藏野心的在中國經營了許多年，最後卻拱手讓賢、離家出走，爲什麼？依小說情節的推展，虬髯客的「形象」有三層變化：先是狂傲不羈，草莽而神祕的俠客，繼而是爲民除害，慈仁而勇武的豪傑，最後乃志在天下，富裕而豁達的英雄；而結局是：知命而不忮、捨財以求全；既維護了個人的尊嚴，也圓滿了百姓的幸福。

學界對虬髯客的「退讓遠走」，眞正的原因，是只爲了「擺脫不掉『君權神授，天命難爲』的巨網，而知命、立命的表現。」[28]或兼

---

[28] 林心暉：〈虬髯客傳人物心裡探索〉，《國文天地》17卷5期，頁13~18。

有「憐惜蒼生之愛、成全朋友之義、自信之勇，利他而不損己。」[29]
筆者認為二說皆是，但有主從：「知天命」乃主題信仰[30]，「盡人
事」則是性格刻劃，兩者並不衝突抵消，而是和諧並行的：人力盡
處，天命流行。這也是小說以此「虛構」人物，暫時扮演唐太宗的
「替身、投影」[31]；而終必歸入本尊（真人），或繼續行化他方——紅
日既出，蠟炬何為！

又，虯髯何以稱為「客」？可綜合相關情節而分四個階段詮
論之：

一、行蹤詭祕、來去如飛，以匕首殺人而取其頭顱，或可視為「刺
　　客」者流；但刺殺「銜之十年」的「天下負心者」，則是主動為
　　天下除害，其動機已超出行業規矩。

二、於靈石旅社是「不速之客」，卻反客為主，對李靖頤指氣使。

三、雖有心逐鹿且布署多年，然見過李世民之後，已知「此既有
　　主」，則自身相對為「客」；卻又不甘雌伏，遠走海外發展。

四、轉贈家產時，對家童云：「李郎、一妹，是汝主也。」然後以
　　客身入侵扶餘國，殺其主而自立；雖又喧賓奪主，但其身分仍是
　　「獨在異鄉為異客」。

虯髯於此（小說）世界註定是「客」命「替」身，不能當家作主；

---

[29] 蔡妙真：〈虯髯客傳的人物性格塑造及其意涵〉，頁171。

[30] 相反的例子，如《舊唐書》列傳第三，李密：「史臣曰：當隋政板蕩，煬帝荒淫，搖動中
　　原，遠征遼海。內無賢臣以匡國，外乏良吏以理民，兩京空虛，兆庶疲弊。李密因民不忍，
　　首為亂階，心斷機謀，身臨陣敵，據鞏、洛之口，號百萬之師，竇建德輩皆效樂推，唐公紿
　　以欣戴，不亦偉哉！……至於天命有歸，大事已去，比陳涉有餘矣。始則稱首舉兵，終乃甘
　　心為降虜，其為計也，不亦危乎！又不能委質為臣，竭誠事上，竟為叛者，終是狂夫！」

[31] 汪辟疆《唐人小說》認為「虯髯乃李世民分身。」王夢鷗《唐人小說校釋》不以為然；而許
　　建崑則說：虯髯除了是「唐太宗」的身影之外，還可能影射「楊素」、「蓋蘇文」。

有姓無名，成了配角。這樣的形象，可從多層相關的對比中，顯露無遺：1.「陳設盤筵之盛，雖王公家不侔也」，排場較諸楊素而有過之；2.「催其妻出拜，蓋亦天人耳」，姿色伯仲紅拂而非無雙；3.「紗帽裼裘而來，亦有龍、虎之狀」、「當或龍戰三、二十載，建少功業。……（太原李氏）三、五年內，即當太平」，命相類似李世民而不純一，建功立業之實力則遠不及。他的身家性命，都非極品或唯我獨尊，只能說是「取法乎上，僅得其中」，有個人的風格與精彩而已；在群雄競起的亂世，要脫穎而出，「中天下而立、定四海之民」，所須具備的條件極多，而最重要的還是「應天命、得民心」，虯髯客諸事皆備，這兩項卻輸給李世民。

（三）李世民！

前半段情節從李靖逃離楊家，「將歸太原」；繼而在旅社曰：「嘗識一人，愚謂之真人也。」而虯髯也說：「望氣者言太原有奇氣，使吾訪之。」都在預告這位眾目所矚的人物；故事最終導向李世民的兩次現身，造成爆炸性的震撼與轉變。雖沒半句臺詞，也無誇張的動作，卻因虯髯的「心死」與道士的「慘然」，讓讀者感受一種無聲的說服力：「真天子也！」、「真英主也！」

有學者云：這篇小說中，人物形象最生動的是，「作者蓄意宣揚的唐太宗」；著墨不多而特見精彩，多由動作與旁人觀感中透露。[32]事實上，虯髯客就是唐太宗，直寫虯髯即是曲寫太宗也；因此，李世民出場兩次，雖言行省略、形象單一，乃因關鍵情節已由虯髯代為演

---

[32] 戈壁：〈唐代傳奇析評－八〉，臺中《明道文藝》237期（1995.12），頁61~71。

出了。故而，此篇也可稱爲〈唐太宗外傳〉。相較而言，虬髯有心而用力，太宗無心而順化；虬髯的性格有侵犯性與壓迫感，如秋風之肅殺，令人敬而遠之；太宗的形象有親和力與舒適感，如春陽之暖和，引人親而近之。就道家的觀念而言，李世民所呈現的是不思而致、無爲而成，如嬰兒之純任自然無造作，此所以天命降而憑之也。虬髯的深謀遠慮、強作主宰，可勘爲太宗前驅，掃除煙塵。

如上所述，若論主角，可有三位：

1. 就「戲份」論之，李靖最重，從頭到尾都在場，如鎖鏈牽出後續的人物與情節；既是當事人、推動者，也是見證人，委託者；小說中的重要人事都與他有關，在他身上交織成文；且搭配了紅拂爲異性情緣，角色的資歷最完整、人格也有成長。

2. 就「題目」觀之，虬髯客爲傳主；「風塵三俠」中他是領袖、大哥；有錢財、有勇氣、有野心，也有智謀、有悲憫、有度量；符合「英雄」的形象。

3. 就「主題」考之，「乃知真人之興也，非英雄所冀。」李世民乃真命天子，天下唯一，無可取代；李靖爲之效命、虬髯藉之正名，整篇小說的作意，在此結穴。

根據上述分析，若問：三中選一誰「領銜」？或許：作者獨鍾「李世民」！

六、餘論

〈虬髯客傳〉從成篇以來，就備受好評與研究，但在版本演變、作者考察、史實對照、主題隱喻、及人物優劣等問題上，似乎

多有爭議；學者從各種角度提出相關的證據、引用不同的理論，表達了多樣的看法，確實有助於這篇小說的閱讀與欣賞；但某些觀點的差異，也須更充分的文獻、及更周詳的論析以抉擇之。

筆者此文，專論「人物」之間複雜而微妙的關係，而涉及出場順序的安排、個別人格的塑造、虛實相涵的運作、主題意識的影響，盡可能顧及立體多層次的分析與融合。目前的結論雖未必完美無誤，卻可發現小說作者心思的細密、手法的高明，令人讚嘆。所以，這篇小說被後世文人以「小說、戲曲」的形式仿作、發揮的也不少，足可另立篇章續論之。

筆者只在此補充這篇小說另一個特色，就是人物「稱謂」的變化活用：

紅拂：敘事上曰「執拂者」、「妓」、「張氏」，對話上曰「一妹」、「一娘子」；人格之美，則透過兩位動情男人之描述：李靖在旅舍乍見，但曰「十八九佳麗人」；稍後細看，乃歎曰「天人」；而虯髯於靈石初遇，臥看無言；詰問李靖，則曰「異人」；長安讓產，乃曰「以天人之姿，蘊不世之藝」；極有層次。

李靖：敘事上曰「公」、對話上曰「李郎」；形容其人格則曰「丈夫」。

虯髯：敘事上（於旅舍）曰「客」、（之後）曰「虯髯」，對話上曰「三郎」；形容其人格則曰「烈士」。

李世民：敘事上（初會）曰「郎君」、（再晤）稱「文皇」；形容人格曰「異人」、「真人」、「天子」、「英主」、「清平之主」、「真主」。

類似這樣的細節精美處，必然還有許多，值得更用心的體會發掘。

盜寇集團：《水滸傳》的天命觀念

一、

　　「人生三十而未娶，不應更娶；四十而未仕不應更仕；五十不應為家；六十不應出遊，何以言之？用違其時，事易盡也。」這篇自序或許是施耐庵親自作的，或許是金聖歎偽託的，不過，它既然附在《水滸傳》前面，我們只要注意它與《水滸傳》的中心關聯，而不必計較出自誰手。它可以視為一般讀書人的共同理念，對一種人生觀的認同——用違其時，事易盡也——中國人是最講究「適時而動」的藝術，雖然外表上中國人似乎不甚「守時」，但那正是最了解「時」的意義與效率，故不願執著在分秒必爭的緊張狀態裡，因而受束縛，受奴役。時間固然是萬物形成的基本條件之一，但對於嚮往永恆真理，不朽生命的人格來說，時間不必是動態的。故而，中國人談到「時」的觀念，並非論理學上所謂「空間的轉移」的時間，而偏重於「治亂運也，窮達命也，貴賤時也」的倫理意義的「時機」、「因緣」。在此特殊的「時」的概念範疇裡，自然要發展出一套別具民族個性的形

上學了。

再者，中國的形上學絕不同於西洋談玄說妙，扯斷俗世紐帶的空靈追慕；中國有一種由道德哲學推演成的「道德形上學」，也就是闡述「天人合一」境界的哲學。這絕不可當作冥想的遊戲輕易應付過去，因為它正確而嚴肅的向上向內觀照一切宇宙流行，人間秩序。它是由人及神的，甚至與神無關的。

由這段序文中，我們當能窺探出《水滸傳》最高指導原則──天命觀念的輪廓。中國儒家一向是提倡一元世界觀的，就是天命與人德同其型態，更不必分意志的表象。人的行為造作受德性的操縱，而德性秉自天命（神，帝，道，天，太極，仁）在這個和諧融契的氛圍裡，已泯滅了天人的界線，體相用合一。人即是靈，靈即是天。人是神的化身，神是人的極致。樂天知命為聖人，修身俟命為君子。故而，儒生們終日乾乾所致力的是「委運命於自然，勵節操於一己」不怨天，不尤人，把個「順時」，「應運」、「知命」作到徹底。施耐庵是備有如此認識的，故以「用違其時，事易盡也」為明志，引出一部「天人合一」的水滸故事來。而本文所將談論的，也正是「天命觀念」在《水滸傳》中的血脈貫通的地位。

至於說「非抗衡的」，則在表白水滸精神上不必是悲劇。何以言之？中華民族對「天」的看法早在孔子時代便已進化到「義理之天」了。雖然秦漢之際仍有一批文人用讖緯附會天志，顯出退步的跡象，但卻無法取代天之為「宇宙最高原理」的地位，充其量只能說是「主宰之天」與「義理之天」的交替出現，契機應用而已。何況，以天為人格神，乃別有政治目的呢？（以天能知善惡，行賞罰來節制國君的專擅獨裁，濫施權威）。如用此說明中國文學內在精神已經通過神話悲劇的階段而行進到另一個「看山是山，看水是水」的慈祥境界，當

無可厚非吧！

　　既然以天道人性的密契爲修養的理想歸趣，則人法天尙恐不及，還會愚笨的想到抗衡、乖逆、天人交戰？若說天有時似乎不合情理，災禍連年，弄得民不聊生，那也必是人類自己鑄成罪惡，自食其果罷了。天既沒有格位，更不會鬧情緒，濫刑賞。全視人間的治與不治而反射爲吉凶禍福。這點認識，中國人普遍都具備了，所以每逢天災異象頻頻出現時，人們第一件念及的事是「反省」、「齋戒」、「懺禱」、「改過」，以便掃淨妖氛，還我乾坤朗照。中華民族的胸中是如何充溢著祥和平暢之氣啊！至於悲劇精神畢竟是狹隘、偏執的心懷所孕育的頑抗，逞強，以犧牲爲手段博取恥辱的成功或更慘淡的失敗，然後給後代留下一個意氣衝動的歪曲形象，世世代代如自棄於伊甸園外的孤兒。這種精神固然壯烈，而其行爲心態卻不可取。善能應用和平的方式，融洽的協調未「完成」互益的聯結，才是中華民族最高尙，最智慧的性格。悲劇不值得提倡、移植，我們須要的是自己所擁有的最健康的傳統胸襟。若硬要在一切文學作品中牽強而虛榮的挖掘，創造悲劇，那才眞是民族大悲劇。

　　「悲劇」的定義大抵是說：「文學藝術中描寫一性格偉大之人物，其人或外與運命戰，或內與良心爭，或因其無心之罪，或並無罪，而但受制於盲目的命運，以致陷入慘境。用以隱示世界人生終於痛苦之意。」這個定義正好可以在《水滸傳》裡找到反對的證據，容後再談。我們先就其學理上批判它的無知。說人生終於痛苦，是寄希望於「世外」與「未來」，就眼前的現實而言，是遙不可及的貪想，故須否定人生以證成其立論。在中國儒家則認爲「君臣父子無所逃於天地」，正面肯定了現世的價值與責任，要把人「安頓」在現世中，把天國建構在現世裡，積極的發展人文，利用厚生。現世並非絕對汙

穢罪惡的，更有父天母地的永恆護照，正是最適宜人類活動的場所，捨此他求，徒增痛苦，逃避才是罪惡。

「悲劇」中所崇拜的是英雄，中國所景仰的是聖賢，聖賢的智慧是通達無礙的，英雄則僅為意氣的淵藪。儒家有「知其不可為而為之」的偉烈情操，但更有「進用退藏」，「守經從權」的人格藝術。這兩者的認取全恃道義的衡量，不衝動，不狂妄。我們並不否認悲劇對人類疲憊的心靈所賜與的舒放與慰安，但在另一方面，悲劇也是智慧的斲喪（敬畏是智慧的開端，抗爭則為愚昧取辱），它激動了人類脆弱的情識，感染了蒼涼的悲愁；最不可饒恕的是它造就了天人的對立，迫使我們必須錯誤的同情「失敗的英雄」，以致盲目的割離原本正常的天人關係，陷入更絕望的深淵。人們一旦承認人生是悲劇時，便自降了格位，不易超拔昇脫了。甚至在情緒低潮時，更輕易的引用悲劇情調來麻醉自我，癱瘓意志，推諉挫折，跌入自憐的淚海裡。這是「悲劇」的副作用。若把《水滸傳》當作悲劇看待，便是妄自菲薄，相棄於道了。

二、

現在要假設《水滸傳》中的「天命」觀念是一種理想的最後歸趨，是施耐庵用以寄託所有無法實現於世間的願望的綜合概念。它可能是一股積抑的憤懣，或轉化了的逃避，或裝飾過的畏縮，總之，只要是現實中所喪失的理想與權力，都可以在這裡獲得補償。那麼，在一連串的打擊或完全絕望的痛感後面，憑自己的願欲「創造」一個如意的天，把這些壓迫歸之於它，並賦予它無窮的力量，大到超過人類所能抵抗的。然後，便可由此取得坦然而適切的移情，那就是：「時

也！運也！命也！非吾之不能也！」天真瀾漫的思想。這種緩衝的智慧確是中華文化的一項特色。正因為如此，中國人顯得頗具彈性與韌性，能屈能伸，不易被固定，更不肯蠻抗，見好即收，知難而退；一聲狂笑，千萬悲苦盡化煙雲。而西洋人之所以崇尚悲劇精神，在於他們不了解陰柔的的妙用，灑脫與幽默。他們一定要剛強的鬥爭到底，縱使面臨的是永遠征服不下的命運，卻不知趣，不俯首，這其中彌漫著火藥味。人生的情調是灰暗陰鬱的，人類的意志是孤絕無援的，而投注全部生命力所欲追求的又是什麼？一個毫無希望的勝利（戡天主義乎）。西洋人既然欣賞這種自傲與自虐，就永難想像中國「淡如水」、「知止不殆」的和諧。「服輸」並非姑息、失敗，而是德性的超越，使人忘卻多餘的煩惱與爭執，這些煩惱通常都因不善處理「得失」而招惹的，任性幼稚而缺乏意義的。

西洋人追求幸福，中國人認識幸福。追求不得，悲劇生焉。而幸福之所以追求不得，由於他們把野心與幸福混在一起，遂形成「以有涯隨無涯」的永恆悲劇。他們世世代代追下去，而幸福卻越來越如天末秋雲，邈不可攀。終於要全盤轉化成悲劇，那時，天國的審判也悄悄降臨了。

由彈性、韌性、知止、服輸而發展成的天命架構，便提供了落第文人，偃蹇才子以轉移怨尤，昇華悶氣的內在根據與自剖膽識。這就是為何明清以後如火如荼的小說都是「不得已」之作，都是暗中有興託，有諷諭。因為現實背景對他們太苛刻，太吝嗇了，他們不得不藉某種反「競爭」（八股取士），非「名利」（學優則仕）的題材來排遣滿腹澎湃的墨水。不過，又怕一時抑遏不住而太露骨，招惹麻煩，乃假借那非具體存在而深為民眾所信仰的「天命」，「時運」觀念作為憑藉，以便舖展他驚人的言論與辭藻。而當他到了下筆不能自休

時，連自己也被感動了，他們不得不承認這些資以立論的觀念原來就是人性本質與共同需要。然後，他們從中找回了自我。而得到歸宿的快樂使他們忘卻先前爲文的本意（牢騷、苦水），漸漸生出謙和的慈悲心，所以，連故事中的人物也在最後的結局獲得最合情理的安排，皆大歡喜。這才是眞正的小說，是藝術的至高境界。縱然暴露了隱性的罪惡，卻又能提出建設性的意見，終不落於灰色的悲觀。故說，中國小說的戲末大團圓，喜劇收場，以及金聖歎的腰斬水滸，蓋別有道德懷抱也。

費了這麼大篇幅所要闡述的無非是：《水滸傳》以及類以的小說作者，他們創作的動機也許不是單純爲了藝術衝動，但由於他們共同具備的天命觀念，神奇的調和了積悒的情緒，防止了偏激的傾向，在無意中竟完成了藝術的第一要素——節制。這筆意外的收穫，唯有在中國「樂而不淫，哀而不傷」的土地上才能生根，茁壯。

三、

基於上述天命觀念而來的，頓然使梁山泊的締造與英雄人物的聚集成爲必然的結果。與其說是施耐庵運用了天命架構於《水滸傳》裡，不如說是天命觀念引導了施耐庵的思路與筆觸。首先，我們發現在這部書裡有種慣用的的語句：

「也是高俅合當發跡」（第一回）「也是天罡星合當聚會」（第一回）「林沖合當有事」（第六回）「天可憐見林沖」（第九回）「他的來意正應了我一夢」（第十三回）「天幸撞在我懷裡」（第十七回）「也是合當有事，卻

好一個人從簾子邊走過」（第二十三回）「也是宋江命運
合當受苦，撞了這個對頭」（第三十八回）「宋江抖得幾
乎死去……火煙沖將起來，沖下一片黑塵來，正落
在……」（第四十一回）

　　這類歪打正著，無巧不成書的話語，彷彿是刻意安排的，卻非
書中人物自主操縱的，而另有微妙的機關，捨天命以外，實無他力，
固然，人物自身的動作行為，都是配合個人的身分與意願發展出來
的，但這些作為的集合，不過形成了一個總合顯示的大方向，那就是
產生動機的本原──天命。我們固不必牽強的往上附會，然就書中埋
伏的線索，或極明白的宣布（後段將論及），都可覺察到這個絕對原
則的存在，有效的掌握著紛紜複雜的事象，而在背後規劃出一定的秩
序。縱使每一個特出的角色各擁有一段單獨的描述，刻劃，而最後塑
造完成的性格竟有一致的歸向，就是梁山泊的典型──殺戮、流血、
野性、義氣，以及替天行道，攻擊腐敗的自詡。所以，說他們同類用
感召是很自然的，而這種感通的心靈乃是天生同具的模式，因為他們
大都未曾受過多少科班教育，氣質上總保存著原始狀態；而稍有家學
或師傳的如盧俊義，柴進；剃髮受戒的魯智深，就表現得較為中正合
理，較有人情味，也是良心徘徊較久的少數分子。

　　在楔子裡，作者毫不掩飾的為他的英雄們尋找最超然的出身來
歷──魔星。這就保證了他們行為的有效性與絕對性，而伴隨發展
的運數曲線也是通常想像得到的「天降聖人」的必然公式。這個大原
則決定後，剩下給作者的便只有細處的極力描繪勾勒，這也是《水
滸傳》在刻劃人物，揣摩性格上特別成功的原因。以上是「即用見
體」──由書中情節抽絲剝繭所歸納的主題。然而，並不是頂重要的

論點。我們所感到興趣的卻在「承體起用」——一○八好漢如何「自覺」或「無知」的服從天命的囑咐，而不硬充反派角色，這是「非抗衡的」一語的最佳論證。也許，認為梁山泊烏托邦的幻滅是悲劇嘲弄，固亦有理；但我更寧願相信整部書的結構是不折不扣的「神聖的喜劇」。在前面我們已研討過，真正的悲劇在中國是發展不起來的，因為中華民族這篤實忠厚的老者從不意氣用事，無謂抗爭，一種「樂天安命」的思想釋放了所有自殺性的極端暴戾與憤激；悲劇精神那撐不開的心胸，一旦面對這曠遠通達的老者，便要自慚形穢而動彈不得。所以，《水滸傳》的價值，不在於它向讀者展示掙扎不屈的可憐相，而是施耐庵通過深刻體驗後，得之於天的靈感，讓梁山人物變成天志的縮影與人性的代言者。

為什麼是「神聖的喜劇」呢？楔子裡洪太尉的遭遇就是最佳解釋：洪太尉奉詔龍虎山，宣請張真人祈禳瘟疫，因凡眼短拙不識真人面目，卻誤闖伏魔之殿，硬揭封皮，不料瞎貓碰上死耗子，只見石碣背後書著「遇洪而開」，這下可就理直氣壯了，彷彿蒙天授權，強令掘開石龜，遂教轉出一部大書，真個是蛟龍騰碧海，猛虎嘯山林。這段文字本身緊張刺激的趣味性不消絮繁。我們只說洪太尉孩童似的好奇心，與前定的機緣，在「遇洪而開」的揭露時，一拍即合，達到驚喜的高潮。正面看有如一場有驚無險的「喜劇」，暗裡卻隱藏著「莊嚴」的預告——天下必亂，魔星將興。樂蘅軍先生說洪太尉是「固執和破壞」，一○八人「痛苦的誕生」未必妥當，既有「遇洪而開」的指標，則固執該是責任，破壞反為肇建。而一○八人解脫法符的鎮鎖，降生下界去酬業完道，這在宗教意義上是神聖的，而非痛苦。

楔子既然這麼明白的開了場，推演下去，正是「成事在人，謀事在天」的天人交感記錄了。我們不妨假設冥冥之神有意以人為媒介來

呈現自己（耶和華不也常藉災難、奇蹟向人類誇耀它的威權嗎？）或者陰陽消長的運轉，到此正好是大變動時期，那麼，一○八人的降世果然是「其來有自」，而非偶發事件了。他們在人間的客串演出，是否有自主意識或者單純的「替天行道」呢？我們探尋的結果，除了魯智深稍具客觀的眼光外，其餘人物都只活動在個人的固定價值裡，殊乏自覺的改變，如林沖的忍辱，武松的公義，宋江的自憐，李逵的獸性，三阮的取義，公孫勝的完數等。其中心機深沉的宋江，一向被視為矛盾較多，衝突最烈的唯一悲劇角色，但是他的耿耿於招安，卻是上天指定的最後結局，見第四十一回九天玄女的點醒：

> 「宋星主，傳汝三卷天書，汝可替天行道，為主全忠
> 仗義，為臣輔國安民，去邪歸正，勿忘勿泄。」

　　梁山泊中「為主」他是作到了，還掛起「忠義堂」的牌額。朝廷「為臣」卻只落個仰藥而死，這不是他個人的悲劇，而是天命的收場。七十回英雄全部聚結後，天便託夢盧俊義，要好漢們以死謝天下，以便復歸星座。至於那「元是臭骨頭，何為立功過」的軀殼，帶著「名譽的血腥」遺留人世，卻讓後代爭議其罪，豈不可笑？

　　這些英雄們作事全然出於直覺的個性，自負而不肯謙讓分毫。只因他們的性格是被天命分塑而下貫於社會中成型的，他們僅能忠實充量的踐行命令，而不會多花心思，這便叫人大呼痛快！上天給他們的只是簡單果斷的頭腦和強壯專制的四肢，以便在執行任務時，依恃靈感而不稍遲疑、阻滯。

　　第五十二回羅真人說：「貧道已知這人是上界天殺星之數，為是下土眾生，作業太重，故罰他下來殺戮。吾亦安肯逆天，壞了此

人？」這番話道盡了魔君們的任務與相配的性格，他們是毫無選擇的「天使」不過，上天對他們成「人」後的待遇是優渥的。雖不得志於朝廷，而另一套功業——蔚為大股流寇，幾乎動搖了宋朝根基——卻同時具備了三大條件：天時（奸臣惡吏，昏君腐相），地利（官兵束手的梁山水泊），人和（苟延殘喘，巴望時雨的百姓），假如宋江不是耿耿於天命，兢兢於招安，則歷史便要重寫。可惜宋朝氣數未盡，上天只欲藉田梁山泊的猖狂勢力以警戒耽溺的朝廷，引起注意檢討，卻不便提前完結宋朝鼎祚。故而，漸慚縱令魔君濫殺百姓，以自絕「人和」後路。這是以奇為變，僅足以撞擊木鐸，焉能擊潰以正為常的宋朝命君？試觀中國歷代的民間叛亂，總不成功，便是此意。

接著，那曾經跋扈飛揚、如眼中釘的水泊「地利」。也終於在後期因招安而廢棄，而瓦解。英雄們踏出了屏障，一步步走進敵意的風暴裡。至於無微不至的「天時」呢？在眾星主會齊後便已撤回了，他們的下場是樹倒猢猻散。胡鬧一場。這期間不過短短數年，行情起落至為快速，正是天命不欲星主們有充分的空檔以回顧，耽擱行程，滋長理性，產生懷疑，那時才易變成悲劇。所以，上天把他們拋進俗世漩渦後，便始終以忙碌倉惶來惑亂他們的腳步，以喘咻奔命驅策他們的脈膊。叫他們夙夜匪懈，自救不息。從生到死被全盤掌制，不得逾越半分。與其說他們悲壯，不如說是瘋狂，因為瘋狂與虔誠同樣接近上帝。

這裡，我們要把李逵單獨提出來討論，因為他是108人中對天命最直接最徹底的體現者。他是「天殺星」，如同職業劊子手，其任務只在一個「殺」字，而殺人動機是不需要理智或道德來支持的，理智僅多應用於判斷體形以決定合適的下刀處；道德不過是殺完後的餘緒。在這名分下，李逵的行為便慘不忍睹了。他的本性「相同於」或

「偏高於」禽獸，禽獸殺生以求存的本能僅止於平衡自然界的均勢，而李逵除此之外又多一分「業餘的殘酷」，就是在「自衛」、「謀生」的範圍外還有殺人取樂的欲望。李逵這方面得天獨厚，是以能不寒心不畏怯的殺，他不必顧忌多殺會遭天譴，因他是上帝旨意的左派執行者，至於他的單純，無知，野性，這些為「人」的弱點，正是天命的最佳傀儡，他是如此單行道的盡忠於渾沌的本性，以致到了「愚忠」的地步，不管世間的仇視。只如齊克果所言：「理念是我唯一的歡樂，而人群對我遂不關重要。」李逵唯一的理念便是天命殺生以贖罪，殺！殺！殺得雙眼共板斧一色。

假定這個發號司令的上天是有格位的神，那便如耶和華以洪水洗淨人間的罪惡。而《水滸傳》中的「天」是沒有格位的，即使「玉帝」也必須服從那個最高指導原則——氣數、因果。就是宇宙自然消長之「理」。玉帝只是作為天國的執行總理，代天監臨萬物，他本身並無絕對主宰的地位，且因天凡相隔，不能親自行為，乃差遣「星將」下凡「替天行道」，「天地之意，理數所定，誰敢違拗」（第七十回）。星將因魔心未斷，仍是墮落濁重之物，而下凡正是為了圓滿功德，以重登紫府的。那麼，他們的行為，自是一種進修方式，類似某些宗教以殺害肉體為超渡靈魂的手段，而魔星的身分不離世間，廣行方便，肉身成道。看那第七十回：

> 「……從前兵刃到處，殺害生靈，無可禳謝，我心中欲建一羅天大醮，報答天地神明眷佑之恩，一則……就行超度橫亡惡死，火燒水溺，一應無辜被害之人，俱得善報。……」

　　唯星主的身分能殺亦能渡。但人力畢竟是有限的，有了軀體的牽制與固有人為法的約束，他們便無法把力量發揮到上與天齊的境界。故李逵雖馬不停蹄的趕殺，還是渡不盡一切眾生，僅能做到「盡人事，聽天命」的地步。而宋江在第七十回也說：「此是上天護佑，非人之能」。那麼，李逵是無辜的嗎？若站在天命的立場而言，他奉命行事，罪不在己。說他有罪嗎？則以人間的觀點，他暴力殘殺，當然有罪，甚至罪在不赦。不過，世間法無權判他刑責，因為他不屬於「人類」，而是「半神半獸」，唯有宋江以星主的身分才能請他服毒自盡。他們這批特殊人種有自己的法律權責，亦不當以一般眼光衡量他們的行為意義。直到最後，施耐庵才作了清楚的交待：「我是嵇康，要與大宋皇帝收捕賊人，故單身到此，汝等及早各各自縛，免得費我手腳！」

　　嵇叔夜是何等人物，竟敢「單身」在一〇八殺人魔王面前誇下海口？以梁山泊勢如破竹的政勢與堅強的陣容，怎會突然伏誅於一個微不足道的軍官手下？這便是氣數之爭了，是魔星與宋祚之爭。宋朝既然能派得出如此有力的軍隊，則魔星們「木鐸」的任務已收得效果，便不敢再留戀凡塵，故聚首梁山後，便等待「一齊處斬」以恢復仙身的儀式了。

　　若說：「梁山泊是一個消極的瓦集，不具有設計性的動機。」則無深見。一件事情的發生與完成，絕無偶然之理，「偶然」只是「不存在」的代名詞。既有天命觀念的涵蓋，則「性格熱烈的人決不甘在與他有關的事物裡看到一點偶然，他覺得一切都早被上帝規定，在最無足輕重的場合裡，他看到最高意志的信號。」（勒南耶穌傳），故施耐庵在第七十回安排了這麼句話：「上天顯應，合當聚首，今已數足，分定秩序。」我們再反饋一下，梁山泊上井然有序的行軍用兵，

駐紮嚴密的防守（第五十九回），豈是瓦集亂堆所能籠統推諉的？他們集結於水泊靜待下一步的天命，是沉潛而非消極。

四、

梁山泊英雄的入夥，大約可分三類。不是三種內容，而是經由三種方式上山：

（一）逼上梁山：這型人物所占比例最少，卻是官逼民反的典型實例。如宋江、魯智深、武松、花榮、柴進、楊志、林沖、史進、楊雄、石秀、雷橫寺。他們大抵都身任公職，或系出名門，原都有青史留名，封妻蔭子的傳統懷抱，只是一股愚忠累遭無情摧殘，逼使他們在挫折陣前停下腳跟，暫時冷卻那遺傳的盲目狂熱，而較量「施」、「受」之間的平衡。在自私的理智下，他們發現理想被愚弄了，因而憤恨難平。最初，他們也僅希望換個環境，藉時空的距離爲緩衝，重新布署，以待情勢穩定或新局面的降臨，再謀出路。正如法利賽教徒之等候「復活」。「我如今只得再回少華山去投奔朱武……且過幾時，卻再理會。」（第五回）「既然如此，也有出身時，灑家明日便去。」（第五回）「爹娘生下灑家……比及今日尋個死處，不如日後等他拿得著時，卻再理會。」（第十六回）「如今我和兄弟倆且去逃難……父子相見。」（第二十一回）「天可憐見……受了招安。」（第三十一回）「如得朝廷招安……去邊上一鎗一刀博得個封妻蔭子，久後青史上留得一個好名，也不枉了爲人一世。」（第三十一回）「花榮如何肯反背朝廷？……權且躲避在此，望總管詳察解救。」（第三十三回）由這些話看來，他們並非有意反背朝廷，只是在不利的情境下自愛的引退，權且隱藏起來。他們都了解「邪不勝正」的道理，但了解

還不夠，必要的是，還得使它在世間實行成功。為著這個，他們便不惜以身殉道，並遵循較不純潔的路徑了。梁山聚義的始終目標也是如此，因為傳統的正途滿是竭誠而受辱的忠臣屍骨，這使他們必須採取迂迴策略，保留有用之身，以期待再生之日幹一番確實有效的功業。

　　然而，好事多磨，上天的旨意總是要求嚴厲而徹底的執行的。天命對這件功業的最後決定是：一〇八人聚義梁山，構成整體的威脅，向宋朝提出明白的警告。故而，對避風險的英雄毫無通融，不肯讓他們因短期的順利而生出苟安心理；乃進一步斷絕他們的後路，縱令那狼虎般的官吏橫加跋扈，濫施刑罰，甚至侵入驛站裡逼令他們繼續動身。於是，潛藏底英雄意志便一發不可收拾了。他們大抵都要犯上一件使自己不容於官府社會的案子，然後，倉皇自救中，那與生俱來的「梁山嚮往」便躍現在意識裡，引導他們投奔梁山聖地去落草了。（這梁山嚮往是潛意識的影像，「梁山」只不過是抽象名詞，代表安全的保障與償願的基礎。正是上天指定作為斷絕現實汙穢，決絕政治紛擾的清靜地，在這裡他們幻想著擺脫一切痛苦，重燃幸福的渴望）。由於有這個嚮往，他們就不肯委屈自己，作無益的掙扎。他們是沒有效忠犧牲精神的。尤其那狂傲的征服欲往往隨著身受的壓迫而逐漸加強，終於暴露出野獸般的面目。如宋江怒殺閻婆惜，武松供設人頭祭，血濺鴛鴦樓，林沖刀剮陸虞侯，魯達拳打鎮關西，花榮倒戈清風寨，楊志搠死牛大蟲，史進大鬧史家村，雷橫枷劈白秀英，楊雄血染翠屏山，石秀智殺裴如海。這些受害者固然罪該伏死，不在話下。但英雄們手段的狠辣與不計殃及無辜，都說明「一將功成萬骨枯」的代價。這些死者，因為死在英雄手下，便獲得祭品般的身價而超昇了。和平的代價啊！

　　由上看來，與其說是「官逼英雄反」，不如說「野心誘惑英雄

犯罪」。因為歷史上如岳飛、文天祥、史可法、袁崇煥，或者比干，伍子胥一類的豪傑義士，同樣是處在惡劣的情境下，卻能懷霜秉素，未嘗動一念虧負德操之想，如此聖潔的人格豈是彼輩草莽流寇所能望及？時勢造英雄，動機的差異，乃決定行為模式的不同。一○八人的使命只在示警而已。故上天不給他們「德芳萬世」的人格型態，卻要他們在替天行道的標榜中帶三分英雄邪氣，否則便不成其為「魔君」了。

　　「逼上梁山」這句話賦有蟬蛻的象徵，在生化歷程中，由蟄伏蠕動的幼年期轉入閉關自守，然後振翼高飛。雖然蛻變的過程是痛苦而危險的，而成熟的歲月亦不耐久活，但基於自然律的要求，卻無法避免。一○八人通過塵世的考驗，帶著掙脫束縛的血腥投名入山，便因聚零為整而更明確的接近天命的指歸了。梁山是樂園的復建，上帝在此公開說法，透露天機，並驗明星君的正身，然後便是收回樂園的時候了。所以，七十回以後，水泊瓦解，英雄失散，而宋朝江山，雲破月來，依舊爛然。新興的一代繼起，終於有南渡之事，此已不關本題。若要勉強賦予水泊以歷史意義，或許只能這麼假設：由於他們驟雨般的刺激，宋朝才開始正視軍備，整治戎旅，以抵抗外族的覬覦吧！但正史既未提及，便不當置論。

　　（二）梁山逼上：如盧俊義、徐寧、李應、朱仝、燕青。這即是那種「被賺上山」的人物。他們較有操守，也較篤實，風度雍容，心地純正。雖然對聞名的好漢有著「英雄互慕」的心理，但僅止於對忠義行為的激賞而已，並不以嘯聚山林、犯法偷生為然。而朝廷對他們也少干擾，甚至倚為棟梁、給以重許，因而他們在安定尊榮的環境下培養出正直懇切的心態，始終不肯苟同入夥，只是，那撒旦似的梁山陰影並不放過他們，如果有利用價值，梁山便不惜「先兵後禮」，

不擇手段的破壞他們安逸自主的傳統生活，又以滿口虛僞的仁義來哄騙、安撫。如美髯公誤失小衙內，湯隆計偷徐寧甲，吳用智賺玉麒麟，張順嫁禍安道全，雙雄離間撲天鵰，他如蕭讓，金大堅等，都是梁山陰謀的俘虜。既然名列黑名單，家眷又都誅絕或被「搬」上山了。自然孑然一身，如無根浮萍，更如何選擇？還是往梁山尋個落腳處去了。中國人是最重「家族」的，個人固然可以光「宗」耀「族」，而家族亦常爲個人的蝸甲龜殼，拖累了前程。於是，他們只好隨「族」而安，冀保血脈了。這是最明顯的認命思想，也是梁山泊不鬧窩裡反的原因。

　　同時，我們要注意一點：這類人物加入梁山後，並未積極主動的參與行動謀略，他們是同床異夢，依舊保持出淤泥而不染的的高潔。如徐寧教使鉤鐮鎗，盧俊義活捉史文恭，秦明勸降黃信，也只是虛應故事，因爲他們像遭綁架的苦主，必須籌付匪徒的任何勒索，所不同的是：梁山開出的條件並不苛刻，都恰好配合他們的能力。「秦明見說了，怒氣攢心，欲待要和宋江等廝併，卻又自肚裡尋思：一則是上界星辰契合，二乃被他們軟困以禮待之，三則又怕鬥他們不過。因此只得納了這口氣……」（第三十三回）可知他們並非心悅誠服，但既然提到星辰契合，則不得不放聰明些了。

　　（三）其他：這類人物最多最雜，但因無特殊地位與顯著的影響力，故只併爲一類。其中又略分兩途：

　　「戰敗投降」的如關勝，呼延灼、董平、張清、索超、宣贊、郝思文，韓滔、彭玘、單廷珪、魏定國等。在梁山勢力漸成氣候時，朝廷剿討的軍隊也隨之動員了。而戰功不就，反如資敵以利器，一個個命官盡數變爲倒戈將軍。原本性命相搏，不共戴天的對手，如何能在轉眼之間，化干戈爲玉帛？怎麼解釋？只除了說他們的血液中本有

梁山的基因。但英雄斷無平白服輸之理，不打不相識，必到敗下陣來，成爲階下囚時，才以饒命再造之恩爲藉口而入夥，這原是遲早的事，只中間夾雜一齣曲折的武戲罷了。宋江對這些敗落英雄的慣用伎倆是：「宋江見了連忙起身，喝叫快解了繩索，親自扶呼延灼上帳坐定，宋江拜見。」（第五十回）「宋江望見，便起身喝退軍士，親解其縛，扶入帳中，分賓而坐，宋江便拜。」（第五十四回）「宋江見了，慌忙下堂，喝退軍卒，親解其縛，把關勝扶在正中交椅上，納頭便拜，叩首伏罪。」（第六十三回）「宋江慌忙下馬，自來解其繩索，便脫護甲錦袍，與董平穿著，納頭便拜。」（第六十回）

這一捉一放，一扶一拜之下，便把人的自尊與靈魂收買過來了。本是待死之囚，乍爲座上之賓，他們被生死攸關激動得糊塗了才會說：「人稱忠義宋公明，果然有之。」這「忠義」二字是用一條拾回的命去衡量的。

然而，他們也有放心不下的隱憂，爲了表示誠心，降也要降得光彩些，所以，他們都幹了一件將功抵罪的事：如董平賺破東平府，呼延灼夜賺關勝、關勝降水火二將，張清推薦皇甫端，黃信清風鎭倒戈，這是見面禮，也是降表。

再來要談到「自動投靠」的人物：如吳用、公孫勝、戴宗、劉唐、李逵、穆弘、李俊、三阮、張橫、張順、解珍、解寶、以及絕大多數的地煞星。他們是所謂「撞籌入夥」的，不曾吃過太大苦頭，也不識走投無路的慘狀，只是現世功名已定，再無發展，乃思冒險行歪，以博取更好的前途。由於仰慕義氣，崇拜力量而早有歸依的決定。他們有的是經人介紹，有的是毛遂自薦，有的是三言兩語就被打動的，遠有些爲了鞏固、提升本身的勢力範圍而加盟。這是較單純而直覺的投向他們命運指定的歸宿。「一世的指望，今日還了願心，正

是搔著我癢處，我們幾時去？」（第十四回）「這腔熱血只要賣與識貨的。」（第十四回）

他們原本可以恬淡平靜的過一生，但因「天生麗質難自棄」，這股表現欲平常隱伏在呆板的外表下，只等福至心靈，機緣成熟時，便不惜改頭換面：「若能夠見用得一日，便死了開眉展眼。」所以，他們才是真正「成甕喫酒，大塊吃肉」的投機分子。他們只要擇人主而事之，本身並無獨當一面的大志，只盼今生得個快活日子過。故其個性便不如武松、林沖、魯智深、盧俊義等的特別凸顯。而他們卑賤的願欲也正是當日苦難環境下所有百姓的理想，只不過他們成功了他們是魔君，是天使。但這批人投入梁山後便失去了個性，變成默默的工作者，他們是以一小滴水流進大海去分享浩瀚了。個體生命在天命觀照下，不也如此？

梁山泊的成員並非紀律嚴明的團體，卻是一群烏合之眾，他們的聚集實在是利害與共，同病相憐，藉團結的力量以寄託亡命之身而已，但因天命的溝通，美化了彼此的關係，而號稱「義氣的繫聯」。否則，神勇如高廉者如何被雷橫一刀揮為兩段？韓伯龍未能上得梁山便遭李逵斧劈？蓋不在星數之內也。而張清凶狠毒辣，飛石連傷十餘好漢，搶盡了風頭，卻不受報復，亦因星數撞籌也。而後，氣數已盡，便起內訌，各英雄分別散死，大宋正統遂無斷送蒙羞之虞，豈非喜劇收場？假如宋江奪得帝位，那便如以孽子纂嫡長，大逆天道了，是以宋江必敗，敗亦光榮。

我們該悲的是正統的傾危與忠臣義士的失所：至於水泊人物這種零星的碰撞，不值得去追究感喟。他們曾經囂張在帝輦之下，僅占小部分土地與短時期的人心，他們低賤的「人格」也都得到適配的報酬，為此已該滿足了，難道還要我們作多餘的感歎嗎？更何況，他們

的「人性」是奇特而含糊的，不可據爲演繹的公式以套用在一般人身上，他們聚首梁山爲的是脫胎換骨，快活一世，而快活也得到了，若有遺憾，只好還諸天地，不必我們贈以無謂的同情，更不必強迫他們成爲悲劇人物。他們本是恰如其分的活著，並迎接一切「遭遇」，他們是有膽識有擔當的流氓，直接與天命交通。我們欣賞這些故事情節的趣味性，卻不準備景仰他們的爲人，因爲他們的歷史悲劇性不足以引人作千古緬懷。

宋朝歷史是以文官治國，以文學揚名，而與之對抗的梁山勢力卻是「性格粗鹵」、「從小不務農業，只愛刺鎗使棒」的莽漢，這情況對顫抖於外族侵蝕下的朝廷眞是一帖醒酒劑。一〇八好漢裡，吳用是個公認的讀書人，偏又手提銅鍊，善使心機；神算子蔣敬「科舉不第，棄文就武」，是道學的反動，再加上「林沖搠了王倫」、「花榮剜了劉高」，眼裡見不得酸腐儒生，道德更爲身外之物，在他們心中，力量就是正義，放恣才配豪爽。王忠的拘謹拗了魯達的性子，宋江的禮讓惱了李逵的脾氣，這批草寇的價值標準是乾脆的二分法。在直覺的瞬間顯像下，誰耐煩使用大腦？索性說他們的大腦已交給上帝代管了，只留下充足的小腦和四肢。在天命的涵蓋下，他們作了這唯一明智的選擇。

第五十回羅眞人的出場，是最具體的現身說法，爲我們的立論作最有力的指證，可取與楔子，宋江夢遇九天玄女，忠義堂石碣受天文諸回對照著看。方顯得吾言非假，怎生見得？

「……汝本上應天閒星數，以此暫容汝去一遭，切須專持從前學道之心，休被人欲動搖，誤了自己腳根下大事。」這話不只是對公孫勝說的，而是每位星主都該切記奉行的。所謂「暫容汝去一遭」、是點明今生一切作爲原只是權宜之計，不可執著紅塵而迷失本來面目。

須時時刻刻心存上帝，承應天志「保國安民，替天行道」，直到任務完成，仍舊受召歸位。故凡今生的遭遇都是必然而自然的，亦無由產生怨尤或懷疑，故又說：「玉帝因爲星主魔心未斷，道行未完，暫罰下方，不久重登紫府，切不可分毫懈怠，若是他日罪下都，吾亦不能救汝……。」（第四十一回）

　　天道何其嚴明，天譴何其威嚇，爲星主者又怎能違抗爭衡？而三卷天書所載諸預料事宜，至爲詳備，脫軌獨行是絕無可能的。依此前定的藍圖進行，其人本身並無好惡刪改的權利，只是「順從」，「聽命」而已，那來悲劇？那來衝突？更何況刀鎗並舉，喧嘩熱鬧的場面，自是形而上氣數消長所折射在人間的皮影戲，勝敗存亡又豈是人類意志能左右的？這些話是明陳，另有暗比的一面，就在魯智深身上應驗：文殊院長老一眼透視魯達：「上應天星，心地剛直，雖時下凶頑，命中駁雜，久後卻得清靜，證果非凡。」故不肯以凡俗修道之法約束他，縱容他任意撒野，還處處迴護，因爲「天命之謂性，率性之謂道。」魯達的正果不在閉關吃齋，卻正圓滿於率性而爲這上面，所以，喝完酒，吃夠狗肉後，「扒上禪床，解下縧，把直裰帶子都必必剝剝扯斷了。」多顯豁的反束縛，反虛僞！打的是該打的人，殺的是註定要死的人，在這麼個公正執法者的判官筆下，誰是冤枉的？他的「花和尚」與李逵的「黑旋風」，即是掃蕩舊秩序的兩位先鋒。一個是內斂深思，一個是暴露坦率。兩極端之間，才是其他好漢的下箸處。

五、

　　行文至此，天命觀念的揭發也夠成立了。不過，本書文學上的真正價值並非闡述與建立天命系統，而是施耐庵駕馭文字，結構篇章

的高度技巧，這才是他閃耀於中國文壇的獨特成就，我們不敢掠美。
至於他所藉用以潤飾文字，寄託深度的公理——當代表正義的法律變
成強權任意揮霍的私人財產時，人性底普遍要求重整宇宙秩序，便會
凝結成恐怖的摧毀勢力，也就是傳統開始變質變味時，新的革命必將
奮袂而起。這是合久必分的循環公理，也是施耐庵賦予水滸英雄的厚
望。——這個公理，是《水滸傳》的內在生命。我們正可以他灑脫的
詩句作結論：

　　　　大抵為人土一丘，百年若個得齊頭
　　　　完租安穩尊於帝，負曝奇溫勝若裘
　　　　子建高才空號虎，莊生放達以為牛
　　　　夜寒薄醉搖柔翰，語不驚人也便休！

神人鬼妖：《聊齋誌異》的靈異與愛情

王漁洋〈題聊齋誌異〉云：

　　姑妄言之妄聽之，豆棚瓜架雨如絲；
　　料應厭作人間語，愛聽秋墳鬼唱詩。

一、其人其書簡介

　　《聊齋誌異》一書，據考證約作於1689～1879年間，即蒲松齡四十歲以前。[1]他少年時文名籍甚。十九歲補博士弟子員，但功名止於此，始終不曾中舉得官，只能於豪富人家設帳授徒，卻不被東家重視。於是放棄制藝事業而「肆力於古文，悲憤感慨，自成一家之言」。這本書是在貧病交迫的苦境下完成的。除了中心憤懣，想藉鬼狐荒誕的煙幕，對世情人事有所諷貶外，他在自序裡說[2]：

---

① 見〈蒲松齡聊齋誌異誕生的背景之探討〉，《中外文學》第63期。
② 本文所採用為《聊齋誌異三會本》，九思出版社。前附蒲松齡自序及各家序跋題辭。

松懸弧時，先大人夢一病瘠瞿曇，偏袒入室，藥膏如
錢，圓貼乳際。寤而松生，果符墨誌。且也，少羸多
病，長命不猶。門庭之淒寂，則冷淡如僧；筆墨之耕
耘，則蕭條似缽。每搔頭自念，勿亦面壁人，果是吾
前身邪？蓋有漏根因，未結人天之果，而隨風飄蕩，
竟成藩溷之花。茫茫天道，何可謂無其理哉！

蒲松齡說，因為他父親的夢應驗在他的乳旁的黑痣，認為是苦行僧轉
世，於是為他取字「留仙」。他似乎對此半信半疑，但是生而多病、
長而落魄，又放不下「文字功能」的誘惑，正統文章既無法干祿（他
的其他作品如：詩、詞、論著、戲曲、鼓子詞、俚曲、制藝及擬表
等，都不為當道所重）。只得搜奇志異、寄寓諷諫，希望對廣大的讀
者有所啓示了。他說：

才非干寶，雅愛搜神；情類黃州，喜人談鬼。聞則命
筆，遂以成編。久之，四方同人，又以郵筒相寄，因
而物以好聚，所積益夥……獨是子夜熒熒，燈昏欲
蕊，蕭蕭瑟瑟，案冷疑冰。集腋為裘，妄續幽冥之
錄；浮白載筆，僅成孤憤之書。寄託如此，亦足悲
矣。嗟乎！驚霜寒雀，抱樹無溫；弔月秋蟲，偎欄自
熱。知我者，其在青林黑塞間乎？

對於鬼狐幽冥的存在，事實與否，難以物證，卷十一〈齊天大聖〉異
史氏曰：「天下事固不必實有其人；人靈之，則既靈焉矣。何以故？

人心所聚，而物或託焉耳。」如以「上帝只在於信仰中」來解釋，則任何物事在人類的信奉之後，或能結想深而生幻境。對他人而言，或乃無稽的幻想，但在信徒心中，恍若實有其事。在蒲松齡的巧思安排下，天堂地獄、神鬼狐妖、怪異變幻，卻都披著人世的衣冠，而活躍在所謂「六合之內」了。這就是小說史讚許的「人情味」。並且，在這合法的掩護下，他不僅敢於鋪敘馳騁，更於故事之後，託名「異史氏」而發揮議論，歸結到「神道設教」的功能。是有意制作，消化了民間的佛、道信仰與傳聞，以為立論行文的根據，又於結尾標出評論與揭示。如此，每篇故事便有了它寓言、微旨的作用。因此，後人批評《聊齋》，亦多從它的「教化」功能著眼，並論定它的價值。如：

> 志異一書，雖事涉荒幻，而斷制謹嚴，要歸於發薄俗，而扶樹道教。（〈柳泉蒲先生墓表〉）
>
> 志異八卷，漁蒐聞見，抒寫襟懷……總以為學士大夫之針砭，而猶恨不如晨鐘暮鼓，可參破村庸之迷，而大醒市媼之夢也。（〈柳泉公行述〉）
>
> 世固有服聲被色，儼然人類，叩其所藏，有鬼域之不足比，而豺虎之難與方者。下堂見薑，出門觸蜂，紛紛沓沓，莫可窮詰……不得已而涉想於杳冥荒怪之域，以為異類有情，或者尚堪晤對；鬼謀雖遠，庶其警彼貪淫……是書之恍惚幻妄，光怪陸離，皆其微旨所存……（〈聊齋誌異序〉）

這些意見，大抵都是把它當作一本載道之文、勸世之書，藉以抬高身

價，而蒲松齡亦以此自期。這也是當時文壇對於「小說」基本效用
的普遍要求。諸如《漁洋夜談》、《閱微草堂筆記》等，也都是自標
「正人心，寓勸懲」的口號，藉傳聞來發揮他們對人事物理的觀點
（故事只是例子）。但是，《聊齋》的成就更在這種「社會功能」
之外具備了上等文學的品質——除了取材的繁博，或義旨的醇正，其
「抒寫形式」合乎美學，有唐傳奇的「小小事情，悽惋欲絕，洵有神
遇而不自知者」（洪邁，《容齋隨筆》）的技巧，敘事有結構，人物有個
性，情節有變化，又可為散文的範本。他是刻意為文，把古文筆法來
鋪寫小說。紀曉嵐稱之為「才子之筆」，《三借廬筆談》更說：「蓋
脫胎於諸子，非僅拈手於左史、龍門也。」馮遠村〈讀聊齋雜說〉則
云：「蓋雖海市蜃樓，而描寫刻畫，似幻似真，實一一如乎人人意中
所欲出。諸法俱備，無妙不臻。寫景則如在目前、敘事則節次分明，
鋪排安放，變化不測，字法句法，典雅古峭……。」於是拿它與《左
傳》、《莊子》、《史記》、程朱語錄相比較，而以「工細、綿密、
氣幽、情當」為特色，給《聊齋》的文思以崇高的評價。孟瑤《中國
小說史》把清初的文言小說分為「蒲派」與「紀派」：紀派重敘述，
主樸素。蒲派則擅長描寫，風格華美——燕昵之詞，蝶狎之態，細微
曲折，摹繪如生——蒲松齡正是以小說家的耐心與興致，設身處地的
經營故事，鋪展情節，以形式的美感消融了議論的嚴肅。甚至，在悠
閒從容的筆下，時露諧趣，欣悅的接納那個人情味的世界。或可如是
形容：半是遊戲，半是心存上帝③——既乃流落民間的文士，文字與
身分的顧忌較少，他或許是僧人轉世再來，也須勸化世人行善去惡。

---

③ 此語取自Walter Lowrie，孟祥森譯《齊克果一生的故事》（A Short Life of Kierkeg-
　　aard），臺灣商務印書館1984，頁25。http://au2478.epage.au.edu.tw/files/15-1080-
　　23223,c102347-1.php?Lang=zh-tw

二、幽冥界──人間的仿造

　　《聊齋》所述的幽冥世界與現實人間，並非對立，而是精巧的仿造。爲了避免於怪誕（恐懼、畸形、醜惡、扭曲等負面情緒）的結果，作者可能依當時人間的社會組織、倫理結構及思想形式，予以模擬、仿製，使不乖離人類的感官經驗範圍，不造成震驚或迷茫的焦慮。讓陰陽兩界的景觀有相似性，且可溝通往來。人對「死亡」的感覺，不再如入不可知的冒險，而只是換另一種形式「活著」，那裡（地獄除外的陰間）依然有親人、有王法、有生活所需，甚至有愛情與婚姻（如〈湘裙〉，地下能夫妻團聚，又能納妾生子）。他們也可以憑藉靈媒或夢魘的方式，與陽間的人們取得聯絡，及互相邀請。如〈鬼作筵〉篇說：陰間的父母想設宴請鄰鬼，竟向陽間借調媳婦入冥來幫忙。又如〈湘裙〉篇，女鬼還陽嫁人，陰間所生兒子，帶回陽間撫育。

　　關於這種思想的背景，則如《從中國小說看中國人的思想方式》（中野美代子著，成文出版社）說：

> 中國人只將認識的境界擴及官能的領域範圍……喜歡將非現實的存在形態，導引到自己所認識的領域上去。當髑髏、蛇或花草等化身爲妖豔的女性，而跟人類的男性來往時，那麼，這位男士一點兒也不懷疑懷抱裡的女人是一位妖怪。總之，那位化身的妖怪會很明顯的投身在現實的官能領域裡。在儒教現實主義的規範下，堅硬的認識內部裡不會發生一點兒裂痕的奇

蹟。所以，奇蹟的原因，都歸諸其他理由。結果，他
們只要將這些奇蹟導引至明確處即可。

在儒家的憂患意識中，聖人所關心的不是萬物那裡來、何處去的問
題，「而是萬物的生而皆得其所」，在乎是如何於現實中求生存的
安頓，而不問未生之前，既死以後的探索。現實界是能觸摸、能感覺
的，是生活的場域。一切從這裡出發，即使要建構另一個世界（如桃
花源式的幻想地，或海外遊歷的島國）也以現實界的現象與經驗為範
本而描述、發揮，因為此界是唯一能證明我們存在的，若我們被驅逐
或死亡，而須進入另一個世界時，也希望那是我們所熟悉、能適應的
現實投影。可以說，中國人對他界的陌生與畏懼，而把自己緊縛在此
地上，限制了超現實想像的孳長。中國只有避人或避世的隱逸與神
仙，卻沒有把自己拋離到「虛無」的烏托邦探險者，如桃花源或海外
島國，都與現實界有著「地理上的連接」，有路可通達。換句話說，
這些幻想的新世界與物質的現實界，乃存在於同一個空間領域，只有
距離上的阻隔，而非性質的差異。而達到新世界的方式，則屬於心理
上，循修德的途徑，漸臻佳境的心路歷程。世界的本質沒有變化，數
量也沒有多出，只是人的心境變了、眼光換了。幾乎可以說，世界只
有一個，但可因人而異，因生死而異、因修養而異，然而，它的形象
則「大同小異」。

《聊齋》對幽冥界（或稱「陰間」，包括冥府──審判處，地
獄──刑罰所，城隍廟及鬼魂居留區）的塑造，形式上是在「地層
下」，與陽世人間有路可通。如〈酆都御史〉篇說：

　　酆都縣外有洞，深不可測，相傳閻羅天子署。其中一

切獄具，皆借人工，桎梏朽敗，輒擲洞口，邑宰以新
者易之，經宿失所在……明有御史行臺華公，按及酆
都……欲入洞以決其惑……秉燭而入，以二役從。深
抵里許，燭暴滅，視之，階道闊，即有廣殿十餘間，
列坐尊官袍笏儼然。……

不僅洞口開在人間，且活人可以沿階而入。裡面的建築、器械，都是
「人造」品，而官相、審判、刑罰等制度，也仿同人間。其官吏，
從閻羅王到城隍、鬼卒雜役，也都是人死後依其德業輪流作的，偶爾
也有由活人客串兼職的，如〈閻羅〉篇言「每數日，輒死去，僵然如
尸，三四日始醒」、「公自言，日有輿馬來迎，至一署……」。以及
〈考城隍〉篇、〈皂隸〉篇等。而有趣的是，它的作業程序，有時也
會出錯，如死期未到，而鬼卒勾錯生魂等。它儼然是人間的延伸與銜
接，有著人間的組織、制度與缺點。

　　總之，它是以現實界為模型仿製的，避免超出人類的官能經
驗。如此，在「認識」的根本上，打破了陰陽生死的隔閡。死亡不
再是澌滅、無知、不可預測、恐怖的事。甚且，現實上的偃蹇，亦可
藉死亡來平反或補償。鬼魂不再受形體的拘制，而有更多的自由與權
能。人對死亡的來臨，不必預作新環境的準備，只是這樣死去，那樣
重生。一切遭遇與見聞，皆為生前意識的延長。

三、陰曹滯留者──迷鬼與迷精

　　《聊齋》中「陰曹」為生物死後，暫時居留，等待上天堂享

福、下地獄受審，或輪迴轉生的地帶，它是一種過渡性的存在，通常只待四十九天。有民間信仰認為：某些鬼物，或因重大冤屈未報，或有恩情末了，他們的神識，既不上天堂，亦不肯轉生，必待冤雪情銷而後已，他們滯留陰曹，少則數年，多則數百年，姑稱之「迷鬼」。另如萬物有靈（汎靈）論認為：動植物之老或死者，或轉變為精，有部分寄居陰曹或地面，其中之狡者想辦法接近人類，以吸取較好的精氣，加速其進化，以便死後轉生較高型態。這就是俗傳「採補」的「迷精」。

俗信中「迷鬼」又分為迷地、迷宅、迷墓、迷屍、迷人等，大都因為愛、恨、惡、愚，而滯留陰曹，甚且糾纏人間。這類特殊的鬼魂，雖死猶生，夜間活動於地面上，繼續生前的情執。《閱微草堂筆記》稱之為：「無福無罪之人，聽其游行墟墓間，餘氣未盡則存，餘氣漸消則滅，如露珠水泡，倏有倏無。如閒花野草，自榮自落」。由於愚昧，而不肯撒手人寰，以墳墓為家，逃離了正規的審判與分發。是介於陰、陽之間的存在。而最後的結果，常是借屍或投胎，這是較傾向於人間的，姑稱之為「半鬼」。

傳說中「迷精」亦可分為迷地與迷人兩型，同樣是為了採取人或地的靈氣，以補給先天物種上的不足。他們是屬於物、仙之間，而出沒於人世的。在清初的文言志怪中，以狐狸成精者，為主要內容。《抱朴子・對俗卷》云：「狐狸、豺狼皆壽八百歲，滿五百歲則善變為人形。」《閱微草堂筆記》又云：凡狐之求仙有二途：

> 採精氣、拜星斗，漸至通靈變化，然後積修正果，是為由妖而求仙。然或入邪僻，則干天律，其途捷而危。先煉形為人，既得人，然後講習內丹，是為由人

　　而求仙，雖吐納導引，非旦夕之功，而久久堅持，自

　然圓滿，其途紆而安。顧形不自變，隨心而變。

　　《抱朴子》所言，似指自然狀態下的老、死成精。紀曉嵐則指有意識的修煉求仙。但他同時也認為：「大抵物久，皆能化形」、「凡物歲久則為妖，得人精氣多，亦能為妖。」一般說來，有些狐狸是藏身於深山蔽谷裡，獨自練習吐納，吸收天地日月的精華。牠們不與人類發生關係。而大多數我們在故事中看到的，則是築巢於富家庭院花園裡，牠們便屬於採補型的狐精，或追隨人類左右吸取精氣；功行較高的，則化為人形，與人類交合。這些狐狸接近人的目的，即在於取得較好的精氣；而青春期之人類男女，精氣特盛，且疏於防護，成為狐精爭取的對象，因鄉野傳聞中有許多人被狐蠱惑而雜交的故事。

　　民俗信仰中的半鬼與狐精都是寄棲於人間，以此為另一趟旅程的補給站。半鬼的結局是「投胎」或「借屍」。而狐精則可能內丹煉成而仙去。半鬼本只是「餘氣」，它的屍體或已腐爛不可復用，因此，重要的是找一具機能完整的「人形空殼」，以便復活於人間。狐精則相反，牠們由狐身煉成人形，再以人身講習內丹，最後則脫殼飛昇，終於擺脫了形體的限制。半鬼是得人形，返人間；狐精是去人身，離人間。

　　俗信中半鬼未得人身、狐精未能化形，因而逗留人間的活動，是《聊齋》靈異故事的主要取材。這類故事由人、半鬼、狐精所構成，再加入神仙、妖怪、鬼魔、閻王、龍君等配角。這或許是現實人間的擬態，但由於半鬼與狐精的介入，而拓展了人們的想像。《閱微草堂筆記》卷1：「理所必無，事所或有」、「天下事何所不有，儒生論

其常耳。」④若現實都能合乎所有人類的需要，則不須其他妄想。人們仔細觀察，或能於現實的喜樂與怖苦中少分擬想天堂與地獄。當然，人間是苦與樂的混合、交替，「無常」是它的特色⑤，也是被認為多采多姿的動力。在無常變化的流轉下，事件層出，異象迭現，人總是以其感官經驗去取著某種「事實」。民俗與小說中，鬼、狐的穿插，繁複了人間的關係，並加強了無常的感受。若人類可與鬼狐溝通，（故事中的鬼狐每以「人形」出現），那麼，小說中的人類世界可說是對各種「有情」開展的。《聊齋》要人承認無常，擴大心靈的容量，兼蓄天堂、地獄與萬物，把理想安頓在現實中（神仙本是凡人作，倫常天性亦內丹）。在《聊齋》故事中，鬼狐與人交往，常如是說：「郎無見疑，妾以君誠篤，故願託之。」（〈鳳仙〉）「妾……遭難而死，十七年矣。以君高義，託為燕婉，然實不敢禍君，倘見疑畏，即從此辭。」（〈林四娘〉）是一種因信任而自薦，委身結緣，期盼被接納而不猜疑、不見棄的淒美。

再者，《聊齋》的靈異世界除了保存人間的樣式，蒲松齡更以美與倫理來潤飾它，有悽惋欲絕的愛情及孝友、堅貞的操行。這只是現實的部分修正，並加速事件的發展，提早顯現人生終局，而達到警醒迷夢的作用。因此，在讀者的感想，是摻和著奔放的喜悅，及掩卷之後的反省。這樣的世界介於寫實與浪漫之間，它根據的乃是民間信仰

---

④ https://zh.wikisource.org/zh-hant/%E9%96%B1%E5%BE%AE%E8%8D%89%E5%A0%82%E7%AD%86%E8%A8%98/%E5%8D%B71

⑤ 【佛法的教導跟世間人的認知有時候是會矛盾的，而這個矛盾就是因為，對於世間裡面「什麼是無常，什麼是常」這兩個法之間認知上有所不同，因為認知有所不同，所以才產生了表面上的矛盾。】——詳細內容請參閱：〈學佛釋疑（二）第3集：佛法與世法是否矛盾〉http://www.enlighten.org.tw/dharma/9/3又，〈三乘菩提概說第36集：緣覺菩提概說（上）〉http://www.enlighten.org.tw/dharma/6/36

及通俗道德的最大可能性。或者說，它本來就是人們心中的意願，蒲松齡只是把它文學化、故事化的揭示而已。所以，此書寫成後，得到廣大民眾的接受、研讀與傳播。「柳泉志異一書，風行天下，萬口傳誦。」人們先是好奇的聆賞它的故事，繼而驚懼的吸取其教訓。直到現在，它的故事仍然是閒談的話題。至於反對派如紀曉嵐所攻擊的，也只是他的文筆，而非內容與思想。

四、性欲與愛情

《幼獅月刊》第284期，張春樹、駱雪倫合著的〈蒲松齡聊齋誌異中的思想境界〉，歸納本書內容爲四個主要類別：一、愛情故事。二、揭發官僚的貪瀆腐敗。三、描寫科舉制度的黑暗。四、漢人反對滿清統治者的種族念恨。本文擬就第一類，作專題的探討：

> 董喜，意殊自得，月餘，漸羸瘦……久之，面目益支離……董亦自危，既歸，女笑要之，怫然曰：「勿復相糾纏，我行且死。」走不顧。女大慚，亦怒曰：「汝尚欲生耶？」至夜，董服藥獨寢，甫交睫，夢與女交，醒已遺矣。益恐，移寢於內，妻子火守之，夢如故，窺女子，已失所在。積數日，董嘔血斗餘而死。（〈董生〉）
>
> ……既暮，排去僮僕，女果至，自言：「小字溫姬。」且云：「妾慕公子風流，遂背媼而至，區區之意，深願奉以終身。」……公子始知爲鬼，而心終愛

好之。……女曰：「誠然，顧君欲得美女子，妾亦欲得美丈夫，各遂可願足矣，人鬼何論焉。」公子以爲然。（〈嘉平公子〉）

一日，力疾就涼，移臥簷下，既醒，見絕代麗人坐身傍，因便詰問。女答云：「我特來爲汝作婦。」……答云：「我狐仙也，君乃唐朝褚遂良，曾有恩於妾家，每銘心，欲一報之，日相尋覓，今始能得，鳳願可酬矣。」（〈褚遂良〉）

……夜夢女郎，年可十四五，容華端妙，頗怪之……急開目，則小女如仙，見生醒，頗自愧怯。生雖知非人，意亦甚得，詰之，答云：「妾伍氏秋月，先父名儒，邃於易數，常珍愛妾，但言不永壽，故不許字人。後十五歲，果夭歿，即攢瘞閣東，今與地平，亦無冢誌。惟立片石於棺側，曰：『女秋月，葬無冢，三十年，嫁王鼎。』今已三十年，君適至，心喜，亟欲自薦，十心羞怯，故假之夢寐耳。」（〈伍秋月〉）

……既而謂王曰：「妾煙花下流，不堪匹敵，既蒙繾綣，義即至重，若傾囊搏此一宵懽，明日何如？」王泫然悲哽，女曰：「勿悲，妾委風塵，實非所願，顧未有敦篤可託如君者，請以宵遁。」（〈鴉頭〉）

以上所引五段例子，是爲《聊齋》書中，鬼狐化女與人類男性交往的五種情況。順序標題爲：一、蠱惑，二、相悅，三、報恩，四、夙

緣，五、託附。在角色上，是以人類的身相為條件，即中野美代子所
說⑥：

> 在中國的化身與怪談小說裡，很少有一種類型是說，
> 人類會基於某種理由而化身為人類以外的形象。反
> 之，只在有鬼怪或其他動物，才會化身人形，而後與
> 人類交往。

在中國早期的志怪小說，多描述人與人同類的相愛，但為禮教或暴力
等原因阻撓、拆散，於是死後，化為禽類或植物，保持永恒的愛情象
徵。如〈韓憑夫婦〉的梓木相交與鴛鴦；〈梁祝故事〉的蝴蝶雙飛，
是一種帶進墳墓裡的愛情，生而相愛，死而同塚，愛情貞定於永恒的
相慕悅。類似《太平廣記·韓重》故事，死而化鬼，繼續相愛的類
型，以前並不多見。唐傳奇中，人間愛情的波折，則常由劍俠來破除
與護衛，總有好下場。到了《聊齋》與《閱微草堂筆記》的時代，則
輪迴、業報取代了化禽神話，由不滅的靈魂⑦流轉於無窮的世代裡，
尋覓並完成愛情的孽債。且由於靈魂不受形體、物種的限制，似乎可
以相互溝通，因此，「乃知天地間，有情皆可契」，一切動植物，
皆能與人發生關係，建立愛情。何況，愛情也是人類文化成就的特
徵之一。《聊齋》書中，化人的物種包括：鬼狐、鼠（〈阿纖〉）、蠹
魚（〈素秋〉）、牡丹花（〈葛巾〉）、菊花（〈黃英〉）、洞庭白鱀魚（〈白秋

---

⑥ 參見《從中國小說看中國人的思想方式》，成文出版社。

⑦ 請參閱：〈三乘菩提學佛釋疑第122集：佛教相信靈魂的實在嗎〉http://www.enlighten.org.
tw/dharma/7/122又，〈學佛釋疑（二）第75集：佛教有沒有說三魂七魄，靈魂不滅嗎〉
http://www.enlighten.org.tw/dharma/9/75

練〉〉、吳王廟神鴉（〈竹青〉）、麞（〈花姑子〉）、蜜蜂（〈蓮花公主〉）、
鸚鵡（〈阿英〉）、神女（〈織成〉）、耐冬花（〈香玉〉）等。這些異物或
爲貶謫的神仙，誤入情網；或爲進化的物精，貪慕人世；遂與人類
結緣，而演出哀豔淒美的故事。「禮緣情制，情之所在，異族何殊
焉。」

　　爲什麼在這些愛情故事裡，異物化形的都是女性？且出於女性主
動的許身與追求？從社會與心理的背景上探討，則如周伯乃〈古典文
學的愛情觀〉⑧說：

　　　　小說中所展示的道德模式和荒謬感，多少與禮教的式
　　　微，和儒家的衰落有關。加上胡習的影響和文人原有
　　　的優越感所致。造些小說所表現於男女之間的情愛，
　　　是既盲目而又專一的執著，而且十之八九都是女人專
　　　一於男人，男人反而三妻四妾，且視爲理所當然。縱
　　　使不能在現實社會裡實現這理想，亦往往寄託於鬼狐
　　　世界裡去實現……文人刻意維護自己的尊嚴，深怕社
　　　會指責，但又不忍坐失那自古名士多風流的機會。因
　　　此，將婚姻以外的愛情，寄託於神仙鬼狐之間。

既然這世界是男性所創造的，則滿足的必然是男性的需要。從一而終
的貞潔只適用於女性。男性則天生的是多妻動物。「婚姻」基本上
是倫理的、宗教的，是寫實的恩情，既不浪漫，也不絢爛，《聊齋》

---

⑧ 收錄於周伯乃《古典與現代》書中，遠景出版社，1979.11。

中，人與鬼狐的相愛，男性大多是有婦之夫，這也說明了「妻子」所代表的是家庭的安定感與現實的寧息。

　　再若從道教「採補」的觀念說，《聊齋》中異類化形女性接近男人，是爲了獲取較好的精氣，以加速、提高修仙的目的。這就使得愛情局限於性欲的授受。此時，女性必須是主動的誘惑者。綜合的說，動植物化形爲人，在物種演化上是「升格」，與人類的接觸，整個的改變了牠們生理與心理的結構。至於鬼，原本是人，死後靈識不滅，或回饋生前的感情，或眷戀人世的恩愛，於是徘徊於陽間，與活人糾纏，虧損了人類的陽氣，卻又加深了自己的罪孽。但愛情則在這種互相傷害的情況下，似乎更執著、更堅持。

　　《聊齋》中，鬼狐化身爲女性，自動許身的另一個意義是：作者賦予這些女性一種反抗現實的自由。使她們免於「婚姻」的職責與身分，而享有自擇的愛情與性欲。在傳統婚姻制度下的女性，擔負著家族血脈與祖先助祭的使命，顯得嚴肅而神聖，夫妻的關係則是肉體的結合與倫常的擁護，臥室變爲育嬰室與種族神殿，她們懷著使命感作愛、揹著夫妻綱談情，丈夫的威嚴扼殺了愛侶的平等，妻子不能表示情欲的需要，只許等待，但丈夫隨時可以予取予求，而不許拒絕或怠慢。在這種枯窘的婚姻生活下，女人變得壓抑與早謝。傳統式的家庭，造福了老人與兒童，卻斷送了青年男女的激情，使夫妻成爲種族的工具。

　　張春樹、駱雪倫⑨說，《聊齋》受了晚明狂禪運動的影響，而表現了個人主義與感傷主義的特色，強調浪漫的愛情爲生活中最基本的要素。且其中的女性都屬於反叛型，反抗社會，違背習俗。但卻聰

---

⑨ 見〈蒲松齡聊齋誌異中的思想境界〉，《幼獅月刊》第284期。

慧、勇敢，才華與機智，她們甚至超過男伴，而對情人的行為、心念，有著操縱權。她可以適時的激發熱情，並隨意的結束關係。她被男性的誠篤與痴狂所感動，因而以身相許，但她也要求男子在占有之後，必須付出相對的忠誠，稍有猜疑，她便撒手而去。起初，她們勇於自薦，不顧禮教的禁忌，而被男人接納後，她也會隨順遵守傳統婦德，把禮教變成個人的冠冕。同時，她在放縱情欲，享受青春之際，卻以「夙緣」、「報恩」、「傾慕」為辭，引誘男人深入，讓他成為被溺愛、被耍弄的兒童。她善用女性的特質，把男人拉出家庭與責任，安置在夢幻、恣肆的窩巢，暫時遺忘了人世的傳統，放棄了男性的尊嚴。

但是，《聊齋》所謂的「愛情」，似乎是導源於「性欲」互取所需。一方面或許是蒲松齡對於精神式的愛情，缺乏認識。一方面則是異類與人類的交往，屬於化身怪談、採補者流。異類修得人形，最能肯定的「人際」關係即是肉體的接觸。而男女之間，最基本的關係便是性欲。性行為是動物共同的本能，它至少能提供人類某種「愛的宛似狀態」，並引發我們進一步的探討與昇華。《聊齋》中，男女起初建立的是性的吸引，而有些發展了共命的愛情，有些只是欲海翻騰。傳統式（父母之命、媒妁之言）的婚姻中，夫妻的第一次認識是在洞房裡，陌生而尷尬的肉體結合。他們是「被派任」的兩個男女，彼此心理都未成熟，都在互相摸索中學習、適應。男女在孩提就被隔絕，成長過程中對異性的認識也不多，直到結婚前夕，父母所教導總是以「延續宗嗣」為目的的觀念。而這目的須由肉體來完成，卻不在乎愛情。婚後又受制於家庭倫理，夫妻各有身分與禮數，相敬如賓的距離。幾乎可以說，這種制度下的男女，少有機會想像並發展浪漫的愛情。因此，當那些鬼狐化為女子時，男性的情況反應是：

　　……竟為姝麗，韶顏稚齒，神仙不殊。狂喜，戲探下

　體……解衣共寢，意殊自得……（〈董生〉）

　　忽一女子踰垣來……生就視，容華若仙，驚喜擁入，

　窮極狎昵……（〈胡四姐〉）

　　一夜，相如坐月下，忽見東鄰女自牆上來窺。視之，

　美。近之，微笑。招以手，不來亦不去。固請之，乃

　梯而過，遂共寢處。（〈紅玉〉）

　　女回音，舉手中花，遙遙作招狀，乃趨之。舍內寂無

　人，遽擁之，亦不甚拒，遂與狎好。（〈畫壁〉）

　　這是男女見面時的第一衝動。女子誘惑的退卻，男子貪求的前進，兩
成其好。在《聊齋》的男女交往中，最初總是那單純而直接的肉體結
合，而後才逐漸因「獻身」的感激而發展出愛情。不論是「慕悅」、
「報恩」、「夙緣」或「託附」，以身相許是先決條件。並且以「美
色的誘惑」始，而以「生子完孽」終。《聊齋》這類建立在性慾上的
關係，很少白頭偕老。

　　《聊齋》中稱得上「愛情」的故事，則表現在生死的不渝中。這
不包括「報恩」或「夙緣」的類型，而應是單純的相悅，因而委身託
附，在完全的倚賴之後，不能獨自而活。從〈華山畿〉：「君既為儂
死，獨活為誰施？」起，中國有許多只因感激對方的痴情，便殉身相
許的故事。但在那個時代，殉情只為了「不願獨活」，卻不對死亡有
任何奢想。他們最多成就了鴛鴦、蝴蝶的淒美，而未曾挽回了什麼。
及至佛教思想開展了國人的心靈境界之後，「眾生輪迴又再來」，情
所專注，纏結成業，而在無盡的生死流轉中，漂流，或許某生某世，

再次爲人，而了遂心願情緣。《聊齋》中人可爲情死，鬼亦可因情生，甚至狐精不成仙，神女不歸籍，只爲一「情」字。民間傳說的「七世夫妻」，便是以輪迴爲舟航，一而再，再而三，終至第七世才圓滿。

《聊齋》中〈蓮香〉篇：李燕兒爲夭鬼，已死春蠶，而遺絲未盡，許身於桑某，但陰氣太盛，桑某因此羸瘵將死，卻被狐精蓮香救活。李燕兒自慚爲異物，於是借屍還陽，重獲人身，終能嫁給桑某。而蓮香亦感歎身爲狐狸，不堪與人類同族，以致憂傷病死，投胎轉生。十四年後，與桑某重逢，得償夙願。一個是死而求其生，一個是生而求其死，雖經歷生死隔世的流轉，而情根不泯。

〈阿寶〉篇：孫某迷戀阿寶，而貧不能通婚，終日痴想，竟至魂離軀體，往依阿寶，與之夢交。後又附魂於鸚鵡，飛往女家，得近芳澤。終於感動彼父母，而許嫁娶。不久，孫某病死，阿寶自經，冥王感其節義，賜某再生。總爲了情痴，而一次離魂，一次化鳥，一次復活，處變而不易其志。

〈魯公女〉篇：張生偶見魯女一面，即欽想不止，後聞魯女暴卒，張臨棺祭祝：「然生有拘束，死無禁忌，九泉有靈，當姍姍而來，慰我傾慕。」幾半月，魯女果來，遂共歡好。張並爲魯代誦《金剛經》，致魯女得以轉生別處。相約三十年後，再續情緣。而張夢觀音菩薩愛護，保持年少之身，不隨年歲而衰老。及期，往會魯女，結爲小夫妻。

此外，如〈連城〉亦爲受知於生前，而結緣於來世。〈小謝〉則又屬於死鬼借屍，以逐情願。這些例子，也許說明了：多情纏綿的男女，不能滿足於死而離散的結局。他們耽迷於愛情的美好，貪想著永恒的相聚，執著那苦海中一點愛欲泡影。佛教輪迴觀落到小說家手

裡，卻成了助長愛情的媒介：今生爲情所苦的男女，或可相約於來
世，三世、甚至多劫之後，再續琴瑟。

民族英雄：
由《説岳全傳》看通俗小説的英雄造型

　　說岳飛的書，明代有許多種，岳飛本是萬人崇拜的英雄，明嘉靖時，外敵壓境，奸相當國，所以人民很嚮往當時岳飛的功業，故這一類的書在民間很流行。《說岳全傳》便是這一類書中至今尚流傳的一本。它的原名為「精忠演義說本岳王全傳」，清・錢彩撰，共八十回。此書乃是英雄傳記與戰爭小說的綜合，它與正史之間的關係，正如金豐的序所說：「從來創作者不宜盡出於虛，而亦不必盡由於實，苟事事皆虛，則過於荒誕，而無以服考古之心；事事忠實，則失於平庸，而無以動一時之聽。」這種依違於正史的比例，如果能駕馭得當，達到「虛實相涵」的效果（詳見唐君毅：《中國文化之精神價值》），則如《三國演義》，《水滸傳》等講史小說，可以取代正史的地位以教化百姓，甚至輔助民間知識與道德的建立。荒誕與平庸，經常是中國通俗小說的通病，前者乃附會於因果，後者則在於欠缺敘事技巧。《說岳全傳》兩者兼而有之，但是它的內容亦有許多值得探究的。本文試作此努力，披沙揀金，或期能還原它們在中國民間的地位與面目。

一、宿命觀

　　王瑤《中古文學史論》以爲：小說起源於方術，是以危言聳聽來造成一種神祕的説服力，以干取名祿。（〈小說與方術〉）這或許因爲歷史上的偉大事蹟與人格畢竟是曲高和寡的，他內在意志的艱苦卓絕甚難被普遍大衆所體認、欣賞，而他的事業功績所形成的暖流卻給予人們實際的溫慰與照明，人們若無法於自己封閉的人性中取得震撼的印證，便只得把他推遠到人世以外，交託於先天秉賦的厚薄，而小說家爲了誇大英雄的出身，便借用了神道設教的模子，讓英雄以「貶謫的神族」來定義。小說家原都存有設教勸世的本願，但未必有善巧的説解能力或典型化育的自我修養，於是便假託於因果輪迴①，檢拾歷史故事或民間傳說，加以改頭換面，暗中貫注他的教化。並且由於撰述小說者多是下階層無官職的士人，而他所要宣教的對象又局限在一般老百姓以及好事的讀書人。故其內容便缺乏高深系統的理論，而一味以事件、物象來造成直呈的比喻，借事以言理。然而，平凡瑣細的生活漂流物是無法招引注意力的，在這些人們心中，「謀生」只是存在的事實，由習慣來引導，穩定而貧乏，是不值得再透過寫實的途徑去宣揚的（是以，中國純寫實主義的小說，在古代幾乎沒有）。唯有那不常見，不可思議的幻相，一種高不可及的夢想，或許能夠激揚起平淡的心靈，而讓他們在感歎、信仰中暫時脫離土地及其屬性的綁縛而獲得抒慰與超度。因而，「傳說」從無中生有，經過不厭其煩的附會與誇張、潤

---

① 有關因果輪迴的正確見解，可參考：〈學佛釋疑（三）第41集：如何相信因果輪迴與極樂世界〉http://www.enlighten.org.tw/dharma/11/41〈三乘菩提學佛釋疑第102集：真的有天堂與地獄嗎〉http://www.enlighten.org.tw/dharma/7/102

飾，終於以荒誕的面貌出現。它往往是牽連於想像的宗教上的，代表著生存在大地上的子民們，對天國的仰慕，隨時以最誠懇虔敬的聲音召喚著天降聖人來提拔他們、領導他們。但是聖人不常臨，應召的大約都是應劫而生的神仙，這些神仙有自己的因果，自己的氣數，自己的命運，他並不真正關心人世間的哀號呼叫，他的下凡只是修道的無窮歲月中，因一次偶然的失足而被貶降塵埃，接受再次的試鍊，待功德圓滿之日，仍舊淨業歸天。人間只不過是魔障的幻象而已。通俗小說的作者以這樣的形式塑造英雄傳奇，便把是非善惡的功過建立在因緣果報上，漸漸脫離人間自發的溫情，而淪為高貴的冷漠。所謂忠孝節義，再也不是基於倫常的感情，而是鬼神的教令，嚴命遵行的，也是修神仙者降生人間的必修的功課。從宗教的立場看，通俗小說完成了神人合一的諭世、警世、勸世的功績，使娑婆世界成為迴向極樂淨土的鍊鋼廠。再從文學的角度看，則通俗小說荒誕的背景造成了情節的平庸。亦顯示作者對於人格描述的無力感，最後才落入宗教的倚賴中。

　　在中國傳統儒家的憂患意識「不知生，焉知死」，亦即牟宗三先生所言：「他（聖人）所抱憾所擔憂的，不是萬物的不能生育，而是萬物生育不得其所。這樣的憂患意識，逐漸伸張擴大，最後凝成悲天憫人的觀念。」②一切道德的實踐，人格的完成，都必須落籍、安頓在現實生活中，這是意識與理性所能把握的階段。人死則僅其事業所顯發的精神保存在活人的追思裡。人世是悲苦的，人身是限囿的，生命的忍受也許是為了來世的福報或死後的歸根。有了這種想法，通俗小說家更不只描述世間種種悲歡離合，以這些為價值與意義。相反

② 牟宗三：《中國哲學的特質》。臺北聯經，2003。http://lamp-oil.blogspot.com/2014/11/20031.html?view=classic

的，他先示現天堂地獄的諸般實相，才著筆於故事的鋪演，而所有人
物與情節，必須在關節處，要緊處再躍向天命因果的宰制中。因此，
我們看到通俗小說的一個共同特徵是：有一套前後貫串的天命系統，
以前生的「因」為開頭，以今生的「果」與「審判」為結束。

　　就《說岳全傳》為例，第一回：「天遣赤鬚龍下界，佛謫金翅
鳥降凡」。第八十回：「表精忠墓頂加封，證因果大鵬歸位」。這樣
的前後照應，可以看出作者有意承襲格套，把中間的七十餘回作一個
籠罩，讓它的故事在可預測的結局前平穩的推展。筆法上這是大開大
合，至於其間的波瀾，才是作者表現文學技巧的餘地。先說明了這
點，我們將由此探論以《岳傳》為例的中國通俗小說的英雄造型。

（一）神話與傳說 —— 未入世前的因緣

　　夏志清〈戰爭小說初論〉一文說：「對一位小說的讀者來說，一
個傳說是否與那個人的正史相符，是無關緊要的。要緊的是，藉傳說
所供給的那些半神話、半真實的插曲，主角能像一個有血有肉的人，
在逼真的背景中走出來，即使他的性格可能在這過程中被簡化了。由
於正史從不備載英雄人物幼年、少年時的生活，傳說補充了這種缺
陷。」（頁125）這裡，由於《說岳全傳》有一半是演史小說，我們必
須分辨「正史」與「傳說」的差別。正史當然是力求真實與忠實的記
錄，它所著重的是「符合某些特定原則的思想、行為與功業、人格」
的擷取，以便作為一種標籤概念，供予後人追思與鑑照，以求文化不
斷更進，免於重複地嘗試錯誤。它往往陳義過高，失之於生硬簡略，
它以「求其同」的方式來歸類人事，而盡可能抹滅屬於生命氣質的個
別差異。這是大同的理想，但卻背離了人性實際的對立與矛盾（而這

恰好是小說文學的主要精神內容）例如對於人物，正史通常按照一些
常規，像填表格似的敘述他的家世、名號、官方履歷、實際貢獻以及
遺作、影響。這些都是外景、跡象、公開的表徵、社會化的行爲。我
們看不到這些零件組合後，會有任何血肉的氣息。人們亦無法滿足於
只是茫然的面對這種拆碎的七寶樓臺，無法按那樣粗劣的記錄方式去
認識前人的偉大與特殊。因爲，要了解一個人，最主要的是經驗與細
節的互相印證與同感。正史刪除了人生的小體瑣事而徒然留下一個空
殼骨架，自然變得乾枯冷硬而不能對讀者發出溫熱的撫慰了。於是，
人們只好取用正史的骨殼，加入自己的想像，把它按照「意願的方
式」填充成爲實質，給予血肉靈魂，再造成生命。這即是所謂傳說，
但傳說往往是民間化的、大衆化的，集體創造的，難免通俗與駁雜，
而這俗雜的內容卻又披著正史的外衣，以致整體而言，顯得不倫不
類，荒唐滑稽。最可笑的例子是：正史上一個純粹的儒者，到了民間
往往變成三教並存的雜家。傳說並不嚴辨思想的範疇。傳說與神話原
是一線之隔，都是口耳相傳，無可徵信的舊說，它們違離了正史而供
給小說家豐富的材料。它使作家不必再受正史的節制因而淪爲敘事的
奴隸。相反的，他以廣大而原始的民間思想、民族信仰爲背景，而對
正史採取了批評與改造的態度。當然，「想像」是它的主要利器。

　　《岳傳》第一回：「天遣赤鬚龍下界，佛謫金翅鳥降凡」，前
者即金兀朮，後者則是岳飛。另外，宋徽宗是「上界長眉大仙」降世
（至於他爲什麼降世，則未說明。或許是上界神仙值班輪流下降人間
爲王，所謂作之君作之師，以維持秩序吧！）而這本書的因緣是：

　　　元旦那天，那表章上原寫的是「玉皇大帝」，不道將
　　「玉」字上的一點，點在「大」字上去，改變成「王

皇犬帝」了。玉帝看了大怒道：「王皇可恕，犬帝難
饒」遂命赤鬚龍下界，降生於北地女眞國黃龍府內，
使他後來侵犯中原，攪亂宋室江山，使萬民受其兵革
之災。

這是宋徽宗與玉皇大帝的一段瓜葛，寫來頗爲荒唐而幽默，但作者發
明這故事未免牽強。照寫字筆畫的順序，「玉」字上的一點，無論
如何也不會誤點在「大」字上，除非宋徽宗原就頑皮，有意以人間至
尊與天界大帝較量地位的高下，假如眞是這般，則他的確先發制人地
耍了噱頭，並且表現了作者的幽默感。至於代表法力無邊的「玉皇大
帝」則反而心量狹窄，爲了這一件或許是誤失的小事，便動了雷霆之
怒，遣赤鬚龍下界，不惜殃及無辜百姓。也許因爲這是道教的上帝，
所以才有如此的「類人性」，誇耀其神威。若依佛教所說[3]，則玉帝
仍在六道輪迴之內，只是比徽宗的職權大些而已。小說中，上界這樣
恣肆的播弄天下蒼生，是否有過而須被控訴呢？由這裡又引出比玉帝
更高超的釋迦牟尼佛：「此乃我佛如來，恐赤鬚龍無人降伏，故遣大
鵬下界，保全宋室江山，以滿一十八帝王數。」這是佛道二教在中國
信仰與文化中融合互補的現象，有些小說家把空間三分：絕對光明極
樂的西方世界給佛教，陰陽二分善惡對立的神魔界給道教；倫理人道
的塵世則屬於儒家。這有一種層級性，而小說中，佛教似乎是高高在
上冷眼旁觀，信從因果律的。道教的上界與儒家的人間則經常是流轉

---

[3]　請參閱：〈三乘菩提之學佛釋疑（一）64集──佛教中的四悉檀是什麼〉http://video.en-
　　lighten.org.tw/zh-TW/a/a07/1828-a07_064
　　〈阿含正義（一）第47集外道神我梵我（四）〉http://video.enlighten.org.tw/zh-TW/a/
　　a16/3791-a16_047

升沉、相互牽連的局面。神仙由人所作，亦遊戲於人間，是一批未得究竟涅槃，但較為清心寡欲的高人。在小說中，天界的組織亦以人間仿製，是有階級有惱恨的。並且，神仙常為了收穫功德以完成正果，而奉命參與人間事。這種種關係的來往亦偶爾會造成磨擦與失調。如本書徽宗與玉帝間的衝突，在最後則須佛菩薩給這兩界以適時的協調。故第一回標目以「天遣」與「佛譎」的小仗，說明一種調和。而大鵬的降世卻是自塑的恩怨：

> 且說：西方極樂世界大雷音寺，我佛如來，一日，端坐九品蓮臺，旁列普門大菩薩……與諸天護法聖眾，齊聽講說妙法真經。正說得天花亂墜，寶雨繽紛之際，不期有一位星官，乃是女土蝠，偶爾在蓮臺下聽講，一時忍不住，撒下一個臭屁來……惱了佛頂上頭一位護法神祇，名為大鵬金翅明王……展開雙翅落下來，望著女土蝠頭上，這一嘴就啄死了。

於是女土蝠投胎為秦檜之妻，而大鵬也就犯劫而被斥下凡轉生為岳飛，途中又啄傷一個鐵背虯龍，啄死一隻團魚精，這兩位後來就是秦檜與万俟卨。我們必須注意這個前因，茲列表如下：

> 玉皇大帝──宋徽宗──金兀朮──岳飛──秦檜、
> 秦妻、万俟卨

正如一物降一物，由最初的誤寫表章開始，引出一段恩怨相報與彼此

制衡的關係網。它是《說岳全傳》的大脈絡。如此安排妥善之後，作者便有了傳說的根據，而可以大膽的比附正史，把現成的記載歪曲、附會，甚至在意猶未盡的地方，加入自己的發明。最重要的是，他對史書上金爲何侵宋，秦檜爲何殘害岳飛，以及岳飛爲何抵抗兀朮的原因，給予「前世宿怨」的註解。作者所重視的是歷史上可藉用的故事，而沒有興趣與能力去探究事件形成的綜合線索，亦不肯從人性的變化去分析人物的心態與動機。只好依照迷信的方式，籠統的交付給宿命臆測了。這種解釋既方便，又富有勸誡作用，可令一般民眾信服而反省。並且，他所捏造的「前因」都是微不足道而無心的幽默，如徽宗錯寫「犬」字，女土蝠誤撒「臭屁」，頓然把天界也俗情化了，民眾亦只能按這種俗化的途徑去了解所謂天地、所謂因果的意義。

（二）投胎與幼年期 —— 條件的具足

接著，關於投胎的問題，書中的交待顯示一個常套：

1.一個員外，家世清白而富有，年近半百而膝下無子（多半是妻子不孕）。2.老員外平日樂善好施，積了許多功德。3.老夫婦進香求嗣，回來後即得夢兆而受孕（《詩經》亦有姜嫄禋祀上帝於郊禖，履大人之跡而生后稷的說法）。4.懷孕時間超過十個月。5.生產時天垂異象，有異香。6.道士或和尚來訪，指點迷津，陳說因果。這幾個步驟幾乎被通俗小說沿用而成規矩，以便顯示其胎源不同於一般男女的結合，以及懷此胎的血肉父母，必須有嚴格的條件。即使在《聖經》新約的〈路加福音〉也這樣記載：

有一個祭司，名叫撒加利亞，他的妻子……名叫以利

沙伯，他們在上帝面前都是義人，遵行主的一切誡命
規條，無可指謫，只是沒有孩子，因為以利沙伯不生
育。二人又都上了年紀。……天使說：撒加利亞，不
要怕，因為你的祈求已蒙垂聽，你的妻子以利沙伯要
給你生一個兒子，你要給他起名叫約翰……未出母腹
就被聖靈充滿……。

新約中約翰這樣的降生背景，可幫助我們解釋一個英雄或先知的來
臨，在整個民族期待中意義的重大。也許可以解釋說：偉人的誕生，
乃是民族共同積聚的意願，我們逐把所有最美好的讚詞都附加給他，
並預先開啟了世界的大門來迎接這樣一個救贖者。為此，小說中為這
幸運兒安排最合理而神奇的身世來歷，包括從祖上三代的功德起，到
受孕、胎教、生前的異象或苦難，以及出生後的鞠育。那是整套民族
最精華的養、教方式。當然，這樣誕生而成長的人物，必然是不同凡
響的。中國小說毫不避諱的使用這模式，因為偉人的所有思想與功業
的高度都不易被百姓們以正當的途徑認知。他們寧可相信一種宿命的
偉大，濟公以這神奇的路數出世，岳飛亦如是。他前世是大鵬，是如
來佛的護法尊者。而他的塵緣父母：「姓岳名和，住在河南相州湯陰
縣孝弟里永和鄉……極肯做好事……只因年已半百，沒有公子，去年
在南海普陀山去進香求嗣，果然菩薩靈驗，安人回來，就得了孕。」
一待岳飛出生，便有「陳摶老祖」來為這小神取名：「就取個飛字為
名，表字鵬舉……恐怕那大鵬脫了根基，故此與他取了名字，遺授玄
機。」名字所代表的意義，在中國是非常慎重的，人們往往從信仰的
觀點來注視名字對擁有者終生休咎的支配與影響，它一旦取定，便如
同符咒般，伴隨著人而成為命運。中國一向有「姓名學」，在心靈上是

一種極重要的表徵。佛洛伊德《圖騰與禁忌》頁166~170（志文出版社）說：

> 原始民族對姓名極端重視……他們並不像我們一樣將
> 姓名視爲一種無關緊要和沿於習俗的表記。他們很嚴
> 肅的將姓名看成一種必需，且具有特殊意義的東西。
> 姓名在他們看來是人格的最主要部分，甚至是構成自
> 己靈魂的一個環節。事實上，當原始民族將自己取名
> 爲某種動物後，他們必然會堅決的相信，他們和該動
> 物之間已然存在著一種神祕且顯著的關係。

岳飛、鵬舉，這樣由名字的聯想，即是陳摶老祖爲他預設下的圖騰標記。但是，小說中英雄的出生，通常要伴隨著災難而來。因爲英雄是衰亂的產兒，他的降臨雖象徵著一個時代的光榮與得救，卻也指明了圍繞在他身旁的罪惡與破壞，那是一股威猛的氣勢。爲了造就一個英雄的盛名，整個時代必須毫不吝惜的奉獻它無辜的一切，因爲他或是應劫而生，或是應召而來，在賦予它人類的肉體之後，不論是善是惡，只要是屬於人身所有的力量，他都要發揮到極限。英雄既秉其強勁的意志與優異的天賦而生，則他的尊嚴與威權必將令所有人性的弱點寒顫而屈伏。他來了，便昂然自信地高踞大位，主宰一切，唯有崇拜與自貶的生命才能在他座前存活。他毫不羞怯的接受擁戴與奉獻，並任意指使天地蒼生。因爲他將要從事的，即是一次歷史的鉅變，宇宙的震撼。那些微小的犧牲只是祭大旗的前奏而已。小說中英雄之所以有這樣的權柄而不遭天譴，正因爲「天命與他同在」，他是另一種身分的奴僕，要在人間實行上天的意旨。我們且看岳飛因爲在尋母投胎的途中啄傷了鐵背虬龍，以致他初出娘胎，便給鄉里帶來一場災難：

> 只聽得天崩的一聲響亮，頓時地裂，滔滔洪水，漫
> 將起來，把岳家莊即變成大海，一村人民俱隨水漂
> 流……這水因何而起？乃是黃河中鐵背虬龍，要報前
> 日一啄之仇。打聽得大鵬投生在此，卻率了一班水族
> 兵將，興此波濤，枉害了一村生命。

全村的百姓，由於與英雄有親鄰的關係，便首先成為代罪羔羊。一個人不能成為故鄉的先知，不僅由於嫉妒、無知蒙蔽了鄉人，也因為英雄後日的事業，往往以親鄰為墊腳。小說家這樣安排，使英雄套上慘絕人倫的罪名，如此，更能令英雄終生都在這「原罪」、「宿命」下受苦掙扎，於是一部英雄生平，也就簡化為「贖罪史」、「償業記」。而英雄宿命的悲劇也都因此衍生。岳飛成長後從軍的全部生涯，都在這定理下，默默的忍受秦檜、万俟卨等人的報仇。

當時全村的泛濫中，只有他與母親逃出。這也是命運的步驟。因為陳摶老祖預先在岳家的天井內找到兩支大花缸，便「將那拐杖在缸內畫上靈符，口中默默念咒，演法端正」，然後，這嬰兒因預感危險而啼哭不止，被母親抱出去坐在缸裡，隨即洪水來了，挪亞方舟帶著神話的意義漂浮起來，一路淌到河北大名府內黃縣的麒麟村。其間路途不知多少里，幸而頂上有許多鷹鳥搭著翎翅，好像涼棚一般，充當這對落難母子的護衛。而鐵背虬龍由於造孽過重，便犯了天條，被屠龍力士，在剮龍臺上，吃了一刀。精靈不散，投胎為秦檜。本來，這段因緣只是宋徽宗與金兀朮、岳飛的恩怨，卻又憑空牽扯進秦檜，使後來的故事演變得更複雜而縝密。此是後話。陳摶老祖看得明白，點頭歎道：「這孽畜落了劫，尚且行兇，這冤冤相報，何日得了？」

　　岳飛母子被麒麟村王員外收救安頓。於是戰場由天堂降到人間。所有因果網中的人物，各自在世界的角落成長，預備成年後的遭遇，再掀起一場蓋世風波。

　　這裡，就進入夏志清先生所說的英雄人物的幼年與少年期，是正史慣例不著錄的，也是小說家發揮想像，創造奇蹟的空白處。

　　英雄的幼年，經常被小說家看成重要的預兆觀察期。同時，我們也相信人的生命成長是不能分期的，幼年的行為表現，即推向少、壯而可能是一輩子的關鍵。尤其在心理分析學盛行的今日，我們更有理由採取溯源追蹤的辦法來解釋一事件或心態形成的癥結。中國正史傳記只重官方的記錄，即現實表象的既成事蹟，至於「履霜、堅冰至」的心象與動機，則未必有學理可循。並且以為「小時了了，大未必佳」說明生長歷程中的無常變數。而中國這老成的民族，亦只能以垂憐、包容的眼光去看兒童的幼稚、而不肯以嚴肅平等的心境觀察孩童行為中蘊含的未來世界的圖象。因此，造成了一種唐突，我們通常看到在歷史中無意間就冒出一個已經完成的人格，作出轟轟烈烈的事業或德打。在驚歎之餘，我們只能拿「格致誠正修齊治平」的常套來統括家教的成功。我們也想像不出一種積漸形成的人格型態，似乎每個人的童年都是嚴格相同的，或者不可告人的。這種有意忽略所導致的神祕性，便給予小說家心理分析，返本溯源的權，他可以按照成年後的行事去推想童年時代的可能性，只要不過分乖離正史。透過這「補苴」的權利，他能描繪一股自幼即孤獨不群的「氣象」，主角總是在走向社會化的歷程中，超前的成熟了，或者封閉委縮了。唯有如此，他才能從一個特殊的模式裡塑造「非常」的人格。不論通俗小說家所作的野史是否高明、或抄襲拼湊，至少，他表現了正史所殘缺的「人性探討」的嘗試，使人物的生命得以完整顯現且更富於血肉。《宋

史》記載岳飛：

> ……世力農，父和，能節食以濟饑者，有耕侵其地，
> 割而與之，貫其財者，不責償。飛生時有大禽若鵠，
> 飛鳴室上，因以爲名。未彌月，河決，內黃水暴至，
> 母姚抱飛坐甕中，衝濤及岸，得免。人異之。少負氣
> 節，沉厚寡言，家貧力學，尤好左氏春秋、孫吳兵
> 法。生有神力，未冠，挽弓三百斤，弩八石，學射於
> 周侗，盡其術，能左右射。侗死，朔望設祭於其家，
> 父義之曰：汝爲時用，其徇國死義乎？

岳和的慈善、岳飛生時的異象，以及逃難的奇蹟，大抵與小說的傅會相似。所不同的是，小說讓岳和在洪水裡淹死了，而岳飛流落外縣市，被當地善人救濟養大。這就增加了一種傳奇性。岳飛變成失怙的孤兒及以無家可歸的異鄉人。這樣的處境培養出來的英雄總是較具說服力的。父死，則教、養的雙重責任落在母親身上，若依叔本華自稱「性格遺傳自父親，而智慧遺傳自母親。」[4]那麼，一個從小失父的孤兒，應該是智慧較強、細緻而敏感，性格可塑性較大，未預定型態。《岳傳》說岳安人「夫死從子」，岳飛出門打柴，她便關上大門，謹守男外女內之責，以岳飛這樣的童年便能辨清男女性別及各自的社會職分，似乎是出於男性本能的肩負起一家之主的職權，他的早熟近乎不正常。也使他沒有餘裕的閒情參加兒童的遊戲，他的觀念裡

---

[4] 叔本華《人生的智慧》，上海人民出版社2018.4.1。https://www.books.com.tw/products/ CN11555938

充斥著生活的嚴肅與逼人的現實，他不能以遊戲的幻夢來滿足自己。當他打柴時，鄰童邀他玩耍，他卻說：「我奉母命，叫我打柴，沒有工夫同你們玩耍。」一副認真的態度，令人畏敬，也易養成日後的孤僻、缺乏幽默感。但是，中國家庭的確有很多類似的例子，是窮苦人家的不幸。接著，鄰童便逼他打架，他卻勇於奉陪，並打敗他們。他是秉著不可侵犯的姿態反擊的。在對方，打架也是遊戲，岳飛卻把它看成尊嚴的自衛。後來，岳安人怕他受欺侮、學壞，便教他唸書寫字，這裡便出現了著名的「樹枝爲筆、河沙爲紙」的故事，顯然是作者剽竊傳說的。以岳飛的年紀，竟會喜愛正經的功課，且富於創發性的思考，的確是超出了一般童心的常態而保障了日後的出類拔萃。我們或許可以解釋爲母子相依爲命，忍氣吞聲的防衛機轉，使他排斥了無益的嬉遊而與母親緊緊依偎，以充分發揮求生的掙扎。小說作者又特地安排了三個同年齡的兒童來陪襯岳飛的自制與深沉。這王貴、張顯、湯懷都是富家子弟。恃寵而粗魯，父親們管教不了，便聯合聘請周侗來教訓他們，周侗是宋代有名的教育家，是水滸英雄林沖與盧俊義的師父。而岳飛因爲沒錢就教，便「在隔壁，每日將凳子墊了腳，爬在牆頭，聽那周侗講書」，後來因爲替那三個童伴作文章，被周侗賞識，又值當地「禾生雙穗，必有貴人」，於是，岳飛的天賦終於被周侗發掘出來了。這是個決定性的機緣。同是一個師父，林沖與盧俊義最後淪爲邪盜，而岳飛則效死爲忠臣。致使岳飛的人格，既有水滸英雄的武勇，更有道德的情操。是一個完美的形象，全然符合中國人心目中的正統英雄——不但要本領高，而且應該是朝廷的忠臣，家裡的孝子，這是沒有邪氣魔性的英雄，已不似水滸人物的本能型態，而是，受過良好教育而氣質歸於醇正的儒將偶象。

　　現在，岳飛德與學兼備，文與武俱全了，但這只是初步的英雄條

件，是屬於個人修身的範圍。至於，要堅持神話身分的需要，則他還缺乏一支天賜的兵器、一匹神化的良駒，一批效死的基本部屬、一個提攜者、一個戰場上的終生敵人，一些背後陷害的奸臣，以及專門塑造英雄的時勢。就最後一項而言，在正史上，時勢的確是考驗、創造英雄的唯一動力，但是，小說則相反，英雄既是天生的，是上界神仙降凡以完劫的，則英雄必定要造就一個時勢來顯耀他的個性與榮譽，時代是附隨著他的生命而一齊帶到人間的。不是英雄去適應時代，而是，到了某種機緣，時代必須全盤改變它的趨勢以迎合英雄的使命。

（三）神矛與寶馬──英雄的裝飾

關於岳飛的兵器，第四回說，岳飛陪著師父周侗去拜訪一個和尚，因為要煮茶，他便拿了茶碗到庵後瀝泉洞拿水：

> 那泉上一個石洞，洞中卻伸出一個斗大的蛇頭，眼光四射，口中流出涎來，點點滴滴，滴在泉內……便放下茶碗，捧起一大石頭來，覷得親切，望那蛇頭上打去……只聽得「呼」的一聲響，一霎時，星霧迷漫，那蛇銅鈴一般的眼，露出金光，張開血盆大口，望著岳飛撲面撞來，岳飛連忙把身子一側，讓過蛇頭，趁勢將蛇尾一拖，一聲響亮，定睛再看時，手中擎的，那裡是蛇尾，卻是一條丈八長的蘸金鎗，鎗桿上有「瀝泉神矛」四個字。……

神鎗只配真英雄，這也是前定的。蛇如何變成矛，血肉如何化作金
屬？西洋神話中有「點石成金」的故事，有「石中劍」的故事，那
麼，英雄的出身行道，似乎不必練功夫，亦無需用意志，命運在前頭
領路，用奇蹟與巧合鋪成的大道，遂使英雄每一跨步，都深印著意義
與效驗。英雄必不虛此行，這是他神聖的使命，上天又如何肯令他
依照凡俗的方式，緩慢而規矩的憑勞力累積來完成建設呢？英雄除
了非常手段外，還要有絕對的運氣。他所需的一切道具，上天會代
為籌畫、適時供給，即使像兵器這無生命的物件，也因為配合著英雄
身分而有了特異的來歷。一支附靈的兵器，代表一段生涯的輝煌，多
少給英雄自負的信念──不敢辜負上天的厚待。正如《西遊記》唐僧
的馬，為了負載這一程艱險的取經路段，便需由龍來變形化身。這或
許象徵著英雄的魔術能力，他降臨世間，即是要憑此異稟，以變化世
間的景象。假若說英雄的事業是由所有這些附屬於他的條件所組成，
那麼這些屬性亦正是英雄「善其事、利其器」的成敗關鍵，具有暗示
性的隨伴在他周圍、輔助他、影響他，並且在最後剝落、離棄他。使
英雄的末路仍舊恢復孤絕淒涼的孑然一身。英雄不是自塑自破的，而
是上天的工具。上天賦予他優厚的性質，為的是利用他來完成某種預
設的巧局，英雄待命而生，也隨時可能被收回。這支矛的道理，正指
向上天播弄英雄的意旨。它給岳飛叱吒風雲的憑藉，然後，在第六十
回，岳飛氣數已盡，被秦檜矯詔招回的時候，行到江心：

　　猛然風浪大作，黑霧漫天，江中湧出一個怪物，似龍
　　無角，似魚無腮，張著血盆般的大口，把毒霧望船上
　　噴來，岳爺忙叫王橫取過這桿瀝泉鎗來，望著那怪戳
　　去，那怪不慌不忙，弄一陣狂風，將瀝泉鎗攝去，鑽

入水底，霎時風平浪息。

這很可以暗示「劍在人在，劍亡人亡」的關連性。英雄當然明白兵器對他的意義，亦尊重周遭事象的變動所示現的預兆。除了一股壯志未消的遺憾外，他坦然接受安排。英雄唯一能自主的，便是伏首於命運的宰制而無所掛礙與泥滯。

至於岳飛的馬，則是屬於人間的比較優秀的品種，牠的神話只在於動物的直覺感應。牠大抵從出生以來，就在等待岳飛，故保持著強悍的野性而未被馴服過，卻恰好岳飛正要選馬當坐騎，於是，人與馬經過一番較量後，這馬兒認出了牠的主人。作者說：「物各有主」。一切如此恰當而周全，英雄像一塊磁石，投進世間，便吸引了同性質的精華之物。

（四）夥伴與部屬 —— 英雄的肢體

假如英雄是樹幹，那麼，他的一批共患難、同生死的夥伴便是樹枝。也就是英雄肢體的延伸與分叉。這些枝叉從樹幹生長出來，各自指向四周的方位，成了力量的輻射。他們也是英雄的護衛與眼目。英雄把血液灌注給他們，藉以共同完成茂盛的事業。他們可以說是附著在英雄身上的，卻又各自獨當一面的。但是，英雄的樹幹一味的挺直向上，它同時抬舉起這些枝仔，而這些枝仔為了補足英雄的廣度與領域，不免在伸向四方時，都稍微傾斜，與樹幹構成角度，即與英雄共榮枯，但較多超道德的「邪氣」。並且，由於他們是經由樹幹而間接立足於地上的。因此源自於塵世的所謂責任、道德與限制，都未曾

緊迫的涉及、干擾到他們本身，他們多不謹守這些社會關係，也絕不需要。他們唯一的概念乃是對樹幹的依賴與助長——即是對英雄個人的親近、效忠。分享著榮耀、分擔著悲苦。一切若不直接發生於英雄切身的利害，他們便袖手不管。這樣的夥伴，是英雄所不可缺少的，也常是惹禍的來源，因為他們受到英雄的支持與隔離，遂對社會疏遠了；並且，為了維持集團的尊嚴，他們經常對外界採取敵視態度，或不能容忍英雄對他人（如皇帝、文臣）的卑屈與服從。在岳飛身邊，最初有兒時的玩伴——湯懷、王貴、張顯。後有攜母投靠的牛皋。這四個人與岳飛在鄉里結義訂盟，一齊出道，在小校場搶奪武狀元，槍挑小梁王，然後落荒而逃。他們是粗野不羈的福將，渾似一群食人獸，由靈敏的嗅覺來引導凶猛的四肢，踐踏著人類文明而撲向顫抖的弱肉。他們隨待在岳飛左右，正如獵狗拖拉牠們服飾鮮明的主人。作者以一首詩來說明這最初的五人幫會：

五星炳炳聚奎邊，多士昂昂氣象鮮；萬里前程期唾手，他年快著祖先鞭。

當岳飛逞雄小校場的聲名傳揚出去後，他們浪游所到之處，便有許多謀生無計的好漢紛紛趕來依附，如山賊施全、趙雲、周青、梁興、吉青；梁山泊後代張國祥、董芳、阮良……。以及張憲、董先、陶進、張立、張用等。這批人都是平民流落為盜寇者，化零為整的結果，造成岳飛集團的聲勢。有人說《岳傳》是《水滸傳》的延續，就型態上而言，岳飛後日抵抗金朝入侵的基本部屬，確實是這樣一批化外游民，他們由於才識不足，便冀望尾附英雄塵後，以圖出身，而岳飛也寬容的收留他們，除了許以功名的報酬外，更用「結拜」為籠絡，徹

底縮服了他們。類似這種江湖義氣的結合，大約盛行於明、清之際，屬於民間契約式的，與朝廷的官階體制無關，多半較富於感情的參與。《岳傳》作者很自然的便把這種意識灌注到小說裡，使得正史的實錄轉化成民間傳奇。並且，宋朝徽宗前後，由於政局的衰亂，蔡京、童貫之流奸官的猜忌與肆虐，的確造成許多盜匪集團，朝廷在應付外患（西夏、女眞）之餘，幾乎無力進剿，於是這些賊寇便壯大而形成有組織的惡勢力。岳飛以一介平民起家，最初受宗澤的賞識，任職承信郎。直到南宋徽宗即位金陵後，才徵召爲張所部將，以八百精兵轉戰各地，陸續收服各地草寇、晉封五省大元帥。朝廷授與他的主要任務是剿匪平亂，他也趁機降伏這些游民，給予正式訓練而編入部隊，預爲將來抗金的兵源作準備。王夫之《宋論》：

> 宗汝霖所收王善等之眾二百餘萬……徽宗之世，河北之盜已興，迨及靖康，女直破汴京而不有，張邦昌僭大號而不尸，高宗處淮左而不能令。郡邑無吏，吏無法。遊奕之虜騎，往來蹂躪，民莫能自保其命。豪強者聚眾砦處，而農人無可耕之土，市肆無可居之塵，則相率依之……室無終歲之計，甕無宿舂之糧，鳥獸聚而飛蟲遊……。聞汝霖受留守之命，依以自活，爲之美名曰「忠義」以撫之，抑豈誠爲忠義者哉？故汝霖之用之也，欲其急也。……汝霖卒，而復散爲盜，流入江、湘、閩、粵，轉掠數千里，不待女直之至，而江南早已糜爛。……群盛之流入內地者，韓、岳竭力以芟夷之，殲殺過半，弱者抑散而傭食於四方，然

　　後收其僅存之可用者以爲吾用。……

　　張、韓、岳、劉諸將競起，以盪平群盜，收爲部曲。宋乃於是而有
兵這段話說明了岳飛承襲自宗澤的膽識與謀略，爲了平內亂以禦外
患，則收群盜爲堅兵乃是兩全的辦法。而《說岳全傳》更指出了這
些降附的賊寇，都是待罪之身，不能得到朝廷的封爵，編爲正規軍的。
爲了彌補這個危機，乃賦予岳飛以「結拜」爲手段，把傳統的忠臣義民
轉化爲江湖義氣，使這些降匪受岳飛的庇護而得以全力投注於抗金。當
然，他們的行動也只是聽令於岳飛而效忠於私人的。這是一種特殊的
關係，也是英雄超人一等的權變。有了這樣的認識，彼輩「由降將而變
爲兄弟」的草寇，便因懾服、感恩而誓死爲岳飛肢體，共命榮枯了。

（五）戰爭與功業——果報的實踐

　　接下來，談到構成英雄事業的主題——即由前世宿怨所影射在
人間的果報。這部分大抵從二十三回開始。兀朮是奉命來懲罰徽宗
的，他在靈感的引導下，於金朝演武廳單手舉起千餘斤的鐵龍，取
得掃南大元帥的封銜，首次興兵入寇，逼使趙王與康王入質於金，
並虜走徽、欽二帝，造成所謂「靖康之難」。這是第一段果報的實
踐。因爲本書的緣起乃是徽宗個人對玉帝的不敬，既受報應，則兀朮
的任務已初步完成。但是，魔神既淪落世間，賦有人形，便免除不
了隨肉體而生的欲望，而貪多務得，遺忘腳跟下大事。況且，現實既
成的優勢更使他躁進不已。於是，戰事繼續延長下去。高宗（入質的康
王）也是個天命的眞主，註定要承擔祖先的餘孽，故又有「金營神鳥
引眞主，夾江泥馬渡康王」的穿插，留下一個破綻，伸出一個枝節。

康王逃回中原，於金陵即帝位，兀朮亦尾隨而到，這時，才引出了沉潛已久的岳飛，兩位天使終於正面對敵。小說中岳飛是佛遣來制服兀朮的，他代表著天命慈悲的一面，不願意讓冤有頭債有主的仇恨擴及第二代的無辜者。他的能力當然超過兀朮，故二十七回、四十五回、五十九回前後三次連續打敗兀朮，而兀朮一次落水、一次受困、一次自殺，深深的絕望使他解悟自己於天命上的極限。幸而，他的氣數未盡，每到吃緊處，總有靈驗救他逢凶化吉，得全性命。大約上天意欲令他飽嘗驚嚇，暫收野心，以留待後來捧出秦檜，陷死岳飛。這正是一物剋一物，時候未到，任誰也不能替代與逾越。而英雄至此得志，豪氣迸發，面臨指定的終生敵人，正如貓見了鼠，立刻激動出所有潛能。在某種意義上說，這是氣數流轉的生剋，英雄與他的死敵原不過是屬靈的傀儡而已。而一般人所能見及的卻僅是現實的影戲，英雄的豐功偉蹟。小說作者爲了滿足觀眾在這一方面的要求，便煞有介事的鋪敘許多戰場的情節，以及對抗的消長，藉熱鬧的武戲以掩藏它背後的宿命。但是，每當故事進行到勝負將分的關鍵，作者又會坦白的揭開這層謎底，把一切還諸天命——這也是天意了；果然天機已定；不道天意不該絕於此——頓時將英雄的功業一筆抹除，所有浩氣山河全化做小丑跳梁。這是宿命下的英雄悲劇。中國的英雄常是「順天應命的」，不以人類的意志來逆天意，因此也就反轉不出希臘神話式的悲劇性格。由於受宗教影響，英雄即使步入末路窮達，亦僅會慨歎「萬事不由人作主，百般原來俱是空」——既作不得主，則委運任化；既都是空，則休計成敗——然後便順服的接受了一切。在情調上，它是體認無常的一種蒼涼。若也算一種承擔，則中國英雄的悲劇乃在於明知命運的莫可奈何，卻沒有權利頹喪、背叛及撒手不管，他仍須凝聚精神，忘卻一己，以徹底踐行上天的意旨；並且，最重要的，他須謹慎自制，勿使牢騷汙穢了人格。他唯有矢志以誠來取悅冷酷的天命。

他所關切的是捨己成德，以典型於後世。他企圖以個人的犧牲作爲奉獻上天的祭品，祈求抵銷天命對人世的懲罰。他相信，天下事既是宿命的顯現，那麼，解民倒懸的辦法，並非於現實上擊垮各種爲害的勢力，而是，承擔一切痛苦，徹底順服。作爲一個民意的代表，他若是誠懇的想造福百姓，則他不能以自己爲領袖，接受民眾的膜拜。相反的，他隨時都準備把自己交給民眾（甚至交給敵人），當作進獻於上天，換取和平的牲禮。中國民間相信，英雄是特殊的人，是上天所關照著的，他的精神可上達於天。他個人的服從，或可代表百姓對天命的認同。因此，他必須善於揣摸天意，他也戰鬥、也謀略，但是最後的成敗，不得歸功或歸罪於己，他要承認，是上天使情勢發展成這般。故而，勝不能驕，敗不必餒，總是天意在主宰，英雄只要保持他的精力及謹守他的人格，便是眾望所歸。具體而言，作爲一個儒將，是典型的忠臣孝子，他對於生命總根源的天，更須無條件的奉承。

　　小說中岳飛是很了解這一點的，尤其他是貶謫的神族，在落劫爲人的這段歷程中，更須敬謹待命，秉天意以行事。並且，在後面的章回裡，我們看到他受盡冤屈，高宗誤解他，秦檜逼害他，這些原都是他的能力足以反抗，自辯的，但他卻愚不可及的把自己送進虎口，而彼時正是抗金事業最鼎盛的關鍵，將一舉肅清中原、直搗黃龍，完成畢生壯志的。他卻在這萬眾矚目的時候，毅然拋下所有努力與成績，付諸身後，似無一絲留戀；而孤獨淒涼的踏入自擇的死亡裡。誰能了解他的作法究竟建立在什麼思想上呢？凡夫俗子豈知「天生的英雄」是註定忍受各種不合理的播弄的，也唯有抑制對「不合理」的猜疑與反抗，英雄才取得全然堅決的信仰，而這信仰將把他帶到神聖的境界，在那裡，他慨歎自己曾經流血爭執過的所謂事業，原不過是一場遊戲、一項測驗，亦不能成就什麼。但是，透過它，英雄才到達了這

最後的原籍——天堂。

　　也許，我們會以歷史學家的眼光來評論岳飛的智愚，認為「將在外，君命有所不受」才是岳飛正確的舉動，然後，便得意的（或惋惜的）譴責岳飛因一時愚昧，聽從秦檜的矯詔而回京領死，順帶斷送了大宗可能殲滅金朝，再造盛世的機會。但是，小說家不忍這樣作，也不敢斷定孰是孰非。他隱隱感到天地間有一種超乎人類「正義自裁的權力」的聲音，英雄靈敏與虔誠聽到了它，並領悟了它的啟示，立即拋下身邊及未來的所有纏擾，而跟從它，消失在人間的是非爭論之間。

　　這些即是《岳傳》作者所要告訴讀者的內涵。但為什麼要鋪演了一大本故事，反而把主旨掩藏了呢？正如前面所說，通俗小說所面對的是中下階層的群眾，他們不善於直接從教訓文字取得抽象的解悟，他們必須經由許多同一主題的故事情節，反覆演練，然後才能在逐漸加深的記憶裡，歸納出相似的結論。所以，小說作者須於前後兩回把主題意識陳列出來，而把中間不定回數的空間留給讀者消遣，在消遣裡暗寄一層深意，慢慢推演到本題去。讓讀者不自覺的被引導而終於陷入難以拒絕的結論意義中。再者，這些讀者（甚至作者）由於處在民間通俗意識裡，很難嚴辨思想的分際（儒、道、佛），一個原屬儒家獨立自足的道德觀念，如忠、孝，是緣於自發的感情而轉化為社會的倫理，付出即是報酬。一旦落入小說，它的功能會被擴大為修仙成佛的條件。譬如岳飛的下凡，原只是應劫而生，在人間有特別任務的，最後卻死於愚忠（對君命的盲從）愚孝（對母命精忠報國的堅持），而未能完成使命。幸而，儒與佛在民間倫理互相調配的結果，忠孝也可以是修行的福德之一。這整本書的德目，大抵不離「精忠」，最後則歸入仙佛。作者巧妙的運用天堂的報酬來輔助忠孝的實

踐，對於知難行易的民眾是很有誘惑性的。因為教忠教孝，在民間乃是耳濡目染的習性，是人人能起碼踐行的，但是他們未必能理解這些行為在感情上的必要，他們或將詢問如此教化於現實的利益，那麼，成仙得渡則是最好的安慰。在佛法盛行於中國之後，只活一輩子的觀念，並不能令人饜足，大多數不得志的民眾常對行善而貧苦的現實感到猶疑，假如一切止於今生，那麼殉節於忠義是否比苟且享樂更聰明呢？小說家於是為民眾補償了這點缺憾，他讓忠臣孝子死後得登仙籍，永享人間血食。故而岳飛雖因忠孝而怠職，致使兀朮猖狂難禁，虐害百姓，但是，英雄最重要的成就並非於現實上打倒惡勢力，而是塑造自身成為精神的表率。從這裡溝通天人之間的信息。至於懲奸斬邪，則任何人都得而為之，即使沒人做到，奸邪亦終將自食因果。

　　說明了事業在宿命觀的次要地位，再回頭來看岳飛成年後，與他的弟兄們的輾轉征戰，這部分脫離了神話而傾向於史實的陳述，《夏志清論中國文學》說：「它若不以把現有的史實用比較淺白的話重新編排起來為滿足，就應把充分發揮小說的細節懸為鵠的。」（中文大學出版社，頁124）《岳傳》的作者也曾努力憑想像把戰場情況鋪敘得近於通俗劇的味道，那裡面有火拼、踹營、破陣、計謀、離間等場面，也有確實的軍馬比數、部署調動、臨陣對話、以及愛情故事，種種應有盡有的軍旅插曲，彷彿舞臺演出。但是，正如夏先生所說：

　　　然而在一本戰爭小說中，主角一但嶄露頭角，故事總
　　趨於落入俗套，因為他的生涯現在已大部分和軍事行
　　動分不開了。既以縷述他在軍事上的豐功偉業自命，
　　有一個戰役，著書的人就得添入它的細節，這些細節
　　在歷史和傳說中，不是語焉不詳，就是全付闕如。他

得發明每一場戰爭的情況，但他的發明通常露出沿襲

的痕跡。（《夏志清論中國文學》頁125）

類似這樣套公式的戰爭描寫，並不能特顯英雄的個性，同時，篇幅也分擔給其他角色去了，故而，我們只能把它看作是娛樂性質的砍殺。至於，替那一方面耽憂，都沒有必要，因為，不論岳飛或兀朮，他們都是上天在操縱、護衛著的，誰也不會出乎意料的慘死或無緣無故的退出，致使故事中斷，對峙的局面傾倒。它將在預料的穩定情況下並行發展，直到雙方功行互相圓滿後，同時收攏。本書的順序是，兀朮先勝、席捲北宋都城。岳飛繼起、直逼金營，接著，便是秦檜殘害岳黨，而牛皋率領第二代英雄、掃滅兀朮。這裡，要注意的是，本書最初只是兀朮與岳飛的角峙，但是有限的人物無法滿足讀者對情節涵蓋面的貪求，作者於是添加了秦檜與牛皋兩個次要角色，這兩人都不在氣數主線內，他們是額外參與的，不過，作者安插他們卻不致於勉強、呆板，反而因預先埋伏而在後期發展擔當了重要的補足作用。例如秦檜先是徽宗朝的忠臣，隨趙王入質於金。趙王死後，他夫婦倆（其妻即女土蝠）被放逐到賀蘭山邊草營內服侍看馬的小番。直到高宗遷都臨安。兀朮戰爭失利，乃施恩於秦檜，把他遣送回國，暗地裡作為金朝的內應。秦檜夫婦與岳飛是前世宿仇，那麼，他們的設計陷害忠良也就變成合理而有效的了。先天的權利加上後天的機緣，令岳飛無法逃避，只有默默的承受了。這附帶解釋了岳飛為什麼屈伏於秦檜的「莫須有」罪名的原因。

至於牛皋，比岳飛更傳奇的人物，他出場很早，並且一直挨到故事完畢才下場。他只是作為書中的滑稽角色，他的出身來歷也沒交代清楚，直到最後一回，才含糊的說是「趙公明座下黑虎」。他是《岳

傳》一書中，從頭到尾都在場的人物，雖則由於他的個性較野蠻而自由，參與感也較不迫切，可說是唯一能來去自如的，也正因這分灑脫，他更能清楚的發現：這一切熱鬧的場面，原只是幾場不連串的遊戲，只要順著本性做去，則沒有什麼值得激動與固執的。因此，他以一員逗笑的福將出現在故事中，始終從容不迫（不在乎也）的跳進跳出，得意時大魚大肉的快活；興緻好時，打幾場莫名其妙的仗；若是被斥責、或事情違背他的快樂原則，他便嘀咕著撒手不管，出家當道士去了。保持著這一分天真的心態，他才能隨心所欲的遊戲人間，讓福星照臨。並且在岳飛被害後，其他兄弟有的戰死、有的自殺，只有他挾著悲痛，苟且偷生，活到後來與兀朮同歸於盡，他等於是岳飛的另一個身影，是英雄的欲望面、本能面。他監視著全書結構的演變，看著善惡的消長、生死的輪迴、成敗的交替，看著一切那麼有趣而虛妄。他從個性裡流出源源不絕的笑意，來沖淡生存競爭的緊張氣氛。即使到了最後一戰，他騎在兀朮身上，氣死兀朮，自己卻「哈哈大笑，快活死了，一口氣不接，竟笑死於兀朮身上。」他所笑的是諸如此類的人間荒謬——牛皋是黑虎、兀朮是赤鬚龍，而虎騎龍背，龍氣死、虎笑死。

這裡主要是說明了徽宗、兀朮、岳飛、秦檜夫婦、牛皋等主要人物的安排布置，都是各有用意，互相呼應的，使因果網愈趨複雜，而沒有漏魚之虞。

每一個英雄，註定有兩個敵人，一個是正面的，如兀朮；一個是負面的，如秦檜夫婦。前者基於天意的使命，後者則緣自私人的仇恨。正敵以武力戰鬥激揚英雄的豪氣，負敵則以卑鄙的陰損來反襯英雄的光明，同時也揭露了英雄的弱點——不善於防閑小人。由於負敵天生擁有一項狠毒的本領——陰謀。他的道德禁忌被豁免了，他享有

不受良心譴責的自由。他可以不擇手段的向英雄背後開槍。而英雄也從來打不倒他。因爲英雄沒有權利攻擊「不公開」的敵人。除非正式對陣、公平決鬥，否則英雄以他的榮譽感，即使挨打，也不會還擊的。岳飛擊垮了兀朮，秦檜則陷害了岳飛。天道循環，沒有人於現實上能永保天時。尤其英雄的一往直前，義無反顧，更加遺留許多破綻於後塵，致使餘孽滋長，後患寄生。關於「莫須有」罪名，在宿命意義下，乃指謂因果報應是自行發生的，機緣成熟時，即使沒有適用的名目，它仍會如實完成。這在岳飛與秦檜的潛意識中既屬充足理由，也就不須另外捏造公開的罪證以求說服旁觀者。岳飛死後，由於生前力行忠孝，故其陰魂暫時仍居留於「岳飛」這名分與形象內，享受一段人間血食。他是在等待果報的完滿，等在劫的人物（其實是有道行的動物群，如鵬、蝠、龍、虎、魚等）全部結束歸位。在這遊蕩期間，他的意識仍屬於人倫的，也將維持生前的性向，故又於冥冥中指點他的弟兄，使勿因激憤而作出破壞一世英名的舉動。同時，他也必須負責制伏秦檜夫婦，因爲這額外的禍端是大鵬親自惹起的，當然也要自行解決。

二、餘論

　　秦檜後來被岳飛的陰魂百般糾纏，終於發病，咬碎自己舌頭而死。其妻女土蝠亦被陰卒拘拏，舌頭拖出二三寸，兩眼爆出，死於非命。兀朮則被牛皋氣死。本書整段因果，從此圓滿，眾魂聚向靈霄寶殿，等候審定功過。岳飛乃西天護法降凡，即著金星送歸蓮座，如來佛說：

　　善哉！善哉！大鵬久證菩提，忽生嗔念，以致墮落塵
　　凡，受諸苦惱。今試回頭，英雄何在！

這樣一位正史有傳，民間傳說的英雄，落到小說家手裡，卻被安排於
因果宿命裡，隱然透露著民俗信仰對英雄造型的格套，究竟由人而
神呢，還是由神而人？反正，處於宗教的論點，神人本是一體，回頭
觀空，英雄又何處立身？作者善假於歷史故事，重寫改編的結論，亦
不過鋪張繁華，誇大情意，然後，戲夢一場。如此寓教化於故事，是
否撫慰了中國千百年沉沒於苦難的同胞呢？或許可引用陳曉林對湯恩
比的評語說：「他的時代感與使命感……使他一再逾越了（說故事、
編小說）的專業範圍，而走到大眾傳播界，走到十字街頭，向世人警
告……。」⑤

---

⑤ 湯恩比，《歷史研究（上下）》桂冠圖書1980.12.20，陳曉林・譯。

官式俠義：包公與《七俠五義》

史策流傳已不眞，稗官小說更翻新
季康子與李麻子，嚼爛古今多少人

　　這是《七俠五義》第一回，俞曲園爲本書所作詩歎。說的是史料俱在，有可考證的事實，但因各時代史觀的趨向，不免於偏離眞相；若再加上傳播者的演述、改造以及訛誤，則更荒誕失實了。尤其「演史小說」的作者，在「事實與虛構」的比例上，必須兼顧教育性與趣味性，往往別開生面的處理材料，雜糅傳說、信仰以及個人經驗，以保持內容、色彩的鮮活翻新。如此，才能滿足民眾的口味。這就是演義流傳民間，取代歷史地位的原因。

一、正史探源

　　至於本書在正史上的源始根據乃是「立朝剛毅，關節不到」的包公本傳，他的事蹟與典型，爲中國自從吏治以來，因斷獄嚴明、不

屈權貴，且有感神泣鬼的至誠、精察深訪的機智，綜合而成一個萬民信賴、伸冤訴苦的偶像。他的功德，並不表現在治國安邦，與將相爭名的上層結構中，卻圓滿於印證「廉明官吏，爲民父母」的具體實踐。他投身於各階層，爲低賤無告的百姓爭取生存的權利與尊嚴，一方面作爲民衆的褓姆，宣達了統治者的關懷，另一方面則化解民怨，鞏固了政府的根基。宋仁宗對他絕對信任，百姓尤其感恩報德，奉若神明。在專制政治的陰影下，百姓對皇室只有效忠、貢獻的義務，卻無要求垂憐呵護的權利，因爲還有中間階級（即地方官吏與權貴豪族，互相勾結，欺下瞞上）的阻隔與剝削。百姓生命與財產的保障，雖名義上仰賴於皇室的決策，實際上卻掌握在委派府縣的地方首長。人民瑣細的冤苦無法越級上達皇帝耳中，而皇帝亦無暇顧及這些普遍存在的民瘼。「聖聰」成爲遙遠而抽象的傳說，百姓的哀號只能迴響在「代天子，行獨斷」的民事公堂中，在「威──武──」的聲浪下，淹沒了千餘年中國老百姓的血淚殘軀。

　　這說明了何以一個嚴於聽訟的「包公」會變成民間的偶像（偶像的形成，是感情與祈願的凝聚。在古籍中：如《詩經·甘棠》的「召伯」，《論語·顏淵》的「孔子」都是善於聽訟的典型），則不只在於他有所羅門王決斷的智慧，更由於他兼備了普救衆生的慈悲。他是悲苦百姓的青天活菩薩。他的神話性格即由此點染而來。孟瑤《中國小說史》：「也許由於歷來清廉剛正官吏之不可多得，人民不免因爲嚮往傾慕的關係，逐漸在傳說中把這個人物理想化而且神奇化了。」「清」是智慧，「廉」是道德，「剛」是性格，「正」是原則。這是爲治民官吏必須兼備的職業條件。包公只是個成功的抽樣，也是民間塑造出來，供給後世取法的典範，他的表面潤澤著百姓的血淚，以及冤魂的哀怨。

　　但是，清廉剛正是屬於文治方面的建設，其影響力依舊是有限

的，他只能抽查式的照顧「一時一地」的百姓，並且由於遵循法律程序所受的延礙，而不能放手暢辦。於是，便須輔以某些自我授權，但能游走四方、見機而作、解危拯溺的「武者」，這類人全憑一腔訴諸「俠義」的直覺，在事件發生的現場，以優越的技擊扶持人間柔弱的受害者，在見聞所及、能力所及的範圍內，他們減少了許多隱埋的冤恨。行俠而不欲人知，是他們生命中價值的所在，也是志氣的所在，更是本書以及所有俠客的共同主題。

至於「包公」與「七俠五義」的結合，另一層意義是：包公賦與俠義行為合法的權利，並約束、淨化他們血腥的暴力。而俠義則擴展並加強了包公深察民苦、制裁惡徒的領域與力量。甚至，在有效互補的組織下，這種結合更壯大而成正規的軍事機構，足以平定國內的集團叛變——襄陽王之亂。這就是本文所將討論的標題內容。

本書原由《龍圖公案》、《龍圖耳錄》等「包公斷獄」故事脫胎來的。以活躍在包公周圍，協助破案的一群盜俠如：南俠展昭、北俠歐陽春、雙俠丁兆蕙、丁兆蘭、以及陷空島五鼠（鑽天鼠盧方、徹地鼠韓彰、穿山鼠徐慶、翻江鼠蔣平、錦毛鼠白玉堂），共稱為「七俠五義」而命名（原本是三俠，後經俞曲園加上小俠艾虎、黑妖狐智化、小諸葛沈仲元，共是七俠）。它最初的形式是「說唱」的底本，後來刪去唱的部分並加考訂潤飾，而流傳為小說。事實上，包公的故事才是本書的主脈，正如《水滸傳》在個別敘述一○八好漢的出身後，把他們聚集在梁山泊水寨中，由此顯出集團的整體方向。而七俠與五義在本書中亦曾依照出場次序，個別交代了他們的家族、性格、相貌、武技，以及零散的俠行義舉，隨後，即縮結在包公的脈絡中。包公吸收了他們，並組織他們成為彼此照應、互相配合的機動部隊。這除了包公本身人格操守的感召，還兼有俠者對朝廷官爵的殊榮感。即由民間的、個人英雄式的

「俠義」提升為國家的、集團的「忠義」，而進入社會化、合理化的階段。這對於他們是一個共許的誘惑，使他們進一步推廣俠義行為的抱負，而兼收光宗耀祖的青史勳名。包公確是如此牢籠他們，而他們亦不復矜持於豪俠的自由與孤傲。

二、俠義的衍變

必須討論的是：《七俠五義》在中國歷史「俠」的傳統中，其本質與面貌的衍變。戰國的「游俠」，是與「辯士」同等出身的，他們屬於破產的士人工商業者，及失業的農民，沒有財產，構成游閒不定的特殊階層，倚賴富豪的慷慨、國庫的賑恤，及對弱小有產者的壓迫而生存。他們輕視勞動，集中於都市，養成好勇鬥狠、野心向上的性格，並具備了組織活動及首領的能力。由於對富豪的階級憎恨，他們表現出激烈的暴力事蹟，或為獨立的英勇行為（如刺客列傳），或為集團的效忠主義（如養士風氣）。他們以「言必信、行必果，已諾必誠、不愛其軀，赴士之阨困。既已存亡死生矣，而不矜其能，羞伐其德。」為共同的意識。基本上，他們只是對雇主（諸侯，貴族）履行契約責任，本身並無善惡是非的抉擇。雇主能尊重他們、善待他們，便能得到感激圖報的宣誓效命，而雇主豪族亦往往以「藏亡納垢」的寬容收留這批游閒分子，以備不時之需。在背景上，他們屬於社會動亂、封建解體的時代產物。

秦漢大一統初期，傾向安定與建設，這些游俠在政權的裁抑下，暫時的斂跡以避禍或屈節而事尊了。但是他們的勢力依然潛伏在豪強者的庇護下，伺機而動，有顛覆政府的威勢（如劇孟），隨後，有一部分行徑則已喪失政治意識，而變質為純粹的私人報復與示恩

（如郭解）。漢武帝時代，集權政治成熟，法律秩序建立，於是族誅郭解。此後的武俠，或者變為「有退讓君子之風」的合法主義，或者採取盜賊的方式集團反抗。

三國時代的俠者，往往和地主打成一片，成為幕僚、謀士之類。他們擇主而棲，互通消息，經歷魏晉南北朝的武人政治，到隋唐，由北土統一南朝，承受新興民族的刺激，王侯將相，率雜異族血統，而出現了唐傳奇中「劍俠」之流。但是，劍俠的產生並無史實記載。只是由於當日藩鎮跋扈，為害地方，政府亦無法律制裁他們，故由文人幻想一種能騰雲飛劍的超現實俠客，作為受壓迫者精神上的慰藉，他們多半只宣洩了一種荒誕的快感，並不符合俠義的行徑。

宋代以文官治國，武者之流，屈居次等的從屬地位，俠客亦只能出之以民間解怨、私人拚鬥的型態，同時，為了加強這階層彼此的聯繫，他們以一個代表朋輩友誼的「義」字作為行走江湖的信條。至於如《水滸傳》的主題，原本在強盜豪傑相互間的憐惜與攜手，而最後卻歸結到「招安」，成為以「忠義」標榜的說教。但是，他同時也把俠義的資格，推展到職業軍人以及一般低賤的市井小民，引車賣漿者階層中。他多少對佞臣奸黨，欺壓百姓、殘害忠良的事實，有著憤怒與抗議作用，因此，他們收集下層民眾中，富有俠義的亡命者以建立另一個草莽恣肆的樂園，消極的呈現他們對政府及國法的輕蔑。但當他們揭出「替天行道」的標語時，他們的行為卻只顧及集團的利益，共飽私欲。對讀書人毫無尊重，對農民殘忍而輕賤，對官方則叛逆與羞辱。他們是悖道而行，不能爭取普遍的諒解。這種俠義其有變態的、虐待的傾向。

到了《七俠五義》，創作者的背景，是清朝「乾嘉以後，國家承平日久，許多少壯游勇，這是都肯為國家出力報效，好炫耀鄉里。」

（孟瑤：《中國小說史》）七俠與五義本是江湖盜俠，即因爲這種緣故，而成爲國家的忠臣義士。馬幼垣：〈話本小說的俠〉（《中外文學》第61期）云：

> 俠的基本社會義務，是解救貧弱者目前或即將來臨的危險。對某些俠來說，他們還有更重要的目標要達成，亦即要建立王權，或達到朝廷重職以增加個人事業上的榮譽。而他們行俠仗義的舉動，有助於他們的事業，一如有助於社會，這也說明了「個人榮譽觀念」決定了英雄豪俠的形成。即使是那些對他們本身的俠義行爲並不期望得到什麼，其對個人榮譽，也一定看得很重要。雖然，一般說中國俠對於社會約束是不很遵守的，而又是高度的崇拜個人主義，可是他們很注意在同輩中的聲譽，注重同輩對自己的看法，這種重視個人身價榮譽的觀念，就他們在行俠的過程中，減低了任何爲國或是愛國成分。

七俠、五義的根源，亦是以個人的榮譽觀念及同輩中的認同爲行爲規範的，他們有所謂「江湖規矩」、「綠林守則」之類的約束，而且對俠義與敗類的判別，也在於是否符合了這些自律的要求。可以說，他們尊重的毋寧是屬於民間處世思想的傳統與自發的正義感，這是改朝換代所不能動搖的，比之於國家法律重點的隨統治者而更革轉移，似乎更具有穩定性與權威性。這是俠義性格的基本內涵。至於投身於時代的適應中，他們亦可對政府機構作相對的協調，在七俠、五義的

觀念裡是：「一來與朝廷出力，二來爲百姓除惡」（第一○○回）把忠
與俠完美的結合。這也是承平時代，俠者的幸運。因爲他們不需牴觸
朝廷法律（以武犯禁），而兼顧鋤強扶弱。甚至，積極的說，他們是
以私人的身分去彌補法律的空檔。這也是七俠、五義能與包公結合，
相輔相成的因緣。雖然他們起初未必有投靠皇家、效忠皇室的念頭，
只如沈仲元所說：「既不能匡君澤民，止於借俠義二字，了卻終身而
已。」建勳封爵固然是專制政體下，個人及家族最高的榮譽，但不能
絲毫勉強。尤其在戰亂時代，因政治立場的歧異，可能產生朝野對峙
的局面，俠者處身此際，憚於抉擇，只好回歸到最單純的善惡判斷，
即扶弱濟貧的現實效用了。總之，秦漢以後，不含政治陰謀的俠義，
都來自民間，活動於民間，亦遺愛於民間，這是他們的事業範圍，即
使俠義者無可避免的要效忠於朝廷，那也必然緣於俠義的基本情懷，
而不摻雜政治因素。

　　那麼，作爲歸納、提升七俠、五義於忠君勤王事業的「包
公」，究竟是什麼樣的人物？他又如何降服這批江湖俠客？根據本書
的敘述，包公乃「文奎星」降世，原神的形狀是「頭生雙角、青面紅
髮，巨口獠牙，左手拿一銀錠，右手執一硃筆，跳舞竟奔前面來。」
一付權威而活潑的形象。出生後，臉是黑的，家人以爲不祥，曾被其
次兄棄置野草叢中，卻爲長兄拾回哺育，乳名「黑子」，童年讀書，
敏捷穎慧，塾師曉得他「有來歷」，於是改名爲「包拯」，字「文
正」，預言他將來拯民於水火，爲治國良臣之意。這樣的天命神哲使
他能與鬼怪溝通，而他亦自覺的運用這種異能，如第三回敘述他以
周身正氣庇護了遭劫的狐精，並因此三次得狐報恩，成就了一門親
事。成年後上京會試，以知縣任用，在職期間曾審斷「墨斗案」、
「烏盆冤」，聲名遠揚，卻犯了上司的嫉妒，藉故將他革職。後來養

病於大相國寺，被欽差訪得（因聖上夢見包公，於是御筆親繪圖象，派丞相暗訪此人），答問時，說出一席話：「雖則理之所無，卻是事之必有。自古負屍含冤之魂，憑物伸訴者，不可枚舉，難道都是妄誕麼？只要自己秉公斷理民情，豈肯以妄誕二字，就置之不問，豈不使怨鬼含冤於泉下嗎？」這種見解，為包公聽訟斷獄的「異能」作了精妙的註解：「理」，只是智性的推斷，有其論證過程的限制。而「事」涵容廣遠，包括了顯而易見的常態，以及幽微難測的奇蹟，事兼蓄了理，人只能即事而見理，卻不該執理以限事。尤其一個決斷訟獄的官吏，由於牽涉著人命，首應以「秉公、明察」為原則，任何事件、跡象，足以獲致正確答案的，皆當留心，而不必到了吃緊處，仍迂腐、泥滯的計較「合理」與「荒誕」的界域。包公是肯定冤魂的存在，並有訴怨的能力（至少小說中的包公是如此）。因此，他愈加公正誠摯的處理訟案，使「理」澄澈的躍現，並冀以「誠」感通「靈」，取得驗證。這雖含有神祕色彩，但卻是介於「理」（事理、物理、情理）與「靈」（神蹟、靈異、鬼魂）之間，不可批判的觀念。同時，這番話中的見解，也影響他對人及人格的看法：他判斷一個人時，並不存有階級、身世、職業等方面的差別意識，他是秉著「誠懇」的情懷，去衡量一個人為善的能力與志氣，由此透入人格的可塑性中，挖掘出真正的潛能與效用。亦即，他不單純從一個人的行為來決定他的本性，但卻能運用「聆音察理、鑒貌辨色」的觀人術，來探索人的內心，掌握動機與意向。譬如對待七俠、五義，他不執定「非法的盜賊」為惡性而擬繩之以法，或至少隔離他們，以顯示官宦的清高，相反的，他激賞他們人格中「俠義」的心態，並略去了他們「雞鳴狗盜，不服王法」的部分，而主動的親近結交他們，將他們導入合理的途徑，又給他們適當的尊重與自由。這即是他的寬容處，以及獨具慧眼處。

　　後來包公經引見入宮，鎮壓「寇珠」冤魂（此即後日「狸貓換太子」一案的線索）聖上大悅，即升包公為開封府尹，陰陽學士：「從此人傳包公善於斷鬼，白日斷陽、夜間斷鬼。」加上他擁有三件寶物——古鏡、古今盆、遊仙枕——藉此助力，他治好李后盲疾（第十六回）、夢遊地府（第二十七回），返命還魂（第二十七回），開封府成為全國疑難訟案的最後裁決所。包公加封「龍圖閣大學士」，欽賜「御鍘三刀」（原本是因包公官高寵厚，恐怕諸王親不服法令，故皇上特賜「御札三道」以為憑證。而公孫策用諧聲法，將之改造為龍虎狗三品鋼刀，先斬後奏，以鎮嚇全國惡徒）。更因審明「狸貓換太子」前朝舊案，使李后回朝，仁宗認親母，天下哄傳，於是包公加封丞相，位極人臣。

　　以上即是包公的出身來歷，關於他的通靈、精察、判案異秉、不畏豪強，都是頗具說服力的。但是，從另一方面說，編故事者特意為包公安排了「星主」投胎的傳說，並給予通靈寶物的陰助，則表示包公乃是「有所為」而來的，是天命的傀儡。上天賦與他無限的權能，仁宗更授與他最惠的辦案方便，在這些天上地下唯我獨尊的優勢下，他擔負起許多重大刑案的責任，並憑著一念精誠，而萬事亨通。或許作者並非有意給這樣一個幹練的法官，安裝了迷信的背影，但民間傳說既使包公成神，作者也只好順從俗議了。黃摩西《小說小話》云：

　　　　此書人物、地址、稱謂，多寓遊戲，作者亦無一定宗旨……然豪神壯采，可集《劍俠傳》之大成，排《水滸》之壁壘，而又有一特色，為二書所不及者：則自始至終百餘萬言，除夢兆、冤魂外，絕無神怪妖妄之談。而摹用人情冷暖，世途險惡，亦曲盡其妙，不獨

爲俠義添煩毫也，宜其爲鴻儒欣賞，而刺激社會之

力，至今未衰焉。

這裡所提到的「夢兆、冤魂、神怪妖妄之談」部分，即是附屬於包公
的情節，是民俗信仰的縮影。包公的人格之外，潤飾了神性，有助
於對後世的影響力，但亦不貶損他在正史上的地位。民間所眞正需要
的，常非政府及學者所能提供，因而，他們創造了自己的偶像。

三、俠的形象

在「公案、朴刀、桿棒」的系統之外，本書最有價值的部分，
即在於七俠五義的故事。段成式的《劍俠傳》屬於劍俠傳奇的淵源，
把怪力亂神作綜合的呈現與渲染，它的成就，在唐代已經結束。而宋
代的《水滸傳》，又由於是強盜集團的怒書，藉天罡、地煞共一百零
八位魔將的播亂江山爲解嘲，它對天道與政府有諷刺的意味，故而暗
藏了許多傳統的曲解、現實的逃避，以及烏托邦的締造與幻滅。這兩
本書都不是純粹的、典型的俠義小說，而只是藉此寓意，另有懷抱罷
了。這也是文人小說家的特色。至於作爲說唱底本的《七俠五義》，
它的本來面目，即只是職業說書人爲了滿足、迎合聽眾的趣味及好奇
心，因而根據最少的史實（或甚至通篇捏造），配合民情風俗，隨興
而編、信口開河，偶爾提醒倫理道德的教條（說書人亦不善於「講
道」，他們只是把現成的教條，簡單的陳述而已），便娓娓道來，製
造許多懸疑的關節，以求延長故事的回目，多賺幾天生活費。這就是
「多寓遊戲、無一定宗旨」的意思。他們想取悅聽眾，並不肩負藝術
與教育的責任，這是我們所不能苛責的。《七俠五義》所創造的人

物，沒有《劍俠傳》那種超人的能力，也沒有類似《水滸傳》好漢的神性與獸行。他們基本上都是謙虛的、守法的、儒雅的鄉紳階級。把他們與包公並收在同一本書中，卻不感染陰陽怪誕的色彩，大概是因為七俠、五義純屬捏造（俗本《龍圖公案》中有五鼠鬧東京事，但已經過本書作者的改造），故無深厚的民間附會，而得以較合理、自由的發揮與伸展。這部分才是作者真正的得力處，也是本書最精彩的情節。

由本書對俠義的敘述，我們認識了俠義的本質。那是不同於亂世，出於被壓迫而生的叛逆與破壞。七俠、五義是承平時局中，階級穩定，富有產業以及鄉里名望的地主紳士，如展昭長年遊行江湖，而無後顧之憂；丁氏雙俠是茉花村望族，掌管二百餘隻漁船；五鼠則是以盧方為首的結義兄弟，聚居在陷空島的盧家莊，「家中巨富、和睦鄉黨」。另歐陽春、智化、艾虎雖是單身無業，而依附在豪族集團中，倒也溫飽閒散。他們生活安定，無須偷盜；也未受官吏的欺壓，而致憤怒；更沒有報復宿仇的動機。那麼，他們所以遊走江湖、慕名交友，行俠仗義，只能解釋為：由於學得一身武技，加以階級、財產所帶來的優越感與閒暇，於是挺身而出，作些業餘的、娛樂的鋤強扶弱。「俠義」對他們而言，只如在鄉里中替人排解糾紛，但經擴大以後，則成為對社會所有不平事端的關懷，要靠他們的正義與技擊去求得解放。也因此，他們的行為是偶然的、片斷的、隨事而發的，並無特定的步驟與目標。他們對「孝」的觀念，或許由於感激祖先留下的財產，「忠」則推及到家產受政府的保障（薩孟武於《水滸傳與中國社會》，稱此忠孝觀念為「紳士階級的道德」）。所以，展昭、丁氏雙俠，在家都是孝子，後來與朝廷出力，也都受封為御前帶刀護衛之職。但如北俠歐陽春及黑妖狐智化，則因自身無產，亦較少受到政府的照顧，他們在協助平定襄陽王之亂後，便寧願出家禮佛，而不肯當官。這也是俠義行

列中「仕」與「隱」的兩種性格。

　　七俠與五義，原是互不相識的兩個系統，但因展昭的受封為「御貓」，於字號上犯了「陷空五鼠」的忌諱，招惹出錦毛鼠白玉堂的好勝與鬥氣，於是事端滋生，人物逐次出場，最後經過包公的調停、感化，解消恩怨，同朝為臣。這僅是齣輕鬆的鬧劇。

　　展昭早在包公未仕前，便相識了，並曾四次解救過包公生命。他們算是布衣之交，也奠定包公後日對俠者的敬慕與認可。在展昭行俠江湖的過程中，是「見了不平之事，他便放不下」，事無大小，俠客都能伸出援手。這種人胸懷中有股燃燒的熱情，天地間沒有與他不相干的「閒事」。雖然他的本性是恬淡的，不會「惹事」的。他們遇到「不平的事」，卻常要「好事」的插手，以便最後大家都能「相安無事」。他們因「事端」而生，也隨「事了」而泯。正如「大道廢、有仁義；智慧出，有大偽」那種弔詭，俠客的出現亦表示人間多事。他們亦只緣於一股不容已的趨力，而作出許多慈悲的事業。榮譽感與聲名，倒是後來的考慮。如北俠所言：「凡你我俠義作事，不必聲張，總要機密，能夠隱諱，寧可不露本來面目。」如此不為人知，則自己愈無掛礙，《菜根談》云：

　　　意氣與天下相期，如春風之鼓暢庶類，不宜存半點隔閡之形。
　　　肝膽與天下相照，似秋月之洞徹群品，不可作一毫暧昧之狀。

或可用作俠客的精神面貌。展昭號稱七俠之首，只因他是「儒俠」的典型，容貌俊美，個性溫和，正氣中稍帶傻氣，與白玉堂比較，則厚

重有餘；與智化同列，則機詐不足；武功高強，不使暗器。面聖受封後，便鞠躬盡瘁的效忠朝廷。當白玉堂爲了「御貓」這頭銜與他嘔氣時，他說：「但我這御貓，乃聖上所賜，他若眞個爲此事而來，劣兄甘拜下風，從此不稱御貓，亦有何不可？」他極肯息事寧人，成全朋友的交情，所以也成就了完美的「俠」的形象。

但白玉堂卻另有心思：「想那稱貓之號，原不是他出於本心，乃是聖上所賜，聖上只知他的技藝巧於貓，如何能夠知道我錦毛鼠的本領呢？……那時我再設個計策，將他誆入陷空島，奚落他一回，是貓兒捕了耗子？還是耗子咬了貓？縱然斧鉞加身，也不枉我白玉堂虛生一世。」他的生命是建立在激情與意氣上，雖也是風度瀟灑，卻面帶殺氣，隨時準備與人拚命，他所爭執的，正是所謂「不膚撓，不目逃」的血氣之勇。情調上則屬於「任金革，死而不厭」的北方之強。但他也有好處，即行俠仗義，傲骨凜然，這樣的豪傑，唯有死亡才能遏止他的急進與好勝。但即使死亡的方式，也需選擇血肉橫飛的悲壯，因而，當他被包公懾服，宣誓效忠後，便因獨闖沖霄樓，誤中機關，被十八扇銅網罩住，亂箭穿身而死。他是那種光耀眩目，英年早夭的激射之氣的化身。如項羽、如周瑜。

北俠歐陽春是老吏出身，心事沉穩，諸俠義中，他的武功最上乘，除十八般武藝外、腳力、眼力第一，且獨擅「點穴法」。但飽經人事後，對行俠仗義的行爲，已較收斂，顧忌也多，並能容忍些許天地的不公。他和這些年輕的俠客遊行江湖，常是他們的精神先導以及幕後支援。大凡眾英雄束手無策時，總需北俠出面。但因年事較長，平生閒散，在協助剿除襄陽王黨徒期間，不願受官，聖上特許在大相國寺出家，御賜法號「保宋和尚」，與道士雲中鶴作化外遊民去了。

丁氏兄弟天生至孝，雖亦豪俠，但戀守家園，終身不仕，只與眾

俠客往來盤桓，互通愛慕。黑妖狐智化與小俠艾虎、小諸葛沈仲元，最初暫棲於襄陽王屬下的霸王莊招賢館，但胸懷俠氣，不與無賴光棍同流，反而暗中設法解救這批惡徒欺掠的弱者，後來畢竟自尋出脫，歸化於包公群俠。智化最有計謀，兼個性風趣，是眾人的智囊，曾探君山救展昭，辯才滔滔，機智百出。又仗著當日在叛黨府中的經歷，熟悉賊徒組織與行徑，以雙重身分出入敵我陣營，耍弄群盜，收集情報。又會裝鬼扮神，巧謀奇計，是運籌惟幄的良才，他的俠義精神表現在辨識忠奸的膽略，曲折的成就了勤王事業，當聖上廣開封爵時，他卻不居首功，獨自隱遁去了。

小諸葛沈仲元個性較偏狹，且未嘗表明立場，受盡誤會與屈辱，把滿腹牢騷發洩在長歎中，等待機會，為自己伸冤，後來澄清身分，不敢要官，只得些金帛賞賜，仍為國家出力，卻在圍剿白菊花的戰役中被誤殺，正如他乖舛的身世，總是不得其所，而說書者讚歎他說：「但凡俠客義士，行止不同，若是沈仲元尤難，自己先擔個從奸助惡之名，而在奸王面前，還要隨聲附和，屈己從人……他仗著自己聰明，智略過人，把事體看透，猶如逢場作戲，這才是真正俠義，即如南俠雙俠到處濟困扶危，誰不知是行俠尚義，這卻倒容易。若沈仲元，決非他等可比，他卻在暗中調停，不露聲色，隨機應變，譎詐多端，到了歸期，恰在俠義之中。」他的評價是最高的。

小俠艾虎不當歸屬在續集的「小五義」排名中，但因出場得早，拜智化為師，認北俠為父，生性靈巧而勇敢，十五歲便參加群俠平亂的義舉，作偽證告發賊黨，搏得俠名。但「好酒貪杯」經常誤事。又兼性情高傲，愛爭奇功、慣打架、而福星高照，是位神童般的傳奇人物。

四、五義的特色

　　五義──陷空五鼠的出場（第三十一回）是本書前半段的「俠」，又配上「義」的關鍵。俠義二字連詞使用時，意指「行俠仗義」、「俠客義士」。但是，「俠」的內涵，即包括了「義」──即合宜的行為。在這裡亦屬專稱，為「俠」者所自我肯定的「鋤強扶弱」事實。「俠」在古書上的意義是：俠，傅也。傅，俠也。「俠」與「傅」同義互訓。而傅的本字是「甹」。《三輔黃圖》：「輕財者為甹。」荀悅說：「立氣齊，作威福，結私交以立彊於世者，謂之游俠。」游俠或稱「任俠」，如淳曰：「相與信為任，同是非為俠。所謂權行州里，力折公侯者也。」或曰：「任，氣力也。」

　　俠的內容有：輕視財物（不受利誘、慷慨解囊）、崇尚氣力（技擊技巧、力量制人）、結私交（互通聲氣、千里救難，龐大的默契）、立強於世（形成集團勢力）、相與信（講信用、重然諾）、同是非（共享的利害關係，共同的道德信條）、權行州里（游走江湖，不務生產）、力折公侯（不畏社會豪強階級的頑固權勢，而能與之相抗）等。這裡面的主題，仍為先秦游俠的型態，只是中間階級的仇視貴族，剝削農民的自利意識。但經過後世的演變與修正，則可引申出「劫富濟貧，鋤強扶弱」的平衡行為。而集團組織亦轉換為「片言傾蓋，結拜生死」的義氣相交。七俠所表現的在於解人之危，五義則偏重在朋友的情誼。而這兩者的結合，便形成了掃蕩群惡的專業機構。

　　在這以前的俠客如展昭、丁氏兄弟、白玉堂，都是出於獨立的英雄行動，憑機遇與好奇而作零星的解溺功德。他們彼此雖然互相仰慕，卻不曾聯手作案。及至引出「五義」後，則表示一場有計劃，有方向的集體行動將要展開。五義以「一人有事，兄弟同擔」的意識出

發，這使他們更具威力、更加推展。

　　然而，五義的型態，本來只是單純的道義相交，以祈共聚一堂，分擔事業，共享利潤的。從經濟觀點猜測：他們或許只是以盧方的莊園爲中心，而團聚五個異姓兄弟，以便於管理這批祖上遺傳的財產與土地而已。且由書中指示，五義與丁氏雙俠以蘆花蕩爲界，分別掌管二百餘隻漁船。由於這些漁船常爲了利害關係而械鬥傷人，因此，經過地方官的安排，把他們集合起來，設立類似「漁業工會」的管理規章，由本地兩大望族（盧、丁）接管。這工會依照組織辦法而有小頭目、大頭目等層級連屬，並且要向總管「站班朝見，聽命行事」的。爲了這龐大的企業，盧方雖身爲首領，但個性忠厚，大約需要借助其餘四兄弟作幫手。他們由官方授與懲罰違規者的權利，同時也要負責漁民衝突時的排解工作。他們儼然也是稱霸一方的。

　　這五個兄弟是：大爺盧方，本地巨富，善於爬桿，綽號「鑽天鼠」。二爺韓彰，行伍出身，會作地溝地雷，綽號「徹地鼠」。三爺徐慶，鐵匠出身，能探山中十八孔，人稱「穿山鼠」。四爺蔣平，身材瘦小，形如病夫，爲人機巧伶便，智謀甚好，是個大客商，能在水中居住，開目視物，綽號「翻江鼠」。五爺白玉堂，少年華美，氣宇不凡，爲人陰險狠毒，卻好俠作義，就是行事刻毒，是個武生員，因他形容秀美、文武雙全，人呼「錦毛鼠」。

　　至於這五人如何各棄本行，而在陷空島聚義定居，則本書未有交待。只曉得他們都身懷絕技，隱居在家。這五義的重要性，卻不亞於七俠，尤其在勤王平亂的事業後半部，眞正的功臣小五義，即有四個是他們的後代（艾虎除外的盧珍、韓天錦、徐良、白芸生）。五義平日都守著家園，不干涉外面的事。只有五爺白玉堂好勝，耐不住寂寞，硬要在江湖中走動，也因此惹出事來，如安平鎮懲賊盜銀（第十三

回）、開封府寄柬留刀（第三十八回）、忠烈祠題詩殺人（第四十一回）、智偷天子三件寶（第五十回）這些事件，半爲俠義，半是鬥氣——爲了打擊「御貓」的聲威，挽回「五鼠」的名譽，竟然肆無忌憚的冒犯了包公與皇帝，把四個兄長連累出門，代他領罰受罪。幸而皇帝愛才，寬免了他「大不敬」的刑誅。因此，五義的出場，是不名譽的「待罪之身」，由此展開追捕義弟歸案的故事。

盧方身居老大，卻保守怕事，正是所謂「爛忠厚沒用」的人。不只白玉堂在外胡作非爲，他管不住，甚至其餘三位拜弟也瞞著他，與人勾結盜取龐太師的壽禮贓銀（第四十回）。這件事，本來是有人向他遊說過的，他則推卻：「弟蝸居山莊，原是本分人家，至行劫竊取之事，不是我盧方所爲。」盧方本非「俠」行中人，他不關懷外界的疾苦動亂。他只是愛惜兄弟，想把「義」的內涵限制在「結拜」上，把兄弟都拘束在富裕享樂的莊園裡。所以當白玉堂出外行俠，兩個月未回莊，他便放心不下，說：「自我兄弟結拜以來，朝夕相聚，何等快樂，偏是五弟少年心性，好事逞強，務必要與什麼御貓較量……。」於是便吩咐三位把弟前去尋白玉堂「回來」。這種保守自足的心態，終究栓不住兄弟們的俠肝義腸，後來畢竟被拖累出莊，受朝廷官爵，而爲國效命去了。但他仍稱不得「俠」，而只是奉公盡責的武官而已。

五義中，刻劃最成功的是「蔣平」，餘如韓彰，個性陰鬱，不甚露臉，徐慶與趙虎是一對粗魯惹笑的丑角人物，無多文述，蔣平身材雖不起眼（當兄弟一齊面聖時，皇帝顯然有輕視、嫌惡他的意思），但水底功夫卻是獨一無二的，兼又足智多謀、心事曲折，雖好作弄人，卻度量寬廣，兄弟間的和諧全靠他的幹旋。趙虎欺負他，他也不計較，只是暗地裡操持著大局。他跟著包公辦案，幹練如偵探，大約是久混商場，熟諳人性與冷暖，又事事留心，自然就長袖善舞了，作

者費了大筆墨，寫他個人的事蹟，如擒拿白玉堂歸案，感化韓彰再團聚。他的手段狡猾，常被誤會，但他不辯白。仗著潛水術，他先後逮捕了花蝴蝶，制服了鎮海蛟，全是獨行俠的赤膽與機變。他完成的功勞最多，而所受的苦難也最大，但最不吭聲的也是他。又愛於偷閒處開玩笑，如《小五義》第三十三回，婆婆店調戲甘寡婦，差點飲藥酒被害。而危險過去後，依然是嘻皮笑臉的個性，這叫做「遊戲死中活」。

五、結語

　　以上說完七俠、五義的特色。他們的俠義是多方面呈現的。並且，當他們從事這種事業時，是出於自覺的選擇，也嚴肅的以切磋的方式互相激勵、修正。俠義中人與中國傳統的知識分子懷抱著同樣的心態，即：「天下無事不關己」的同胞愛。他們以遊走江湖來磨練志氣與膽識，而當人們需要他的援手時，他們的付出是毫不吝惜的，生命財物，一切都可拋捨。也不為什麼，只因胸中一股燃燒的熱情。這些或許是人皆有之的，唯有俠者勇於付諸行動，並積極的建設它成為一種價值觀。俠義的作風，洋溢在中國數千年的歷史裡，雖有時代面貌的不同，卻未曾消歇。有人說「俠義」是未有法治以前的私鬥、復仇行為。然而，《七俠五義》說明了，即使法律建立以後的承平社會，俠客依舊活躍，因為，世界各角落永遠有人在受苦，受欺、受害，而宗教與道德不能普遍約束人類的獸行時，俠客強有力的拯溺工作，也是一項需要及慰藉。唯有當「俠」的涵養變質為虛玄的「武俠」小說時，它才脫離了社會與人生，而失落為世外的幻夢。誠如金庸說：「武俠小說看起來是一個浪漫美麗的世界，但實際上是一個很

不理想的社會。一個只講暴力，不講法律的社會。」[1]《七俠五義》的好處，即在於它的「平實」，它側重在分析人情的冷暖、俠義的原則及具體的作用，全是關連著社會的缺憾而講的。至於技擊方面的描寫，也都符合人體的機能與限度。夜行人雖能「高來高去」，但必須腳踏屋頂；雖能輕功蹤躍，一半也靠「飛抓百練索」的借力，在近身搏鬥的，它詳細的描述每一個動作與姿勢，並且要拳腳打擊在肢體上。他們使用的兵器，盡是些刀劍棍棒刺之類的平常器械。暗器如鏢、箭、袖箭、背箭等，亦多寫出製造及使用方法，包括機關布置的結構、發動、威力等，都作了必要的解釋。這種種細節，使本書的武俠世界深具現實性。他如「黑店、蒙汗藥」、「江湖暗語」，前者固然在《水滸傳》裡就是常套了。後者卻是本書最有趣最獨特的玩意，尤其是《小五義》的部分，徐良、艾虎等人，慣用此種黑話，在文學語言上，特別顯得活潑生動。

本書之價值，更有待於後人的尊重與挖掘。

---

[1] 林麗君《金庸小說與二十世紀中國文學國際學術研討會論文集》，明河社出版2000，頁505。

羅漢群組：
《二十四尊得道羅漢傳》論析

所謂「阿羅漢」，是聲聞解脫道的極果。《佛光大辭典》：

> 斷盡三界見、思之惑，證得盡智，而堪受世間大供養
> 之聖者。此果位通於大、小二乘，然一般皆作狹義之
> 解釋，專指小乘佛教中所得之最高果位而言。……阿
> 羅漢三義，為自古以來最常見之說。即：(一)殺賊，
> 賊，指見、思之惑。阿羅漢能斷除三界見、思之惑，
> 故稱殺賊。(二)不生，即無生。阿羅漢證入涅槃，而
> 不復受生於三界中，故稱不生。(三)應供，阿羅漢得漏
> 盡，斷除一切煩惱，應受人天之供養，故稱應供。①

　　這個解釋若放在整體佛法中，更能了解其修證境界及實質內
涵。一般而言，佛法的實證之道可分為三乘菩提或二主要道：

---

① 見《佛光大辭典》線上簡易查詢。http://sql.fgs.org.tw/webfbd/text.asp?Term=阿羅漢

　　佛法可依覺悟的內涵的不同，來分爲三乘菩提，也就是說，分爲：聲聞菩提、緣覺菩提還有佛菩提。而所謂的菩提就是覺悟的意思，也就是因爲覺悟的內涵各不相同，所以分爲三乘。[2]

　　佛法之內涵，唯有二主要道——解脫道與佛菩提道，除此以外，無別佛法。解脫道者謂：斷除我見及我執，於聲聞法中即是初果至四果所斷之煩惱也。初果所斷之煩惱爲三縛結，即是我見、疑見、戒禁取見；二果所斷煩惱爲減低欲界煩惱之貪著，令貪瞋痴淡薄，名爲薄貪瞋痴；三果所斷煩惱爲五下分結，即是欲貪、瞋恚、我見、戒禁取見、疑見；四果所斷煩惱爲五上分結，即是色界貪、無色界貪、掉舉、慢、無明。

　　佛菩提道者謂：修證法界實相之智慧，即是第二、三轉法輪所說之般若也。般若分爲總相智、別相智、種智；總相智及別相智即是大小品《般若經》及《金剛經》、《心經》所說之般若也，種智即是第三轉法輪所說之八識心王一切法，即是唯識學也。[3]

---

[2] 請參閱：〈三乘菩提概說第1集：三乘菩提概說簡介〉http://www.enlighten.org.tw/dhar-ma/6/1完整的內容可參考：方竹平《佛法真實義：三乘菩提概說》，北京宗教文化出版社2009.8.1（後改名《佛法概論：三乘菩提概說》，由上海學林2012.9.1出版）。https://search.books.com.tw/search/query/key/%E6%96%B9%E7%AB%B9%E5%B9%B3/cat/all/adv_author/1

[3] 平實導師，《甘露法雨》自序，正智出版社2001.7。http://books.enlighten.org.tw/zh-tw/g/g-name/229-g01-014

二乘的解脫道，雖然能夠使人證得解脫果，出離三界
生死，但因其法義不以實證法界萬法實相爲內涵，所
以不能使人生起實相般若之中道智慧，亦不能使人獲
得一切種智，不能畢竟成佛。

大乘成佛之道是以佛菩提智慧爲主，除了涵蓋二乘菩
提之解脫道外，尚包括第二轉法輪之般若系諸經所說
實相，般若總相智、別相智，以及第三轉法輪諸經所
說如來藏妙義、一切種智、道種智等增上慧學；以親
證萬法根源如來藏心體中所含藏一切種子，已具足
故，名爲成就一切種智；含般若總相、別相之智慧，
以及一切種智之智慧，方可名爲成佛之道。④

成佛之道的果位修證總共有五十三個：從初信位到佛
位，其中的前五十二個階位都稱爲菩薩。如是果位修
證，具載於《華嚴經》及《菩薩瓔珞本業經》中。⑤

從上引資料的補充，對「阿羅漢」的修證內涵及其在三乘菩提／二主
要道的定位就很明確了。聲聞菩提依其修行次第及所證果位雖有四向
四果之分，嚴格言之，唯斷除五上分結（三界愛我慢）⑥，自知自覺
自作證：我生已盡、梵行已立、所作已作，自知不受後有。（《雜阿含

---

④ 方竹平，《佛法真實義：三乘菩提概說》序。
⑤ 請參閱：平實導師《心經密意》書末附載〈佛菩提二主要道次第概要〉，臺北正智出版社二
版42刷。https://www.enlighten.org.tw/bodhi
⑥ 請參閱：〈三乘菩提綱要第15集：斷三界愛我慢證四果／上集〉http://211.22.108.81/dhar-ma/2/15

《經》卷2）的四果，乃稱爲阿羅漢。又可分爲三種：

> 這樣的四果阿羅漢可分爲三種：慧解脫阿羅漢、俱解
> 脫阿羅漢、三明六通阿羅漢。⑦

如上就佛法的實證，何謂阿羅漢是確定而可驗證的；若從學術上探討，就可能有一些部派的異議如：在家居士是否可證得四果⑧？阿羅漢性格上的特質、在人類社會中的角色功能及可能導致羅漢退法的五種因緣⑨；以阿羅漢爲終極目標的解脫道，被斥爲小乘、焦芽敗種⑩，或如「大天五事」所謂阿羅漢猶有漏失⑪之類的爭議……。這些思想問題較複雜，本文先略過。此處轉從民衆信仰的立場看，成就「阿羅漢」最重要的意義及作用是什麼呢？除了個人受用的「殺賊、無生」，跳脫輪迴、親證菩提之外，與大衆利益有關的就是「應供」：受人天供養、作衆生福田。但是，佛教早期的阿羅漢，除了部分協助佛陀弘法之外，每有厭世自了，甚至有先於佛入滅而取涅槃者。然而，大乘菩薩道（佛菩提道）宣說一切衆生皆有如來藏，皆能成佛，佛弟子當以佛法成就衆生，於是有了佛滅度後受佛咐囑而不

---

⑦ 請參閱：〈三乘菩提概說第83集：二乘解脫道之兩種涅槃（下）〉http://www.enlighten.org.tw/dharma/6/83
又，〈三乘菩提綱要第3集：三界六道與解脫果〉http://www.enlighten.org.tw/dharma/2/3

⑧ 藤田宏達著，釋心益、高文琦合譯，〈在家阿羅漢論〉，刊載於臺北《現代禪月刊》第20期（1991.1）。

⑨ 藍吉富，〈灰身滅智與寂滅無爲——早期印度佛教的解脫觀〉，現代禪網站「十方園地、學者專集」http://www.zennow.org.tw/articles/pastdata/monogra/mono-04.htm

⑩ 溫金柯，〈敬答果契居士〉，刊載於臺北《現代禪月刊》第19期（1991.7）。

⑪ 釋悟殷，〈論師的聖果觀（一、二、三、四、五）〉，臺北《佛教弘誓雙月刊》第35、36、37、38、39期（1998/10、12，1999/2、4、6）。

入涅槃的住法羅漢⑫，其後，北梁・道泰譯《入大乘論》、唐・湛然《法華文句記》引《寶雲經》又有四方各四位的十六羅漢；而玄奘譯出《大阿羅漢難提蜜多羅所說法住記》才有了較詳細的緣起、姓名與事蹟⑬；但也只是隱居深山古洞，深入禪定，爲末世福田而受供養；並無在世間活動的事蹟。

中國佛教信眾對這些源自印度的阿羅漢，又加入本土化的思想與創造，而有所謂印度羅漢的「中國化」歷程；以下即從中國歷史上羅漢圖像的演變及羅漢小說的出現，討論「中國羅漢」的造型與傳說。

一、羅漢圖像的結論：十八、五百

如前所述，印度定義的阿羅漢隨著佛教傳入中國之後，有什麼改變呢？呂宗力說：「在大乘佛教中羅漢是僅次於菩薩的品位，但中國人並不注意這些繁瑣的等級，而一概視爲神仙中人，如《一切經音義》釋羅漢爲眞人，且傳說羅漢們常降生人間護教弘法；故每有某異僧爲羅漢化身之說。」⑭事實上，中國高僧甚多，由他們身上所顯現

---

⑫ 《增壹阿含經》第44卷／十不善品：【爾時，世尊告迦葉曰：「吾今年已衰耗，年向八十餘，大迦葉比丘、君屠鉢漢比丘、賓頭盧比丘、羅云比丘，汝等四大聲聞要不般涅槃，須吾法沒盡，然後乃當般涅槃。大迦葉亦不應般涅槃，要須彌勒出現世間，所以然者，彌勒所化弟子，盡是釋迦文佛弟子，由我遺化得盡有漏。】又，《佛說彌勒下生經》亦載此說。

⑬ 《入大乘論》：「尊者賓頭盧、尊者羅睺羅如是十六人諸大聲聞散布在諸處……守護佛法。」另《法華文句》：「准《寶雲經》第七，佛陀記十六羅漢令持佛法，至後佛出方得入滅。」https://www.itsfun.com.tw/%E5%8D%81%E5%85%AD%E7%BE%85%E6%BC%A2/wiki-6687566

⑭ 呂宗力、鑾保群編，《中國民間諸神》下冊，（臺灣學生書局1991.10初版），頁1035~1050。

的特殊氣質如：超離情欲、禪定深入、預言靈驗及遊行人間，頗受民
衆的敬信；而羅漢形象的中國化主要在歷代繪畫家與雕塑家的巧思中
完成，劉澤亮說：「在繪畫時，又有將《法住記》作者與譯者慶友尊
者和玄奘大師加進去的，於是十六羅漢就變成了十八羅漢。」⑮，是
說印度流傳的十六阿羅漢，在漢地的繪畫中增編爲十八位之後，更中
國化了；且由於經論中關於這些阿羅漢的生平資料不多，給中國藝術
家更多發揮想像力的空間，而創造出一個個活潑任性而平易可親的中
國羅漢。陳清香說：

> 在藝術的創作上，除了將羅漢塑成出家人比丘的面
> 貌，以表示四智中的梵行已立之外，其他含義（我生
> 已盡、所作已辦、不受後有）的表現，均無法具體的
> 顯示出來。……貫休所畫的羅漢像，除前面所提三大
> 特徵（**脫離世間、醜怪變形、流露禪機**）之外，最大
> 的貢獻是創出了脫離世間的形像，在醜怪、變形中，
> 表達自我的意念，由於自身就是位禪僧，將禪家深邃
> 的含義，表露在羅漢像的舉手投足之間。……自從中
> 唐武宗毀佛以來，佛教諸宗式微，佛教受到嚴重打
> 擊，幾乎一蹶不振。唯有禪宗卻能獨樹一幟，將深奧
> 的哲理、修行的法則帶到日常生活來，沖淡了宗教嚴
> 肅的一面，美化了刻板的教條理論，因之深受士大夫

---

⑮ 劉澤亮，《中國五百羅漢》代序。http://www.jcls.sz.js.cn/gb2312/jctd/xyjcls/5blh/500lh.
htm

的喜愛，也影響了藝術的創作。⑯

又，與「十八」羅漢並世流傳的，還有另一種組合：「五百」羅漢：

> 五百羅漢的事蹟雖很早就隨著佛教經典而流傳下來，
> 但是影響美術的創作，卻遲於十六羅漢，……兩宋以
> 後羅漢創作邁入輝煌期，無論繪畫或雕塑，五百羅漢
> 創作均能捕捉羅漢內心的感情和神韻，且融合了禪
> 家的精神與文學的逸趣，風貌獨特。……歷代五百
> 羅漢畫像的內容所顯示的羅漢特性是：1.修持禪定，
> 以求佛道。2.悲智雙運，化導眾生。3.閒適自在，不
> 囿於物。4.侍者隨身，接受供養。5.展現神通，變化
> 多端。這些特性中，兩宋以前的作品，多偏於前面幾
> 項，尤其是修持禪定、化育眾生，既表現羅漢的本
> 分，也具有很深的教育意義，比較容易令人起信。至
> 於元明以後，其表現重心漸移向後述數項，羅漢多有
> 侍從人員，也加上了各式各樣的人間相，憑添了幾分
> 寶貴氣息。尤其在明清之際，創作者更好展示羅漢的
> 神通，甚至誇張神通，把端端正正的羅漢像表現得怪
> 異離譜，對於原有「紹隆佛種，上行下化」的含義，

---

⑯ 陳清香，〈羅漢圖像研究〉，臺北《華岡佛學學報》第4期，（1981.10），頁351。http://
www.chibs.edu.tw/ch_html/hkbj/04/hkbj0415.htm

反而不太被闡揚。⑰

上引兩段文字所總結的中國佛像美術史上「羅漢」的造形、特性與演變，頗有見地，特別是「誇示神通」、「與中國禪宗的關係」這兩點，在本論文所將討論的「羅漢小說」中，有極顯著的表現，雖然在中國小說中出現的羅漢群組與形象描述，與這些流傳的羅漢圖像似乎沒什麼相互影響的關係，卻有上述特徵的相似性。

二、《二十四尊得道羅漢傳》的版本、內容

所謂羅漢小說，即是以阿羅漢為主角的小說作品。徐靜波云：「羅漢小說的形式多樣，多以故事體、寓言體及章回體的面目出現……事實上，有關羅漢的故事，也只能作為神怪小說來看。」⑱且不談散落在文史筆記中的短篇文言故事，只就章回體寫作而見於著錄，標榜阿羅漢者有數種：

1. 多體合傳：明‧朱星祚《二十四尊得道羅漢全傳》六卷、清‧周蓮：《五百羅漢志》十二卷。

2. 單體個傳：明‧清溪道人《新編掃魅敦倫東渡記》20卷100回、明‧朱開泰《達摩出身傳燈傳》4卷70則。另：《濟公傳》系列

個傳的小說卷帙較大，所涉及的人物事件較複雜，當另以專書研究。《五百羅漢志》又太繁瑣重複，不易卒讀。本文只就合傳中較具代表性的《二十四尊得道羅漢全傳》做初步的討論。徐靜波說：

---

⑰ 陳清香，〈「五百羅漢圖像」研究〉，臺北《華岡佛學學報》第5期，1991.12，頁416。

⑱ 徐靜波，《中國菩薩羅漢小說》，（遼寧教育出版社，1992.10第一版），頁100。

全稱《新刻全相二十四尊得道羅漢全傳》，全書凡六
卷，不分回。

書內正文實際上只有二十三尊，或許為刻版時遺漏。

作者朱星祚，是江西撫州人，生平事蹟不詳，明神宗
萬曆年間在世。

有明萬曆三十二年楊氏清白堂本、萬曆三十三年書林
聚奎堂重印本。書為中型，版式上圖下文，正文每半
頁十行、每行十七字。[19]

又胡萬川說：

明代原刊本僅存於日本內閣文庫，孫楷第30年代訪
書日本，首先著錄該書……。今該書原本已微卷複製
影印，1990年由上海古籍出版社刊行，標點重排本
亦同年刊行。誠如影印本前言所說，該書題名不一，
「封面說《羅漢傳》，卷首題《新刻二十四尊得道羅
漢傳》；內封牌記則署《全像十八尊羅漢傳》，並標
明十八尊羅漢名為：長眉、伏魔、聰耳、抱膝、捧
經、降龍、戲珠、飛錫、杯渡、振鐸、施笠、持履、
伏虎、換骨、浣腸、現相、賦花、卻水。」可是書中

---

[19] 同前註18，頁107。

　　所述，又只有二十三尊羅漢，缺第二十尊。⑳

　　「上海古籍社」刊行本之外，又有林辰、段文桂主編，巴蜀書社1989年12月第一版的《中國神怪小說大系──神佛卷》排印本，按二十四尊順序排列，不分卷、無圖。茲列詳表如下：

【二十四尊羅漢姓名籍貫師承表】

	外號	姓名	籍貫	師承	入滅年代	傳承位序
1	長眉	商那和修	摩（突）羅國	阿難	周宣王23年（835B.C）	第三祖
2	伏魔	馬鳴		富那夜奢	周顯王37年（332B.C）	第十二祖
3	聰耳	陀難提		悟空	周景王13年（532B.C）	第八祖
4	抱膝	伽難提	（室）筏城		漢昭帝元鳳13年（68B.C）	第十七祖
5	勸善	闍夜多	中天竺	鳩摩羅多	漢明帝永平17年（74）	第二十祖
6	捧經	優婆毱多	吒利	商那和修	周平王31年（740B.C）	第四祖
7	降龍	迦皮摩羅		馬鳴	周赧王41年（274B.C）	第十三祖
8	緋衣	鶴勒那	摩奴羅		漢獻帝建安20年（215）	第廿三祖

---

⑳ 胡萬川，〈降龍羅漢與伏虎羅漢──從《二十四尊得道羅漢傳》說起〉，收在《明代小說國際學術研討會論文集》頁288~318，上海學林出版社2002年9月第一版。http://www.hss.nthu.edu.tw/~tl/newweb/essayt1/essayt1-5.htm

	外號	姓名	籍貫	師承	入滅年代	傳承位序
9	戲珠	般若多羅	東印度		宋孝武大明元年（457）	第廿七祖
10	飛錫	志公			梁武帝天監13年（514）	
11	杯渡					
12	振鐸	普化			唐懿宗咸通元年（860）	
13	施笠	梁武帝	蘭陵		梁武帝太清3年（549）	
14	持履	達摩菩提	南印度	般若多羅	梁武帝大同2年（536）	第廿八祖
15	伏虎	大梵	莊嚴			
16	換骨	慧可		達摩	隋文帝開皇13年（593）	
17	浣腸	佛圖澄			晉穆帝永和4年（348）	
18	現相	大樹龍王	西印度	毗羅	秦始皇35年（212B.C）	第十四祖
19	跨象	難生（脅）	中印度	毗舍羅	周貞定王22年（447B.C）	第十祖
20						
21	拊背	古靈神讚		百丈		
22	焚佛	丹霞天然		馬祖		
23	賦花	仰山慧寂		溈山	唐僖宗中和3年（883）	
24	卻水	智威（巖）		寶月	唐高宗儀鳳2年（677）	

　　「西天二十八祖」的順序、及入滅年代，乃依《景德傳燈錄》所述，多有舛誤，僅供參考。

　　考察這本小說所列二十三羅漢的姓名來歷，與前述《寶雲經》、《大阿羅漢難提蜜多羅所說法住記》所述十六阿羅漢、或中國禪畫的十八羅漢系統全然無關，而可能是取材於中國禪宗傳說的「西天二十八祖、中土六祖」祖師傳承。小說家取這種隨機組合的方式，而另編一套，也是創作。本書列舉二十四位，並無文獻根據；陳清香說：

　　多體羅漢在唐代便已肇其端……在京洛等地的寺院壁畫內，也常有「傳法二十四弟子」……不過，京洛或四川的寺壁，早已淹滅，現存最古的多體羅漢造像，當推洛陽龍門東山擂鼓中洞的二十五體，……這二十五尊羅漢是「付法藏因緣傳」中的二十五位祖師。……北魏吉迦夜與曇曜所譯的《付法藏因緣傳》，記述著印度佛祖以下嫡傳付法的事蹟，自第一卷載初祖摩訶迦葉起，依次為二祖阿難、……二十三祖師子。師子後遭殺害，付法師承一時斷絕。依智顗的《摩訶止觀》第一上，謂付法藏二十四祖。道原的《景德傳燈錄》則在彌遮迦之下加上婆須蜜多，師子之下再加上婆舍斯多、不如蜜多、般若多羅、菩提達

磨，總稱爲禪門付法西天二十八祖。㉑

　　合理的推斷，二十四的數目或許是從《付法藏因緣傳》來（共二十三代，二十四人）；但入選的名單則是《寶林傳》西天二十八祖傳承中的三祖商那和修、四祖優波毱多、七祖佛陀難提、九祖脅、十一祖馬鳴、十二祖比羅、十三祖龍樹、十六祖僧伽難提、十九祖闍夜多、二十二祖鶴勒那、二十七祖般若多羅、二十八祖菩提達摩，計12位；另外11位除了梁武帝、大梵、佛圖澄之外，也都是禪宗史上著名的禪師，如：二祖慧可、丹霞天然、仰山慧寂、古靈神讚、普化、智威、志公等。至於爲什麼是這二十三位入選？書中並無任何說明；且二十三位各自成篇（就如其他傳世的多體羅漢組合：十六、

㉑ 同前註16，頁385。又黃河濤，《禪與中國藝術精神的嬗變》（臺北正中書局1997.8臺初版）頁189云：「造於隋代開皇九年的安陽靈泉寺的大住聖窟前壁，有二十四傳法聖師淺浮雕像，實際是二十四羅漢像。」關於禪宗「西天二十八祖」傳承的討論，可參考這幾篇論文：

＊楊惠南，〈中國禪的成立〉，收錄於《禪史與禪思》頁57~62，（臺北東大出版社1995.4初版）：「《付法藏因緣傳》成立約在笈多王朝前期，正統婆羅門復興，佛教受到攻擊；師子比丘後學乃編集此傳：守護佛法，無令漏失。……中國禪南宗也受到北宗類似的對抗與迫害，於是以《付法藏因緣傳》爲藍本，增減而成《壇經》的西天二十八祖說。」

＊王邦維，〈禪宗所傳祖師世系與印度佛教的付法藏系統〉，收錄於揚曾文、方廣錩編：《佛教與歷史文化》，（北京宗教文化出版社，2001.1第一刷），頁199～212：「禪宗傳法系統中的印度祖師世系，大部分內容與說一切有部的傳承有關——敦煌本《壇經》西天二十八祖是取《付法藏因緣傳》二十三位，加上《達摩多羅禪經》五位而成，但有同人異名的重複；而唐·智炬《寶林傳》對此做了修正，爲五代的《祖堂集》、北宋《景德傳燈錄》所繼承。」

＊徐文明，〈神會早期史事及其在六祖門下的地位〉，臺灣中壢《圓光佛學學報》第6期，2001.12，頁148~149：「事實上六祖對於西土傳承……至少講過兩次：一次是在神龍元年獨傳玄覺；一次是在先天二年七月歸新州前傳付法海等大弟子。……〈永嘉證道歌〉最早立二十八代說，但言其數，不列其名；原本《壇經》則備列祖師名字；後《寶林傳》增廣其事。這是南宗祖統說。」

十八、五百），看不出彼此有什麼關係。

　　這二十三尊者對中國讀者而言，多半是陌生的；除了少數幾位由於歷史的表揚與傳說的附會而有獨立的地位，如達摩、志公、梁武帝，餘者或為印度佛教人物、或為中國禪宗祖師，多有特異的能耐與事蹟而為人傳誦。其次是這二十三位羅漢的外號，是前此佛經中的十六、十八羅漢所沒有的；這些都說明這是一本**嘗試性另撰的小說**，**從不一樣的立場向中國讀者介紹所謂的阿羅漢**，也就是在印度經論登記有案的十六（十八）、五百之外，而另創二十四；更妙的是這二十三位多數是**被中國禪宗承認的祖師級人物**；重點又在於**從師學道與擇徒傳法的血脈**上，較少描述他們「度化眾生」的事蹟，這似乎與菩薩「慈悲濟世，聞聲救苦」的形象有區別了。

三、二十三位尊者的個別探討

　　以下分別探討這二十三位尊者的詳細內容。祖師傳承的十二位依順序而排列，其餘十一位則按可考的年代敘次；生平事蹟則主要根據《付法藏因緣傳》、《景德傳燈錄》、《傳法正宗記》——以下簡稱《因緣傳》、《傳燈錄》、《正宗記》——及《高僧傳》、《神僧傳》等，以與小說情節作「虛實」的對照。[22]

---

[22] 本論文有關佛教經論的引文，採用「CBETA數位藏經閣大正藏漢文電子佛典」的資料。

（一）第一尊──長眉羅漢

　　案：西天第三祖商那和修，《因緣傳》、《傳燈錄》、《正宗記》都有他的傳記，但不曾提及任何有關「長眉」的資料；小說雖云：「尊者多歷年數，眉長數寸，髮白如霜。」卻也不足以號稱長眉。[23]整體而言，小說的內容與史傳記載相似的不多，除了姓氏國籍及久孕不生之外，另有二處：1. 佛陀預記商那和修證果後，於摩突羅國之「青林」說法度生；2. 度化優波毱多及其五百弟子。[24]小說中師徒的「對話」及「付法偈」內容皆與《傳燈錄》同，唯調伏五百徒眾之事，小說的敘述完全相反：「尊者親見優波毱多五百從游之徒，兢兢依教奉行。」

　　除上兩段之外，餘乃小說另撰，而有漢化的趣味。例如說：「胡人貌雖古怪，言雖侏儒，而心性則一。」又因為商那處胎多年，有比丘來化緣，引中國傳說云：「獨不聞太上李老君八十年在母腹耶？但老君之母感火星入懷而孕，或云天之精魄，原始氣化所儲也。」於是教他夫妻持齋把素、布施錢鈔，並授以「瑞應先聲咒」；胎滿六載而生：「嬰兒下地，碩大聲宏，雙手即能合掌作禮佛狀。」

---

[23] 一般流傳的長眉羅漢是「賓度羅跋囉惰闍」Pindola Bharadvaja，因對白衣妄弄神通，為佛訶責，不令入涅槃，使永住於南天之摩梨山，度化佛滅後之眾生。他的形象是頭髮皓白，有白色長眉，中國禪林食堂常供他的像。詳細可參閱丁福保《實用佛學辭典》「賓頭盧頗羅墮」條。

[24] No.2076景德傳燈錄（卷1）（第三祖商那和修）T51，p0207a。

因為是「夫妻唱和修行之報」，乃取名為「商那和修」⑤；長大後：「每堂中嬉戲，好為佛事」，且隨口應答，盡是「佛語禪機」，父母乃決定讓他出家，宣揚佛化；接下去便是「青林」說法之事，阿難尊者見商那坐禪入定，乃誦偈以啓之：「賓中之賓，人中之人；主中之主，塵中之塵；一片雲橫谷口，莫惑塵隨馬走，休疑水逐波流。八萬哪吒喚處，一條索牽烏牛；烏牛烏牛，何時改變毛色？早脫不用人收！」又說：「凡聖本來不二，悟迷豈有殊途？終日吃飯，未曾咬著米粒；一世穿衣，未曾掛著絲頭。如此妙悟，方能變大地為黃金，攪長河為酥酪也。」⑯這兩段用的全是禪家語，包括臨濟、《十牛圖》、雲峰文悅等，拼湊成文，把印度解脫道的教法改為中國禪門的手段。商那證道之後，行化四方，遇優波毱多，授之以法；而後功成緣滿，化火自焚。⑰

（二）第六尊──捧經羅漢

第四祖優波毱多，在印度佛教界號稱「無相好佛」，《阿育王傳》即有許多相關的故事，後來錄在《因緣傳》卷第三，《傳燈錄》、《正宗記》也都提到此事。⑱小說卻濃縮這些事蹟而說：「周

---

⑤ 案：No.2087大唐西域記（卷1）梵衍那國T51，p0873b、No.2058付法藏因緣傳（卷2）T50，p0303c、No.2078傳法正宗記（卷2）天竺第三祖商那和修尊者傳T51，p0720c，所記載三祖之姓名由來，很適合寫入小說，但不為作者所採。

⑯ 案《因緣傳》、《傳燈錄》、《正宗記》所說商那本是商主或仙人，得阿難器重而付法，但並未記載說法的內容。

⑰ No.2058付法藏因緣傳（卷2）T50，p0304c。

⑱ No.2076景德傳燈錄（卷1）第四祖優波毱多T51，p0207b、No.2078傳法正宗記（卷2）天竺第四祖優波毱多尊者傳T51，p0721b。

時人，生吒利國，人物伶俐、智慧聰明，在提抱時，聞人頌讀經典，即能曉解其意；嘗爲鄉中耆老講明如來妙旨，號爲神童。」年十七，往謁和修尊者，得傳其宗旨。「遂奉教隨方行化，至摩突羅國，大顯慈悲，廣行勸喻；凡度一人，石室中即添一籌，……男女得其濟度者，凡二十萬餘人。」由於他所化度的人太多，驚動了魔王波旬，於是有：「妄將纓絡繫如來，花鬘相酬解不開；腐爛蟲蛆憂惱大，害人未害自爲災」的故事，在《因緣傳》、《傳燈錄》皆有記錄，而以《正宗記》最爲近似⑳；但這段佛魔鬥法的情節，在小說中俗化了，如魔王皈依佛道後，尊者戒之曰：「倘原惡不悛，故態復萌，皮外花鬘雖脫，皮內花鬘猶存；腐穢蟲蛆，能識人心臧否，心稍不減，不唯外食汝體，且能食汝心也。」

　　其號爲「捧經」羅漢的因緣是：「曾捧經歎曰：泥紙上之塵言，比比皆是；會簡中妙意，戚戚無聞。……意者，經塵迷目，學者之明鏡未拂拭乎？不然，必六出飛花，未遇紅爐所點化也。」以這偶然的言行而定其外號，似在暗示禪宗「不依經教，直指人心」的風格。至於傳法弟子的人選，所取是《正宗記》：「有長者子曰香眾。」的內容。⑳

---

⑳ 同前註，云：「尊者即入三昧，察其所以。魔乘其在定，持瓔珞輒縈其頸。尊者定起，知魔所爲，乃取人狗蛇三者之屍，化爲花鬘，……魔大喜，乃引頸受之，即復爲三者，腐屍臭穢。魔甚惡之。」

⑳ No.2078傳法正宗記（卷2）T51，p0722a。

（三）第三尊──聰耳羅漢

第八祖佛陀難提，史傳載有師徒三代傳法的事蹟，小說只部分採用，餘皆自撰。如云：「生時頂有肉髻，相貌殊常。」後遇「中華雲遊道人，精風鑑」，說他煞氣太重：「越十五歲，不紹父事，自當崛起為一班人。」果然，父母去世後，便自削髮為僧，因參訪「演教寺悟空長老」，得其指點而開悟。③

關於「聰耳」的外號，書中如是說：「或曰：毋壅汝聰，欲新汝聽歟？對曰：新耳曷若新心？耳聽莫如心聽（莊子·人間世）。人間私語，天聞若雷（增廣昔時賢文）者，以天聰不為物所壅耳！……吾人緝熙亹亹，正欲聽於無聲（禮記·曲禮）也。有詩為證：偃蹇常將耳竅聽，不令緣業障真空；修行參用儒家術，六十依稀耳順通。」這段話雜用了幾部中國儒道古書的詞語，顯然是和會三教的思想。

後半段是度化伏馱蜜多的故事，大致根據《正宗記》，說「伏馱蜜多，年已五十，而口未嘗言、足未曾履」②；而小說又加以發揮，說出一段因果：「此子昔受靈山佛祖法戒，悲願廣大，只慮汝二人年老，情愛難捨；恐言則機泄，故五十不言；恐行則實睽，故五十不

---

③ No.2078傳法正宗記（卷2）天竺第八祖佛陀難提尊者傳T51，p0723b：「年十四乃慕出家，專以梵行自修。及婆須蜜尊者來其國，難提一旦就之發問，遂伏其勝義，則依之為師，尋得付法。」又：佛陀難題與其師的問答，見No.2078傳法正宗記（卷2）天竺第七祖婆須蜜尊者傳T51，p0723a。小說編造這位悟空長老，不知何據。

② No.2078傳法正宗記（卷2）天竺第九祖伏馱蜜多尊者傳T51，p0724a說：「此子往世明達，於佛法中欲為大饒益，悲濟群生；故嘗自願：若我生處，當不為父母恩愛所纏，隨其善緣，即得解脫。其口不言者，表道之空寂也；其足不履者，表法無去來也。」

步。」其父母聽了，願將此子隨師出家，並叮嚀曰：「出家人以慈悲為念，以濟度為心，化人強硬、拯人厄難。……閻浮行一分善念，即庭幃篤一分孝恩也；修百念令德，即顯父母百世令名也。」這段話乃漢人移孝作悲的觀念，陀難提卻嘆曰：「我佛如來傳燈祕言，不外是矣！」

又借用了大量的禪語，如：「我有明珠一顆，久被塵勞關鎖；今朝塵盡光生，照破山河萬朵。」㉝、「佛不在人，心即是佛。」、「凡見花香草色，會做明心生意；聞鶯啼燕語，悟為見性天機。」、「至道無難，唯嫌揀擇。」之類皆是。

(四) 第十九尊——跨象羅漢

脅尊者，小乘有部的傳說他是佛經第四次結集的發起人，而在中國流傳的佛教史傳重點不在此。小說提到他本名「難生」，因為其母「懷孕六十年」乃生，經仙人指點：「此兒若非仙風道骨，終當為菩提法器。」其父乃攜他前去參謁毗舍羅，落髮受戒。因為「給侍毗舍羅左右，晚睡脅不貼席」，所以稱為脅尊者。這段敘述是根據《傳燈錄》卷二，而《大唐西域記》卷二另有說辭㉞，但不為史傳及小說採用。

㉝ No.2077續傳燈錄（卷13）舒州白雲守端禪師T51，p0547c：「（楊）岐一日忽問：受業師為誰？師曰：茶陵郁和尚。岐曰：吾聞伊過橋遭顛有省，作偈甚奇，能記否？師誦曰……。」

㉞ 詳見No.2076景德傳燈錄（卷1）第十祖脅尊者T51，p0209a；及No.2087大唐西域記（卷2）健馱邏國T51，p0880b。

　　至於外號「跨象」的由來，小說云：「至華氏國，道逢白象，前來拜舞；尊者爲講經説法，其象馴服，尊者即跨之而去。」後小段則是收徒（富那夜奢）付法的故事，師徒問答的內容，與《傳燈錄》略同㉟，小說只於最後一次問答改爲：問「汝非諸佛，何以言佛？」曰「諸佛是汝，何以言非！」

（五）第二尊——伏魔羅漢

　　馬鳴菩薩是印度佛教史知名人物，是梵文古典的早期作家㊱；有許多傳說依附在他身上。㊲在中國流傳的傳記又分兩個系統：一是後秦鳩摩羅什譯的《馬鳴菩薩傳》，二是《因緣傳》卷第五，及《傳燈錄》卷第一、《正宗記》卷第二。而歷來學者對他的「師承」、「與

㉟　同前註：「（脅）尊者問：汝從何來？夜奢曰：我心非往。尊者曰：汝何處住？曰：我心非止。尊者曰：汝不定耶？曰：諸佛亦然。尊者曰：汝非諸佛。曰：諸佛亦非尊者。」

㊱　可參閱：釋印順，〈佛教的文藝大師——馬鳴菩薩〉，《現代佛教學術叢刊》第49冊，（臺北大乘文化出版社，1978），頁14~15。又參閱：【正覺電子報】第21期〈馬鳴菩薩略傳〉http://books.enlighten.org.tw/images/download/pdf/20090730110826.pdf，及〈起信論導讀（四）〉http://video.enlighten.org.tw/zh-TW/a12/2578-a12_004

㊲　請參閱：〈真心新聞網：「馬鳴」徒惹風蕭蕭：宗喀巴著〈譚崔十四根本噎戒釋〉的評析・之十三馬鳴〉http://www.enlighten.org.tw/trueheart/345

大月氏王的關係」、「名字由來」等問題多有爭議。㊳

　　但小說對這些內容都沒採用，前半段只說：「夜奢見其遠來意誠，遂納爲門下。」他「將師道心解力行，積久，扃有妙悟。」夜奢很滿意的說：「不意此子勘破眞宗，度越尋常……又曰：離朱有意，白浪徒爾滔天；象罔無心，明珠忽然在掌。」㊴馬鳴後來到華氏國聚徒演教，收服魔神迦毗摩羅，也就是「伏魔羅漢」的由來。這段於史傳有據㊵，小說只增改對話的內容，如迦毗化龍作亂時，馬鳴「只巍然經筵端坐，……不必誦經作法，卒而魔事熄滅。」迦毗便發揮說：「聞釋家之道，以習定爲入門，目中不見外頭景物，太宇忘卻面前變態，始爲眞定。」、「經云：見五蘊皆空，方深般若；得一心寂滅，乃大涅槃。」這是對於外道神通之不敵「佛教禪定」、而如來正法乃在「般若涅槃」的正見說明也。

㊳　相關的問題略說如下：

　　一、師承：No.2046馬鳴菩薩傳（卷1）T50，p0183b云：「長老脅弟子也。」但部分學者對此有異議，如徐文明說：「據《付法藏傳》，富那奢爲第十代，是脅尊者的直傳弟子，也是馬鳴的親教師。」（見〈富那夜奢與付法傳承〉http://www.guoxue.com/discord/xwm/flys.htm）

　　二、《馬鳴菩薩傳》提到馬鳴被當做戰利品送給月氏王的故事。但小月氏國王是誰？印順法師（《妙雲集》下編之九『佛教史地考論』一八、〈佛缽考〉），徐文明（〈『四日併出』只是傳說嗎？〉，《法音》2002年第2期，頁25），侯傳文（〈佛經的文學性解讀〉下篇第八章：佛教文學家馬鳴菩薩，臺北慧明文化2002.4第一版）有不同的看法。

　　三、為什麼稱為馬鳴？《馬鳴菩薩傳》與《正宗記》卷二各有說詞，不知何者為是。

㊴　這裡所用離朱、象罔的典故出自《莊子・天地》。又所謂馬鳴的妙訣：「孤猿叫落中巖月，野客吟殘半夜燈；此境此時誰會意，白雲深處坐禪僧。」實乃永明延壽於雪竇寺所作：見No.2037釋氏稽古略（卷3）杭州慧日永明智覺禪師T49，p0857a。

㊵　No.2076景德傳燈錄（卷1）第十二祖馬鳴大士T51，p0209c。

（六）第七尊——降龍羅漢

　　據陳清香考證，傳說中的降龍羅漢有世尊、沙曷比丘、末田地、舍那婆斯、商那和修等，迦毘摩羅也是其一：「在印度蟒蛇和龍是同一類，迦毘摩羅爲大蟒授三皈依，便是首度的降龍，再度付法於龍樹，使龍樹得以教化五百龍眾，也是間接的降龍。」[41]《傳燈錄》卷一、及《正宗記》卷第三的本傳記載略同[42]，而小說情節也大致仿此，只是改採禪宗語法，如自作悟道詩云：「此岸到彼岸，相離才一線；纖毫關捩子，誰解通身轉！」又爲大蟒受三歸依法云：「不從三心亂，無由一念迷；有無俱盡處，那裡是菩提。」更直接稱迦毘爲「禪師」，又迦毘猜中龍樹的心語時說：「此至誠如神之道，得之馬祖者也。」

---

[41] 陳清香，〈降龍伏虎羅漢圖像源流考〉，臺北《佛教與中國文化國際學術會議論文集》上輯，（1995.7出版），頁115。又胡萬川先生說：「十八羅漢中的最後二位爲『降龍與伏虎』，是直到乾隆才給的官方定說，但明白的爲羅漢加上『降龍』、『伏虎』名號的，卻至少在明代萬曆年間刊行的《二十四尊得道羅漢傳》就已存在。……例如書中「降龍羅漢」的故事，即從《五燈會元》中及《景德傳燈錄》中十三祖「迦毘摩羅尊者」事跡改纂擴大而成。……『龍樹』變成了『大樹龍王』，成了『降龍羅漢』降伏的對象，在此，《羅漢傳》的編者未免『望文生義』得過分些。」同註14。

[42] No.2076景德傳燈錄（卷1）第十三祖迦毘摩羅T51，p0210a；No.2078傳法正宗記（卷3）天竺第十三祖迦毘摩羅大士傳T51，p0726b。

（七）第十八尊——現相羅漢

　　龍樹菩薩，在印度被稱為「佛陀第二」，在中國則是「八宗共主」。鳩摩羅什譯有《龍樹菩薩傳》介紹了他的生平[43]，之後《因緣傳》所錄幾乎全同；而《傳燈錄》、《正宗記》也有他的傳記，但內容不全然相同。歷來龍樹學的著作也有關於他生平事蹟的考訂，可自行參閱。[44]

　　小說所採較近於《傳燈錄》、《正宗記》所載，承接前一節迦毗摩羅的傳承。[45]龍樹得法後，率徒往南印度行化，為彼國人示現「地湧白蓮座」的神通，唯「迦羅提婆」獨見而嘆曰：「今日尊者謂汝輩苦求見證，故現出佛相形體，昭示我等，蓋以無相三昧，形如滿月。……佛性之義，廓然虛明如此。」眾人聞而感悟，龍樹乃為他們剃度受戒。這即是「現相羅漢」名號來源；亦如《正宗記》卷第三所說[46]；但是，小說改動後文：龍樹獨衷於提婆，引起眾人的忌妒，不讓提婆入壇聽講。而龍樹為大眾講明宗旨：「汝等欲為無上禪師，須息三焦之火。」只提婆心會其意，龍樹乃為他說偈而傳法。

---

[43] No.2047a龍樹菩薩傳（卷1）T50，p0185b。又參閱：【正覺電子報】第13期〈龍樹菩薩略傳〉http://books.enlighten.org.tw/zh-tw/e/347-ga1_013

[44] 如徐文明，〈龍樹的時代略考〉，《中國佛學》1999年秋季號（http://www.guoxue.com/discord/xwm/lsds.htm），萬金川：〈第二佛陀——龍樹〉，臺灣嘉義《香光莊嚴》50期（1997.6）。

[45] No.2078傳法正宗記（卷3）天竺第十四祖龍樹大士傳T51，p0727a。

[46] 同前註：「即於座上化其身，如一月輪。時眾雖聞說法，而無睹其形，適有長者之子，曰迦那提婆，在彼人之中視之，獨能契悟。」

（八）第四尊 —— 抱膝羅漢

　　小說云：（僧）伽難提「□筏城國王子也。國王初亦艱於嗣息，禱求神明、布施功果……佛祖如來奏過天曹，始抱尊者送國王夫人投胎。」這頗似中國民俗傳說；又，七歲能行，而「食惟菜茹、衣惟布素」，「護附儀衛悉斥去，不令伺候門牆，惟抱膝獨坐齋中而已。」這是「抱膝羅漢」名號的由來，接著是史傳所載父母許他在家修行，及上天助他得法的故事⑪，小說卻編造了大段父子間的儒佛之辯，表達了中國人對佛教部分觀念與行事的疑忌（可參看第二十二尊「焚佛羅漢」及第二十三尊「賦花羅漢」類似的對話）：

---

⑪ No.2076景德傳燈錄（卷2）第十七祖僧伽難提T51，p0212b。

　　關於「抱膝」名號的由來，有認為借自「半跏思維菩薩像」的，陳清香，〈隋開皇三年石刻菩薩三尊像考〉（《東吳大學中國藝術史集刊》第13期，1984.2，頁39）云：「自北魏以來，半跏思維形式的菩薩像，大都指彌勒菩薩，但也有部分指太子思惟像，即釋迦未成佛之前為悉達多太子時的形像，主題是描寫太子曾經出遊四城門，見到了生老病死的種種痛苦景況，於是他內心深深的縈迴著人生的根本問題，因而決定出家以尋求解決之方。」http://sino-sv3.sino.uni-heidelberg.de/FULLTEXT/JR-MISC/mag12676.htm又據聞：雲南安寧市城東五公里洛陽山麓「法華寺」以石窟藝術著稱，往南崖途中有二窟相鄰，內刻有釋迦牟尼佛苦行圖，右袒左袒，雙手抱膝，低頭沉思。http://www.yncte.com/ynly/smtk/ku1.htm但中國早期的羅漢像已有此位，如武漢「歸元寺」五百羅漢之第十三尊：雙手抱膝，雙唇緊閉，雙眼低垂，雙眉微鎖，一副冥思苦想的樣子。或五代吳越「煙霞洞十六羅漢之一」，拱券形龕內圓雕抱膝羅漢一尊，高1.06米，中年男相，光頭大耳，著通肩袈裟。左腿上屈，右腿盤，赤足露趾，席地而坐，十指相交，合抱膝蓋。http://www.hangtu.com/hzsk/html/xhnx/yxsd/yxd/html/yxdsllh-1.htm或者，是用「仰山圓寂」的典故：「至日午，陞座辭眾，復說偈云：年滿七十七，無常在今日；日輪正當午，兩手攀屈膝。言訖，以兩手抱膝而終。」（No.2076景德傳燈錄（卷11）袁州仰山慧寂禪師T51，p0282b）與本小說第二十三尊重複。以上三種可能，未知誰是。

國王曰：「千乘之子，承大統、主大祀、弘大化……
何得忘君親而不忠不孝，避租稅而游手游食？」母
曰：「吾素布施禱求，爲汝父承繼統緒，非爲如來承
繼衣缽也。汝若出家，則父母乏祀，祖宗血食從此斬
矣。……假令修得佛來，不過是一大雄寶殿，令眾信
禮拜慈容、眾僧誦讀經懺而已。」

尊者曰：「人生世間，少者必老，生者不能不死，理
勢然也。……兒若出家，得爲釋家弟子，子貴親亦
貴、子仙親亦仙。」

國王曰：「新君繼位，明能理民，使老幼得所；幽能
祀神，使怨恫罔生；即此便是修行。明無人非、幽無
鬼責，即此便是成佛。……何如色相皆空、意識俱
忘，入定於寂滅之地、面壁於杳冥之鄉，在人民不稱
惠，在社稷不歸誠；一日圓寂，神魂飄散，絕倫滅
祀，負天地所生，辜祖宗所望。……且佛在西方，左
道害民。」

尊者見父不令其出家，默默無言，終日不食，惟抱膝
長歎而已。

後來終得父母同意，而往「禪利多」寺中爲弟子。某日，於僧
房中見天光下照，十里外有一石窟：「尊者遂燕寂其中，性靈參見如
來，遂受法旨，且爲之授記，令其還生行化。經十年，其尸宛然如
昨，未有朽壞。」這段雖是從前引《傳燈錄》脫化而來，卻少了「羅

睺羅」的點化。[48]尊者成道後，行化至摩提國，度脫伽耶舍多，茲不贅敘。

（九）第五尊——勸善羅漢

小說云：「闍夜多尊者，中天竺人。鍾秀氣所生，質極聰慧，……若生在中國，加之學問，可以超凡入聖矣。」、「其家世代欽祀如來三寶，不惟不能脫化作佛，其祖與父母因患瘵疾而死。」鳩摩羅多「在天竺國講三生過去未來，談作善造惡因果」，尊者年方幼沖，徑往謁之，得其開示「諸法如幻、業報不失」之理而悟道。這三段大致是根據《傳燈錄》卷二[49]，惟小說加一句：「儒者純心為善，初不忘報，亦猶是也。」和會了儒釋理趣。再來就是闍夜多得法後，「在天竺國講談因果，發明三時報應之理，勸人純心為善。」因而被稱為「勸善大士」。稍後，又往羅閱城度化婆修盤頭：「但從言語文字上見宗旨，則博而寡要、泛而無實。……儒者高堅、前後之妙，亦從心處得來也。」、「靈臺湛然，無所希求，庶幾於道」；盤頭於言下心曠神怡，闍夜多於是為他說偈並傳法。

（十）第八尊——緋衣羅漢

小說云：「鶴勒那，姓婆羅門，年七歲，不俟出家為僧，受得道

---

[48] No.2076景德傳燈錄（卷2）第十六祖羅睺羅多T51，p0211c。
[49] No.2076景德傳燈錄（卷2）第十九祖鳩摩羅多T51，p0212c。

比丘點化，即能超悟佛旨。」嘗遊行聚落，見民間所崇奉淫祠，則入廟中，指其神斥之：「手一指揮，鬼神護之，風雨飄搖，廟宇即爲傾圯。」這些傳聞大致是根據《傳燈錄》卷第二；但小說不提他的師承（摩拏羅），是個缺失。長大後，到中印度行化；國王崇佛，待爲上賓，「俾左右大臣、卿士大夫、齒德耆民，各就公館，聽其講說。」中間穿插了日月天子降臨，求解精義的故事，就是他稱爲「緋衣羅漢」的緣由。最後則是度化師子比丘的過程，且預告日後被殺的業報。⑩

　　小說禪化之跡頗明顯，如國王說：「朕聞有道禪師，講經降猛虎，說法墜天花。」尊者曰：「心無不存之謂照，慈無不泯之謂忘，……瘦竹長松滴翠香，流風踈月度微涼；不知誰住原西寺，每日鐘聲送夕陽。」

（十一）第九尊——戲珠羅漢

　　小說云：「般若多羅，宋明人，生東印度國；早年出家，有志克繼佛事。」前後繼事三位比丘：其一「粗能料理支費，而於經義漠無知識」，其二「頗能訓解文字，而於經義尚有依回」，他認爲這兩位「非吾師也」而捨之。其三「道超頓悟，可稱上上乘」，可惜「從遊未幾，師即逝去」；於是自嘆命厄數奇，而決定自修自證：「精思之極，神明通焉，夢寐之中，有得道比丘揭其奧妙以告之。……遂作悟後詩云：藏身無跡更無藏，脫體無依便廝當；古鏡不磨還自照，淡

---

⑩ 以上數段情節大致是依據No.2076景德傳燈錄（卷2）第二十三祖鶴勒那T51，p0214b改寫。又《傳燈錄》載有鶴勒那的名字因緣，頗具故事性，可惜小說不錄。

煙和霧蘊秋光。」⑤這一大段事蹟的來歷不明，且說他夢中得道，並無人間師承（不如密多）。接下便是行化南印度，吟詩點化某僧人：「夜來簫聲一爐香，終日凝然萬慮忘；不是息心除妄想，都緣無事可商量。」⑤而與國王應對，王施以無價寶珠；接著便是借珠爲題，勘驗三位王子，並選定「達摩」爲付法弟子⑤，亦即「戲珠羅漢」的來由。

（十二）第十四尊——持履尊者

菩提達摩在中國已是家喻戶曉的人物，依禪宗的譜系，他既是西天第二十八祖，又是東土初祖，有許多傳說附會在他身上；本論文只就小說提供的情節，略尋史傳之出處，並討論他作爲「羅漢」的形象。

小說云：「菩提多那尊者，姓刹帝利，南印度國王幼子。」前段故事即上一篇「戲珠羅漢」中所述。而「菩提達摩」之名，說是其師般若多羅所改⑤，達摩得法之後，先在本國演法，眾皆仰信之，唯其侄子異見王獨立門戶，謂「寂滅之教，當擯之宮牆之外；虛無之道，

---

⑤　此偈出自No.2077續傳燈錄（卷31）T51，p0680b：臨安府淨慈水庵「師一」禪師，參雪峰慧照禪師所呈。

⑤　按此乃五代南臺守安〈示徒〉詩，但原文第一句是：「南臺靜坐一爐香」，No.2076景德傳燈錄（卷24）衡嶽南臺守安禪師T51，p0401b。

⑤　般若多羅的師承，及傳法於菩提達摩，見No.2076景德傳燈錄（卷2）第二十七祖般若多羅T51，p0216a：「尊者欲試其所得，乃以所施珠問三王子……第三子菩提多羅曰：此是世寶，未足爲上；於諸寶中，法寶爲上。……」

⑤　同前註，傳燈錄（卷2）般若多羅云：「汝於諸法已得通量，夫達磨者，通大之義也。」

不容於名教之中。」達摩乃命弟子波羅提去為國王說法⑤；異見王悔悟，迎請王叔入宮，誓願欽崇三寶。達摩留在國中演教六十餘年。一日，促裝入海，船行三年乃到中國廣州，由蕭昂引見梁武帝，而有「並無功德」、「廓然無聖」兩段對話⑤，及潛過江北面壁少林等故事。這些情節也多是根據《傳燈錄》改寫的，小說只增加了一些插曲，如：梁武帝見達摩南來，龍顏大悅，沐浴齋戒，自出都城迎接，且稱達摩為「西來佛」、「祖佛」、「如來」，顯然是民間高推中國禪宗第一祖的用語。

　　再來是接引慧可的故事：「神光者，平日博覽經書，講談玄理；聞西天竺達摩尊者，現在嵩山少林寺面壁。」乃親往參謁求教，但達摩全然不聞，於是有「立雪過膝」及「自斷左臂」兩段故事，感動了達摩：「此子非好為是苦節，其志欲為如來傳衣鉢也；倘非法器，前不能當積雪，後不能斷左臂。」於是為他改名「慧可」。接著是「將心來，與汝安」的公案，以及達摩令四位弟子各陳所得，而傳法於慧可之後，端居而逝，葬於熊耳山。兩年後，宋雲遇之蔥嶺，開棺視之，唯見一隻革履……。小說情節到此結束，但歷史上作為禪宗祖師的達摩之相關傳說及學術考證，仍有許多可討論的空間，本文限

⑤　No.2076景德傳燈錄（卷3）第二十八祖菩提達磨T51，p0217a：「波羅提即說偈曰：在胎為身、處世為人、在眼曰見、在耳曰聞、在鼻辨香、在口談論、在手執捉、在足運奔。遍現俱該沙界，收攝在一微塵；識者知是佛性，不識喚作精魂。王聞偈已，心即開悟，乃悔謝前非，咨詢法要。」

⑤　請參閱：正安法師《真假邪說》頁85（正智出版社2004年4月）：【梁武帝累積福德尚未具足，卻對善知識興起慢心，欲與爭勝，導致失去證悟的因緣。】http://books.enlighten.org.tw/zh-tw/g/295-g01_025、http://www.a202.idv.tw/a202-big5/Book1028/Book1028.htm

於篇幅，不能深入探討。⑤唯達摩以下，中國禪宗成立，而仍以「羅漢」稱之，是所謂羅漢的禪師化也。小說所寫「西天二十八祖」一脈單傳到達摩仍有根據；慧可以下的人物則是作者自選，卻不知何據。

（十三）第十六尊——換骨羅漢

　　小說云：慧可尊者，姓姬氏「其母一夕夢見異光照窗，遂感而有孕；及生，遂名曰神光。」自幼神識邁人，一覽便解；故不局於儒業，而酷好「如來左道」。案：慧可以下的禪宗祖師，都是出生中國的漢人，因此他可說是中國禪宗第一人⑧，所以出現在他們身上的漢文化描述，也就自然多了。小說又云：初年別母出家，受戒於香山寶靜禪師；終日冥目宴坐，於虛無寂滅上用功。然後是神人指點他南行求道，且為他「換骨」，其師見他頭頂「五峰秀出」，讚嘆說：「此子骨格迥異、慧質殊常，不是塵中侶，當為上界師。」於是鼓勵他前去參謁達摩，得傳其宗旨，並繼其法門。⑤再來是度化僧璨的故事，大體上於史有據，而略加增飾；如僧璨問：「從何修為，異日得成羅漢？」但小說卻沒有傳法的咐囑與偈誦，就接入「因記達摩遺言，謂

---

⑤　以上情節都載錄於《傳燈錄》卷三。又，相關的問題可參考：陳清香，〈達摩事蹟與達摩圖像〉，臺北《中華佛學學報》第12期（1999.7），頁443~478；徐文明，〈菩提達摩考〉，《北京大學研究生學刊》（94，1、2期合刊）。曹仕邦，〈一葦渡江與吃肉邊菜——兩個著名禪宗故事的歷史探究〉，臺北《中華佛學學報》第13期（2000.7），頁267~280；楊笑天，〈關於達摩和慧可的生平〉，北京《法音》第190期（2000.6），頁24~32。

⑧　高士濤，〈中國禪宗第一人——慧可大師〉（上）（下），河北《禪》刊，（2001）1、2期。

⑤　請參閱：平實導師〈入不二門〉頁99，（正智出版社2003年12月）http://www.a202.idv.tw/a202-big5/Book1027/1027-R14.htm、http://books.enlighten.org.tw/zh-tw/g/294-g01_024

己某時當有宿累；遂韜光斂跡，變易姓名」，或隱入酒肆、或寄寓屠門，混世塵以擺脫身中之累。但最後還是「被同類所誣……遂坐以非法。尊者知宿累莫逃，不為分辨，怡然委順而逝。」⑥

（十四）第十七尊——浣腸羅漢

佛圖澄，在中國佛教史上，以「神通靈異」聞名，《高僧傳》、《神僧傳》都有他的傳記。釋大睿云：

> 中國本具儒家思想等深厚之文化傳統，因此佛教的弘
> 傳實屬不易，故教義闡揚除借重「格義」之功外，西

---

⑥ 慧可大師事蹟，小說是據No.2076景德傳燈錄（卷3）第二十九祖慧可大師T51，p0220b以發揮。又，「換骨」之說，在《出三藏記集》卷十四，「求那跋陀羅傳第八」已有之：No.2145出三藏記集（卷14）T55，p0105b，又為《高僧傳》所採用：「譙王欲請講華嚴等經，而跋陀自忖，未善宋言，有懷愧歎。即旦夕禮懺，請觀世音，乞求冥應。遂夢有人，白服持劍，擎一人首，來至其前曰：何故憂耶？跋陀具以事對。答曰：無所多憂。即以劍易首，更安新頭。語令迴轉曰：得無痛耶？答曰：不痛。豁然便覺，心神悅懌。旦起，道義皆備領宋言，於是就講。」（No.2059高僧傳（卷3）「求那跋陀羅傳」T50，p0344a），《傳燈錄》之「神光換骨」說，或許轉借於此；而那跋陀羅所譯四卷本《楞伽經》曾是達摩傳法的重要經典。【本經是禪宗見道者印證所悟真偽之根本經典，亦是禪宗見道者悟後起修之依據經典；故達摩祖師於印證慧可大師之後，將此經典連同佛缽祖衣一并交付二祖，令其依此經典佛示金言、進入修道位，修學一切種智。由此可知此經對於真悟之人修學佛道，是非常重要之一部經典。此經能破外道邪說，亦破佛門中錯悟名師之謬說，亦破禪宗部分祖師之狂禪——不讀經典、一向主張「一悟即成究竟佛」之謬執。并開示愚夫所行禪、觀察義禪、攀緣如禪、如來禪等差別，令行者對於三乘禪法差異有所分辨；亦糾正禪宗祖師古來對於如來禪之誤解，嗣後可免以訛傳訛之弊。此經亦是法相唯識宗之根本經典，禪者悟後欲修一切種智而入初地者，必須詳讀。】——詳細內容請參閱：平實導師《楞伽經詳解》（全套共十冊，正智出版社）http://books.enlighten.org.tw/zh-tw/b/b-name/211-b01_006

域僧侶的神奇行止，亦頗能迎合爲政者的心理。由於
神僧之靈驗事蹟，使得統治政權者，深信其法術可爲
己禳災求福，爲國祚求久安。……此在梁‧慧皎《高
僧傳》中，便有許多相關記載。⑥

　　對這位在中國佛教社會影響深遠（加上弟子道安、僧朗、法雅等）的西域
僧人，小說把他納入「羅漢」的行列，並取《僧傳》的內容而潤飾
之：「狀貌魁梧、資姓敏慧，且深於學問，弘雅有識。……明解三藏
之經、博覽六經之旨，天文圖讖，綜涉無遺。」其次，提及他的某些
特異功能，如：「左乳旁肉孔，常以綿絮塞之；夜欲讀書，拔其絮，
一室光明如晝。遇朔望日，則至水邊，引腹中腸胃滌之。」、「善持
經咒，又能作法，役使鬼神，俱有靈驗。」這些在兩本《僧傳》皆有
記載，也是他之所以是「神異僧」的本事。

　　接下去，都是與後趙石氏相關的史錄，小說取《僧傳》現成紀
錄而加油添醋，以便於通俗閱讀。故事最後，因「見石氏殘虐不仁，
氣數垂滅；曰……變生而始去，非見機之智；國滅而與俱，非保身之
道。吾未待亂，當先化矣！」乃圓寂於鄴宮，享年117歲。

　　記錄在《高僧傳》的神異故事還有很多，小說只能選取部分內
容，但是重點大多談到了，且情節中滲透著漢人的意識與情感。⑥

---

⑥ 釋大睿，〈中國佛教早期懺罪思想之形成與發展〉，臺北《中華佛學研究》第2期，
　（1998），頁314。

⑥ 慧皎對神異僧有一段總評：「神道之爲化也，蓋以抑夸強、摧侮慢，挫兇銳、解塵紛。……
　澄公愍鋒鏑之方始，痛刑害之未央，遂彰神化於葛陂，騁懸記於襄鄴；藉祕咒而濟將盡，
　擬香氣而拔臨危；瞻鈴映掌，坐定吉凶。終令二石稽首，荒裔子來。澤潤蒼萌，固無以校
　也。」

（十五）第十尊——飛錫羅漢

　　小說云：「尊者，本姓朱氏，不知何許人。少年出家，止道林寺，從悟玄比丘修禪習定。」這段來歷，與史傳所載略似[63]，唯所依止的師父應是「鍾山沙門僧儉」。有關學法得道的經過，兩本《僧傳》不載，而小說云：比丘為他說「八解脫」與「五戒」，前者「能於數者常提醒，見性明心上乘師！」後者「遵了沙門嚴約束，從容得道上西天。」尊者得了修持大要之後，就出外遊方：髮長數寸、跣足而行，手中持一錫杖，「或為長篇短篇歌、或為五言七言吟，歌吟中語詞歷歷，皆未來讖記。」這樣的形象及應驗，漸得士庶的敬重；而衛道之士卻上奏彈劾之，梁武帝鉗於正議，乃捕之下獄：「尊者不為辯，服法受治，械獄中數年。有人見其時常在市提化。」及高帝繼位，乃下詔還其自由，並躬執弟子禮，以「國師」稱之。

　　以上大段，《高僧傳》、《傳燈錄》、《神僧傳》皆有記載，而詳略不同；小說則錯置了年代與帝號（拘禁志公的是齊武帝，而釋放他的是梁武帝），且有「齊高帝天監六年的」失查。

　　最後是，尊者與白鶴道人爭取「舒州灊山」為練性養老之處：「道人之鶴振羽而飛，將至山麓，忽聞空中錫飛聲，鶴遂驚，止他所，而錫乃卓於山麓。」這段只《神僧傳》有之，可能是後來的傳說。小說還有續文：「閒居無事，則一人明心見性、一人修心煉性，

---

[63] 本篇故事大略來自三個出處：No.2059高僧傳（卷10）3神異下16釋保誌T50，p0394a；No.2076景德傳燈錄（卷26）金陵寶誌禪師T51，p0429c；No.2064神僧傳（卷4）寶誌T50，p0969c。

各在山中自精法術。」志公在中國是被傳說爲「菩薩」轉世的，且多有神通、讖驗的事蹟，與佛圖澄、傅大士、杯度等，號爲當代神異僧。宋《碧巖錄》卷一載有他向梁武帝說破達摩是「觀音大士，傳佛心印。」[64]這可能是後人附會的，增加他的神祕性。

（十六）第十一尊──杯渡羅漢

杯渡，《高僧傳》及《神僧傳》有其傳[65]，對他的來歷都只是簡略帶過，小說則加以發揮：「慧性圓融，即會悟無上法旨，有識者曰：此少年得道羅漢也。人見其常乘杯渡水；……雖頓悟釋氏正宗，其實不矜細行，在冀州破戒不羈，好飲酒食肉，與俗人無異，人多輕慢之。」根底深厚而形象鮮活。

接著是兩本《僧傳》所載「竊人金像」的故事，小說更詳細：「嘗寄宿於念佛人家，窺見其家神座上供養一尊金佛」，乃竊之而去。失主拍馬追之而不及，曰：「此必神人，……以俗輩不知其異，故冒不潔之名，使人知其得道不凡也。」

再來有「取鯫魚放生、化二牛碎網」，及「蘆圖顯神異，李家勤供養」兩段，也是取自兩本《僧傳》，小說又戲稱他是「香如來」。最後則是於郊外示寂：「前後皆生蓮花，異香逼人。」李乃厚殯之；數日後，有人於北途遇之；啓棺而視，唯存靴履而已；這個異跡與達摩傳類似。有學者認爲他是後世《濟公傳》的人物原型的，姑存其

---

[64] No.2003佛果圜悟禪師碧巖錄（卷1）T48，p0140a【一】舉梁武帝問達磨大師。

[65] No.2059高僧傳（卷10）神異下杯度T50，p0390b；No.2064神僧傳（卷3）杯度T50，p0961c。

說，以待考察。⑥

（十七）第十三尊——施笠羅漢

　　梁武帝蕭衍一生在政治上全力推行「皇帝菩薩」的理念與政策，創建他誓願中的「佛教國家」⑥；他以政權力量所推動的建寺、度僧、說法、捨身，及誓斷酒肉、編製寶懺等，對中國佛教頗有影響；因此有傳說他最後修行成道，且納入民間流行的十八羅漢群中——他自稱菩薩，卻被民間視爲羅漢，眞是始料未及。

　　除了《梁書》武帝紀、《南史》梁本紀所載的生平事蹟之外，另有許多野史傳聞的附會。⑥而作爲「帝王」羅漢的形象，頗爲特殊，小說云：「初尊者投胎，下符地瑞。」誕生後，易爲撫養；稍長能行，卻「足不履地，浮空一二尺」。後遇不知名胡僧曰：「此兒前

---

⑥ 同前註18，頁131。

⑥ 可參閱顏尚文，《梁武帝》，臺北東大圖書公司，（1999.10初版）、龔顯宗，〈從秀才天子到皇帝菩薩——以《梁武帝集》爲據〉，臺北《華梵大學哲學系五次儒佛會通學術研討會》（2001.4）http://www.hfu.edu.tw/~ph/BC/5th/bc0505.htm

⑥ 如：宋《太平廣記》120「報應」十九、「徵應」五的梁武帝條，及明‧馮夢龍《喻世明言》第三十七卷〈梁武帝累修成佛〉。但這些轉世報應的故事，本書並不採用，而另撰「往世施笠於佛，今生轉胎爲帝」，不知所據爲何，卻廣泛的流傳於民間，如《梁武帝問志公禪師因果文（四）》云：「滴水添河積福多，毫釐施捨感恩波！不信但看梁武帝，曾施一笠管山河。」http://aid.xiloo.com/a21/a21-29.htm。而星雲大師《六祖壇經講話》第三決疑品則說：「在佛門裡有一首贊歎梁武帝及說明布施功德的偈語：三寶門中福好修，一文施捨萬文收；不信但看梁武帝，曾施一笠管山河。梁武帝過去世曾是一個樵夫，有一天，打完柴回家的途中，突然下起雨來，他看到一尊佛像在露天裡被雨淋著，就把戴在自己頭上的斗笠布施……後來感得成爲一代帝王的果報。」http://www.ebud.net/special/sutra/liuzhu/special_sutra_liuzhu_20020316_24.html

生，曾笠我佛如來也。」接著，是「昭明太子」開東閣，延攬天下賢士，彼胡僧薦他入幕[69]；尊者在東宮數年，「恃太子寵愛，恐來忌者之口」，遂外補為刺史：「權威日重，士庶歸心。」而從兄蕭懿因「坐不軌誅之」，並籍其家。蕭衍於是起兵：「廢其昏亂之君、立其闇弱之子；未幾，……即天子位。」以上小說的敘述與正史略有出入[70]，但其重點是解釋梁武帝的佛教因緣、崇佛舉動，及最後的成道內容。他即位後：「前世因笠如來，今世獲為天子，……遂深信佛法有靈驗、薄施有厚報也。」於是下詔各地，廣建佛殿、設齋供僧，並寫經頒賜臣民：「國帑錢糧，半為佛家靡費」；而他個人「專意乞靈於佛，甘為廝役僕隸；捨金不足而又捨身；……三次贖之，費不貲矣。」小說對此事作了批評：「梁武帝徼福心勝、媚佛心誠，捨（身）之時，若有真佛受之；贖之時，若有真佛還之也。甚哉！梁武之愚也。……據佛之設教，重在明心見性，區區皮囊，且欲其脫化；方寸性靈，且欲其歸空；不能了悟真宗，而唯以肉身作佛，亦徒然矣！有詩為證：捨身事佛亦何愚，三受三還只自誤；借使捨身能作佛，世間黎庶盡如如。」

　　與達摩的對話之後，增飾了部分情節：「遂詔臣民妃嬪，戒酒斷葷。……又詔：宗廟祭祀，用麵為牲。」而皇后郗氏矯詔開葷，恣

---

[69] 案：昭明太子蕭統，乃梁武帝長子，未即位而卒。此處應當是：齊武帝次子竟陵王子良開西邸，招文學，蕭衍遊其門下，與沈約、謝朓等號為「八友」。詳見《梁書》卷一，武帝紀。又，以下情節延續這個錯誤而來，事多虛構。

[70] 案正史所載：蕭衍二十八歲（491A.D）往荊州，任隨郡王子隆的鎮西咨議；隔年，因其父病卒而丁憂去官，與長兄蕭懿隱居於都城東郊。三十一歲（494A.D），輔佐齊明帝繼位而受重用，從此以軍官之身率舊部曲，長期對抗北魏，充分的發展軍事長才並厚植個人勢力；東昏侯即位後，奢侈游逸、暴政虐民，蕭懿因功高遭忌而被殺（500A.D），蕭衍於是起兵襄陽，擁立齊和帝，隔年（502A.D）受禪即皇帝位，開創梁朝。

意宰殺，陰司乃嗇其壽數，病亡投胎爲蟒；武帝聽從「寶志禪師」建議：「親疏睿思，撰擷諸經，編成十卷，名曰梁王水懺。」藉此功德，郗后得轉蛇身還人天；而梁武也因「搜經作懺，天牖其衷，耀然證悟如來宗旨。」而那位胡僧勸說梁武帝：「修證有得，翌日可爲西天羅漢，但須經侯景之難，始得升天。遂勸之，勿爲富貴所羈靡，當擺脫以待時至。」又爲他取名「步虛」；梁武帝遂「不以天下國家爲意」，而致權臣叛國，他被侯景大軍困在臺城，卻清心讀誦《老子北斗經》，功德圓滿之日：「見紫雲一朵接捧梁王，直上玉京金闕。俗人不識，乃謂梁武餓死臺城者，非矣。」最後這段故事，似與史實不符[71]，或只爲了證明：梁武帝過去世曾施笠於如來，今生該得羅漢位；而佛道相淆、福慧不分，讀來牽強也！但這也是唯一宣稱以「帝王在家之身」得阿羅漢果位者！

（十八）第二十四尊——卻水羅漢

按：這位羅漢的法號，小說誤寫爲「智威」，從所敍之籍里事蹟，應是「智巖」——在《傳燈錄》卷四，列爲「金陵牛頭山六世祖宗第二世」，但部分學者有不同看法。[72]小說內容取於史傳而略作增飾：「智（巖）尊者，身長七尺六寸，智勇過人；幼年亦從事儒業，

---

[71] 請參閱：〈菩薩正行（二）第40集：作者與受者的關係（八）〉http://www.enlighten.org. tw/dharma/10/40

[72] No.2076景德傳燈錄（卷4）第二世智巖禪師T51，p0228b。關於「智巖是否繼法融而稱牛頭二祖」的問題，詳見：印順法師，《中國禪宗史》第三章、第二節：牛頭宗成立的意義；及楊曾文，〈牛頭法融及其禪法〉，臺北《印順導師九秩華誕祝壽文集》，（1995.4），頁423～444。

以韜略事煬帝，拜中郎將；才智足以統眾、威望足以服人；億兆稱
為保障，朝廷目為干城。」小說極言誇張他的道德功業風評：「黎
庶不曰良牧，則曰仁侯。」唐高祖得天下，徵為守宰，但他厭薄功
名，於是掛冠而去。前往舒州皖公山參謁寶月禪師（二祖慧可之旁出
法嗣），由於精進參學，得悟本來。某日，在谷中宴坐，忽然洪水暴
漲，排山倒石，而尊者習定，化身為中流砥柱，而屹立不動。少頃，
洪水退去，身裳絲毫不潰，這便是「卻水羅漢」的由來。又，中間
插入「二虎守穀，感化縣令」的故事，不見於史傳，或許是為了增添
他的傳奇性而編借的。最後提到，兩位昔日的結拜兄弟，入山訪之，
尊者答曰：「我狂欲醒，君狂正發！……嗜色耽聲、貪榮怙寵，依然
世味中人，輪轉於生死之塗！」這段情節大致是依《傳燈錄》卷四改
寫發揮[73]；而《續高僧傳》卷二十則詳載入山尋訪的「四人」姓名與
對話。

（十九）第十二尊——振鐸羅漢

　　小說云：「普化尊者」的名姓、出家、師承，「俱失於查
考」；但他不拘繩檢，放蕩於禮法之外；每提化街中，見人便振鐸一
聲，乞求施予。嘗作證悟之偈曰：「佛體本無為，迷情妄分別；法身
等虛空，未曾有生滅。有緣佛出世，無緣佛入滅；處處化眾生，猶如
水中月。……」又七言詩：「寂滅無為瞞目人，不除妄想不求真；無
明實性即佛性，幻化空身即法身。」這兩首悟道詩，都是從別處借來

---

[73] 案：《續高僧傳》卷二十，習禪六（大正50、602上一下）記載「端坐卻水」及「二友尋
　　訪」的故事與對話，都較詳盡有味。

的[74]；作者是誤植，或故意的呢？

接著便是與臨濟、道吾兩位禪師有關的五則故事：「不明不暗時如何」、「這漢大似一頭驢」、「汝擬去什麼處」、「乞一箇直裰」、「臨濟小廝兒，卻具一隻眼」，後來都成了常用的禪門公案。這五段本來各自語意完足，且雙方默契於心；小說卻強作解釋，反而失了原味。[75]整體言之，普化禪師所示現的是一種游化隨緣、歌啼自在、生死一如的氣概。

（二十）第二十二尊──焚佛羅漢

丹霞天然，錄在《傳燈錄》第十四，文義極生動，小說取其中三段故事：一、尊者初習儒業，於應舉途中遇一禪客，得其點化；尊者曰：「往長安選官，上致君、下澤民，光先祖、裕後昆。」禪客問：「後日復得上升乎？」曰：「金榜勝似登仙，進士即同禪化。」接下去又問了「選官長生不老乎」、「闔家受用乎」、「萬世長享厚報乎」、「富貴常保無虞乎」？經由兩種不同生涯的比較反省，禪客總結說：「選佛較選仕尤甚。三千舉子進場，英雄入彀者幾人？若作佛，不待掄選則舉世皆羅漢矣！」並推薦他去參謁馬祖；馬大師又轉

---

[74] 以上有關普化的事蹟，載在No.2076景德傳燈錄（卷10）鎮府普化和尚T51，p0280b，屬於禪門人物；但小說所錄的兩首悟道詩，都是從別處借來的：前者是No.2076景德傳燈錄（卷6)T51，p0249a「洛京佛光如滿禪師」回答唐順宗的話，後者則是No.2013禪宗永嘉集（卷1）T48，p0395c「永嘉證道歌」的部分句子，且第一句應是「絕學無為閒道人」。

[75] 如，普化心忖：「天道有明有暗，亦有不明不暗時分；……這是禪機被人識破。」又，臨濟見普化平日振鐸顛狂，亦器重之；但不合以自聖為問，故大聲喝之使退，勿得亂說。

薦他去參南嶽，依例讓他執役三年。⑦二、接著是「鏟草、剃髮」的公案；小說卻杜撰云：眾人見師欲傳他衣缽；遂欲謀害之。石頭乃遣他回江西。馬大師曰：「子來見我，忘卻相逢鏟草後之言耶？」於是「尊者大悟，拜伏求度，馬師遂謂更名天然。」這段情節純屬虛構，且錯植了其開悟、得名的因緣。三、又關於「焚佛取暖」的故事，小說附會云：「稍頃，座上木佛儼若新裝；眾乃嘆服。」為了顯示神異而盡失禪味！

（二十一）第二十三尊──賦花羅漢

仰山慧寂，是潙仰宗的開創者之一，其事蹟昭在史傳，小說卻把他寫得通俗易解。如云：尊者想出家，父母以「吾利汝為聖門弟子，不利汝為沙門羅漢；⋯⋯只見讀書朝北闕，哪聞念佛上西天？」、「彼釋家者流，去父母毛髮則不孝、被先王法服則不忠、抄化人家盈餘則無節、誦念波羅梵語則無義，立人之道，忠孝節義四者而已，無此四者，是禽獸也。」、「不盡性於親，而欲見性於佛。汝何說之詞？」反對之。這幾番話表達了儒家教化下的父母對於人子「出家學佛」的疑慮。而尊者的回答卻訴諸夢境：「前生許下事佛願，今世合當酬之。」並咬斷二指自誓曰：「一指誓必出家、一指誓不忘親；所謂指日成功、指日報效。」家人只得順從，出家後師事「通、耽源、潙山」三位禪師而悟道；但所錄開悟偈：「三十年來尋劍客，幾逢落葉幾抽枝；自從一見桃華後，直至如今更不疑！」其實是「靈雲志

---

⑦ 本篇故事之來源，請參閱：No.2076景德傳燈錄（卷14）鄧州丹霞天然禪師T51，p0310b。

勤」禪師所作⑰，小說不但誤植於他，且以此給他「賦花羅漢」的外號。接著是與溈山「高處高平、低處低平」的對話；並穿插了香嚴智閑的傳記，小說幾乎全抄《傳燈錄》⑱，只添入一段夢境，南陽忠國師爲他說偈：「法法（上）法，原無法；空空（上）空，亦非空。靜喧語默本來同，夢裡何勞說夢。……」⑲而香嚴悟後與仰山應答的「去年貧，未是貧；今年貧，始是貧。」小說卻錯寫爲：仰山回答溈山的詢問，而溈山判說香嚴未得祖師禪：「詞雖抑揚，實乃深喜之。」眞是將錯就錯，另撰新解。

（二十二）第二十一尊——拊背羅漢

古靈神贊，《傳燈錄》卷第九有他的小傳⑳；小說增加許多情節，如云：「生而狀貌奇偉，頂骨山立，聲若洪鐘。……尊者亦昂然以意氣自負曰：吾異人，當爲異事！功名身外物，富貴似浮雲，何足羨哉？」沖齡弱冠，即不習儒業，只在家中頂禮如來。曾投「大中寺」聽習律乘，但覺「費百倍勤勞，而未聞一毫玄祕」，於是離寺遠遊，遇百丈禪師而得悟，仍回本寺。以下即是《傳燈錄》所載的

---

⑰ 見：No.2076景德傳燈錄（卷11）福州靈雲志勤禪師T51，p0285a又本篇故事之來源，請參閱No.2076景德傳燈錄（卷11）袁州仰山慧寂禪師T51，p0282b。
⑱ No.2076景德傳燈錄（卷11）鄧州香嚴智閑禪師T51，p0283c。
⑲ 案：此詞乃是宋‧張伯端所作〈西江月十二首〉之四，見：《全宋詞》第0193第3首，及《西遊記》第九十六回轉引。
⑳ No.2076景德傳燈錄（卷9）福州古靈神贊禪師T51，p0268a。

師徒問答：「好所佛殿，而佛不聖」[81]及「鑽他故紙，驢年去得？」尊者兩次借題發揮，並登座說法：「靈光獨耀，迴脫根塵；……但離妄緣，即如如佛。」其師有所感悟。作者對此總評曰：於尊者見其善學，於其師見其善悟，於百丈見其善教，一事而三善備焉，亦曲成之意也。本篇的重點似在表現大修行人得道後，以佛法回報師恩的情義與方便：「蒙百丈和尚……開我愚昧爲我指引一箇歇處，某才知所證悟。今欲奉報慈德……。」

（二十三）第十五尊──伏虎羅漢

　　關於伏虎羅漢的姓名來歷，據陳清香的研究，入選的有優波毱多、賓頭盧、豐干等。[82]小說卻在此之外另撰：「大梵尊者，莊嚴國人。」但不知是何國、何年，何許人。據說：他善談如來妙理，且慈悲普濟，於是遠近頌其德。他道偏於老氏，而心向儒宗，又：「欲解脫爲佛，又欲羽翼乎儒者也。」這可說是唐宋以下讀書人「和會儒佛」的心情吧。後因慈悲普及、行滿功成，得高人點化而超悟宗旨，遂領徒行化。某次，以丹丸化羊，降伏了崖下老虎，這便是「伏虎羅

---

[81] 這便是「拊背」外號之由來，前註《傳燈錄》云：「行腳遇百丈開悟。卻迴本寺，受業師……遂遣執役。一日因澡身，命師去垢，師乃拊背曰：好所佛殿，而佛不聖。其師迴首視之，師曰：佛雖不聖，且能放光。」

[82] 同前註16，張清香論文；又同註胡萬川說：「這樣一篇不大講佛理，也不大有禪味的故事，大概是《羅漢傳》編者所自編。……作者應當是心理早已存在『伏虎羅漢』這一個名相，然後再想法爲他編造一個稍爲可以相配的故事。……或許因爲《羅漢傳》寫得不很成功，影響不大，所以該書出版之後，『降龍羅漢與伏虎羅漢』的名號和事跡並未就此定型。」

漢」的根由。⑱

　　後來他被國王迎請歸國，拜爲攝政；繼而讓位給他，他乃代相權而行君事，每夜焚香告天，祈求福佑：「以故，天心用眷，時和年豐、民安物阜；……雖偏安一隅，庶幾富庶之效也。」從結局看，作者借小說完成了「儒者學佛」的終極理想——行菩薩道而致大同世。而這種「兼善天下」之理想，卻由「羅漢」成就之，也是小說家的狂想吧！

四、羅漢形象中國化的部分特色

　　中國既然是大乘佛教的化區，且已建立多位「佛、菩薩」爲崇仰學習的對象，又何取於小乘自了的阿羅漢？劉澤亮說：

> 大乘佛教教義與中國儒道文化在哲學思想、倫理思想、傳譯方式等諸多層面均具有某種程度的暗合。儒家文化認爲應當立己立人、講究忠恕之道，而大乘佛教則主張應當慈悲爲懷、以普度眾生爲已任；道家文化認爲本體的道只可意會、不可言傳。大乘佛教則用以心傳心、不立文字作爲重要的傳釋手段。正因爲此，中國古代在內地流行的主要是大乘佛教，然許是

---

⑱ No.2061宋高僧傳（卷26），興福篇之一「唐晉州大梵寺代病師傳」T50,p0877c。http://www.buddhist-canon.com/history/T500877c.htm云：「釋代病者。臺州天臺人也。姓陳氏。以其嘗發大願盡一報代眾生之病。致本名不顯矣。」出家得道後，有救旱、降龍、伏虎等事蹟，且「移置大梵寺」，或有可聯想之處。

受密宗供奉曼陀羅的影響，因之又在殿堂供奉佛、菩薩之外；更塑羅漢像以爲烘托。⑭

這是認爲：羅漢爲了成全整體佛教的完整性，而以「配角」的身分、「烘托」的作用，而出現在大乘佛教的殿堂；但是在中國美術史上，僧家與居士所作的羅漢畫，卻可以是獨立成圖，且展現了「佛菩薩」造型之外的另一種趣味，如前引陳清香所說「融合了禪家的精神與文學的逸趣，風貌獨特」，深受文人雅士的喜愛與詠贊。黃河濤則說：

魏晉南北朝以來，佛與菩薩造像的形式已基本定型，並逐漸類型化。而羅漢造像的流行，大致從玄奘《法住記》譯出後開始。案《佛法記》的說法，羅漢是正在修道的高僧，其形象應該「隱蔽聖儀」、「同常凡眾」：這就爲民間工匠們的創造發揮，大開了「綠燈」：他們可不受佛教造像儀軌的束縛，完全以現實中的老幼胖瘦、高矮俊醜的和尚爲模特，根據年齡不同、型態動作，充分發揮自己的想像，刻造出一個個異常生動活潑、更富人情味的羅漢形象，也更易爲中國普通老百姓所接受。宋以後，當石窟造像基本絕跡後，寺廟中的羅漢塑像仍然不衰，這是一個很重要的原因。⑮

---

⑭ 同前註15。

⑮ 同前註21，黃河濤：《禪與中國藝術精神的嬗變》，頁190。

也就是說，中國羅漢的各種造型，多半是中國工匠與畫家們的自由創作，直接取材於中國僧人，因此強化了中國百姓的認同與親切感；成爲與佛菩薩莊嚴肅穆的造像並行而互補的作品，深入民眾的佛教信仰中。

至於小說，則另有表現；由於中國人不喜「獨善其身」的小乘佛教，所以描述阿羅漢的故事不多；除了《西遊記》之類以佛祖「護衛」而成群出場的十八羅漢之外；曾被賦以「主角」地位而獨立創作的羅漢小說，如本論文所列「多體合傳」或「單體個傳」的作品，其形象則不純是小乘，而近於禪師；例如，流傳最廣的《濟公傳》，即以「降龍羅漢」轉世、「濟顛禪師」爲名，現出家相而行菩薩道，以神通救難、隱語諷勸來度化世人；所表現的特徵是：行持簡易、神祕靈隱，及呼風喚雨的本事、遊戲自在的行徑。

從以上《二十四尊得道羅漢全傳》二十三位尊者個別事蹟的考述，及諸多學者的研究考論，可綜合幾個重點：羅漢與菩薩相通、在家與出家同證、神通與慧解雙運、自度與化他兼行、佛教與儒道和會、中華與印度交流，而統合會歸於禪宗。以下略說幾個重點：

（一）

隨著佛教東來，長期漢化的過程中，「印度羅漢」的逐漸變裝爲「中國禪師」；如前所說，這本小說二十三位羅漢的文獻根據，主要是《付法藏因緣傳》及《景德傳燈錄》、《傳法正宗記》的祖師傳

承系統，而《因緣傳》被考證爲「小乘」說一切有部的著作[86]，中國禪宗的法源則是「大乘」般若與佛性的經論，在思想與歷史上似不宜混同；但就外顯的形象看，中國著名的禪師多現出家相，且隱遁山林、自耕而食、急求證悟、不遊人間；凡此種種，與原始佛教偏重獨處靜慮，及素樸簡約的氣息較相近。然而，禪宗所致力的明心見性，與「阿羅漢」的趣向涅槃，其內涵不同[87]，且度眾的悲心與方便也有差別。在前引史傳（因緣傳、傳燈錄、正宗記）對「西天二十八祖」的描述，多稱他們「悉皆解脫得阿羅漢」、「便於座上得羅漢道，三明照徹，六通無礙。」而圓寂時多示現「飛騰虛空，作十八變，還就本座而入涅槃」或「以三昧火而自焚」，其弟子則「收舍利，起塔供養。」小說直接稱這些得道者爲「尊者」、「禪師」，或說修行證道的果位是「羅漢」，並大量借用禪語、禪詩及禪門機鋒；這種羅漢與禪師的融合，或許是中國佛教文學的另類特色。書中反覆出現的情節是：尋師求法及覓徒傳法。從商那和修到達摩這十二位祖師都有「付法偈」的印可，而其餘的禪師也大致指明他們的師承與法脈；這也就是中國禪宗所重視的師徒傳承：「法有所本」的特色。

（二）

又，分析這二十三尊的來歷，則達摩以上十二位「祖師」、及

---

[86] 同前註21，王邦維的論文。

[87] 禪師與阿羅漢的所證內容，可參閱《甘露法門——解脫道與佛菩提道》，佛教正覺同修會2008年3月。http://books.enlighten.org.tw/zh-tw/g/g-name/396-g01_054
又，〈三乘菩提概說第87集三乘菩提之不共道（三）〉http://video.enlighten.org.tw/zh-TW/a/a06/1680-a06_087

「佛圖澄」，都是印度（西域）僧人，其師承與果證由印度經論判定，較無疑議；其餘都是漢人，而「志公、杯渡」列入神異僧傳；「慧可、智巖、丹霞、古靈、普化、仰山」錄在禪宗燈錄，這八位在中國佛教史也是公認的悟道解脫者，雖然他們的風格示現多樣化。較有問題的是「梁武帝」與「大梵」——在小說中，兩人同樣示現「帝王身」：前者是以開國建朝的帝王而佞佛、護法、捨身、造懺，在中國佛教史上的功過與修證仍未可論定；後者則是修道有成之後具體展現在以佛法治國的成效，但其姓名經歷似屬虛構而無可查驗。林辰說：「《二十四尊得道羅漢傳》作者在宏揚佛法的同時，很注意佛教的中國化宣傳；因之專題記述了中國土生土長的羅漢；……不僅使舶來的佛教中國化了，且使信徒們相信：中國佛教徒中也有修成正果，而獲得羅漢品級的。」[88]也就是說，在這二十三位羅漢中，有印度人、西域人、中國人，有出家比丘、在家居士；世俗身分有婆羅門（鶴勒那）、帝王（梁武帝）、王子（僧伽難提、達摩）、國師（佛圖澄）、將軍（智巖）、詩人（馬鳴），以及非人類的魔神（迦毗摩羅）、佛教史分期有小乘（十一祖富那夜奢以前）、大乘（十二祖馬鳴以下）；得道後的示現有：度眾無量（優波鞠多）、辯才無礙（脅）、降伏異類（馬鳴、迦毗摩羅）、現相說法（龍樹）、因果勸善（闍夜多）、神通濟世（佛圖澄、志公）、異行化人（杯渡、丹霞）、機鋒自在（普化）、禪門恩義（古靈、仰山）……；可說是包羅萬象！

---

[88] 林辰：《神怪小說史》，浙江古籍出版社，1998年12月第一刷。第九章第一節「佛道宣教小說的氾濫」，頁320。

（三）

其次，這部小說所述情節，雖多半於史傳有據（特別是《傳燈錄》及《高僧傳》等），卻又「借題發揮」加油添醋，或「離題另撰」穿鑿附會，尤其是將異域僧的行為、言談、思想寫得像個中國人，且雜入「儒、道」觀念與傳說，如商那和修、佛陀難提、馬鳴、龍樹、闍夜多；更精彩的是幾場「儒佛」之辯（僧伽難提、丹霞天然、仰山慧寂），集中而充分的表達了儒家倫理薰陶下的漢人，面對佛教修行的疑慮與矛盾。基本上這是一部宣揚佛教的小說，而作者是飽讀詩書的傳統文人，如何兼顧個人信仰並說服一般讀者，這就須費心作意了。

作者大致歸納了魏晉以來儒佛爭論的重要議題：「出家學佛」與「處世做人」的衝突，雙方各自持之有故而言之成理，不相關涉；但佛教傳入後，與中國文化也經歷了千餘年的辯證與調和，因應於現實的需求，儒佛的界線似漸模糊，而有了較多轉圜的餘地；即以這部小說為例：起初，反對佛教的理由，如（持履羅漢）異見王謂：「寂滅之教，當擯之宮牆之外；虛無之道，不容於名教之中。」（抱膝羅漢）國王云：「佛在西方，左道害民。」、「何得忘君親而不忠不孝，避租稅而游手游食？」（賦花羅漢）父母云：「佛乃左道，惑世誣民，游手游食、不忠不孝。」、「彼釋家者流，去父母毛髮則不孝、被先王法服則不忠、抄化人家盈餘則無節、誦念波羅梵語則無義，立人之道，忠孝節義四者而已，無此四者，是禽獸也。」這對於佛教是很嚴厲的指控，尤其是「剃髮出家」而遺落了人倫的忠孝節義，在儒家看來等同於禽獸；若進一步說，如（抱膝羅漢）國王云：「新君繼位，明能理民，使老幼得所；幽能祀神，使怨恫罔生；即此

羅漢群組：《二十四尊得道羅漢傳》論析 251

便是修行。明無人非、幽無鬼責，即此便是成佛。」（梵佛羅漢）丹
霞曰：「金榜勝似登仙，進士即同禪化。」這種類比，對默契於佛教
而志在出家的人，立基於儒家倫理的觀念，是不具說服力的，佛教僧
寶或由宿世因緣（伏馱密多、僧伽難提、梁武帝、慧可、仰山），或
因看破紅塵（智巖），或被高人勸說（丹霞），最終都出家修行且成
就極果，證明了佛教確有超乎世間而又不違世間的可貴之處，於個己
之道業、於眾生之利樂，兩得圓滿；小說的這種理想的歸趣，完美的
表現在純屬虛構的「伏虎羅漢大梵尊者」篇中。

（四）

　　最後，關於中國羅漢的外號，是印度經論中所無；為每個人物取
外號，似乎是小說家的偏好。胡萬川談到這部小說對羅漢傳說中國化
過程中的作用是：

> 不在於書中如何編出眾羅漢們的故事，而在於給每一
> 位羅漢冠上意象鮮明、各具特色的中國式名號。……
> 《二十四尊羅漢得道傳》的「二十四羅漢」雖然因為
> 與十六或十八羅漢的印、中傳統說法不合，而終於
> 沒有成為後來習慣指稱的羅漢成數，但該書以「降
> 龍」、「伏虎」或「長眉」、「勸善」等傳統漢語習
> 慣用語，為羅漢名稱或代號，正是讓「羅漢」中國化
> 的一個重要過程。因為原來十六羅漢的漢譯名號，對
> 中國人來說實在很不容易記認，因此，名字本身就不

免造成隔閡的疏離感。如果再加上他們的事跡不具明顯特色，則羅漢對於大多數的信徒來說，便也只能是遙遠又陌生的存在。因此，在《羅漢傳》將「羅漢」和人們早已熟知的「降龍」、「伏虎」這一符碼結合之後，「羅漢」在一般中國信徒的心目中終於有了更爲親切的意涵。[89]

劉澤亮也說：「其所虛擬之名號，……盡力避免印度梵文，而力求使用符合中國廣大民眾心理要求的本土文化語言。羅漢本爲西域梵僧，然自有五百羅漢名號和繪像始，其名號稱呼與形象裝束業已漢化，且已無佛教本然的莊嚴肅穆，而流溢出濃鬱的生活氣息。」[90]關於外號的來由，此處就其性質，略分爲幾類：外顯特徵（長眉、跨象），特異行跡（焚佛、浣腸、振鐸、抱膝），示現神通（伏魔、卻水、持履、降龍、伏虎、飛錫、杯渡），借境顯理（現相、捧經、聰耳、戲珠、拊背、賦花），宿世因緣（施笠、換骨），其他（緋衣、勸善）。對照其內容，這些外號有的很巧妙、有的很勉強、有的是誤植；有的與一般習稱的不同，如：長眉、勸善、降龍、伏虎……，或作者自創而增入，如：賦花、施笠、緋衣……，可參照其他文獻及民間流傳的組合名目。[91]

---

[89] 同前註20。

[90] 同前註15。

[91] 如：臺灣佛光山西來寺靈山勝會十八羅漢。http://chinese.hsilai.org/buddha/jpg-1-3.htm 、臺灣鄉土神明。http://www.t2t-travel.com/zm/18lh1.htm 等。

五、結論

　　從上對這部小說所提出的分析討論，大約是：佛教經論中「阿羅漢」的定義與位階、羅漢形象在中國美術史上的創作與演變，中國羅漢小說的幾部作品、《二十四尊得道羅漢傳》二十三位羅漢的文獻根據、就史傳記載與小說情節分別探討這二十三位的生平事蹟，並綜述這部小說在「羅漢傳說」中國化過程所展現的作用與特色。這些問題仍有繼續研討的空間，本論文只做了初步的提示而已。至於文學上的評價，各有看法，如胡萬川說：「由書名篇目之粗疏已大略可見該書非精審之作。……孫楷第《日本東京所見小說書目》，頁87：所述半文半白，殆不足以為小說，僅淺短之記述而已。」也就是說：「以小說藝術的觀點，該書真的是頗為不足。」但若從「傳說」的方面看，有其重要的功用：「印度傳來的羅漢，是一些對於中國人不親切的譯音姓名，也沒什麼有趣的行誼傳說；但他的位階卻比佛菩薩更近於凡夫。」所以：「羅漢信仰在中國若要普及，免不了經過本土化和世俗化的過程；……就是讓他們具有中國式的名稱或代號，並以世俗大眾習慣的認知或記識的模式來講述。」[92]這些評語可說是公允之論。

　　而徐靜波對本書及相關類型小說有專業的研究，他的意見應更值得參考[93]，如云：「是一部頌揚羅漢得道，教化眾生宏揚佛法的記傳體小說集，每尊自成一篇，故事偶有聯繫，情節卻絕少雷同。」（頁

---

[92] 同前註20。

[93] 同前註18。

130）、「在作者筆下，羅漢形象生動、性格殊異；浣腸羅漢的神通廣大、抱膝羅漢的清貧質樸、捧經羅漢的神機妙算、卻水羅漢的淡薄功名；……梁武帝、慧可等中國皇族羅漢的粉墨登場，也使這幅羅漢圖中西融貫佛道兼顧。」、「塑造人物時，善於抓住羅漢一生中極有代表性的典型事例，採用以點帶面的手法，來敘述羅漢追求佛教真諦的一生。」（頁131）、「在描寫羅漢法力時，繼承了元朝志怪小說的寫法，將羅漢人物性格化、行為神仙化，與明朝盛行的神魔小說前後呼應。」、「對羅漢願行功德的描述，著重宣揚了佛法偉大的號召力（如：伽難提、慧寂、智嚴）。……作品還通過佛法與魔法的較量，來體現佛法的神明與威力。」（頁132）、「半文半白，較為艱澀；且夾雜了大量的佛教術語、禪語，影響其可讀性；結構形式上趨於呆板，每一篇都遵循這樣的模式：自幼聰慧 —— 拜師學佛 —— 點化（自悟）得道 —— 教化他人 —— 衣缽傳授 —— 奄然圓寂。……不失為羅漢小說中的佳作。」（頁133）這是全面性評估小說寫作的特色與缺失，而不偏於單一簡化的觀點，較可令人信服。

綜合言之，由於這部小說的選材不合常情（二十三位羅漢的選擇與組合，不知何據，作者也沒說明），且每篇獨立而無必要的關係（其中十二位雖有祖師傳承的意義，卻不是緊密相連）；又人事與年代的敘述、經論及詩偈的引用，每多錯誤；以及情節鋪排與對話內容之深淺文白不一致、讀者層級也不清晰；……這些明顯的缺點，使這部在舊有的羅漢群組（十八與五百）之外別開生面的作品，並沒有獲得歷代民眾的喜好與流傳，因而在羅漢小說發展史上的影響也似乎不大。活躍在民間宗教及戲曲小說中的仍然是十八（五百）羅漢或濟顛和尚。但是作為極少數的一部根據傳聞而編撰成書的羅漢小說，它在中國佛教文學史中是值得珍惜、介紹的。

皇帝菩薩：明清小說中的梁武帝

一、前言

　　正史上的梁武帝，似乎是一位複雜多端、高潮迭起，很難「一言以蔽之」的人物，佛教學者何云說：在「短促無常、紛亂多故」的魏晉南北朝，歷史獨給了他罕見的長壽、又有空前絕後的「帝王佛教徒」身分，無論在世法（生活）的經歷上，或出世法（佛教）的建構上，幾乎所有內容都領略、觸摸到了。他雖是個俗人，經歷了一切凡間的生活；但他身上，凝結了極其崇高的人格奇跡——佛教信仰。這種信仰之於他，不僅是自覺自願而堅實可信的，且是寬廣、自由、富於美感，因而是可愛的，幾乎囊括了佛教文學、藝術、建築及儀軌制度等層面；然而，這種人格奇跡及其於信仰的原創性，也使梁武帝成爲歷史上尷尬的帝王：一方面，身爲「君主」，在治國理政的過程中，幾無任何道德瑕疵或才具不濟；另方面，作爲「佛教徒」——幾度「捨身」佛寺，又讓人難以接受。這種矛盾的觀感，在梁武帝身後不久即見諸史評。《南史・梁武帝本紀》先承認「自江左以來，年逾二百，文物之盛，獨美於茲！」接著又指斥說：「爲國之道，不可獨

任；而帝留心俎豆，忘情干戚，溺於釋教，馳于刑典……自古撥亂之
君，固已多矣……未有自己而得，自己而喪。」此中對俎豆、釋教等
內在信仰的過分關注，竟至於世俗王權的近乎自動放棄，這正是人們
所不解、困惑，乃至鄙視、摒斥的所在。隨著歷史的遞進，其眞實、
人本、親切、豐富的歷史細節與眞實底蘊漸被湮沒，只留下「溺於釋
教」的面孔。唐宋以下，儒家地位的恢復與強化，這張面孔在主流文
化中越來越模糊，且愈陌生與怪異，成爲大「異數」——梁武帝既是
精熟於儒家經典的學者，更是實踐了儒家理想的國君；他符合且超越
了儒家尺度，往前延伸出佛教信仰；這信仰，在他是身體力行、至死
不渝的，且因其原創性而影響後世殊深。這樣，儒家的史官就不知所
措了，因爲，梁武帝從根本上違背了中國「實用理性」傳統：「敬鬼
神而遠之」、「不語怪力亂神」、「六合之外存而不論」之原則。①

　　何先生這段論析，有其創見，而龔顯宗也說：

　　　　古來人君或以荒淫殘暴，或以窮兵黷武，或以怠忽政
　　　　事而亡國喪身，像梁武帝蕭衍勤治理、修文教、行仁
　　　　義、斷酒肉，招賢納諫，到晚年卻落得被圍餓死，以
　　　　開國之主成爲亡國之君，是絕無僅有的例子。論者或
　　　　歸於佞佛而勞民傷財，或歸於寵勳太過、御下太寬，
　　　　或歸於治民嚴苛，或歸於忽略治術，或歸於委任群

---

① 何云，〈論梁武帝——我爲什麼會是一個佛教徒〉，《佛學研究》1997年總第六期（何雲，
　　1963年生，中國佛教文化研究所副所長，副研究員，《佛教文化》主編。以上乃節錄其
　　文。）http://dh.dha.ac.cn/Journal/Article?id=239900&table=DHXCJFD_METADATA

倖，或歸於疏簡刑法，或歸於武備不修。②

這種歷史的功過，如何理解、評斷呢？所依據的事實是整體或部分？又品人論事的觀點是寬容或獨斷？在史學界，對梁武帝有長期而專門研究的顏尚文，曾質疑說：

> 梁武帝是一位極端的現實政權追逐者？亦或是一位「罔恤民命」的昏君？還是一位極端理想的宗教犧牲者？一位神聖的「佛菩薩」？
> 梁武帝的生命內容多元、多層次，又不斷的轉換：由儒生、文人、隱逸修道者，而軍人、政客、乃至高居九五之尊，成為「開國皇帝」，卻又轉向佛教的信仰、鑽研與實踐，而為虔誠的宗教徒。……各種角色，不但成功認真的扮演，且全心全力的投入。……他一方面要維護、擴展其現實的政治權力，一方面又要追求人生究極的理想，這是難以兼顧、也難統合的大矛盾。③

上述從儒或從佛的觀點，對梁武帝不同的評價及其（世俗權力與宗教信仰）可能的矛盾，在史學研究上或無定論；卻說明了這個人物的精彩可觀，留下許多討論與想像的空間。

---

② 龔顯宗，〈從秀才天子到皇帝菩薩——論蕭衍的宗教信向與治國歷程〉前言，高雄《普門學報》第八期，2002.03。
③ 顏尚文，《梁武帝》，臺北東大，1999年10月初版，「自序」頁2、及「結語」頁318。

　　傳統通俗小說的作者與讀者，多屬中下階層的讀書人與老百姓，他們對梁武帝的興趣，不在其可欣賞的學識文采或可理解的創業才智，而是讓一般人欣羨而難及的貴族身分、帝王天命及佛教因緣——也就是說，此人一生具備了聰明仁德、才學風雅、文治武功、福祿壽考……，占盡了世間的便宜；更難得是，他行有餘力又能兼顧來生，自覺而堅決的「信奉、護持」佛教，這不只是一種政治姿態、或神明崇拜，而有其真誠的皈信及生命的智慧；要如何解釋他這些得天獨厚的條件呢？當理性權威陷於思滯詞窮之時，或可轉向信仰的立場假設個人宿緣及劫運安排了。

　　較早的傳說，《太平廣記》轉錄兩條：卷120，報應十九（冤報）：「梁武帝蕭衍殺南齊主東昏侯，以取其位，誅殺甚眾。東昏死之日，侯景生焉。後景亂梁，破建業，武帝禁而餓終，簡文幽而厭死，誅梁子弟，略無子遺。時人謂景是東昏侯之後身也。」又卷139，徵應五（邦國咎徵）：「梁武帝大同元年，幸玄武湖。湖中魚皆驤者，見於水上，若顧望焉，帝入宮方沒。此下人將舉兵睥睨乘輿之象。尋有侯景之亂。」都是關於侯景之亂的另類說法，已有怪力亂神的傾向，也顯示了正史的記載有其實用理性的限制，不能全然滿足人們的好奇玄想，或許可有更寬廣的時空觀、更複雜的關係網，以解釋這種牽連甚廣的人事變化吧！

　　現存的明清小說，對梁武帝的佛教信仰之於修身治國的影響，則有兩極性的評議，茲舉例如下：

1. 執相佞佛、勞民傷財，餓死臺城為天下笑。

　　　明‧朱開泰，《達摩出身傳燈傳》，明萬曆年間
　　　明‧方汝浩，《掃魅敦倫東渡記》，明崇禎8年

　　　　明·方汝浩，《禪眞逸史》，明末

　　2. 捨身奉佛、修己化他，成就道業爲阿羅漢。

　　　　明·朱星祚，《二十四尊得道羅漢傳》，明萬曆32年
　　　　明·馮夢龍，《喻世明言》第三十七卷，明末
　　　　清·天花藏主人編，《梁武帝西來演義》，清康熙12年

以下即依其作品內容與時代先後，逐一析論。

二、《達摩出身傳燈傳》、《東渡記》、《禪眞逸史》

　　這三部小說都不是以梁武帝爲主角，只附帶提及他與達摩的晤談，對他較少同情的了解，如明·朱開泰修撰的《達摩出身傳燈傳》，其中有關「達摩會見梁武帝」的傳說是典型的，簡錄於下：

　　　蕭昂以達摩南來，普濟甚盛；況主上宗信佛教，一聞有僧南來演化，甚折節也。事不容閣，乃具表奏聞武帝，武帝閱表，龍顏大喜，謂左右臣子曰：「此寡人誠心所感，事佛之報也。」遂遣使備法駕，至廣州迎請；帝一面發庫藏，鼎建寶殿，以作如來宅舍；一面詔書生繕寫經卷，以便如來講解。
　　　及師迢遞至金陵，武帝沐浴齋戒，旗幡鼓樂，燈燭香

花，自出都城迎接。……武帝接著達摩，執弟子禮，
侍立左右；命儀衛如王者，送至新佛殿安頓，武帝亦
隨至新佛殿糸謁。此時觀見達摩慈容燁燁、寶像煌
煌，恨不得與之俱化，又踵舊日所爲，甘願捨身事
佛；又出帑內金銀，爲建道場功果。

武帝自投見達摩，叨陪不離左右，自矜其功德，問
曰：「弟子自即位以來，宗信佛教，平日在國中，
恐棲佛無所，則爲建寺；恐誦佛無本，則爲寫經。
若此之類，不可勝紀，不知有何功果？」達摩曰：
「如來功德，貴務其大者實者。主上造寺寫經，此卑
卑人天小果，有漏之因，如影隨形，雖有非實，何功
德足云？若以此爲功德，多見其不知量也！」武帝憮
然自失，又側席問曰：「如聖人所云，必何如作爲，
乃爲眞實功德？」達摩曰：「淨智妙圓，體自空寂，
如是功德，不以世求。一味在性靈上體認所謂大者實
者，寺之創建與經之繕寫，初不關於修持急務；縱不
暇及，亦不言其修證有虧。」……梁王自談功德之
後，始不事外面作爲，收入在性中脩證。第著己用功
者，由精會粗易；郭廓從事者，由粗入細難。梁武浮
名好佛，兢兢在言語文字上探討，及至談禪語偈，漠
然無得也。一日帝又請問達摩師曰：「聖諦之文，弟
子口嘗誦之；聖諦之義，弟子心嘗思之；其奧妙精
微，非淺解胸襟所能測識。第一義之旨，今願竊有請

也。」達摩曰：「聖諦之義，文字雖多，一言以蔽之
曰：廓然無朕（聖）而已。」朕之一言，至矣盡矣！
梁武解悟，則文字化為真詮，達摩南來選佛，梁武其
首班矣！帝惟不然，又問曰：「對朕者誰？」達摩
曰：「不識。」夫不識即無朕，無朕即不識，不識、
無朕，二而一者也。帝猶然不悟，佛家點化弟子，只
在一字之間，三教不解，機不合矣！規規為虛文所拘
囿，非達摩西來之意也。本月十九日，不告於王，遂
潛回江北；十一月廿三日，屆於洛陽。

……梁武帝聞達摩在魏國，教化大行，已自悔悟，欲
親灑宸翰，為達摩作去思碑，後因幾務刻決不遑，遂
停止其事；及聞達摩圓寂，亦欲與之撰碑，敘其南來
始末，有志未果。逮今接得魏主敘「達摩蔥嶺遇宋
雲」書，大為驚駭，悔不能慧悟，闡明宗旨，徒為此
有漏之因，有孤如來南渡之意，遂親撰碑，勒石以孝
其成，又賜徽號曰「敕封圓覺大法禪師」。④

以上內容大致是據《景德傳燈錄》第三卷「二十八祖菩提達摩」改
寫，少有增減；而燈錄對梁武帝是有微詞的——因為他是「不契達摩
機」的俗信之代表。

④ 見臺北天一出版社1985《明清善本小說叢刊初編》第四輯「靈怪小說」10，《達摩出身傳
燈傳》，卷二：達摩舟達南海、梁王接見達摩、梁武自矜功德、武帝不悟經義、武帝迎請達
摩，數則之文。

　　其次，明·方汝浩《掃魅敦倫東渡記》⑤第100回云：大通元年，梁武帝幸同泰寺，與達摩相見，而有「並無功德」、「廓然無聖」兩段對話；之後，便供養在朝外寺院中，臣下與寺僧來參謁的：「或問以禪家道理，或講以方外玄談」，祖師只是「隨問譚答，終日打坐」；留了幾日，不復召見，乃於夜半離寺，一葦渡江，到了魏地。這也是抄襲「燈錄」的內容，且《東渡記》的主題是儒家的倫常，如〈世裕堂主人序〉云：「故假聖僧（達摩）東度，而發明人倫。」而第一回引記：「一切旁門外道，離我聖教皆虛；莫言釋道事同迕，功德匡扶最著。」九十七回關於東渡的因緣：「四孽（酒色財氣）無情，欲徒弟助威驅掃，使正大光明綱常，不泯於人心。」而梁武帝卻因佞佛而荒廢朝政，在佛法上又無真實的修證，只做表面功夫以粉飾其政權治績，這是令人失望的。作者的另一部小說《禪真逸史》⑥，對梁武帝更是惡評之極；如第一回云：

　　梁武帝即位以來，酷信佛教，長齋斷葷，日止一食，輕儒重釋，朝政廢弛。至天監十六年詔：「宗廟用牲牢，有累冥道，今後皆以麵易之。」識者知其為廟不血食。遍外建立寺廟，改元大通，捨身同泰寺，群臣以錢億萬贖之。後賢有詩譏之曰：「梁武不知盧寂道，卻於心外覓真禪；弒君篡國皆甘忍，煦煦求仁奚禪焉！」

---

⑤　見上海古籍出版社《古本小說集成》1992之《新編掃魅敦倫東度記》。
⑥　同前註《古本小說集成》1990之《新鐫批評出像通俗奇俠禪真逸史》。

　　而故事就從「大通十一年正月，敕禁城內造一大寺，名曰妙相寺；頒詔天下，薦舉才德兼全高僧二員，爲本寺正副住持。」開始，梁武帝與住持鍾守淨之間君臣相得、狼狽爲奸的形象，透過逃亡出家的武僧林澹然眼中，有極其汙衊、諷貶之描述。而此寺、此人，於梁史無據，乃作者虛構以醜化梁武帝也。

　　第九回云：「萬乘巍巍勝法王，翻持異教壞綱常。」林澹然諫曰：「開闢以來，歷代明君聖主，皆以孝悌治天下，名垂不朽，聲施無窮，未聞皈依釋教而成佛者也。……陛下爲萬乘之王，宗廟社稷、子孫黎民萃於一身，當法先王之道，親賢遠奸，行仁政以覆育蒼生，使天下樂堯舜之世，子子孫孫，瓜瓞雲仍，萬代繼統，豈可披緇削髮，效匹夫之所爲乎？」忠言逆耳，乃潛逃而去，詩云：「（梁武帝）身死國亡天下笑！」

　　十八回，林澹然對侯景說：「當時武帝初登大寶，勵精圖治，恩威兼著。朝中文武，各展其材，甚有可觀。自天監以來，皈依釋教，長齋斷葷，布衣蔬食，刑法太寬。文臣武將，俱從佛教。小人日親，君子日遠，四方變故漸生，據險爲亂者，難以屈指。」侯景起兵爲亂，梁武帝的反應是：「朕聞兵戈之聲，心膽皆碎，方寸亂矣，不能主持。擇軍選將，任卿爲之，生死存亡，決於天命。」十九回：「武帝歎道：此乃天敗，非人力所能支也。朕今已年老，死不足惜，只是遺笑於後世，豈能無恨？」又「梁武帝只在後殿彌陀閣上吃齋誦咒，看彌陀經、消災懺，拜斗禳星，以求佛力護祐，觀音菩薩救苦，止望暗退敵兵，保安社稷，再無他計。」可說是優柔寡斷、昏儒無能。而臺城陷落，侯景引兵入朝，最後的結局是：

從正月至五月，將武帝幽囚于靜居殿中，撥四名親隨
牙將看守。凡宮人侍衛，一概不許近前。飲食衣服之
類，亦各裁節，不能應用。武帝每日暗暗垂淚，只是
念佛以捱朝暮；……受盡淒涼，苦楚萬狀。

太清三年五月十八丙辰日，武帝受餓數日了，早晚止
吃得一碗糜粥，並無他物。……歎道：「朕當初多少
英雄，赤手打成天下，身登九五，威傾朝野。也只爲
孽海無邊，冤愆有報，故此皈依我佛，要圖圓寂後，
徑歸西方淨土極樂世界，蓮花化生。誰想遭遇侯景逆
賊，將朕幽閉在此，求衣不得衣，欲食不得食，歷盡
艱難。昔日英雄何在？想必天地有所不容，佛教亦無
益也。」說罷，淚如雨下，愈覺心頭飽悶，咳嗽喘息
不止，倒在御床上。回頭問庖人：「朕口甚渴，有蜜
水可將一碗來暫解。」庖人……將半碗濁水，遞與武
帝。武帝喝了一口，但覺穢氣觸鼻，仔細看時，卻是
半碗渾泥漿，內有兩頭蟲盤跳。一時怒氣攻心，將碗
擲於地上，憤怒道：「一代帝王，卻被小人困辱！
早知今日佛無靈，悔卻當初皈釋道。」再欲說時，
神氣昏聵，口已含糊，舌頭短縮，不能言語，但道
「荷……荷……荷……」，遂氣絕而崩。可憐立國英
雄，餓死於臺城之靜居殿中。有詩爲證：「梁君崇釋
斥儒風，豈料身空國亦空；作俑已無君與父，又何執
法責臣忠？」又有詩歎曰：「干戈四境尚談經，國破

家亡佛不靈；覆轍滿前殊未警，浮屠猶自插青冥。」⑦

上述固有多分史實爲據，但雜入作者的「對話」捏造與「詩曰」評議，其對梁武帝之不以爲然，就很顯著⑧；尤其臨終後悔之言，或許是作者微言。這種看法在以儒家爲主的傳統史觀中頗爲流行；但對於廣大的佛教徒而言，梁武帝各種護持三寶的理念與創制，及個人實踐佛法的誠意與行爲，都讓人感動、追思，宗教情感超越了政治的得失，因此，也有從另類的角度來讚嘆梁武帝，並想像他前世必有佛法根因，今生終得悟道證果的三（多）世業報說；於下一節討論之。

三、《二十四尊得道羅漢傳》第十三尊：施笠羅漢

　　明・朱星祚，《二十四尊得道羅漢傳》是收集、編寫有關「阿羅漢」傳說的專書，其中第十三尊：「施笠羅漢」，即是梁武帝。這篇小說提及梁武帝一生與佛教的深切因緣，他以帝王的權力所推動的建寺、度僧、說法、捨身，及誓斷酒肉、編製寶懺等，對中國佛教的影響頗大；又據聞他曾與達摩相見問答，因此傳說他最後修行成道，且納入民間流行的十八羅漢群中──他自稱菩薩，卻被民間視爲羅漢，眞是始料未及。然而這也只是「名詞」的不同而已，無關乎其實質內容。

---

⑦ 請參閱：〈菩薩正行（二）第40集：作者與受者的關係（八）〉http://www.enlighten.org. tw/dharma/10/400

⑧ 江巨榮、李平標點，上海古籍出版社1990.8（簡體）排印本的〈前言〉說：「它通過對梁、魏社會現實的描寫，表現了庸君媚臣禮佛參禪，造成了奸佞得勢，英雄斥逐，朝政廢弛，煙塵四起的惡果。以侯景之亂爲結局，作品寫出了國家淪亡、生民塗炭的不幸，對梁武帝一心追求極樂世界，最終幽居宮禁、餓死臺城的下場作了辛辣的諷刺。」

　　作爲傳世羅漢之一，梁武帝的形象，頗爲特殊，小說云：「步虛尊者，蘭陵人，姓蕭氏……初尊者投胎，下符地瑞。」其母於五月間避暑涼亭，吃了荷花而感孕；誕生之後，祥光香氣；且易爲撫養；稍長能行，卻「足不履地，浮空一二尺」。種種異象，不同於凡兒。後遇不知名胡僧曰：「此兒前生，曾笠我佛如來也。」⑨

　　接著，是「昭明太子」開東閣，延攬天下賢士，彼胡僧薦他入幕；尊者在東宮數年，「恃太子寵愛，恐來忌者之口」，遂外補爲刺史，該胡僧先在彼州「沖玄寺」住持，並向百姓預告蕭衍的到任，兩人見面後，談起前因後果，蕭衍就更相信「佛果有靈，能修則驗也。」後因治績，轉升荊州刺史：「權威日重，士庶歸心。」而從兄蕭懿「具文武全才，膺將相重任；朝廷恐其位尊有變，欲解去其權職，召之歸朝。」蕭衍勸他抗命，其兄不以爲然，且云「願爲忠臣，不爲叛逆」；歸朝後不久，果因「坐不軌誅之」，臨刑嘆曰：「無辜受戮，心甚不甘；吾弟在荊州，聞吾冤枉，必報此仇也！」朝廷聽

---

⑨　《六朝事跡類編》卷上〈總敘門〉第一「六朝興廢、梁武帝」：「帝生而有異光，狀貌殊特；有文在手，曰武帝。初爲兒時，能蹈空而行。」。又，本書所取「往世施笠於佛，今生轉胎爲帝」的傳說，完整的見於《梁武帝問志公禪師因果文》云：「志公答曰：我皇前世是個樵夫，只因上山砍柴，遇見山間靈壇古廟，庵宇朽爛，惟有古佛一尊，雨淋日晒，無人侍奉：汝自發起善心，將己頭上竹笠一個，遮蓋佛身；佛以天眼觀之，有此善心，讚言：善哉！貧苦布施，甚爲希有，汝於來世，當做上人！是故，今生得此福報也。武帝見說，心中喜悅，自思念之：若捨這些，就得爲帝，我今更作大福，不難厥後。武帝又敕聖旨，遍行天下，五里一庵、十里一寺。……師曰：我王前世，捨笠蓋佛，乃是無意之中，傾心布施，故得大福。你今敕行天下，廣造庵宇，自己又不捨財施利，惟使天下百姓之力，但爲主上造庵，以此人人受苦，個個艱辛，磨殺世人，不知幾何。所以天下軍民，盡皆怨歎。雖是眞命天子，難當萬民尤怨。故曰：汝是造業人也。」又「偈曰：若要開通佛法門，殷勤供佛及齋僧；……不信但看梁武帝，曾施一笠管山河。」（萬福禪寺搜集整理，http://amtfamtf.nease.net/nfgy/lwd.htm）

到了，乃詔並籍其家。蕭衍於是起兵復仇，旌旗所向，直抵闕下：「廢其昏亂之君、立其闇弱之子；未幾，又假太后命，廢太子而立次子爲君，以主國事；又未幾，太后詔尊者進爵九錫；未幾，即天子位。」以上小說的敘述與正史略有出入⑩，但重點不在這些世俗的政權更替，而是解釋梁武帝的佛教因緣、崇佛舉動，及最後的成道內容。小說在他即位後：「前世因笠如來，今世獲爲天子，胡僧又爲指占其事……遂深信佛法有靈驗、薄施有厚報也。」於是下詔各地，廣建佛殿、設齋供僧，並寫經頒賜臣民：「國帑錢糧，半爲佛家靡費；繩民科條，一切清淨從事。」而他個人「專意乞靈於佛，甘爲廝役僕隸；……皇太后莫能規帝以正，而議發金，問佛贖還帝身。……一次贖金，費千萬億，三次贖之，費不貲矣。」小說對此事作了批評：「梁武帝徼福心勝、媚佛心誠，捨（身）之時，若有眞佛受之；贖之時，若有眞佛還之也。甚哉！梁武之愚也。……據佛之設教，重在明心見性，區區皮囊，且欲其脫化；方寸性靈，且欲其歸空；不能了悟眞宗，而唯以肉身作佛，亦徒然矣！有詩爲證：捨身事佛亦何愚，三受三還只自誤；借使捨身能作佛，世間黎庶盡如如。」這可說是公允之論。

---

⑩ 案：昭明太子蕭統，乃梁武帝長子，未即位而卒。此處應當是：齊武帝次子竟陵王子良開西邸，招文學，蕭衍遊其門下，與沈約、謝朓等號為「八友」。詳見《梁書》卷一〈武帝紀〉。又，以下情節延續這個錯誤而來，事多虛構。如：蕭懿與蕭衍乃是同胞之親兄弟。而據正史所載：蕭衍二十八歲（491）往荊州，任隨郡王子隆的鎮西咨議；隔年，因其父病卒而丁憂去官，與長兄蕭懿隱居於都城東郊。三十一歲（494），輔佐齊明帝繼位而受重用，從此以軍官之身率舊部曲，長期對抗北魏，充分的發展軍事長才並厚植個人勢力；東昏侯即位（498）後，奢侈游逸、暴政虐民，蕭衍勸說其兄蕭懿與之謀反，不從；沒多久，懿因功高遭忌而被殺（500），蕭衍於是起兵襄陽（501），擁立齊和帝，隔年（502）受禪即皇帝位，開創梁朝。

　　接下去是梁武帝與達摩對話不投機，情節與前引《達摩出身傳燈傳》的內容類似；也是據《傳燈錄》卷三改寫，而增了一些插曲，如蕭昂迎達摩至公館供養：「百姓聞說西來佛，咸願捐資，鼎建殿宇，以求福澤。蕭昂不能禁，乃具表奏聞於上；梁武帝一生好佛，非捨殿宇，即捨自身，左右大臣為梁王奔走佛事，無有寧日。及見達摩渡江（海）南來，龍顏大悅；……一面發庫藏，建壯麗寶殿，以作如來宅舍；一面詔書生，繕寫經卷，以便如來講解。」、「帝沐浴齋戒，旗幡鼓樂、燈燭香花，自出都城迎接。」這些內容略有誇張，且稱達摩為「西來佛」、「祖佛」、「如來」，顯然是民間高推中國禪宗第一祖的用語。

　　與達摩的對話之後，增飾了部分情節：「遂詔臣民妃嬪，戒酒斷葷。……又詔：宗廟祭祀，用麵為牲。議者謂，此乃宗廟不血食之兆。」[11]達摩北去，梁皇唯以潔淨齋素為作用，而皇后郗氏不受約束，矯詔開葷，恣意宰殺，又嫉妒妃嬪，任性荼毒；陰司乃奮其壽數，染病身亡，投胎為蟒；向梁武帝求援；武帝聽從「寶志禪師」建議：「親疏睿思，撰撮諸經，編成十卷，名曰梁王水懺。」藉此功德，郗后得轉蛇身還人天；而梁武也因「搜經作懺，天牖其衷，耀

─────────────────

[11] 清・周安士《萬善先資集卷三・辨惑篇》http://www.suttaworld.org/ancient_t/ascs/2-3.htm
〔問〕梁武帝以麵為犧牲，作史者皆謂其不血食之兆，故知祀先用素，非禮也。〔答〕武帝以一念之慈，令天下後世隱然消無邊殺業，則麵牲制度，較之成湯解網，子產畜魚，其功倍之又倍也。至於天下之失，乃國運使然耳，如云麵為犧牲之故，則陳、隋諸君，夫豈不用太牢，何亡之速哉？果若斯言，當日牲不以麵，則侯景之兵，必畏而避之矣。將謂帝王社稷安危，懸於畜生之去留耶？……按：武帝即位後，斷酒禁肉，節儉愛民，暗室必整衣冠，暑月未嘗袒裼。每大辟，必持齋一月，臨刑為之流涕。休兵息民，頻書大有。自晉至隋，號稱小康者，莫如武帝，享國四十九年，壽至八十有六，皆莫有如武帝者。厥後子孫仕唐，八葉宰相（俱見《唐書》）。史臣因其奉佛，以私意誣毀，沒其所長，豈聖賢取善之公心乎？

然證悟如來宗旨。覺昔日造寺寫經，眞是人天小果之因，活佛達摩之言不謬也。」而那位胡僧勸說梁武帝：「修證有得，翌日可爲西天羅漢，但須經侯景之難，始得升天。遂勸之，勿爲富貴所羈靡，當擺脫以待時至。」又爲他取名「步虛」；梁武帝遂「不以天下國家爲意，以致機務叢挫，威權漸落，跋扈強梁之臣乘間竊發，天下遂多事。」後來，他被侯景大軍困在臺城，卻清心讀誦《老子北斗經》，功德圓滿之日：「見空中旗幡紛墜、鼓樂喧闐，又見紫雲一朵接捧梁王，直上玉京金闕。俗人不識，乃謂梁武餓死臺城者，非矣。」最後這段故事，離史而編造，包括作懺與悟道的因緣、怠政與叛亂的因果，及誦道經、成神仙的結局，似乎只爲了證明：梁武帝過去世曾施笠於如來，今生該得羅漢位；而佛道相淆、福慧不分，讀來牽強也！但這也是唯一宣稱以「帝王在家之身」得阿羅漢果位者！

四、《喻世明言》卷三十七：〈梁武帝累修成佛〉

這篇小說講的是蕭衍前三世的出身來歷及無間斷的修行過程：（千佛寺）白頸曲蟮——（光化寺）范普能——（富家子）黃復仁——（梁武帝）蕭衍；又搭配了三位善知識以助其道業：有了這些善根福德爲基礎，史傳中梁武帝的天生異秉、中年創業、晚歲佞佛，諸般事相都有了形而上的根源，不落於世俗史觀的褒貶是非。因爲，一切作爲只是延續其修道的業力、增進其成就的因緣，乃至於道業成熟，永出輪迴。從迷到悟、從起信到解脫，形式上經過三次轉生，且是階漸升進的：畜生轉「人道」——愚賤轉「富貴」——平民轉「帝王」，既享受善業的福報，也改進修行的環境，入世的習染（程度）越深，修道的資源（影響）也越廣。而關於佛法的實踐，前二世乃

聽、誦《法華經》而粗具「學佛知見」；第三世「看經唸佛、參禪打坐」，是標準的「禪淨雙修」；最後身「設齋造懺、建寺度僧、捨身修道」，類似菩薩道之布施行；這其中具體的修證內容與次第，作者並無說明；而其重點是：受高僧的指點而憶起前世因果，並因此深信「業報」，願生極樂。也就是說，此處並未演述佛法真實義[12]；而是依文學通例，著墨於有跡可描、有相可寫的「因緣果報」[13]，且交待得很詳細，如：當年誤殺曲蟮的小沙彌，轉世為榘頭和尚而被梁武帝誤殺[14]；黃復仁的養娘與侍女轉生為范雲、沈約、任昉，繼續陪侍梁武帝佐其國事。

只因含靈的「曲蟮」三年聽經，有心向道，於是發起了一段複雜綿久的人世因緣；而隨順眾生、代佛說法，扮演善知識的三位「出家」人，又如何點化牠（他）呢？千佛寺「大通禪師」，坐關三年，「只誦法華經」；雖不曾為曲蟮及范普能直接說法，卻給了他薰習與仿效的機緣。其次，光化寺「空谷長老」，

---

[12] 方竹平《佛法真實義：三乘菩提概說》序：「大乘成佛之道是以佛菩提智慧為主，除了涵蓋二乘菩提之解脫道外，尚包括第二轉法輪之般若系諸經所說實栢，般若總相智、別相智，以及第三轉法輪諸經所說如來藏妙義、一切種智、道種智等增上慧學；以親證萬法根源如來藏心體中所含藏一切種子，已具足故，名為成就一切種智；含般若總相、別相之智慧，以及一切種智之智慧，方可名為成佛之道。」北京宗教文化出版社2009.8.1。https://www.books.com.tw/products/CN10138982

[13] 【每個有情都有其各自獨立的如來藏心存在，祂含藏著我們無量世以來所造的一切善惡業種，使我們在緣熟時得以受種種的苦樂果報。】——詳細內容請參閱：〈三乘菩提學佛釋疑第69集：因緣果報是真的嗎？〉http://www.enlighten.org.tw/dharma/7/69

[14] 此事有據，《太平廣記》卷125，報應二十四（冤報）：「榘頭師」條。

一助普能「回首投胎」、二爲復仁「說讖預言」、三
向蕭衍「托夢示警」，可說是護持到底。最後是，摩
訶迦葉身邊「女侍」，爲了道緣而兩世降生：初世爲
童小姐，嫁給黃復仁後，兩人「結拜作兄姊，在家雙
修」，且同時坐化；再世爲支道林，以機鋒語點醒梁武
帝「前世之事」；後移居同泰寺，與梁主參禪論道。

小說把「坐化」視爲一種修行技術，每受刺激、或遇瓶頸，而
爲了求進步，便自斷生命而再次投胎；普能聽說大通禪師圓寂，「去
得甚是脫灑」，便動了個念頭，拜辭空谷長老，求個安身去處；第一
次誤入赤鏈蛇胎，及時被喚回；長老又警告說：「安淨堅守，不要妄
念：去投個好去處，輪迴轉世，位列侯王帝主，修行不息，方登極樂
世界。」再世爲黃復仁，與童小姐夫妻精進學佛，卻因定中爲色魔所
迷，空谷說：「慾念一興，四大無著；再求轉脫，方始圓明。」於是
又坐化去了。最後世爲梁武帝，因支道林的點化：「支公說道：陛下
請坐，受和尚的拜。武帝說道：那曾見師拜弟？支公答道：亦不曾見
妻抗夫！只這一句話頭，武帝聽了，就如一桶冷水，從頂門澆下來，
遍身蘇麻。此時武帝心地不知怎地忽然開明，就省悟前世黃復仁、童

小姐之事。」又加上他入冥見郗后受報轉蟒身[15]、及昭明太子屍蹶遊

---

[15] 關於郗后「酷妒、轉蟒身」與「梁皇懺」的傳說，印順法師，『華雨集第四冊』二、中國佛教瑣談，五－經懺法事云：元末，覺岸的『釋氏稽古略』（卷二）說：梁武帝的夫人郗氏，生性殘酷嫉妒，死後化爲巨蟒，在武帝夢中求拯拔。「帝閱覽佛經，爲製慈悲道場懺法十卷，請僧懺禮」，這是「梁皇懺」的來源。稍爲早一些的念常，編『佛祖歷代通載』，也說到郗氏的「酷妒」；死後在夢中見帝，並關心武帝的健康。……郗后的酷妒，死後化作龍形，唐高宗時李延壽所作的『南史』已有記載。『通載』進而說祭祀，『稽古略』就說到懺法。『通載』說是天監四年，『稽古略』改爲二年，這是天監四年水陸齋會傳說的翻版。

明．錢希言《戲瑕》卷二「郗皇后」：按釋典有懺法，……淨住子輯成二十卷，未及流通。至大梁天監中，命高僧刪蕪撮要、採摭妙語，改集十卷，題曰「慈悲道場」，俗稱「梁皇寶懺」。當時郗氏方淪蟒類，已承懺法，獲援超升，其事鑿鑿有據；而《兩京記》所載，則謂郗皇后性妒忌，武帝初立，未及冊命，因忿怒，忽投殿庭井中，眾趨井救之，后已化爲毒龍矣。……楊夔《止妒論》亦云：梁武帝郗后性妒。或云，倉庚爲膳療忌，遂令膳之，妒果減半。然則，郗后之妒，信有之矣。及考《梁書列傳》，郗氏諱徽，善隸書、讀史傳，女工之事，無不閑習。齊建武中，高祖爲雍州刺史，先之鎮，後乃迎后至州；未幾，殂於襄陽官舍，時年三十二。高祖踐祚，迎崇爲皇后。……謹案諡法：忠和純備曰「德」、貴而好禮曰「德」；觀此，則忌妒之說，又若所無。又《六朝事跡類編》卷下〈靈異門〉第九「郗氏化蛇」：（帝）居寢殿，聞外騷窣聲，視之，乃見一蟒盤躃上殿，睒睛呀口，……爲人語啓帝曰：「蟒則昔之郗氏也，妾以生存，嫉妒六宮，其性慘毒，怒一發則火熾，矢射物害人死，以是罪謫爲蟒耳；無飲食可實口、無窟穴可庇身，飢窘困迫，力不自勝；又鱗甲有蟲唼嚙，肌肉痛苦，其劇若加錐刀焉。……感帝平昔眷妾之厚，故托醜行，陳露於帝，祈一功德，以見拯拔也！」……帝明日大集沙門於殿庭，宣其由問善之最，以贖其苦；志公對曰：「非禮佛懺、滌悃款不可。」帝乃然其言，搜索佛經，錄其名號，兼親抒睿思，灑聖翰、撰悔文，共成十卷；皆採摭佛語，削去閑詞，爲其禮懺。又一日，聞宮室內異香馥郁，良久轉美，初不知所來，帝因仰視，乃見一天人，容儀端麗，爲帝曰：「此則蟒後身也，蒙帝功德，已得生忉利；今呈本身，以爲明驗也。」殷勤致謝，言訖而去。（以上兩則，見譚正璧，《三言二拍資料》上冊，頁215轉引，臺北里仁書局，1981.3）

《梁武帝問志公禪師因果文》（一）：「志公答曰：此郗氏娘娘，只因不信佛，嫉妒六宮、不敬三寶、不修片善，祇說此間便是天堂，不必另求天堂。倚福受福，不信因果，不懼罪業報應，廣造無邊惡業，不堪言也。所以隨業受報，打失人身，作一蟒蛇之報也。……若要救拔超度，然當我主發心。合宮齋戒，大辦齋供，延請五百高僧，修建道場，稱揚佛法。我皇親自禮拜，檢尋藏典，禮懺誦經，求哀懺悔。畢竟出離苦海，超生天界也。武帝見說，心生歡喜，即發誠心，依師之言，命請五百聖僧，修建道場，投佛懺悔。聖僧檢尋藏典宣出大藏靈文十卷，號曰梁皇寶懺。帝乃誠心懇切，仗承三寶威光，接引郗氏靈魂，現出蟒蛇之跡，直至道場。壇下盤纏幾匝，醜惡驚人。僧眾登壇禮佛誦經，行道繞旋。果然郗氏受恩薦拔，即脫蟒蛇之體，獲得天人之身。影現雲端，禮謝而去。」

天堂；這些都強化證明了「善惡業報、六道輪迴」的事實，令他心生警惕而奉佛愈專；除了詔行「宗廟祭祀，以麵代牲」、「設齋造懺，普渡孤魂」、「尋訪高僧，闡明釋教」之類的功德之外，又誓願「捨身供佛」，但被支道林勸阻：「陛下還有數年魔債未完，如何便能解脫得去？必須還朝，了這孽緣；時日到來，自無住礙！」直到侯景作亂，攻入臺城：「梁主既為侯景所制，不得來見支公，所求多不遂意。飲膳亦為所裁節，憂憤成疾。口苦，索蜜不得，荷荷而殂，年八十六歲。……支長老早已知道，況時節已至，不可待也，在寺裡坐化了。」若從佛法的觀點來看世間、看人生，確有變幻無常、虛偽不實的感慨，並因而看破、放下，如結詩云：「堪笑世人眼界促，只就目前較禍福；臺城去路是西天，累世證明有空谷。」

另有一種版本題為「累修歸極樂」，或許較接近小說所述的事實：「朕功行已滿，與長老往西天竺極樂國去。」又詩云：「今我脫敝履，去住兩無礙；極樂為世尊，自在兜利界。」這些名詞的交替互用，或只為了免於修辭上的重複、及題目編排上的整齊，卻易導致「實質內容」的含糊、混淆。

這篇小說除了據傳說以編撰梁武帝的多世輪迴之外；對照於正史，多有誤謬，如：蕭懿是蕭衍之兄，而非「叔父」；又齊明帝篡位（494）時，蕭衍已三十歲（464~549），且曾參與廢立之事，豈可說是「年紀幼小」？而支道林（314~366）乃東晉人，不可能與梁武帝會面。又「同泰寺」的建立[16]也與支道林無關；梁武帝四次在此捨身，也不曾由昭明太子伴隨；所謂「明州有個釋迦真身舍利塔，是阿

---

[16] 同註3，顏尚文，《梁武帝》頁271：「同泰寺與大通門，是梁武帝捨身的場所與必經之門，兩者皆含有深遠的象徵意義。《續高僧傳》〈寶唱傳〉：大通元年，於臺城北，開大通門，立同泰寺。樓閣臺殿，擬則宸宮。」

育王所造。……專爲鎮西海口子，使彼不得來暴中國。」[17]支道林請梁武帝重建此塔以「鎮壓風水」，並阻擋儵支國的入侵；……。但這篇小說的重點是，以「不忘初心、累世修行」的經歷，建立梁武帝「佛教帝王」的典範，在漫長無盡、生滅不停的輪迴之流中，歷史上的「梁武帝」或只是其間一個定點或一段過程而已，雖有相對性的存在、及因緣生的功過，卻無須太認眞、太堅持。

五、《梁武帝西來演義》

以上幾種小說都是明代作品，有關梁武帝與佛教信仰的重要情節，大致上都提到了；但是以他爲主角，且綜合所有相關的歷史人事、民間傳說、宗教附會而編撰，更完整、更玄奇的中長篇小說，則是署名（清）天花藏主人編的《梁武帝西來演義》，10卷40回。上海古籍出版社【古本小說集成】1992年版，侯忠義〈前言〉：「小說謂梁武帝蕭衍、皇后郗徽乃是上天菖蒲、水仙兩種皈依佛祖的有德名花，……後因梁主、郗后迷失本性，惡生好殺，如來遣阿修羅、毗伽那下凡點化。郗后作惡多端，被罰作蟒蛇之身；而梁武帝勤於佛事，三次捨身，最終端坐而逝，身亡歸西，了卻生前生後事。」、「全書旨在借史實而闡述佛法，不注重故事情節和人物性格，……故有人懷疑此書不是天花藏主人的作品。」此書是不是「天花藏主人」

---

[17] 《集神州三寶感通錄》：「長干舊里有古塔地。即育王所搆也。……（東晉）孝武太元末。有並州西河門劉慧達，來尋古塔，莫知其地。乃登越城四望，獨見長干有異氣，便往禮拜而居焉。時於昏夕每每有光明，迂記其處，掘之入地丈許。得三石碑長六尺，中央一碑鑿開方孔。內有鐵銀金三函相重。於金函內有三舍利。……梁大同中。月犯五車老人星見。改造長干寺，阿育王塔出舍利髮爪，天子幸寺，設大無礙法會。」

的作品，乃考證上的問題；卻不因此有損其通俗小說的價值；其中的
「故事與人物」乃據史演義，又穿插傳說，用心描摹，讓人印象深
刻；尤其是史事與佛法交融、戰爭與禮懺互映、治國與修行並重的情
節，在寵辱若驚的「俗情」與是非皆忘的「道心」之間穿梭往來，忽
冷忽熱，能收能放，是兼容「講史」或「神怪」兩種小說的特色。

　　此書有大量的攻城掠地、兩軍交戰的場面，且以天命劫運、兄
弟結義、開國建朝爲活動主軸，首尾則以「靈山會上，如來說法」的
佛經形式，托出二花歷劫、善惡報應的公案，中間報導了梁武帝的佞
佛、學佛、建寺、度僧、造懺、捨身種種事跡，以及志公托生開導、
達摩西來點化的因緣；其中的人事材料，半實半虛，而轉錄的章奏、
詩賦、佛經、禪語，數量頗多且穿插有致，整體而言，史實與信仰、
典雅與通俗、敘事與說理，相互交融而活潑生動，頗有可觀之處。然
而，小說慣常用這種手法，讓一切興亡成敗似有定數；縱有些許個人
的悲歡情感、善惡報應，點綴其間，而結局卻總是：夢醒回頭，一場
敗秀——表面上寫得熱鬧繁華，結構中卻眼冷心灰！書前〈紹裕堂主
人識〉云：

　　　　據史立言，我得我失，不出因緣果報；引經作傳，西
　　　　來西去，無非救度慈悲。
　　　　英雄打破機關，便能立地成佛；達士跳過愛河，即可
　　　　豁然悟道。

〈天花藏主人序〉則云：

　　　　天下事本無也，日出雲生，忽而有之；既有矣，水流

花謝，忽而無之。此理又何故耶？予深思而得之：蓋釋家所謂因緣也！惟此因緣，故夢幻泡影，虛虛實實、恩恩仇仇，牽纏而成世界。大而帝王，小而名利，彼爭此奪，前去後來，非禮樂即干戈，紛紛不已、攘攘無休，靜觀之，甚無謂也！然當其紛攘之際，竭性命之精，疲筋骨之力，自以為英雄豪傑，具於此功名富貴銘之鐘鼎。無奈才一轉眼，而赤電光銷，黃粱夢熟，從前辛苦，毫無所用，此果誰之多事耶？大都葉葉枝枝、花花果果，自為開落耳！設非因緣，則西方南國，萍聚無由也。雖然，興亡得喪，自關理數，豈盡因緣？試一思之……。

這段話借用了佛教名相「因緣」[18]，又混用了傳統術語「理數」，思想上就混淆不清了。也就是說：小說對於複雜不明的歷史人事，慣用的是天命（氣數）與因果（業報）的雜糅性解釋，所給的是情感的慰藉、信仰的依靠；雖然看似不合乎理性、遠離了史實，但一者、維持風教，範圍人心；二者、看破世情，遊戲人生；只須嚴正有道、或巧妙有趣，就可以了。

　　出現在這部小說的人物，大多於史傳有正式的記載，且原來的性格、事蹟在芸芸眾生中就顯示了某種傳奇性或神祕性──文人、武士，帝王、后妃，及道士、和尚，他們或高居於社會的上層，或游走

---

[18] 可參閱《邪箭囈語》第四章/第一節：〈因緣所生之蘊處界世間法悉皆無常、苦、空、非我──意識是蘊處界生滅法所攝〉http://www.enlighten.org.tw/book/25/4/1

於世間的邊緣，皆有其脫俗超凡之處：若非天賦異秉而任意揮灑、便是生具富貴而盡情享受、或心契虛寂而蕭然物外；這是小說家所鍾愛的角色，在其現實身分之上，又渲染了宗教神話之背景，使之擁有形上的來歷與歸宿，或許更具特異的說服力吧！

小說是從歷史觀察（評論）開始的——引文以【上海古籍出版社，古本小說集成版，武帝西來演義】標明其頁碼：

> 詩曰：「國家氣運亦何常？須向人心問短長；時日在天悲曷喪，保民而王廟無疆。自求莫大乎為善，天與無非是降祥；偶爾解紛仁有限，密開帝業到蕭梁。」
> （頁1）話說西晉之時，王室衰微，臣強君弱，一時之三綱不立、五德喪亡，致群雄競起。……東晉雖說偏安，猶存名號；不意迂儒秉政，崇尚清談，不知國家經濟，遂為劉裕所奪，改號為宋；使後人有治平之才，或久膺曆數；不意宋猶晉也，不數十年間，又為蕭道成所篡，改稱為齊；……乃漢時蕭何之後，根基不薄，若子孫有治世之術，豈致短祚？不意齊猶宋也，在位不久，早又生出事來……。（頁2）

對小說家而言，官方記錄的所謂「歷史事實」，或許不必那麼嚴守考據；而重要的是如何接受（常識、趣味）？如何解釋（啓發、信仰）？以及提供了什麼人生的智慧？開場詩話對六朝政權的更替，做了一個傳統經驗的總括：三綱五德乃維繫世道、安定人心的根源，略有錯失，必致社會動盪；當此之際，使有治世之雄才奇術，猶可以撥

亂反正；若無道德、又乏才術，則民無所從，國無所定矣！「使……
或……」、「若……豈……」的句型，多少懷著希望，而結論卻再
三的「不意……又……」，令人驚訝與惋惜；是人謀不臧？或天意如
此？由於時空人事的交錯變化，難以掌握一切因緣而做周全的分析；
因此，若相信其背後有「全知全能」的上帝或「無失無漏」的果報在
主持、推動，則可在寫作策略上取得「制高點」而下望塵寰，穿透事
相，有提綱挈領、化繁爲簡的效果。所謂「氣運、人心」、「天與、
自求」，天道與人事的密切相應，是「儒、道」的共識；而國家的
治亂、朝代的興亡，關係甚巨，非「氣數」不足以定其成敗、非「天
命」不足以論其得失，這是小說的常套；因此，第一回題爲：「太
祖善念動天庭，玉帝賜花開帝業」，由總管三界的玉帝發言：「下界
蒼生，劫運將萌，……可傳旨意，即著百花神撿選有德名花二種，降
生下界，男生蕭室、女降都門，成其姻眷，代續齊朝。」（頁24）劫運
乃自然之循環、亦人心之感應，是無可商量的；上帝的作用，也只是
預知其變動的大方向，並安排適當的人事以成就之；而此處之所以揀
選「名花」以應天命，乃因蕭順之偶然仗義，解救了某女子：「一念
救人之仁，驚動了上帝」（頁25），而「這日正是百花生日，花神聚集

之時」⑲，於是因緣湊合，改朝換代的大事有了輪廓，就該主角出場了；第二回提示：「若論善根須佛地，要求貴種必天堂」，掌花仙史說出一段公案：

---

⑲ 前引《三言》以「曲蟮」為梁武帝的前身，此處卻改為「菖蒲」，從動物到植物，是生命層級的降低，或修行難度的提高？而小說所編造的講法，或有部分來歷：說梁武帝的前身是「菖蒲」花，應是從《梁書》列傳第一《太祖張皇后傳》變化而來：「初，后嘗於室內，忽見庭前昌蒲生花，光彩照灼，非世中所有。後驚視，謂侍者曰：汝見不？對曰：不見。后曰：嘗聞，見者當富貴。因遽取吞之，是月產高祖。將產之夜，后見庭內若有衣冠陪列焉。」李賀〈梁公子〉說：「風采出蕭家，本是菖蒲花。」此花在中國，有很多特性，如《本草經》卷二，上品：「菖蒲……久服輕身，不忘不迷；延年、益心智、高志不老。」梁武帝高壽86歲，若不是被困餓死，或許要活更久！與宗教的關係，如【道藏】洞神部十一，《神仙服食靈草菖蒲丸方傳》云：「菖蒲者，水草之精英，神仙之靈藥也。」山林隱士服之，可消食除疾、返老還童，以至於長生度世，永為真人。又《千眼千臂觀世音菩薩陀羅尼神咒經》卷1，請佛三昧印第十二（T20, p0087c）云：「咒昌蒲一千八遍。塗其心上即得辯才無礙。」民間於端午節在門口掛「艾草、昌蒲」以避邪，如《荊楚歲時記》：「端午，刻菖蒲為小人子、或謂胡蘆形，帶之辟邪。」小說在菖蒲花皈依為如來侍者時，名曰「蒲羅」尊者；歷劫歸來後，則改號「波羅」；這兩個都是從印度音譯的名詞，若與「花」有關，則如《人天眼目》卷之五，〈宗門雜錄〉拈花：「（王荊公）曰：在翰苑，偶見《大梵天王問佛決疑經》經文所載甚詳：梵王至靈山，以金色波羅花獻佛，捨身為床座，請佛為眾生說法。……」

至於郗后之為「水仙」花，似無傳說根據，或從此花之根性而聯想，並取為象徵。據（明）吳彥匡《花史》載：唐代將水仙列入宮廷「御覽名葩」，玄宗賜號國夫人紅水仙12盤；趙子固以水墨雙鉤入畫，名噪一時，其〈自題水仙〉云：「酒邊已愛香風度，燭下猶憐舞影斜。」而水仙花的栽培，六朝前已有，（明）文震亨《長物志》云：「水仙，六朝人呼為雅蒜。」宋代盛極一時，喜愛者與日俱增，名流墨客，多有詠水仙的詩詞，如楊萬里〈水仙花〉：「開處誰為伴？蕭然不可親。雪宮孤弄影，水殿四無人。」劉克莊〈水仙花〉：「歲華搖落物蕭然，一種清風絕可憐。不許淤泥侵皓素，全憑風露發幽妍。」小說或乃取其清絕、孤傲、自憐之性也。而（明）楊慎〈水仙花四絕〉：「乘鯉琴高采擷新，蔚藍天上少紅塵。黃姑（牽牛星）渚畔澌裙水，不是人間妒婦津。」將水仙與「劉伯玉妻」的妒忌作聯想（《太平廣記》卷272，婦人三，妒婦，段氏），或另有原因吧。——又，古有以水仙、蘭、菊、菖蒲，並譽為「花草四雅」。

當初漢明帝時，我佛如來慈湣眾生，見東土生民，惡
業深重，因命弟子伊蒲塞⑳到中國來，廣揚佛教，濟
度眾生，超災脫難。彼時有一個楚王英，岢心向善，
立意好佛，遂請了伊蒲塞到家中供養，極盡虔心。因
獻花作供，伊蒲塞見諸花俱不喜，……只留了菖蒲、
水仙二種，喜其六根清淨，不紅紫而長青、不繁枝而
細葉，且出身水石之間，**疎疎落落**，別具潔姿；遂
日夕取他供養其旁。因伊蒲塞與楚王英終日傳講佛
法，這二種花在旁竊聽了，於心有悟，遂一心脩煉，
不肯泄氣，保守元陽。……伊蒲塞見二種花皈依佛
教，已蘊草木之靈，不忍棄之，遂收入佛門，以廣接
引。……今在如來蓮座之下，爲一侍者。（頁27）

眾花神於是親往西天靈山，傳達玉旨：

如來道：「今玉帝有旨，將你二人（菖蒲、水仙）往
東土降生，此係劫運因緣，正好明心見性，不可錯
過。……欲進無上大乘，亦須假人形，而後成正果。
東土雖曰紅塵，只須回頭及早。」正是：清淨花心已
有年，如何依舊墮塵緣？只因草木根基淺，故借人身

---

⑳ 梵語upsaka之音譯。意譯近事男，在家二眾之一。《後漢書楚王英傳》，永平八年，漢明帝
退還其贖罪之縑紈云：「其還贖，以助伊蒲塞、桑門之盛饌。」依小說所言，佛法入中國，
是如來意旨、白衣所傳？或如頁991所云：「至今佛法，皆是達摩流派」？

一轉肩！（頁30）

傳統小說中的佛教，多半隨順「儒、道」之因緣，以向道心入於世間行，身在塵而心不染。但中國道教以「玉帝」為三界之統領，而「如來」在西天，為何卻說「玉帝有旨」而徵召如來座下侍者？小說之三教混用、聖凡雜處，實不易釐清，而大致是以「天命」含攝「因果」、以「三界」連結「西天」也。主要人選確定之後，還須有完整的配套：

> 玉帝：「下界蒼生苦劫將來，今既有主，豈可無輔弼之臣？……卿（太白金星）可遵旨，同九曜星辰，陸續降於下界，輔助聖主，成功之後，因緣證果之時，方許歸垣！」正是：天遣星辰降下方，豈其無故作民殃？蓋因殺運多征戰，不是英雄不敢當！（頁49）

除了玉帝派遣的「輔弼星辰」以助成其帝業之外，西天也有幾位自願降凡以監督其道心：

> 內有菩提多羅、毗伽那、阿脩羅，齊說道：「道兄去後，機緣到時，我等稟明如來，相逢有日！」（頁30）

似乎又是一場如幻之道緣，窮達賤貴、苦樂得失，終歸於無生；而在凡夫心中，所能掌握的就是今生的現實；因此，帝王將相必有繁華的排場、豐富的經歷、絕代的功業，乃撐得起世俗的價值感——這就包

括了：行善的家世、吉利的風水、投胎的夢兆、降生的異相、聰慧的
才智、堅強的意志、充沛的體能；以及風起雲湧的時局、情深義重的
夥伴……。而今的局面就成了道（劫運）主、釋（修行）從、儒（治
平）事業的局面。以下先就「宗教歸屬」對小說中出現的歷史人物做
分類，並依次敘述：

一、道教：九曜⑳下凡，輔成帝業，功成名就而歸天

　　總管星（太白金星）柳慶遠，及天柱星王茂、天蓬星陳剛、天英
　　星昌義之、天輔星王珍國、天心星張弘策、天禽星曹景宗、天芮
　　星韋叡、天任星呂僧珍、天沖星馮道根。

　　另，侯景乃「齊和帝」轉世，本非在劫之人，後為報冤而生，而
　　冥符天命。

二、佛教：三聖化身，點化本來，似有所解而回頭

　　阿修羅 —— 雲光 —— 廣度：化身提示、不敬王者，梁主兩次
　　「當面錯過」

　　毗伽那 —— 志公：陪侍梁主，隨時檢點，如榮譽國師

　　菩提多羅 —— 達磨：來去自由、全體展現，流傳佛法於民間

　　附：郗后雖同為佛國名花，下凡後卻不信佛而多造孽，於是減壽

---

⑳ 黃一農，〈清前期對「四餘」定義及存廢的爭執〉，北京《自然科學史研究》，卷12第3期
　（1993），頁201~210、第4期（1993），頁344~354；唐開元六年（718）瞿曇悉達奉詔所
　譯的《九執曆》，指七政（日、月、五星）及羅喉、計都兩隱曜。開元八年，南宮說奏稱在
　己所編修的《九曜占書》中，必須量校星象，故請造渾天圖，玄宗許之。或云：大正藏密教
　部中有十多部經典是與星宿相關的，其中「梵天火羅九曜」是介紹轉災去厄化災星的祕密法
　門。小說裡九曜的名稱卻不同於這些天文星相，而是用「奇門遁甲」的九星。
　《西遊記》第五回：「見三清，稱個『老』字；逢四帝，道個『陛下』。與那九曜星、五
　方將、二十八宿、四大天王、十二元辰、五方五老、普天星相、河漢群神，俱只以弟兄相
　待。」

而受蟒報，幸得梁主與志公營救，乃滅罪升天。而昭明太子則因《金剛經》分三十二則之事，先貶後升成正果。

（一）英雄傳說

社稷要人匡，群星降下方；運籌才略大，血戰姓名香。

世定風雲散，時清龍虎藏；莫疑無所據，傳說豈荒

唐！（第33回，頁805）

小說云：齊（武帝）永明二年（484），東閣祭酒王儉奏曰：「臣觀天象，太白失垣、諸星下地，又且彗星迭見，皆是兵起之徵；望陛下薄賦輕徭、躬行仁義，庶可回天意而慰民心。……天意縱不可挽回，然人能修省，亦當使近而移遠。」（頁50）天意雖隱微，人心可預知；王儉推斷「不出二十年內」必有兵災；年代上雖有差誤，但他傳達了天象所示的警訊，也給了讀者「好戲才開始」的期待。而關於蕭衍的降生傳說：「異香滿室、紅光罩屋，面如滿月、兩耳垂肩，掌中有個『武』字。」（頁45）接下去的成長，又有許多異秉，如在外閒嬉時，聚集許多鄉兒廝殺，他便要做元帥，領著眾小兒，擺陣、埋伏：「戲耍的有些文理」；若是殺急了，「便吆喝一聲，竟騰空而起，離地丈餘」；到了十四五歲，除了「五經四書、諸子百家」背誦如流，於「陰陽術數、陰符素書，以至雕蟲雜技」，無不精通；後為蕭子良招致，名列「竟陵八友」，王融曰：「後來宰制天下，必在此人。」又所住的居室，常有「五色雲與紫氣，盤結其上，狀若盤龍、形如繳蓋。」王儉曾對人云：「此蕭郎，三十年內當作侍中，過此以後，貴不可言矣！」曾任鎮西咨議，不久，因父喪而在家守制，作了

〈孝思賦〉，朝夕哭誦；詞云：「堯舜仁純、禹湯功大，帝王不是庸人做！若無至德感天心，焉能全福登龍座？要問名成，須將實課，五倫豈許人偷過！蕭梁享位是何因，千秋孝行馨香播！」以上敘述（頁51~81），大致合於史錄，讓人相信所謂「天縱英才」乃宿世所積，非偶然之物也！正是：「信者以為極是，不信大笑他差；到底未聞確論，怎分誰正誰邪！」（頁58）

就在蕭衍「守父喪」期間，其他應劫降凡的星宿，也各自在不同的角落長成，並具足了各種安邦定國的才能，依次向蕭衍所在之處聚集。如：王茂：「相貌魁偉，兩臂有千觔勇力；只因家貧，在山中打柴賣錢，供給父母。」接著演出一段「打虎」情節，又因吃虎肉、喝烈酒，而結識了另一條好漢：「陳剛，字慶之」，又黑又紫的臉，幾個暴牙露在外、幾根黃鬚蹺半邊，渾身一團筋骨；兩人英雄相惜，乃結拜同住，切磋武藝。（頁58）其次，柳慶遠：「善讀詩書，又留心於術數之學。」偶遊巴州白鶴山，得老猿引導，於洞中誦習「天書」，之後「天文地理、說劍談兵，無不精妙；……因望見建康有天子氣，又見九曜失垣，他已看得分明，知齊梁氣運，有一番殺戮，而後成功，英雄用事，正在此時」；乃別了妻子，走訪賢君。（頁68）途中結識了王茂、陳剛，乃相約同行。小說是以「白猿、天書」的套式將他塑造為道教色彩之「參謀、軍師」的形象，例如：「即拔劍在手，口中念念有詞，一霎時，烏雲陡合、狂風大作、飛沙走石。」自云：「五行妙用，隨時而現，安可豫知！……吉現凶消，非真有神，不過是遁甲中之玄機。」（頁127）

又，齊副將王珍國：「雙眼突出，面如紫蟹」，城破後逃亡山（頁111）。因搶獵物，與昌義之「家道貧寒，牧牛砍柴以維生；有神人於夢中教他武藝；面如藍靛、豹頭環眼，慣用一條鑌鐵扁擔」（頁

142）；兩人相識而結拜，於鍾離之戰中搶魏軍糧草，來投靠蕭衍。
（頁156）

又曹景宗：「喜觀書史，每讀穰苴、樂毅傳，嘗掩卷嘆息：大
丈夫須當如是！」十二歲，於鄉里賽神會中，因吃祭肉、飲美酒，而
全身發燒長痘，變了形貌：「面如鍋底，渾身黑似炭團；突出雙睛，
一派紫筋暴漲。昔日粉孩，今已脫胎成黑煞；當時瑞物，於今換骨變
妖魔。若非扶助聖明君，何得變成奇醜漢！……只覺這醜形之中，英
氣勃勃，儼若天神。」（頁197）而張弘策，白虎精轉世；乃蕭衍之娘
舅，又與曹景宗「通家弟兄」。（頁204）

這幾位較早報到，且曾追隨蕭衍出征；而第十一回「報兄仇蕭衍
揚兵」，築壇拜降、誓師起義之時，又有韋叡、呂僧珍：「只因梁業
要成功，故從天上降，恰向此時逢。」及馮道根：「雖居母喪，服制
未終；但拯民念切，又恐失時。」三人及時趕到，也領了職務。

以上對武將的描寫多似草野莽夫，長相奇特、力大技精；且兩人
為黨，捉對來歸。其實，在《梁書列傳》中，他們的家世多曾在宋、
齊為官，與蕭衍為同事或部屬的關係，後因東昏侯信用群小、荒淫無
道，才與蕭衍密謀起兵，或率部眾投靠；並且，或家學淵源、或起自
貧賤，都於人格、德行、見識各方面有過人之處，不全然是異種或怪
胎！小說為何選此十人以符「金星九曜」之數？而所述諸將之出身、
形貌、性格，多與史傳不合，唯投靠蕭衍起兵之後的重大戰役，則多
半於史有徵；但因小說以歷史事件為主軸，這些次要人物就成了集體
行為的傀儡，只為了烘托主角的光芒而淹沒了個人色彩。他們總是沉
默安分的依天命而行，並無任何脫軌、搗亂的意念或作為。

情節至此，由於「星曜畢臨」，又加上「機時皆至」——其兄

蕭懿，勤王有功且盡忠職守，卻被東昏侯以鴆死，臨終云：「只慮家弟在雍，深爲陛下之憂！」（頁247）蕭衍爲了復仇，乃正式發檄出兵。（頁273）接下去便是一場又一場的戰爭，從十二回「蕭元帥堂堂起義、齊寶融草草稱尊」，到第十五回「東昏侯國破被誅、蕭司馬功成受禪」，改朝換代，天運流轉；小說的評論是：「興亡治亂豈稱祥？殺戮生靈滿戰場！奸惡過多今受劫，始知誅戮不爲殃！」（頁341）「龍虎景從，風雲際會；一時聖主登天位。興亡豈獨是天心？想來一一皆人事。」（頁353）

梁公即帝位，改國號「天監」元年；違約而勒殺齊和帝，「帝死得甚慘，心甚不服，一靈不昧，去哭訴閻君，後有報應。」（頁376）接著第十六回「魏主興師報父仇、梁兵血戰威鄰國」，還是南北對立，征戰不休。看似英雄事業，實乃百姓血淚！詩曰：「謾道弔民來伐罪，其中自有一番私！」（頁389）「一味心雄氣霸，誰肯平分天下？血戰自連年。何日放牛歸馬？速罷！速罷！早已殺人盈野。」（頁407）鍾離之役，柳慶遠以「地雷火炮」，炸死魏兵無數，「腥血之氣，臭聞百里」；梁主見了，慘動於心，說：「爲此寸土而荼毒蒼生，朕之過也！」慶遠曰：「陛下言念，及此蒼生；然天意劫數，人豈能逃乎？」梁主傳諭，著人掩埋；又自帶「隨侍文臣，在戰場上周遭走了數匝，默念往生神咒與密多心經，如是數日。」（頁412）

第十九回以後，爲奪取魏之「壽陽」城，聽信了降將的獻計，於浮（淮）山堰築壩，引水灌城；此乃「費盡民財、流徙民命」之舉，梁主卻因貪功而被大禹治水的傳說所惑：「神功必待聖人成，豈許庸愚妄引行？一派荒唐不深察，自然誤國喪生靈！」（頁471）果然，一築沖潰，再築漂沒：「若非國運該遭否，定是民災尚未終！」（頁476）又爲了鑿土塡河，而誤掘「莊子之墓」，內有碑文曰：「蕭梁

行，築淮堰；一築風水崩、二築蛟龍閃、三築事將成，忽被波濤捲。民骸疊作堆、夫骨連成片，得失自有時，如何涉此險？」（頁495）直到淤塞之水潰決，將淮泗居民都漂入海中之後，梁主才下令停工。（頁500）

面對歷史上這種大規模的人間慘事，究應歸罪於人或認命於天，小說家也是有口難言！除了歸於「天命、劫運」之類非理性、不確定的因素，與百姓同悲之外，似不敢從「人謀不臧、執政不力」去分析其責任歸屬；這種寫法既有宗教迷信，也有政權忌諱，而更充分的原因是：人生萬事、往來時空的錯綜複雜，遠非史家簡化的思維所能盡知，也沒辦法完整的敘述；小說家面對這變化多端、終始無邊的歷史長河，心中起伏交纏的疑惑與憂思，只能問天求神吧！

梁武帝雖也有上述利令智昏、敗事害民之舉，但整體而言，是歷史上難得的仁德有為之君，雖以武力征伐起家，而開國之後頗重文治，「普通元年春正月，梁主出南郊祭祀，大赦民間；又視國學，親臨講肄，並詔各皇子以及王侯之子，皆令入學；一時，庸庸之度，文風之盛，自晉宋齊以來，未之有也。」尤其對昔日功臣，可說是情深義重，第二十二回詔柳慶遠回朝云：「當日與卿同謀創業，今已功成名遂，故手詔卿來，共享富貴。」真是「君恩有如天，臣心有如水，天與水相連，自能保終始！」（頁564）

北魏神龜年間，胡太后荒淫攝政，有可伐之機，梁主乃親率六軍，進取壽陽；詩曰：「天下安能禮樂平？武功未免動刀兵！挺身虎戰稱良將，棄命龍爭號俊英。大烈莫非明展土，奇勳無過暗傾城；誰知麟閣標名日，無數生靈已不生。」（頁569）歷史記載的總是少數菁英分子，而世間就是他們領銜演出的舞臺，這些帝王將相為了發揮個人才華、滿足私人野心，而無休止的你爭我奪、予取予求，且將這些

行為合理化為「天意、民災」，以現實的成敗「論定」歷史的是非；其中，占最大多數的生民百姓，永遠是沉默的羔羊。從諸多穿插在爭強鬥智、意氣風發的戰陣中的「詩曰」看，作者其實是有廣闊的視野、深沉的胸懷，兼顧了天命與人倫、讚嘆與悲憫，表達了中下層讀書人的多重視角與同體關懷：「聖王未始不征誅，從未傷心殺不辜；道德干戈非不利，何須殺得血模糊！」（頁591）

　　第二十七回，攻下壽陽之後，又乘勝收復五十二城，梁主「意氣凌空，自要一番威武展雄風」，因此親率眾臣出行，依次「巡狩地方，軫念民瘼，成千古之奇績」（頁661），最後是駐兵閱武於瑯琊山；因郗后崩逝而回朝，重整朝綱，「大小政事，無不悉心宸斷；各省表章，無不經目批發。雖至三更，亦無倦怠。」、「自晉宋齊以來，未有如此者也。」天監十三年，因諸將協力，屢敗魏人，割地請和，邊境無事，乃下詔班師，「與諸將共集廟堂，君臣接見，論功升賞，各得封妻蔭子，不負沙場血戰之勞，使遂生平之志。」後人有詩贊曰：「藏弓不念沙場苦，烹狗誰思血戰功？今日君臣同宴樂，方垂聖世帝王風！」（頁689）又詔良工張僧繇，精心描畫各文臣武將之圖像，懸掛於武德殿中；分封已定，諸將乃拜別梁主，各赴任所。

　　二十九回以後，小說的重點轉到梁武帝「崇佛」的活動及其影響——梁主因見郗后變蟒，「果報之事，絲毫不錯」；便專心好佛，仁慈聽政，多次大赦民間，又令獄中人自贖其罪。從此，各郡縣獄無重犯，良民脫罪者，歡呼感恩，「就有一等奸頑之輩，不思朝廷仁政，反視官法等閒，全無畏懼，便恣行不法，多劫金銀，作犯罪時贖罪之用。一時，山林草野、湖蕩之中，盜寇日生，有司官亦不深求。」（頁760）而晚年的梁武帝雄心漸衰、朝政漸廢，且天命轉移、道友來尋，時局人物又將汰舊更新了。

　　先是，兒孫不肖：豫章王蕭綜，自疑是東昏侯之遺腹子，而常懷異志（頁729）；而西豐侯蕭正德陰養死士，欲謀不軌；往投蕭寶寅不成，回國請罪，梁主宥之，詩曰：「雖云父子不無傷，背國欺君法要張；有罪不誅留後患，自然禍發在蕭牆！」（頁771）邵陵王蕭綸狂悖胡為，梁主賜死；太子求情，乃免。史官曰：「既生上智到唐虞，定有丹朱做下愚；非是嚴親不能教，教而不善又何誅？」（頁830）而昭明太子蕭統，受「白雲觀道士」陳羽生之蠱惑，以太乙正法改善東宮的風水，而被誣指為：「日夕謀計，欲厭昧陛下天年，以祈早登大位。」因受冤鬱結而致病，卒年三十一。（頁848）

　　其次，諸將老死：第三十三回題云「功名成天書返洞，劫運消九曜歸垣」，開國老將相繼病卒，小說對他們生前的功業多有詩讚之，如：王茂：「血戰從王成大功，功成帝室受皇封；請看生死俱無愧，始信男兒志氣雄！」（頁770）曹景宗：「勸君切莫羨封侯，拘束身心不自由；何似少年飲美酒，往來射獵西山頭！」（頁781）王珍國：「太平無事將軍死，留得英名千古聞！」（頁818）韋叡：「丈夫出處無沾滯，青史方能姓字香！」（頁847）張弘策：「又是功臣又是親，不驕不吝宛儒身；千秋想像誰堪匹，除卻周公無別人！」（頁848）特別是柳慶遠的結局，老猿向他討回天書：「只因你上應天星，該扶劫主，以成梁室偏安。今你功已成、名已就，豈可容你久懷在身、輕泄於世？……況劫主事佛，不久魔生，已完自己因緣；今上天已有乘魔應運之人（侯景），我今又要將此靈石，前去付之矣！」小說對他似有偏愛，每擬之為諸葛亮，如云：慶遠有王佐之才，而限於時事，梁武年老心灰，不能展其經綸，史官有詩嘆之：「仰彼王佐才，一匡何足數？只為佛無邊，累殺偏安主！」也有見他星宿臨凡，梁武事業皆前定，即盡其力，焉能逆天行事？有詩贊之曰：「雖然人事差，總是

天之命！盡瘁繼臥龍，臣心亦已罄！」

　　幾年之內，老成凋謝，梁主氣數已盡；而當年被毒殺的齊和帝投生於北地為「侯景」[22]，今已長大成材：「自恃有勇，目內無人；狂蕩無憚，轉眼無情」；應募入伍，屢有戰功。（頁748）北魏分裂後，得東魏高歡之重用，擁十萬甲兵，專制河南；高歡去世，他權且「獻地、稱臣」於梁；此後，內憂外患，亂事紛起，梁主不能從善納諫，反而捨身佞佛，輕忽國政、放任群小。於是，梁朝數十年的安定繁榮，急轉直下；蕭正德「見梁主年老，英雄之氣全無，好善之心日長」，正欲乘時而動，奪兄弟之位而自立；忽得侯景之書，許共圖大事，乃喜而約為內應；太清三年，侯景發檄起兵，數「梁主十大罪」，裡應外合，大軍渡江而來，直入建康；東南半壁的人民，久不見兵火，而侯景猝至，嚇得「束手無策，唯閉戶保守妻子」而已。有詩刺梁主曰：「年少英雄明萬里，奈何老耄糊塗。大都怕死信浮屠，百思求智慧，泥土只如愚。」（頁943）蕭、侯二軍合圍臺城，久攻不下，正德乃於建康即帝位；諸王皆駐兵不進，觀望臺城消息。後因屯守太陽門的書吏引兵入城，於是城破。

　　第四十回，梁主知臺城危在旦夕，因走入淨居殿中，拜禮佛像，懇求三寶慈悲救難；又想：「當初成我帝業，皆虧一班良將之力。……我聞生前正直，死後為神，今良將雖亡，而英氣自常留人

----

[22] 按前文引《太平廣記》卷120，報應十九（冤報），轉錄《朝野僉載》之說：「時人謂（侯）景是東昏侯之後身也。」小說則云：齊和帝被毒殺後，入冥喊冤，閻王告以：「蕭衍根行非凡，西方佛果，今來下界，是乘毒運而為帝王；喜他不昧前因，欲完他大事因緣；異日廣揚佛教，傳流中國，其功甚大！況且生死簿上，亦不敢留名；他殺運完，即行善念。……天數已定，你不必怨恨於他，然你之報應，亦自有日，分毫不爽。念你今生柔懦無罪，假汝手以屠戮蒼生（侯景之亂）；天運循環，實非人意。」

世。」乃將當年所畫的諸將圖像，懸掛於四壁，逐一審視，並細訴今日苦情，但願「他必有靈，能默佑潛消，解此倒懸」；許久，諸將顯靈侍立曰：「臣等功成名遂，久去塵寰；……今陛下因緣將到，我等就位有期，同登極樂。」說罷，倏忽不見（頁968）。這批良將，在俗為輔成帝業之伴侶，在天乃應劫下凡之星宿，出生入死、同甘共苦，與梁武帝之情義，有過於妻兒！此情此景，聞之令人鼻酸；而投胎轉世、果報相尋之事，也令人眼界開闊，不執今生之苦樂，而深信世間一切，自有法界（劫運）安排也。

侯景入城後，引甲士至太極殿見梁主，汗流滿面，不敢仰視；出而對手下說：「吾嘗跨馬對陣，矢刃交接，而意氣安緩，絕無畏心；今見蕭公，使人自餒，豈非天威難犯？我不可再見之！」遂使軍士入值省中，各帶利刃，不許任何人得近梁主之身；梁主大怒，乃走入淨居殿中，拜佛打坐；十餘日之後，證悟本來，乃端坐而逝（頁975）。詞云：「謾道皮囊全脫去，此中尚有吾真；況乎天運要重新，若非梁早喪，豈不誤隋陳？」一切都是天命的安排，梁武帝八十六年的歲月與作為，說穿了只是一場傀儡戲，借假修真而已！

梁武去後，「主要情節」已結束；剩下的只是交待後續發展而已；（侯景）走入淨居殿中，只見梁主在蒲團上端坐，顏色如生，於是跪拜了一番，遷殯於朝陽殿，廟號「武帝」；迎立太子綱即皇帝位。蕭正德密謀造反，被侯景斬於府中。自此，侯景兇心日長，挾制天子；諸軍事政令，悉握掌中。隔年，廢綱立棟；常對部下說：「若不盡法，天下何以知我威名？」於是殺人如草芥，以資戲笑。不半年，逼棟禪位而自立，殺戮朝中大臣及蕭氏子孫；建康大亂，而義兵四起，以陳霸先、王僧辨為首，多路進攻，大敗朔方兵；侯景帶百餘騎逃至海中，被羊鵾謀殺，截首醃屍，送至建康，百姓爭啖其肉，至

「磨其骨為灰而分食之」。蕭繹於江陵稱帝，「雖有雄才英略而御下無術」，在位三年而崩；傳位於太子，不久，為陳霸先所篡，而梁氏遂亡。

　　小說中的人事，應運而生、數盡而亡，梁朝的建立乃為了成就蕭衍一人，而真主已乘香雲去，後起者難乎為繼；擴而觀之，東晉亡、劉宋興，齊梁相承陳短命；隋定江山南北合，改朝換代只似夢！前仆後繼無窮已，有德無道怎計較？總歸是天命循環、人性貪瞋，其中了無新意也，詩曰：「風光上接中天日，威力旁消四野霜；但恐有開還有謝，誰能保得不興亡？」（頁25）世間人事的循環往復，無始亦無終，而最後總是不了了之；小說作者只是借題發揮、借事說理，其態度介於嚴肅與遊戲之間，部分是傳播歷史知識，另外則是宣揚個人信仰（儒道釋）；七實三虛或半真半假，沒辦法明確的區分。

（二）高僧行跡

> 　　來嫌太晚去嫌遲，點醒貪瞋是所期！不識紅塵迷性
> 久，因緣大事可還知？（第35回，頁851）

　　前一節所論是歷史敘述與天命信仰的結合，在半實半虛之間，給讀者一種簡化人事、滿足想像的效果，大體上屬於傳統「儒、道」的教化；而梁武帝的生平事蹟，卻另有大部分是關於佛教的，從三十九歲即位（502）到八十六歲餓死（549）將近五十年，不論是公開的弘揚或私下的實踐，以「皇帝菩薩」的理念，積極推展「佛教國家」的政策，這是最讓史家疾首痛心，而佛教徒所稱道景仰的。

　　小說在這個部分的發揮，已經是世俗化、神通化，行文中所抄錄的法語、問答、典故，及所奉行的思想、儀軌、大多是宋明以後的庶民佛教，與南北朝的權貴佛法有很大的差距；也因為這樣的轉化，小說中的梁武帝失去了貴不可近、高不可及的形象，而更像個虔敬平易、單純可親的一般佛教徒！

　　小說在形式上是以佛「說經」而起，插入一段「譬喻」故事；又以佛「說法」結束。頗有「黃粱夢醒乃知空」的義趣，虛化了歷史人事、順逆得失的執著。先看「西天靈山」我佛如來在「靈虛宮」說法的場景：

　　　　只見如來端坐蓮臺，與五百阿羅、三千揭諦、十一大
　　　　曜、十八伽藍，講演大乘妙法。[23]……

以下便是二花降凡，「借人形、修正果」的情節。小說云：佛法在中國的流傳，除了前述伊蒲塞與楚王英（在家居士）為先鋒，接著是（魏）正始年間：「只因太后胡氏佞佛，魏主信之，故不事經籍，唯親佛典。一時，佛教盛行洛陽。……以為今生作孽，一入佛門，若經懺悔，惡孽俱消，窮者得富、賤者得榮，善念若深，生生不滅。」啟建大小佛寺，共一萬三千餘，「佛法逐漸傳入南朝。」（頁383）這兩段敘述的點似是「菖蒲」轉世為梁武帝之後，對佛法的體證、護持、

----

[23]　案：《西遊記》第五十八回：「至大西天靈鷲仙山雷音寶剎之外，早見那四大菩薩、八大金剛、五百阿羅、三千揭諦、比丘尼、比丘僧、優婆塞、優婆夷諸大聖眾，都到七寶蓮臺之下，各聽如來說法。」又，第九十八回：「佛爺爺大喜，即召聚八菩薩、四金剛、五百阿羅、三千揭諦、十一大曜、十八伽藍，兩行排列。」這裡的排場與會眾，大致是抄襲《西遊記》而來。

弘揚——或如前引侯忠義云：「本書旨在借史實而闡述佛法」——大
致表現在這幾項：

1. 緣熟心開、似有所解
2. 因果報應、六道輪迴
3. 道場功德、懺罪度亡
4. 誓斷酒肉、停用牲祭
5. 捨身出家、禮佛講經

　　菖蒲、水仙，雖宿植靈根於西天，但心地未明、貪瞋仍在，故
奉命下凡後，不免又為身心所困、六塵所迷；若長此以往，必致道力
退轉而入輪迴，此非歷劫修行之本意；故而，如來講經時，「忽以慧
眼遙觀，復又垂目，即合掌於胸說：善哉、善哉，欲度眾生，反添業
障。……汝等眾中，當廣開方便，指示迷途，同歸極樂。眾問：二人
迷失本來，惡生好殺，貪癡種種，已趨輪迴業境矣。……但不知可解
脫此二人之厄否？佛曰：人心一正，諸惡俱消，無往而不能解脫！」
案，此處說誠意正心，則可不造新業；但宿業成熟時，還受其報也；
是故，梁武帝於最後數日，「心」雖端正，而「身」仍餓死也。

　　於是毗伽那於枯樹中化身嬰孩，為朱氏收養，取名「佛賜
兒」。阿修羅則變形為凡僧「雲光」：骨瘦面蒼，手執「禪杖」、肩
挑「蒲團」與「梵經」，到長干寺㉔掛搭（頁509）。接著是梁武帝各
項奉佛的舉動，如廿一回云：「到了初八這日，梁主身穿素袞龍袍出
朝，帶領文武多官，發駕竟往長干寺來，……啓建無遮大會，早間拜

㉔ 按，小說對長干寺的來歷：「這長干寺自漢明帝，佛入中國時，即有人建造於此，……嘗被
　風雨損傷、雷火震擊，後來虧了一位祖師，叫做阿育王，大發慈悲願力，至西方佛地，求了
　數顆舍利子來，放入塔中。」（頁514）。

誦、午間講法、晚間超濟孤魂。」（頁524）勞民傷財的水陸懺儀，好
不熱鬧！卻被雲光僧點破：

> 欲以數粒米，化作無邊之甘露（施食），也非等閒；蓋
> 因地藏憐愍眾生，故登壇作此神通，因他堅心精進，
> 故能感動觀音大士，變作焦面鬼王，往四大部洲拘攝
> 幽魂，來受這甘露之味。試思今日這等凡胎頑僧，有
> 何德行，而能感動大士乎？此不過佛家一戲場傀儡
> 耳，於眾生何益？若仗此而消愆，恐業更深也！」
> （梁主）又問道：「若如此說，則朕此番佛事（無遮法會）
> 不幾為無用矣？」雲光道：「善心既動，怎說無用？
> 但此等用處，不過是燃燈代日、挑土為山，些小懺
> 悔，焉能補過？何不及早回頭，現身說法，庶可解釋
> 冤愆，不失本來面目！不然，沉迷既久、墮落漸深，
> 則非算矣。（頁544）

正是：「有彩嘟雲方結霞，若無妙義莫拈花；可憐聾瞆驚聾瞆，恨殺
西方老釋迦！」達摩大師云：「淨智妙圓，體自空寂」⑤而「不以世
求」，才是真功德！

---

⑤ 詳細內容請參閱：〈三乘菩提之入門起信。（一）第49集：覺與本覺〉 http://video.enlight-
　en.org.tw/zh-TW/a/a12/2694-a12_049又，【清淨法就是一切眾生都有的本來清淨的如來
　藏，這個如來藏的體性和諸佛一樣清淨，沒有差異，祂的本體光明清淨，而祂的自性是無生
　無滅、體性空寂的。】——詳細內容請參閱：〈三乘菩提學佛釋疑第113集：佛教的修持方
　法是什麼？〉http://www.enlighten.org.tw/dharma/7/113

　　雖然講了那麼多，梁武帝仍然執迷㉖，雲光嘆曰：「可憐，此人爲物慾所蔽，身心固結，失卻本來，一時焉能悔過？須慢慢使他猛省可也。」又曰：「爲人消釋，終屬小乘。」因梁主之請，雲光乃登臺「向大眾宣了一卷心經」，他講的是：「心即是佛，無佛非心；佛即是心，無心非佛。……若思見佛，須要明心；倘或迷心，自難成佛。咦！人人有佛不自知，卻向骷髏去剝皮；到得抽身尋舊路，誰知已是點燈時。」講到精妙處，感得滿天雨花。（頁547）梁主說：「朕今仗此三寶佛力，又得吾師懺悔，足可滅罪消愆矣！但覺此心惕惕不安，何也？」雲光曰：「此陛下本來懺悔之善根也！」人一輩子可能做了許多符合宗教信仰與道德要求的行爲，但與生俱來的無明渴愛，仍隨時蠢動，引生無邊的（矛盾）不安；若得大善知識的教導，從這裡深入觀察，或有向內徹見本心的契機；但此事非同小可，也須有足夠的福德、正確的知見及長時的勤修，若因緣成熟，或得親見本來面目。

　　但這些微的道心，卻被郗后的「小聰明、大毒計」動搖了（詳後文）；雲光深知梁主的時候未到、禪心未堅，乃留偈而示滅。梁主雖也覺得郗后此舉，於佛門有玷，卻敵不了俗情貪愛：「不是心昏喚不醒，只因勾引未曾停；方才捉定回頭想，又被笙歌騙去聽。」隨後開龕驗屍，惟見遺鞋一雙；空中飄下紙條云：「今雖移植去，原有舊根芽；性靈既自在，皮毛莫認差！無邊光景雲映霞，一時恩愛水團紗。……迷津喚不醒，失足豈有涯？四十八年霸氣盡，江山又屬別人家！」梁主乃歎曰：「原來是一尊古佛臨凡，使朕當面錯過，深爲可惜！」（頁561）。

────────────

㉖ 請參閱：〈三乘菩提學佛釋疑第12集：佛教相信懺悔嗎〉http://www.enlighten.org.tw/dharma/7/12

　　雲光去後，梁主又忙於征戰，而無心顧及佛教；直到攻下壽陽城，為了超薦陣亡孤魂，才又想起「有德高僧」，魏將李憲提及「法相寺廣度長老」，梁主召見時，他卻又「遽然仙遊」了，只留字云：「廣度雲光，總是我做。……究心精進，此中莫挫；我今去矣，志公補過。」梁主又嘆曰：「惜朕無緣，不能再見。」（頁640）就小說的安排，雲光──志公──達摩，輪番上陣，只為了護持靈根、點醒梁主。

　　前文提及「毗伽那」化身的「佛賜兒」，從小跟著朱氏拜佛，不吃葷腥；朱氏亡後，他對鄉人說：「我今身無掛礙，早脫紅塵，離了孽海，欲去清淨中尋覓源頭，上可報生育之恩，下可脫三途八難之苦。」（頁672）於是投身鍾山「道林寺」儉長老出家，長老於定中觀知他的來歷，云：「善哉！完此西來大事因緣，普度梯航、慈悲引證，死者超生淨土，生者共入菩提。……我今為汝披剃，可到世尊面前作證。」又取法號：「聖人得之為大寶，又多見是識為誌，又廣施及眾為公，可取名寶志公。」（頁678）根行雖好，卻有閉塞之迷：「只因被朱氏抱回，尋人餵乳，受了凡間婦人貪瞋痴欲之氣，蔽卻靈光，有時而昏。」幸而剃度後，在寺中學習禪門規矩，漸有知覺，遂晝夜用功十年。某日，在禪床上入定，儉長老問：「汝心定耶？身定耶？……身心俱定，何有出入？」志公：「雖有出入，不失定相，如金在井，金體當寂。」長老合掌說：「泡幻同無礙，如何不了悟？達法在其中，非今亦非古。非隱非顯法，說是真實際；悟此隱顯法，當

知是來處。」㉗志公「只覺一時推窗見月,諸事了然。」長老圓寂,
志公乃接了衣缽,開堂說法。（頁680）

　　雖然經過雲光、廣度兩次的作證佛法,梁武帝仍半信半疑:普
通元年,曰:「朕處宮中,念及前事,雖曰代天承運,未免殺戮太
傷。……今值此昇平,朕欲廣揚佛法,作種善緣,雖不求果報於來
生,亦可消罪於今世。」朱異迎合說:「陛下既具此善緣,何不乘
萬機之暇,涉獵經典,一可釋己愆尤,二可增添福祿,三可求國祚綿
長,四可拯拔幽冥,此乃萬全之舉。」（頁694）梁主遂廣行善事,遍
處啓建寺院,於是「建康佛教大行,以致民間子女皆來相送,出家者
紛紛不絕。」又每與諸廷臣講論佛家大意:「人之浮生,如東逝之長
流、西垂之殘照,……若不精心脩善,向三寶中懺悔過愆,墮入阿
鼻,填償苦報,再要這五官具足,享受榮華,恐不能也。所以朕今惜
福,廣作善緣,惜今日之福者,留與來生享福;作今日之善緣者,是
享後日之榮華。」（頁726）這樣的君臣對話,不出「現世的利益、來
生的福報,離苦得樂、轉禍為福」的有漏福德;而如何提升梁主修行
的境界與層次,正是志公與達摩的「後段」任務!

　　第三十回,梁主為了超拔郗后而詔令天下寺觀,設壇追薦,欲
「集眾善而釋一人之愆」,百日後出巡建康各寺而初見志公,問答
如下:「吾師亦曾度人麼?」、「未出母胎,度人已畢!」、「若

㉗ 此八句或乃取自禪宗「天竺21、18祖」的兩首付法偈（見No.2078傳法正宗記卷4,
T51,p0732c、及卷3,T51,p0726c）;惟末句之原文是:「非愚亦非智」。關於「志公」的
身世紀錄,主要是:《高僧傳》卷10「3神異下16釋保誌」、《景德傳燈錄》卷26「金陵寶
誌禪師」、《神僧傳》卷4「寶誌」,而詳略各有不同;另,前引《二十四尊得道羅漢傳》
第十尊「飛錫羅漢」,大致是根據此三種傳錄改寫。然而在這部小說中所描述的「寶志公」
來歷、事蹟、言談,及與梁武帝、達摩的互動關係,似乎另有傳說來源,或是作者為配合本
書情節而自行編撰,大部分與前述文史資料並無承襲發展的痕跡。

是如此，朕何不見？」、「爾若一切不見，是名眞見。」又：「朕欲
脩行，佛遠乎？佛近乎？」、「面門出入，應物隨情，自在無礙，
所作皆成，了識本心，識心見佛；⋯⋯除此心王，更無別佛，欲求
成佛，莫染一物，入此法門，端坐成佛，到彼岸已，得波羅密。㉘」
（頁742）梁主雖不解其義，但見志公「出言吐氣，的有根源」，愈加
起敬，乃告知作此法會的因緣，志公云：「今遍令寺僧，啓建法事，
傷財動眾，彼受苦惱，焉能爲陛下減愆？況此經文，套語陳言，只不
過使人戒心，引入正路，事不相關、言不切當，安可滅人之罪、消人
之災乎？」乃轉勸梁主收求經典，構思精義：「半年之內，著成了十
卷眞經，名爲寶懺。」又選「戒行僧」四十九人（皆是喜在世間修行，以啓
愚蒙的阿羅漢），作百日道場，都后得生忉利天。（頁744）這是志公初示
道力與神通，取得梁主的信賴，爲的是漸次開導他悟佛知見而了此西
來公案。

　　某次，梁主與志公問答，忽然有悟曰：「十二者，欲我十二時中
脩持也；安樂禁者，欲我戒繁華也！」㉙從此屏色絕欲，朝夕敬禮三
寶；在宮中猶恐不潔，便於臺城中啓建「同泰寺」，並「大集沙門，
立無遮大會，日在寺中，拜仰佛像」。（頁762）雖然災異迭見，朝臣亦
屢諫「不可佞佛」，梁主卻都不聽，每日勤於佛教，蓋了許多大寺；
接著插入三段志公的傳說：與白鶴道人潛山鬥法：「佛法妙無邊，
豈與人思議？誰知錫杖簏，能化龍尋地！」（頁766）喫魚吐魚「鱠殘

㉘　此乃傅大士〈心王銘〉之文：http://www.freehearts.idv.tw/fumaster01.htm
㉙　No.2059高僧傳（卷10）T50，p0394c：「上（梁武帝）嘗問誌（公）云：弟子煩惑未除，
　　何以治之？答云：十二。⋯⋯識者以爲書之在十二時中。又問：弟子何時得靜心修習？答
　　云：安樂禁。識者以爲：禁者，止也，至安樂時乃止耳。」

魚」[30]；（頁783~787）及志公請死囚頂水，以警示梁主：「畏死心切，心惟知水，焉知有樂；求道者亦當作如是觀。」（頁787）除了顯示志公的神通以增加小說的趣味之外，也是對梁武帝的應機施教、隨宜說法，而效果並不顯著；故「達摩」於此時現身，加入警溺救頑的大事。

　　「菩提多羅」因想起昔年在西天曾許過二人（菖蒲、水仙），便拜求如來，也要往東土救度，以完前信。如來云：「善哉，善哉！汝今要去，則遞代相傳，吾道東矣！但汝不必降生東土，可於海外宣揚一遍，然後入於中國。」以下便是投生南印度香至國為三太子，遇般若多羅付法、改名的故事，大致是根據《五燈會元》的記載，但為了配合本書的情節而略作修改，如其師般若多羅云：中國的佛教徒「雖云好佛，不見佛理；已有人（雲光、志公）指迷；汝到彼方，不可久留，彼自醒悟也。」以及：「忽一日夜間，有白毫光沖起，達摩觀之，知中國蒲羅尊者與毗迦那，廣修善緣；不勝歡喜道：我今可去矣！遂別了國王，辭了學侶，航海而來。」（頁798）三歷寒暑到了南海，梁大同三年八月二十一日也。所到地方，因梁主好佛，人民效尤，廣立壇場，供佛延僧，講經說法；略有些知見，人即敬為「善知識、大和尚」。接著便是達摩辯破「實相宗」[31]而「驚動大眾，……於是，達摩遍入禪林問難，來去無定，漸漸傳開達摩名號，是一尊活佛臨凡；各處善信檀越，並貴官長者、僧尼師眾，無不願見；……驚

---

[30] No.2113北山錄（卷3）T52，p0592b云：「志公嘗對梁武食膾，梁武譏嫌之，志公遂遽吐於水，咸見魚如故，唯尾損。至今江陵有膾殘魚也。」

[31] 據《五燈會元》卷1「初祖菩提達磨大師」所載：遍破「小乘六宗」，乃達摩在南天竺行化之時；六十年後才渡海來華。梁普通七年丙午（526）丙午9月21日初抵廣州，隔年10月1日至金陵，與梁武帝問答不契，乃渡江北上少林寺，傳衣缽於慧可；梁大同2年（536）丙辰10月5日，端居而逝。

動了廣州刺史蕭昂，具禮迎供，接入衙中。」問：「弟子欲向西方求
佛，去路甚遠，不識吾師有捷徑否？」答：「使君心地，但無不善，
西方去此不遙；若懷不善之心，念佛往生難到。今請先除十惡，後去
八邪；念念見性，常行平直，便睹彌陀。㉜」（頁810）稍後，蕭昂奏
知梁武帝，乃詔往建康，「梁主將達摩細看，只見面貌又黑又紫，一
雙圓眼，白多黑少，鬚髮拳螺，渾身黑毛茸茸，十分慘賴怕人。」
問：「是何姓？」答：「是佛姓。」、「師無姓耶？」、「性空故
無。」㉝、「師自南來，欲作何事？」、「惟求人作佛。」、「南人
無佛性，怎能作佛？」、「人有南北，佛性豈然！㉞」接著才是「有
何功德」的問答，抄襲燈錄之文；而最後，問：「對朕者是誰？」
答：「是佛！」梁主見他「以佛自居」，又貶駁「並無功德」，心中
不快，達摩說：「終日求佛，迷而不識；餓斷肝腸，方歸無極。」起
身離去。

　　志公聽到此事，嘆息說：「來而無成，又費我功！」乃向梁主說他
是「觀音大士，傳佛心印，特來度陛下耳；何當面無緣而失之也。」於
是梁主出朝追趕，卻見達摩「一葦渡江」，留下幾句話：「脩在於己，
何須望人？非不慈悲，魔盡佛成。……千古萬古空相憶，休相憶，清風
匝地有何極！因茲暗渡江，得免生荊棘！㉟」（頁831）

　　文中有一句：「彼以急引，我以緩誘」，說明了達摩與志公對梁

㉜ 《六祖壇經‧疑問品》：「今勸善知識，先除十惡，即行十萬；後除八邪，乃過八千。念念
　見性，常行平直，到如彈指，便睹彌陀。使君但行十善，何須更願往生！不斷十惡之心，何
　佛即來迎請？若悟無生頓法，見西方只在剎那。不悟念佛求生，路遙如何得達？」
㉝ 這是四祖道信與五祖弘忍的對話：【（道信）師曰：是何姓？（弘忍）答曰？是佛性。師
　曰？汝無性耶。答曰：性空故。】
㉞ 以上回答蕭昂與梁武帝的兩段話，都是抄錄《六祖壇經》卷1本文。
㉟ 此或錄自《佛果圜悟禪師碧巖錄》卷1，（T48，p0141b）「雪竇頌」。

武帝採用的不同策略，前者直言無隱，當頭棒喝，一試不中，拔腿便走；後者或言或默，觀機逗教，循序漸進，常隨左右。兩人分別扮演的腳色與作用在小說中相應成趣。就小說的安排，雲光、（廣度）、志公，乃達摩東渡見梁王之前驅；已先在中國傳播「禪法、機鋒」，故達摩來時，反而不稀奇，不受帝王注目，只得退藏於民間，開宗付法，留待他日振興禪學，如柳宗元〈大鑒禪師碑〉云：「梁氏好作有為，師達摩譏之，空術益顯，六傳至大鑒。」而小說結尾也說：當日達摩見梁主塵緣未斷，尚有冤牽，遂折葦渡江至洛陽，於少林寺面壁九年。之後，大闡佛法，並授心傳於慧可，乃端然坐化，與志公回西天繳旨；而「慧可傳三祖……五祖傳六祖。至今佛法，皆是達摩流派。」（頁991）

　　達摩去後，志公說：「他雖已去，然佛還在，只須檢點機關，因緣到日，而佛自見也。」（頁835）依然是志公與梁武帝形影相隨；這些耐性、婆心，只為了他日後的回首悟道而準備；而猶自沉迷於俗業的梁主，卻不見棺材不流淚，志公乃以偈暗示梁朝國祚的始終，而梁主不悅，反問志公自知來去否？志公答云：「聖人無己，靡所不己；法身無象，誰云自他？境智非一，孰云去來？」㊱說罷，朝著梁主大喝道：「汝知西來意麼？」梁主云：「不知。」又問：「汝知佛法大意麼？」答：「理會得！」志公乃曰：「但六根未斬，須要牢栓；須到萬緣寂滅、六賊無乘，那時方歸正覺。我今去也！」回寺之後，端然坐化，又於雲中現身云：「達摩已去，志公歸西；因緣將到，不用淒其。」（頁864）從上三位道兄降世的因緣已盡而逐一離去，留下梁武帝獨自面對深重的習染及未來的命運。

㊱　《五燈會元》卷5石頭希遷禪師：【師因看肇論至「會萬物為己者，其唯聖人乎！」師乃拊几曰：「聖人無己，……至哉斯語也。」】

關於多次捨身之事，小說的解釋是：「梁主久在寺中，因寶志公喝明開釋，遂有個迴光返照，漸識破機關；不期入宮之後，身爲萬乘之尊，聲音入於耳、美色現於眼，……一線靈光，又早被六賊竊去。」乃對群臣說：「今人不能成佛者，是貪戀皮囊，而爲物情所累，不能灑脫，難證菩提；朕今……當捨身於三寶中，皈依佛教，作無上之求！」梁主雖有此心，卻迷於塵緣，於是自思：「我如今在宮，豈是修行之地？還須入寺，捨身於佛，倘蒙我佛慈悲，哀矜攝受，現獅現象現蓮臺，開釋成佛，庶不負我一生好善之功。」至於捨身之後的活動，多半是登座講經、於築臺施食之類；其中細節，正史載之甚詳，小說則記錄了某些「朝野議論」，如云：「梁主年高，既要修行，何不傳位太子，然後入寺，方無掛礙？」或云：「既要捨身，就該屏富貴、棄妻子。今捨身而其身尚在，……則先自昧其心於不誠矣，佛肯佑之乎？」或云：「今委身於佛氏爲奴，則爲佛者當取其身而用之，愚民惑眾、喪亡之事，可不計日而至矣！」梁主聽得這些輿論，甚不悅；後經太子率群臣到寺勸請，並各捐俸金以贖之。史官曰：「天子脩身以爲本，如何捨作佛家奴？捨身既可黃金贖，我佛原來是利徒！」（頁907）就這樣三捨三贖，有詩譏之曰：「此身既欲三番捨，何不都拋下！如何又要贖歸來？消盡雄心，霸業已成灰！」（頁901）類似的捨身、施食、講經等宗教活動，相對於眞參實究的修行，只如兒戲；看似「慈悲」利人，卻無助於己之「見性」、亦無益於國之「治安」也。

贖身回朝後：「所行之政，一味仁慈，寬刑卹典」，因而「四方奸宄出沒，有司屢擒屢赦，以致盜賊滋起。」（頁867）又被朱異、張綰等人蒙蔽，而致侯景叛亂，攻入臺城；梁主只能躲在淨居殿中念佛、拜佛，倦了便盤膝閉目，凝神定魄；經此多日不飲不食，徹底絕

望之後：「身心俱攝，萬念潛消，不睹不聞，不爲六賊纏擾。」、「萬緣俱滅，四大皆空，又觀想到至精微妙的所在，一線靈光，霎時透明，徹底澄清，始知雲光志公達摩一番公案，又前身後身得失果報，纖悉皆知，因大笑道：自吾得之，自吾失之，亦復何恨！西來大事因緣，於今完矣，安可遲也！說罷，在蒲團上連聲哈哈哈、荷荷荷，遂雙手搭膝，閉目垂眉，端坐而逝。……此是梁主證果西方，至今訛傳餓死臺城也。」又云：稍後又現身說偈曰：「西方來，西方去，大事因緣在何處？電光石火費奔忙，何不安心作常住！」唸完，乃隨香風往西天，見佛繳旨。（頁975）如來曰：「汝今根荄已固，離苦而就歡喜；我今當爲汝說法，證入菩提；況有寶懺，傳流東土利人，超滅罪愆；作此無量功德，汝永無輪劫之苦矣！」說罷，聚集眾弟子，宣揚妙義：「諸弟子聞佛說已，皆大歡喜，作禮而退。」（頁994）這樣的結局，在小說的架構上是注定的：「下凡歷劫」的英雄，雖幾度迷惑於塵緣，終必有覺醒回首之時。這種方式的陳述，滿足了小說讀者對於主角的預期，但不能建立佛教大修行者的形象。

六、附論：郗后與蕭統

　　同樣是皈依佛教的有德名花，菖蒲轉世爲帝王，並未忘情於佛法，最後是悟道證果；而水仙投胎爲皇后，卻「與佛無緣」，且因瞋妒而淪落畜生道。這樣的差別待遇，是有部分的傳說爲根據，又加上作者的花性解釋：「二花雖然得道，但水仙色念未能除盡，故至今尚含素蕊、吐淡花，以弄人間之秀。……菖蒲孤潔爲陽，水仙輕盈爲陰。」（頁27）以此因緣，她的生母竟爲了某僧的穢行而云：「和尚們沒有一個是好的！……從今不信三寶、僧尼釋道。」只這一點怒僧之

念，動了胎氣，生下女兒，卻聽空中有人說：「此去不可錯了念頭，自墮因緣」。這段伏筆似已預見了郗后將來的噩運。

這郗徽從小受了完整的教養，不僅姿容絕世、女工精巧，且賦性孤潔、頗知書文；嫁給蕭衍後，夫妻甚是相得，只生三女而無男，有人勸她拜佛求子，她卻不信，說：「女子只宜淨處閨中，無事不出中堂；若要去燒香，未免拋頭露臉，豈不惹人嘲笑！且庵寺乃藏汙納垢之處，淄流未必盡是高僧，豈可混雜其中，以飽飢鬼之目？又人間生育，是陰陽運化之功、父母精血而成，哪裡是拜求可得？」這段話的內容有部分符合當（明）代世俗佛教的現實與弊端，且其語氣，得自儒家倫理的教化；而父權專制的生存環境，故意忽略女性的情欲、想法、身體主權與心靈出路，讓她們陷入一種無知、矛盾、自言自語、半醒半睡的狀況；話似乎說得合情入理，只苦於扭曲自我、言不由衷。轉世為女人的郗徽，或許只想做個安分守己、被人疼愛的妻子，但天命安排她貴為王后而不得專寵；於是人性的陰暗面，隨著權力的自覺而無限擴張，終於淹沒了儒家外塑的教養，「欲求不滿」具體化為對情敵們惡毒殘忍的報復手段，且日夜沉溺於這些恐怖的心行中。小說云：起初，他倆少年夫妻，如魚似水，只因蕭衍「素性英武，有驚天動地之才，豈肯沉埋淹沒！」過了幾年，聲名遠播，屢受朝廷徵召為官，於是歡少離多；後來聽說蕭衍納妾產子；雖然不悅，也無奈何；梁朝建立，正位為后，見了無數鬥美爭寵的宮女，這才動了妒心；「我既貴為國母，已操生殺之權，豈可搏寬容之虛名，而受侵分之實禍？……吾今須細細訪察，只將（與吾主）有染之人除之！」小說評曰：「徽號已崇稱國母，猶思宮嬪鬥妖嬈；若非媚主淫心重，定是貪權妒不消！」（頁425）梁主臨幸「苗妃」，嘗到甜頭之後：「在宮中朝歡暮樂，十分快意；而郗后竟若不聞，堅忍於心。」如此隱

而未發的危機，梁主全然不知；小說又為他辯護云：「況於酒而不為酒困，溺於色而不為色迷；每日雞鳴先起、五更視朝；親賢遠佞，日與賢士大夫相接，所言者皆治國安邦之切要。只等政事完，方入宮享用；所謂樂而不淫，又何害於國家乎！所以朝中莫敢議其過失。」（頁446）此事在男權專制之時代是正當無咎的，但視女性為享樂之物，且任由她們互相殘殺，則令人不忍卒睹也！郗后妒嫉之心，無時或忘；每在宮中尋事，宮娥若拂其意，便「用藥賜死」、或「非刑拷打」、乃至「火炙刀剜」；凡梁主幸過的，皆逐個「設計處死」；卻又巧於遮掩：「若處死了宮女，必著近侍報知梁主，說某宮妃今日忽暴病而卒。……又使人盡禮殯殮，故此（梁主）絕不疑心，只稱讚其賢德。」（頁500）這其中，處置「苗妃」的手法最狠毒：先割其舌、後剜其心，血紅滿地、骨肉四散，郗后才「快心」；又將屍體拖出去，令鷹抓蟻食「方消我恨」。詩曰：「又非殺父與爭功，何用非刑如此兇？」（頁506）

　　但郗后也不全然是陰妒庸愚之輩，對某些攸關國體的重大議題，也有合乎傳統儒家的看法，如評論「禮懺法會」之愚弊云：「天作孽猶可違，自作孽不可活；此聖經也。……安有自負愆尤，而能借數卷佛經、幾個愚僧，念念誦誦，便能消滅？」、「況帝王應運而興，代天理物，誅戮有罪，以治世安民，乃功也，非罪也，何須懺悔？且懺悔者，禱於天也，此何等大事，豈容淄流請命，以異端之微言，而褻瀆天聽？……佛若有靈，豈肯庇惡而奪上帝之權耶？」、「況淄流之輩，不耕而食、不織而衣，口雖清淨，而一味貪瞋、百般奸險；昔魏國代北有法秀之謀、冀州有大乘之變，已是前車，何陛下不鑑，猶思蹈其後轍耶？」（頁552）從帝王「奉天承運」的信仰，殺活秉天意、賞罰合民心，所作皆無私也！梁主聽了，似亦有理，

但不能決斷；郗后乃設計由「美貌宮女」送「牛肉包子」給眾僧吃，色誘、葷食，暗中壞了出家人的戒儀；這種狡黠陰險的計倆，都被雲光僧識破[37]，乃說偈留讖：「靈苗異秀，原是西來種；孽深遺臭於東土。不思就裡翻騰，轉見法而破法。皮毛已換，便不知我是誰？惡念毒心，異日受蟒報！」而示疾入滅。（頁557）其實，上帝行賞罰之權，如來施慈悲之恩，各得其所而互補；但事在人為，而人心貪婪複雜，每假借上帝、如來之名號，以滿足情欲之私；此乃人之過，不可歸咎於儒、釋，亦不當厚儒薄釋！

郗后作惡多端，久已人天共怒；某日，夢入陰間，被冤魂驚嚇而致疾，臨命終時，自思：「夫妻恩愛者，不過以色生憐；今我尫贏瘦骨，與鬼為鄰，若使吾主見之，豈不羞死！不如早死以滅其醜。」乃大哭吩咐說：「我死之後，爾等速將我下棺，不必待吾主視殮。」乃大叫梁主數聲而崩，年四十五歲；有詩曰：「眼角眉梢都是妒，心頭意尾莫非殘！誰知到此俱無用，唯有冤愆報不完。」（頁669）

第二十九回：「郗夫人遊地獄變蟒」：郗后魂遊地獄，「孽鏡」照不出她的過惡與身形；閻王指證她「有三件大罪：貪淫嫉妒、破戒行僧、殺戮宮女」，令受極刑，卻有「西方妙品蓮花」擁護她。

---

[37] 小說云：雲光把肉包子埋入土中，卻長出「根蒂瓣兒似水仙，卻有古怪的臭氣；煮熟則香，食之者醒味爽脾」的大蒜，相傳是「佛地水仙菜」，專供出家人食用；後因寶志公說「此種出於西天」，又有郗后誘僧這段因果，遂「設立五葷三厭，戒禁僧人，不許喫它」（頁558）。這或許暗示水仙下凡後被人類的「情欲」汙染而變臭了。又前註9，【梁武帝問志公禪師因果文】（六）也有這段傳說：「郗氏皇后，生在宮中，暗造輪迴。……種種不善，扯破我佛妙法蓮經，嫉忌我主學佛修行。妒憎六宮，欺壓良善，誹謗三寶；假意齋僧，將五種穢汙腥羶之肉，外用麵裹，供佛齋僧，特來破我眾僧淨戒、壞佛清規。幸我山僧，各得明心見性，不中他計所壞。……山僧轉庵，即把汙齋丟在園中，出生蔥蒜薤韭胡蔥幾種穢汙菜，是故吃了五辛者，禮佛誦經，悉皆得罪。」

乃改判「變形」為大蟒，押至山穴中藏身，卻被轉生為山神的「苗妃」百般凌虐；於是向梁武帝現形求助（見前節）；後得薦拔而生天云：「我宿具根行，只因母腹，錯了因果，減祿受魔；今仗寶懺，復證西方，永無苦惱。」（頁744）而據說「郗后所生三女，皆信心好佛，終身不嫁；臺城破日，攜手跳井，成仙而去，陳後主時顯應，遂敕封為「梁三姑真人」。（頁758）這樣的結局總算是圓滿，被她殺害的宮女也另有善報。總結郗后之前世今生是：水仙花因「色念未除」，下凡後弄秀爭寵、毀佛罵僧，且身在至尊封閉的內宮，既乏善知識隨時提醒，又處心積慮以保后座，於是乖張陰毒，越陷越深；本乃暫借人形以修真，而不升反降，貶落為惡蟒之身；所幸先世靈苗，深植其根於西天，與諸道兄之宿緣俱在，故危急之際，求得志公與梁武之助，懺罪超升。小說中她是個「負面」形象，可憐又可怕，在環境與本能的共謀造勢之下，身不由己成了惡人，卻也因此成就了《梁皇寶懺》的功德。

另外，中國文學史上頗有影響的「昭明太子」，在小說中有部分是據史演義的事蹟，如：「小字維摩，聰明穎悟，讀書過目能誦、賦詩隨口即成；天性純孝，喜怒不形；又明於政事、寬於斷獄。又引納才學之士，討論篇籍，著書三萬餘卷。」（頁694）而如此優秀特異的人物，是何來歷、以何因緣而降生帝王家？小說不曾為他編造一個風光的前世，只著墨於他與梁武帝的默契與誤會：「梁主喜於佛教，太子亦甚信之，在東宮閒暇，遍覽大藏真經。……潛心默會，將《金剛經》割斷，分為三十二分，各增章句，以取三十二相之義；使人刊刻，訂褶成帙，傳出宮外，民間士庶，以及優婆夷、優婆塞等見之，易於記誦，如獲珍寶。」又能拯飢施棺、開通水利……；梁主讚曰：「深得民情，又識利害之所關，守成之主也。」（頁700）這樣父慈子

孝、相得益彰的關係，卻被鮑內監從中挑撥誣陷，因「厭昧詛咒」之冤，憂憤而死（見前節）；死後遊地府，問：爲什麼壯年身便死，「是前世之未修，或今生之現報？」閻君云：「罪有萬端，非獨不忠不孝以及奸盜邪行也；一舉一動有犯於天地鬼神，亦罪也，何況有甚於此者，但人不自知耳。」又問：「罪由心造，心既不知，罪又誰造？」答：「造罪雖心，心豈不知？但心有偏執，認罪爲功，則知而不知矣！……只因你在陽間，聰明太過、靈巧百出，持了一偏之見，妄將《金剛般若波羅蜜經》分了三十二分，割斷經義，使人受持，有乖如來教典，故爾之罪，至於如此！」太子服罪，但「雖犯佛怒，卻忠孝可敬，與眾不同」，乃押往「七葉關」暫時幽禁。（頁923）

梁朝亡後，太子於陰間會見盡節而死的朝臣，問起陽世對《金剛經》分爲三十二的功過，眾臣說：「世人皆謂此經分的微妙，讚嘆希有功德，信心奉誦，晝夜無間。」太子聽了，頓發歡喜心說：「但願世人，信心奉持如是經典，心解義趣；我便永墮地獄，亦無苦惱！」才說完，忽兩朵蓮花生足下，祥雲擁護，起於空中，獄門大開，十殿閻君來相送云：「從來不魔不成佛道，今發此大悲弘願，實與大士救苦救難同等！」太子到西方如來座下，成了「維摩侍者」；又哀求佛力，到地獄救出生母丁貴嬪，同登極樂。（頁992）

七、結語

從上論述看來，梁武帝在中國歷史上的是非功過，自有以「內聖外王」爲理想的儒家史官去認定，卻似乎頗複雜矛盾，難以簡單概括；諡曰「武」，或許可與前代的周武、漢武帝等視爲同類（諡法：剛彊直理、威彊叡德、克定禍亂、刑民克服、大志多窮，曰

「武」），其治國理念與行政措施，必有許多不圓滿之處，但不能完全歸咎於他；他也只是歷史長流中，偶然掌權，他不但沒辦法獨力成事，甚至大環境讓他身不由己；而人類史上興亡成敗的事例，層出不窮，但人去樓空，徒留一個名字，給後代學者填入各種專業訓練的評論，名曰「殷鑒」。

　　而民間小說對梁武帝的興趣，多集中在他與佛教的的關係。除了個人近乎痴迷的奉佛舉動，以及全國深受影響的崇佛建設，該怎麼理解其行為背後的動機？又該如何評估其舉措本身的功過？傳統史家面對這個複雜的人物及其豐偉的功業，似乎困惑多於褒貶；且愈到後世愈模糊而形式化。一般人的好奇，則仍然附著於他的佛教信仰，並就信仰的領域去猜想其前世、今生、後身，輪轉於生命長流中的果報因緣。某些片段的傳說，或許從當代及隋唐以來，就逐漸傳播形成，但在明清小說中才有較完整的敘述編排；而如本文所論析，部分是因為他與達摩的晤談而附帶提及（達摩傳、東度記），或為了虛構某些人物而借他為時代背景（禪真逸史），這都是視他為負面形象，而讓他如正史所載的於兵亂中餓死；相對於此，且流傳更廣遠的，則是以他為主角而渲染修行證道（梁武帝累修成佛、二十四羅漢傳）、附會於天命因果（梁武帝西來演義）的作品，寫得較豐富、曲折，讓他成為中國佛教的巨人。這幾種小說彼此之間，似無傳承演續之關係，而是在不同時間、地區，以不同的傳聞，構造他們心目中的梁武帝，或諷貶、或讚揚，總之是一位值得關注敘寫的歷史人物。只是他的一生太豐富、精彩，很難找到適當的切入點，雖然明清之際隨著歷史演義與神怪小說的流行，而有《梁武帝西來演義》這本空前絕後的通俗傳記，但影響似乎不顯著，民間信仰中的梁武帝，仍是個謎樣的人物。至於小說給他安排的最終成就如何？

「功行已滿，往西天竺極樂國去。」、「今我脫敝
履，去住兩無礙；極樂爲世尊，自在兜利界。」——
《梁武帝累修成佛》

「修證有得，翌日可爲西天羅漢。」、「空中旗幡紛
墜、鼓樂喧闐，又見紫雲一朵接捧梁主，直上玉京金
關。」——《二十四尊得道羅漢傳》

「此是梁主證果西方。」、「我（如來）今當爲汝説
法，證入菩提；況有寶懺，傳流東土；……作此無量
功德，汝永無輪劫之苦矣！」、「親授法號爲波羅尊
者。」——《梁武帝西來演義》

雖也說：往西天（竺）極樂國，雜入了神仙（玉京金闕）與淨土的名
相；但從名號（羅漢、尊者），修辭（離苦就樂、無礙自在、證入菩
提、永斷輪迴）看，他以居士（帝王）身而得「阿羅漢」，是頗爲一
致的看法；而臺灣的寺廟則將他與達摩、志公列入「十八羅漢」中，
名爲「梁武帝君」[38]，這或許是個正面的結局吧！

---

[38] 臺灣鄉土神明：「彌勒尊者、達摩祖師、志公禪師、降龍尊者、目蓮尊者、飛杖尊者、開心
尊者、進花尊者、梁武帝君、獅子尊者、長眉祖師、伏虎尊者、洗耳尊者、弄鈸尊者、戲
笠尊者、進燈尊者、進果尊者、進香尊者。」http://www.t2t-travel.com/travel_j/zm/18lh1.
htm又見陳清香，〈臺灣寺廟十八羅漢像探討〉，《臺灣史國際學術研討會論文集》，頁
231~264（1995.5），又收在《羅漢圖像研究》（臺北：文津出版社，1995年7月），頁
349~92。

國家圖書館出版品預行編目資料

古典小說的人物形象／張火慶著. -- 初版.
-- 臺北市：五南，2020.06
　　面；　公分
　ISBN 978-986-522-026-6（平裝）

1.古典小說　2.文學評論

827.2　　　　　　　　　109006932

1XGS

古典小說的人物形象

作　　者 ─ 張火慶（201.4）

發 行 人 ─ 楊榮川

總 經 理 ─ 楊士清

總 編 輯 ─ 楊秀麗

副總編輯 ─ 黃文瓊

責任編輯 ─ 吳雨潔

封面設計 ─ 王麗娟

出 版 者 ─ 五南圖書出版股份有限公司

地　　址：106台北市大安區和平東路二段339號4樓

電　　話：(02)2705-5066　　傳　　真：(02)2706-6100

網　　址：http://www.wunan.com.tw

電子郵件：wunan@wunan.com.tw

劃撥帳號：01068953

戶　　名：五南圖書出版股份有限公司

法律顧問　林勝安律師事務所　林勝安律師

出版日期　2020年6月初版一刷

定　　價　新臺幣430元

經典永恆・名著常在

五十週年的獻禮 —— 經典名著文庫

五南，五十年了，半個世紀，人生旅程的一大半，走過來了。
思索著，邁向百年的未來歷程，能為知識界、文化學術界作些什麼？
在速食文化的生態下，有什麼值得讓人雋永品味的？

歷代經典・當今名著，經過時間的洗禮，千錘百鍊，流傳至今，光芒耀人；
不僅使我們能領悟前人的智慧，同時也增深加廣我們思考的深度與視野。
我們決心投入巨資，有計畫的系統梳選，成立「經典名著文庫」，
希望收入古今中外思想性的、充滿睿智與獨見的經典、名著。
這是一項理想性的、永續性的巨大出版工程。
不在意讀者的眾寡，只考慮它的學術價值，力求完整展現先哲思想的軌跡；
為知識界開啟一片智慧之窗，營造一座百花綻放的世界文明公園，
任君遨遊、取菁吸蜜、嘉惠學子！